VÍCIO INERENTE

Obras do autor publicadas pela Companhia das Letras

O arco-íris da gravidade
Contra o dia
O leilão do lote 49
Mason & Dixon
O último grito
Vício inerente
Vineland

THOMAS PYNCHON

Vício inerente

Tradução
Caetano W. Galindo

2ª *reimpressão*

Companhia Das Letras

Copyright © 2009 by Thomas Pynchon

*Grafia atualizada segundo o Acordo Ortográfico da Língua Portuguesa de 1990,
que entrou em vigor no Brasil em 2009.*

Título original
Inherent vice

Capa
Elisa von Randow

Ilustração de capa
© Visca. Nankin sobre papel, colagem e colorização digital. Tamanho: 21 x 30 cm

Preparação
Carlos Alberto Bárbaro

Revisão
Ana Maria Barbosa
Marise S. Leal

Dados Internacionais de Catalogação na Publicação (CIP)
(Câmara Brasileira do Livro, SP, Brasil)

Pynchon, Thomas
Vício inerente / Thomas Pynchon ; tradução Caetano W. Galindo.
— 1ª ed. — São Paulo : Companhia das Letras, 2010.

Título original: Inherent Vice.
ISBN 978-85-359-1774-1

1. Ficção norte-americana I. Título.

10-10699   CDD-813.5

Índice para catálogo sistemático:
1. Ficção : Literatura norte-americana 813.5

[2022]
Todos os direitos desta edição reservados à
EDITORA SCHWARCZ S.A.
Rua Bandeira Paulista, 702, cj. 32
04532-002 — São Paulo — SP
Telefone: (11) 3707-3500
www.companhiadasletras.com.br
www.blogdacompanhia.com.br
facebook.com/companhiadasletras
instagram.com/companhiadasletras
twitter.com/cialetras

Sob as pedras da calçada, a praia!
Grafite, Paris, maio de 1968

Um

Ela veio pelo beco e pela escada dos fundos como sempre tinha feito. Havia mais de um ano que Doc não botava os olhos nela. Que ninguém botava. Naquela época era só sandália, a parte de baixo de um biquíni estampado de flores, camiseta desbotada da Country Joe & the Fish. Esta noite ela estava toda de uniforme das planícies, cabelo bem mais curto do que ele lembrava, exatamente com a aparência que jurou que jamais teria.

"É você, Shasta?"

"Ele acha que está pirando."

"Acho que é só essa sua nova embalagem."

Estavam parados sob a luz do poste na janela da cozinha que nunca viram por que cobrir com cortinas e escutavam as pancadas das ondas morro abaixo. Em algumas noites, com o vento certo, dava para ouvir as ondas na cidade inteira.

"Eu preciso de ajuda, Doc."

"Você sabe que agora eu tenho um escritório? que nem um emprego normal e tudo?"

"Eu olhei na lista telefônica, quase fui lá. Mas aí eu pensei, melhor pra todo mundo se isso parecer um encontro secreto."

Beleza, nada romântico nesta noite. Saco. Mas ainda podia ser um trampo pago. "Alguém está de olho?"

"Acabei de passar uma hora pelas ruas principais tentando fazer isso tudo parecer legítimo."

"Que tal uma cervejinha?" Ele foi até a geladeira, tirou duas latas do engradado que guardava ali dentro, entregou uma a Shasta.

"Tem um cara", ela estava dizendo.

Era de esperar, mas por que levar para o lado emocional? Se ele ganhasse uma moeda para cada vez que ouviu uma cliente começar desse jeito, podia estar lá no Havaí agora, chapado dia e noite, curtindo as ondas em Waimea, ou, melhor ainda, pagando alguém para curtir por ele... "Um camarada que reza pela cartilha do mundo careta", ele deu um sorriso largo.

"Certo, Doc. Ele é casado."

"Alguma... questão financeira."

Ela sacudiu do rosto cabelos que não estavam ali e ergueu as sobrancelhas num *e daí*.

Numa boa, pelo Doc. "E a patroa — ela sabe de você?"

Shasta fez que sim. "Mas ela também está saindo com alguém. Só que não é só o de sempre — eles estão trabalhando juntos em algum planozinho macabro."

"Pra sumir com a fortuna do maridinho, sei; pelo que ouvi, isso já aconteceu uma ou duas vezes na região de Los Angeles. E... você quer que eu faça o quê, exatamente?" Ele achou o saco de papel em que tinha trazido o jantar para casa e se ocupou de fingir que rabiscava anotações nele, porque paramentada ou não de moça direita, com ou sem maquiagem que não devia parecer maquiagem ou sei lá mais o quê, lá vinha aquela velha e mais que conhecida ereção que Shasta sempre fazia por merecer cedo ou tarde. Será que isso nunca acaba, ele imaginava. Claro que acaba. Acabou.

Eles foram para a sala da frente e Doc deitou no sofá e Shasta continuou de pé e meio que vagando por ali.

"É, é que eles querem que eu entre no esquema", ela disse. "Eles acham que eu sou a pessoa que pode chegar nele quando ele está vulnerável, ou o máximo que ele fica vulnerável."

"Dormindo e com a bunda de fora."

"Eu sabia que você ia entender."

"Você ainda está tentando definir se isso é certo ou errado, Shasta?"

"Pior que isso." Ela o perfurava com aquele olhar que ele conhecia tão bem. Quando lembrava. "Quanta lealdade eu devo a ele."

"Espero que você não esteja perguntando pra mim. Fora as bobagens de sempre que as pessoas devem pros outros, elas estão numa boa—"

"Obrigada, o Correio Sentimental disse mais ou menos a mesma coisa."

"Joia. Deixando as emoções de lado, então, vamos ver a grana. Quanto do aluguel ele anda bancando?"

"Tudo." Por apenas um segundo ele apanhou o velho olhar desafiador de olhos estreitos.

"Bem considerável?"

"Para Hancock Park..."

Doc assoviou as notas do tema de "Can't buy me love", ignorando a cara que ela fez. "Você está assinando promissórias de tudo, claro."

"Seu bosta, se eu soubesse que você ainda era tão rancoroso—"

"Eu? Estou apenas tentando ser profissional aqui, só. Quanto a patroa e o amigo do peito estavam te oferecendo de participação?"

Shasta disse uma soma. Doc tinha alcançado Rolls-Royces envenenados cheios de traficantes de heroína injuriados na Pasadena Freeway, andando a cento e quarenta na neblina e tentando achar o caminho em todas aquelas curvas cruelmente projetadas, ele tinha percorrido ruelas a leste do rio Los Angeles levando como única proteção um pente afro, emprestado, no bolso das pantalonas, tinha entrado e saído da Sala da Justiça sem largar uma pequena fortuna em erva vietnamita, e por esses tempos estava quase convencido de que toda essa era de imprudência tinha acabado, mas agora estava começando a se sentir profundamente nervoso de novo. "Isso...", cuidado agora, "isso não é só coisa de umas polaroides pornográficas, então. Plantar droga no porta-luvas, nada assim..."

Antigamente, ela podia passar semanas sem nada mais complicado que um biquinho. Agora estava largando em cima dele uma mistura pesada de ingredientes faciais que ele nem conseguia interpretar. Vai ver era alguma coisa que tinha aprendido nas aulas de teatro. "Não é o que você está pensando, Doc."

"Não se preocupe, pensar vem mais tarde. Que mais?"

"Eu não tenho certeza, mas parece que eles estão querendo uma internação em algum pinel."

"Assim, legalmente? Ou algum tipo de sequestro?"

"Ninguém vai me dizer, Doc, eu sou só a isca." Por falar nisso, também nunca houve tanta dor assim na voz dela. "Ouvi dizer que você está saindo com alguém do centro da cidade."

Saindo. Bom, "Ah, você quer dizer a Penny? Uma menina boazinha das planícies em busca dos prazeres secretos do amor hippie, basicamente—".

"Que também é uma espécie de estagiária da Procuradoria no escritório de Evelle Younger?"

Doc pensou um pouco no assunto. "Você acha que alguém de lá pode cortar isso pela raiz?"

"Não posso levar isso a tantos lugares assim, Doc."

"Beleza, vou falar com a Penny, ver o que dá pra ver. O feliz casal em questão, eles têm nome, endereço?"

Quando ouviu o nome do coroa dela, ele disse, "Seria o mesmo Mickey Wolfmann que está o tempo todo no jornal? O figurão dos imóveis?".

"Você não pode falar disso com ninguém, Doc."

"Surdo-mudo, ossos do ofício. Algum número de telefone que você gostaria de fornecer?"

Ela deu de ombros, fechou a cara, deu só um número. "Tente nunca usar."

"Joia, e como é que eu entro em contato com você?"

"Não entra. Eu mudei do meu endereço antigo, estou ficando onde ainda dá, nem pergunte."

Ele quase disse, "Aqui tem espaço", sendo que na verdade não tinha, mas tinha visto ela olhando em volta, tudo que não tinha mudado, o autêntico alvo de dardos de pub inglês lá na roda de carroça e o lustre de puteiro pendente com a lâmpada roxa psicodélica com filamento vibratório, a coleção de miniaturas de carros envenenados feita totalmente de latas de cerveja, a bola de vôlei de praia autografada por Wilt Chamberlain com caneta marca-texto, a pintura em veludo e por aí vai, com uma expressão de, seria forçoso reconhecer, desgosto.

Ele a acompanhou morro abaixo até onde estava o carro dela. As noites da semana por ali não eram assim tão diferentes dos fins de semana, então esse canto da cidade já estava fervilhando de gente atrás de festa, bebida e surfe, que gritava pelas ruelas, gente chapada atrás de comida, caras das planícies que vinham para passar a noite cantando aeromoças, damas das planícies com empregos mais que pé no chão durante o dia esperando que as tomassem por comissárias de bordo. Morro acima e invisível, o trânsito no bulevar indo e vindo da rodovia pronunciava melodiosas frases de escapamentos que seguiam em ecos rumo ao mar, onde as tripulações dos petroleiros que por ali deslizavam, ao ouvi-las, podiam tê-las tomado por animais selvagens cuidando da vida noturna em um litoral exótico.

No último bolsão de escuridão antes do brilho da Beachfront Drive, eles se detiveram, um gesto pedestre atemporal que por aqui normalmente anunciava um beijo ou pelo menos uma bunda apalpada. Mas ela disse, "Fique aí, pode ter alguém olhando".

"Me liga, de repente."

"Você nunca me decepcionou, Doc."

"Não se preocupe, eu vou—"

"Não, sério mesmo, nunca."

"Ô... e como decepcionei."

"Você sempre foi honesto."

Estava escuro na praia havia horas, ele não tinha fumado muito e não foram os faróis do carro — mas antes de ela desviar o olhar ele podia jurar ter visto uma luz cair sobre o seu rosto, a luz dourada logo depois do pôr do sol que apanha um rosto voltado para oeste, observando o oceano e esperando a volta de alguém na última onda do dia, de volta à praia e à segurança.

Pelo menos o carro dela era o mesmo, o Cadillac conversível que ela tinha desde sempre, um Eldorado Biarritz 59 comprado usado em uma das revendas da Western Avenue onde eles deixam os carros perto do trânsito para que ele varra o cheiro do que quer que estejam fumando. Depois que o carro partiu, Doc sentou em um banco na Esplanada, uma longa encosta de janelas acesas ascendendo atrás dele, e ficou olhando o luminoso espumar as luminosas flores das ondas e as luzes do trânsito de quem volta tarde para a cidade, ziguezagueantes pela longínqua colina de Palos Verdes. Ele passou em revista as coisas que não tinha perguntado, como quanto ela estava dependente do nível garantido de tranquilidade e de poder de Wolfmann, e o quanto estava pronta para voltar à vida de biquíni e camiseta, e o quanto estava livre de arrependimentos? E a menos perguntável de todas, o quanto ela se sentia apaixonada, de verdade, pelo velho Mickey? Doc sabia a resposta provável — "Eu amo ele", o que mais? Com a nota de rodapé tácita de que a palavra hoje em dia estava pra lá de vulgarizada. Qualquer um que tivesse a menor pretensão de estar na crista da onda "amava" todo mundo, isso para nem mencionar outras úteis aplicações, como atrair as pessoas para atividades sexuais em que podiam, se tivessem escolha, não ter tanta vontade assim de se envolver.

De volta à sua casa, Doc ficou um tempo olhando uma pintura em veludo de uma das famílias mexicanas que montavam as suas barraquinhas de fim de semana ao longo dos bulevares que atravessavam a planície verde onde as pessoas ainda andavam a cavalo, entre Gordita e a estrada. Saindo das vans para as calmas primeiras horas da manhã vinham Crucifixões e Santas Ceias da largura de sofás, motoqueiros foras da lei sobre Harleys elaboradamente detalhadas, super-heróis durões com uniformes das Forças Especiais carregando M16s e por aí vai. Este quadro de Doc mostrava uma praia do sul da Califórnia que nunca existiu — palmeiras, moças de biquíni, pranchas, essa coisarada toda. Ele pensava nele como uma janela por onde olhar quando não dava conta de olhar pela de vidro do tipo tradicional no cômodo ao lado. Às vezes nas sombras a paisagem se iluminava, normalmente quando ele estava puxando fumo, como se tivessem mexido no botão de contraste da Criação só o suficiente para tudo ficar com uma aura, um contorno radiante, e prometer que a noite estava a ponto de se tornar épica, de alguma maneira.

Mas não esta noite, que só parecia mesmo era com trabalho. Pegou o telefone e tentou ligar para Penny, mas ela não estava, provavelmente dançando o Watusi noite adentro diante de um advogado de cabelo curto e com uma carreira promissora. Para Doc, tudo joia. Depois ele telefonou para sua tia Reet, que morava no bulevar do outro lado das dunas em uma parte mais suburbana da cidade, com casas, quintais e árvores que tinham lhe valido o nome de Tree Section. Alguns anos atrás, depois de se divorciar de um ex-luterano do Sínodo do Missouri, com uma concessionária de Thunderbirds e uma queda pelas do lar insatisfeitas que se encontra em bares de pistas de boliche, Reet tinha se mudado de San Joaquin pra cá com os filhos e começado a vender imóveis, e logo logo já tinha sua corretora, que agora administrava a partir de um chalé no mesmo terreno hiperdimensionado da sua casa. Sempre que Doc precisava saber alguma coisa referente ao mundo dos imóveis, a tia Reet, com o seu fenomenal conhecimento terreno a terreno da ocupação de terras, do deserto ao mar, como gostavam de dizer nos jornais da noite, era a quem recorria. "Um dia", ela profetizava, "vai haver computadores pra isso, você só vai precisar datilografar o que está procurando, ou melhor ainda, só falar com ele — que nem aquele HAL em *2001: uma odisseia no espaço?* — e ele vai te devolver na hora mais informação do que você podia pensar que queria, qualquer terreno na Bacia de Los Angeles, até as concessões de terra dos espanhóis — direitos de uso de água, pendências, históricos de hipotecas, o que você quiser, pode acreditar em mim, está pra chegar." Até lá, no mundo real da não-ficção-científica, havia a percepção quase-sobrenatural que a tia Reet tinha da terra, das histórias que às vezes apareciam em documentos ou contratos, especialmente matrimoniais, as gerações de ódios familiares, grandes e pequenos, o curso geral da correnteza, ou o antigo curso da correnteza.

Ela atendeu no sexto toque. A televisão estava alta no fundo.

"Rapidinho, Doc, que hoje eu tenho uma ao vivo e ainda tenho que botar meia tonelada de maquiagem."

"O que a senhora pode me dizer de Mickey Wolfmann?"

Se ela parou nem que fosse por um segundo para respirar, Doc não percebeu. "Máfia Hochdeutsch do Westside, figurão dos figurões, construção, bancos e empréstimos, bilhões livres de impostos metidos embaixo de uma montanha em algum lugar dos Alpes, tecnicamente judeu, mas quer ser nazista, fica irritado muitas vezes a ponto de ser violento contra quem esquece de escrever o seu nome com dois *enes*. O que ele tem com você?"

Doc lhe deu uma geral da visita de Shasta e do relato que ela fez da trama contra a fortuna de Wolfmann.

"No ramo imobiliário", Reet comentou, "Deus sabe, poucos somos estranhos à ambiguidade moral. Mas alguns desses empreiteiros, eles fazem o Godzilla parecer um ambientalista, e você pode não estar a fim de se meter com isso, Larry. Quem está pagando você?"

"Bom..."

"Tudo na fé, né? Que surpresa. Escuta, se a Shasta não pode te pagar, talvez isso signifique que o Mickey largou a moça e ela está pondo a culpa na mulher dele e quer se vingar."

"Pode ser. Mas digamos que eu só quisesse trocar uma ideia com esse tal de Wolfmann?"

Aquilo foi um suspiro exasperado? "Eu não recomendaria a sua abordagem normal. Ele anda com uma dúzia de motoqueiros, quase todos ex-membros da Irmandade Ariana, para cuidar das costas dele, todos eles filhos da puta com comprovação jurídica. Tente marcar uma hora pra variar."

"Espera aí, está certo que eu matei muita aula de Estudos Sociais, mas... judeus e a IA... Não rola... alguma coisa de, não consigo lembrar... ódio?"

"O negócio do Mickey é que ele é imprevisível. Cada vez mais ultimamente. Alguns diriam excêntrico. Eu diria chapado até perder o juízo, nada pessoal."

"E esse esquadrão de capangas, eles são leais a ele, mesmo se quando estavam naquele lugar eles fizeram algum juramento que de repente tinha uma ou outra clausulazinha antissemita?"

"Chegue de carro a menos de dez quadras do cara e eles deitam na frente do seu carro. Continue chegando, eles te jogam uma granada. Quer falar com o Mickey, não seja espontâneo, não seja nem espertinho. Siga os procedimentos."

"É, mas eu também não quero complicar a Shasta. Onde a senhora acha que eu podia topar com ele, assim, por acaso?"

"Eu prometi à minha irmã caçula que nunca colocaria o menininho dela em perigo."

"Eu estou numa boa com a Irmandade, tia, sei o aperto de mão e tudo o mais."

"Está certo, é o seu que está na reta, rapaz, eu tenho que tratar de seriíssimas questões de rímel líquido por aqui, mas me disseram que o Mickey anda passando algum tempo no seu último ataque ao meio ambiente — uma coisa horrorosa de compensado conhecida como Condomínio Vista do Canal?"

"Ah é, isso. O Pé-Grande Bjornsen faz comerciais pra eles. Interrompendo uns filmes estranhos de que a senhora nunca ouviu falar."

"Bom, talvez o seu amigão policial é que devesse estar cuidando disso. Você tem mantido contato com a polícia?"

"Eu pensei mesmo em falar com o Pé-Grande", Doc disse, "mas bem quando eu estava pegando o telefone lembrei que, sendo ele o Pé-Grande e tudo mais, provavelmente ia tentar *me* enquadrar por tudo isso."

"Talvez você se dê melhor com os nazistas, uma escolha que eu não invejo. Tome cuidado, Larry. Dê as caras de vez em quando só pra eu poder confirmar pra Elmina que você ainda está vivo."

O porra do Pé-Grande. Bom, como não. Seguindo algum impulso extrassensorial, Doc foi até a tv, ligou e mudou para um dos canais independentes dedicados a filmes feitos para a televisão de muito tempo atrás e pilotos de séries que não decolaram, e com certeza, lá estava o velho cachorro louco hippiefóbico em pessoa, fazendo hora extra ao vivo, depois de um dia cheio violando direitos civis, como garoto-propaganda do Condomínio Vista do Canal. "Um projeto Michael Wolfmann", lia-se embaixo do logo.

Como muitos policiais de Los Angeles, o Pé-Grande, apelidado graças ao seu método preferencial de entrada, acalentava desejos relacionados ao show business e na verdade já tinha aparecido em um número suficiente de papéis, de mexicano cômico em *A noviça voadora* a auxiliar psicopata em *Viagem ao fundo do mar*, para já estar pagando o sindicato dos atores e recebendo pequenos cheques. Talvez os produtores desses comerciais do Vista do Canal estivessem tão desesperados que estavam contando com algum reconhecimento da audiência — talvez, como Doc suspeitava, o Pé-Grande estivesse metido de alguma maneira em qualquer que fosse o verdadeiro negócio imobiliário ali. Fosse o que fosse, dignidade pessoal não contava grandes coisas. O Pé-Grande aparecia na imagem usando trajes que teriam envergonhado o hippie menos irônico da Califórnia, sendo que o dessa noite era uma capa de veludo até os tornozelos com uma estampa de caxemira com tantos tons "psicodélicos" que a televisão de Doc, um aparelho simplinho comprado no estacionamento do Zody em uma Louquidação da Meia-Noite havia alguns anos, simplesmente não estava dando conta. O Pé-Grande tinha enfeitado o seu figurino com um colar de continhas, óculos escuros com símbolos da paz nas lentes e uma gigantesca peruca afro listrada de vermelho-china, verde-claro e índigo. O Pé-Grande com frequência evocava para os espectadores o lendário vendedor de carros usados Cal Worthington — a não ser pelo fato de que se Cal era famoso por incluir animais vivos nas suas apresentações, os roteiros do Pé-Grande traziam um incansável esquadrão terrorista de criancinhas, que ficavam trepando na mobília da casa-modelo, realizavam insubordinados mergulhos bola-de-canhão nas piscinas dos fundos, davam gritinhos e berros e fingiam abater o Pé-Grande a tiros, clamando "Paz e Amor!" e "Morte aos Porcos!". Os espectadores ficavam em êxtase. "Esses meninos!", eles soltavam, "nossa, eles são demais, hein?" Não teve leopardo hiperalimentado que atazanasse Cal Worthington como essas crianças ao Pé-Grande, mas ele era profissional, não era?, e pelo amor de Deus, ele seguia impávido, estudando em detalhes velhos filmes de W. C. Fields e Bette Davis sempre que passavam para ver as dicas que podia tirar para dividir a tela com crianças cuja fofura, para ele, nunca era menos que problemática. "A gente vai ser *amiguinho*", ele coaxava como que para si próprio, fingindo dar compulsivas baforadas em um charuto, "a gente vai ser *amiguinho*."

De repente umas batidas na porta da frente, e por um momento Doc teve um vislumbre de que devia ser o Pé-Grande em pessoa, prestes a entrar novamente a pontapés como nos dias de outrora. Mas na verdade era Denis, da parte baixa da cidade, cujo nome todo mundo pronunciava Pênis, parecendo ainda mais desorientado que o normal.

"Então, Doc, eu estou lá na Dunecrest, sabe a farmácia lá, e aí assim eu saquei a placa deles, 'Farmácia e Drogaria'? 'Droga'? 'Ria'? Eu passei por ali tipo umas mil vezes e nunca *vi* aquilo *na real* — Droga, ria! bicho, muito louco, aí eu entrei, e o Steve Risonho estava no balcão e eu disse, tipo, 'É, oi, eu queria umas drogas, por favor?' — ah, toma, pode matar esse aqui se estiver a fim."

"Obrigado, mas isso aí só vai é me queimar a boca."

A essa altura Denis já tinha vagado até a cozinha e estava revistando a geladeira.

"Está com fome, Denis?"

"Pacas. Olha, como o Godzilla sempre diz para a Mothra — você conhece algum lugar bom para a gente comer?"

Eles foram até Dunecrest e viraram à esquerda, entrando na parte pé-sujo da cidade. A pizzaria Pipeline estava entupida, uma fumaça tão densa lá dentro que não dava para ver de uma ponta à outra do bar. A jukebox, audível até os limites de El Porto e mais além, tocava "Sugar, Sugar", dos Archies. Denis abriu caminho até a cozinha para ver se arranjava uma pizza, e Doc ficou olhando Ensenada Slim lidar com uma das máquinas da Gottlieb em um canto. Slim era o dono e gerente de uma loja de maricas e acessórios logo ali ao lado chamada O Berro do Cérebro Ultravioleta e era meio que um sábio da aldeia por essas bandas. Depois de ganhar uma dúzia de partidas bônus, ele deu uma parada, viu Doc e cumprimentou com a cabeça.

"Te pago uma cerveja, Slim?"

"Foi o carro da Shasta que eu vi na rua? Aquele conversivelzão velho?"

"Ela deu as caras um minutinho", o Doc disse. "Meio esquisito ver ela de novo. Sempre imaginei que quando a visse ia ser na TV, não em carne e osso."

"Verdade. Sabe que às vezes eu acho que vejo ela no cantinho da tela? Mas é sempre alguma sósia. E nunca tão gata, claro."

Triste, porém verdade, como Dion sempre diz. No colégio Playa Vista, Shasta foi a miss da classe quatro anos seguidos, sempre ganhava o papel da mocinha nas peças dos alunos, sonhava como todo mundo em entrar para o cinema, e assim que ela pudesse bancar ia se mandar estrada afora à procura de um lugar barato para morar em Hollywood. Doc, além de ser praticamente o único chapado que ela conhecia que não usava heroína, o que liberava bastante tempo para os dois, nunca tinha entendido o que mais ela poderia ter visto nele. Não é nem que tenham ficado juntos tanto tempo assim. Logo ela estava recebendo telefonemas para testes de elenco e arranjando trabalho no teatro, no palco e nos bastidores, e Doc fazia o seu aprendizado procurando pessoas desaparecidas, e cada um deles, gradualmente localizando uma termal cármica diferente sobre a megalópole, observou o outro pairar rumo a um destino diferente. Denis voltou com a sua pizza. "Esqueci do que que eu pedi." Isso acontecia na Pipeline toda terça ou Noite da Pizza Barata, quando qualquer pizza da casa, com qualquer cobertura, custava um mero dólar e trinta e cinco. Denis agora estava sentado encarando detidamente aquela ali, como se ela estivesse prestes a fazer alguma coisa.

"Isso é um pedaço de mamão", Slim chutou, "e aquilo... aquilo ali é torresmo?"

"É iogurte de amora na pizza, Denis? Francamente, uurgh." Era Sortilège, que trabalhava no escritório de Doc antes do seu namorado Spike voltar do Vietnã e ela decidir que o amor era mais importante que um emprego, ou era assim que Doc achava que lembrava a explicação dela. Os seus dons estavam em outras áreas, de qualquer maneira. Tinha contato com forças invisíveis e sabia diagnosticar e resolver todo tipo de problema, emocional e físico, o que normalmente fazia de graça, mas em certos casos aceitava erva ou ácido em vez de dinheiro. Que Doc soubesse, ela nunca errou. No momento estava examinando o cabelo dele, e como de costume ele teve um espasmo de pânico defensivo. Finalmente, com um enérgico aceno, "Melhor dar um jeito nisso".

"De novo?"

"Não canso de repetir — quem muda o penteado muda de vida."

"O que você recomenda?"

"Você que sabe. Siga a intuição. Tudo bem, Denis, se eu quiser pegar só esse pedacinho de tofu?"

"É um marshmallow", Denis disse.

De novo de volta à sua casa, Doc enrolou um fino, ligou num filme antigo, achou uma camiseta velha e ficou sentado rasgando a camiseta em tirinhas curtas de cerca de um centímetro de largura até ter uma pilha com talvez uma centena de tirinhas, aí entrou um pouco no chuveiro e com o cabelo ainda molhado pegou mechas estreitas e enrolou cada mecha em uma tirinha de camiseta, amarrando com um nó cego, repetindo esse estilo plantador sulista em todo o cabelo, e aí depois de talvez uma meia hora com o secador de cabelos, durante a qual ele pode ou não ter caído no sono, desatando novamente os nós e escovando tudo de cabeça para baixo até virar o que lhe parecia um afro de branco bem apresentável de quarenta e cinco centímetros de diâmetro. Enfiando a cabeça com cuidado em uma caixa de papelão de loja de bebidas para preservar o formato, Doc deitou no sofá e dessa vez caiu mesmo no sono, e perto do amanhecer ele sonhou com Shasta. Não era que estivessem transando, exatamente, mas era alguma coisa assim. Eles tinham desembarcado das suas outras vidas como se tende a desembarcar em sonhos matutinos, para um encontro em um motel estranho que parecia ser também um salão de cabeleireiros. Ela ficava insistindo que "amava" um cara que não mencionava nunca, apesar de que quando Doc finalmente acordou, ele entendeu que ela devia estar falando de Mickey Wolfmann.

Não fazia mais sentido dormir. Ele cambaleou morro acima até o Wavos e tomou café com os surfistas linha-dura que estavam sempre por lá. Flaco o Mau veio até ele. "Olha, bicho, aquele polícia andou procurando você de novo. O que é isso na tua cabeça?"

"Polícia? Quando isso?"

"Ontem de noite. Ele foi até a sua casa, mas você não estava. Detetive da Homicídios do centro com um El Camino todo amassado, aquele com um motor 396."

"Era o Pé-Grande Bjornsen. Por que ele simplesmente não meteu o pé na minha porta como ele faz normalmente?"

"Ele podia até estar pensando no assunto, mas disse alguma coisa como 'Amanhã vai ser outro dia'... o que seria hoje, né?"

"Não se eu puder evitar."

O escritório de Doc ficava perto do aeroporto, numa transversal da East Imperial. Ele dividia as instalações com um certo doutor Buddy Tubeside, cujos pacientes basicamente recebiam injeções de "vitamina B12", um eufemismo para um coquetel de anfetaminas criado pelo médico. Hoje, mesmo sendo cedo, Doc ainda tinha que abrir caminho por uma fila de clientes com deficiência de "B12" que já se estendia até o estacionamento, donas de casa litorâneas com um determinado índice de melancolia, atores que tinham de comparecer a testes de elenco, velhotes malucos com um profundo bronzeado que esperavam ansiosos por um ativo dia de bate-papo sob o sol, comissárias de bordo recém-chegadas de algum madrugueiro cansativo, até alguns casos legítimos de anemia renitente ou gravidez vegetariana, todos se arrastando semiadormecidos, fumando um cigarro atrás do outro, falando sozinhos, deslizando um a um para o saguão do prediozinho de tijolos de concreto passando por uma catraca a cujo lado, segurando uma prancheta e registrando cada um, ficava Petunia Leeway, um avião com um chapeuzinho engomado e um traje médico microscópico, não tanto um verdadeiro uniforme de enfermeira quanto um lascivo comentário a respeito deles, dos quais o doutor Tubeside dizia ter comprado uma carrada na Frederick's de Hollywood, em uma diversidade de tons pastéis, sendo que o de hoje era azul-piscina, quase que a preço de atacado.

"Bom dia, Doc." Petunia conseguia colocar um tom de cantora de cabaré na frase, o equivalente vocal de bater cílios de vison na direção dele. "Adorei o afro."

"Oba, Petunia. Ainda está casada com aquele fulano?"

"Ah, Doc..."

Quando assinaram o contrato de aluguel, os dois inquilinos, como meninos que vão dividir o beliche na colônia de férias, tinham tirado no cara e coroa para ver quem ia ficar com o conjunto do primeiro andar, e Doc tinha perdido ou, como ele preferia pensar, ganhado. A placa na sua porta dizia LSD INVESTIGAÇÕES, LSD, como ele explicava quando as pessoas perguntavam, o que não era sempre, representando "Localizamos, Seguimos, Detectamos". Embaixo dela ficava uma representação de um globo ocular gigante injetado de sangue nos tons de verde e magenta, os favoritos da psicodelia, e cujo detalhamento de seus literalmente milhares de capilares alucinados tinha sido terceirizado para uma comuna de viciados em anfetamina que já se mudou faz muito tempo para Sonoma. Já se relataram casos de clientes em potencial que passaram horas contemplando o labirinto oftalmológico, muitas vezes esquecendo o motivo da sua vinda até aqui.

Um visitante já estava ali, na verdade, à espera de Doc. O que o tornava incomum era, era que ele era negro. Está certo que é verdade que de vez em quando se viam uns negros a oeste da Harbor Freeway, mas ver um assim tão longe da área natural, praticamente junto ao mar, era bem raro. Na última vez que alguém se lembrava de um motorista negro em Gordita Beach, por exemplo, angustiadas chamadas pedindo reforços partiram de todas as frequências da polícia, reuniu-se uma pequena força-tarefa de viaturas, e montaram-se barreiras em toda a extensão da Pacific Coast Highway. Um velho reflexo gorditense, que datava de logo depois da Segunda Guerra Mundial, quando uma família negra chegou a tentar se mudar para a cidade e os cidadãos, com prestimosos conselhos da Ku Klux Klan, queimaram tudo e então, como se tivessem entrado em vigência alguma maldição antiga, se recusaram a permitir que qualquer outra casa viesse a ser construída no local. O terreno ficou vazio até que a prefeitura finalmente o desapropriou e o transformou em um parque, onde a juventude de Gordita Beach, graças às leis da compensação cármica, logo passou a se reunir à noite para beber, se drogar e transar, deprimindo seus pais, ainda que não particularmente os valores imobiliários.

"Epa", Doc cumprimentou o visitante, "como é que é, mermão?"

"Larga mão dessa bobagem", replicou o negro, apresentando-se como Tariq Khalil e encarando um pouco, em outras circunstâncias ofensivamente, o cabelo afro de Doc.

"Bom. Vamos entrando."

No escritório de Doc havia um par de banquinhos de espaldar alto cobertos de plástico fúcsia estofado, um de frente para o outro, cercando uma mesa de fórmica de um agradável verde tropical. Tratava-se na verdade de um módulo para mesas de lanchonete, que Doc tinha desencavado de uma reforma em Hawthorne. Com um gesto ele pediu que Tariq se sentasse em um dos bancos e se sentou na frente dele. Era acolhedor. O tampo da mesa entre eles estava coalhado de listas telefônicas, lápis, cartões de fichário dentro e fora das suas caixas, mapas rodoviários, cinzas de cigarros, um rádio transistorizado, pinças para segurar guimbas, xícaras de café e uma Olivetti Lettera 22, na qual Doc, murmurando "Vou só abrir uma ficha aqui", inseriu uma folha de papel que parecia ter sido repetidamente usada para algum estranho origami compulsivo.

Tariq observava ceticamente. "Secretária de folga, hoje?"

"Mais ou menos isso. Mas eu tomo nota aqui e depois tudo vai ser datilografado."

24

"Certo, então tem um cara que esteve na cadeia comigo. Branco, Irmão Ariano, pra falar a verdade. A gente fez uns negócios, agora saímos os dois, ele ainda me deve. Quer dizer, é muito dinheiro. Eu não posso te dar detalhes. Eu jurei que não ia dizer".

"Que tal só o nome dele?"

"Glen Charlock."

Às vezes, do jeito de alguém dizer um nome você saca uma energia. Tariq estava falando como alguém que sofreu uma desilusão. "Você sabe onde ele está agora?"

"Só pra quem ele trabalha. Ele é guarda-costas de um empreiteiro chamado Wolfmann."

Doc teve um momento de tontura, coisa das drogas sem dúvida. Voltou dele em alerta paranoico, não tanto, esperava, que Tariq pudesse perceber. Fingiu examinar a ficha que estava redigindo. "Se não for demais perguntar, senhor Khalil, como o senhor ficou sabendo desta agência?"

"Sledge Poteet."

"Nossa. Do fundo do baú."

"Disse que você ajudou ele a se livrar de uma situação em 67."

"A primeira vez que atiraram em mim. Vocês se conhecem do xilindró?"

"Eles estavam ensinando nós dois a cozinhar. Sledge ainda deve ter mais um ano lá."

"Eu lembro dele de quando ele não sabia ferver água."

"Devia ver agora, ele sabe ferver água de torneira, água mineral da fonte, club soda, Perrier, pode escolher. Ele é o Cara da Fervura."

"Então, se você não se importar com uma pergunta óbvia — já que sabe onde Glen Charlock está trabalhando agora, por que não passar por lá e falar direto com ele, por que contratar um intermediário?"

"Por que o tal do Wolfmann fica cercado o dia inteiro de um exército da Irmandade Ariana, e fora o Glen eu nunca tive relações muito cordiais com aqueles nazistoides filhos de uma puta."

"Ah — aí a gente manda um branco pra *ele* tomar porrada na cabeça."

"Mais ou menos. Bem que eu piferia alguém um pouquinho mais convincente."

"O que me falta em *al*-titude", Doc explicou pela milio ou mais nésima vez na sua carreira, "me sobra de *a*-titude."

"Certo... pode ser... eu vi disso no xadrez de vez em quando."

"Quando você estava lá, você foi de alguma gangue?"

"Família Guerrilha Negra."

"O pessoal de George Jackson. E você está dizendo que fez negócios com quem mesmo, a Irmandade Ariana?"

"A gente descobriu que tinha muitas opiniões semelhantes a respeito do governo dos EUA."

"Mmm, aquela harmonia racial, saquei."

Tariq estava olhando para Doc com uma intensidade singular, e os seus olhos tinham ficado amarelos e afiados.

"Tem mais", Doc chutou.

"A minha antiga gangue da rua. Aleijados de Artesia. Quando saí do presídio, fui procurar alguns deles e descobri que não foi só eles que sumiram, mas a área da gangue."

"Muito louco. Como assim, sumiu?"

"Não está lá. Moidinha em pedacinhos. As gaivotas beliscando aquilo tudo. Eu imagino que deve ser viagem minha, dou uma volta de carro, volto, ainda não tem nada lá."

"Hã-hã." Doc datilografou, *Não é alucinação.*

"Nada e ninguém. Cidade fantasma. A não ser uma placa enorme, 'Em breve neste local', umas casas com preço para branquelo, shopping center, a merda toda. Adivinha quem é o empreiteiro."

"Wolfmann de novo."

"Isso mesmo."

Na parede Doc tinha um mapa da região. "Mostra aqui." A região que Tariq apontou parecia ficar quase em linha reta daqui rumo leste pelo Artesia Boulevard, e Doc percebeu depois de um minuto e meio de leitura cartográfica que tinha de ser o local do Condomínio Vista do Canal. Fingiu fazer uma análise étnica de Tariq. "Você, assim, é o quê mesmo, japonês?"

"Ahn, você está nessa há quanto tempo?"

"Parece mais perto de Gardena que de Compton, só isso que eu estou dizendo."

"Segunda Guerra", disse Tariq. "Antes da guerra, boa parte da região centro-sul ainda era um bairro japonês. Mandam aquele pessoal pros campos de prisioneiros, a gente entra pra ser os japoneses da vez."

"E agora é a vez de vocês serem deslocados."

"Mais da vingança dos brancos. Não bastava a via expressa lá perto do aeroporto."

"Vingança por...?"

"Watts."

"A revolta."

"Tem quem prefira dizer 'insurreição'. O Cara, ele só espera a hora certa."

Longa, triste, a história da posse da terra em Los Angeles, como a tia Reet nunca cansava de ressaltar. Famílias mexicanas expulsas da ravina Chavez para a construção do estádio dos Dodgers, índios americanos varridos de Bunker Hill para o Centro de Música, o bairro de Tariq terraplenado para o Condomínio Vista do Canal.

"Se eu conseguir pegar esse seu amigo da prisão, ele vai honrar a dívida?"

"Eu não posso te dizer o que é."

"Não precisa."

"Ah, e outra coisa é que eu não posso te adiantar nada."

"Numa boa, por mim."

"O Sledge tinha razão, está aqui um filho da puta de um branco muito louco."

"Como é que você sabe?"

"Eu fiz as contas."

Dois

Doc pegou a saída pela via expressa. As pistas que iam para leste estavam lotadas de kombis estampadas com sacolejantes caxemiras, dodges cobertos só de antiferrugem, peruas com carroceria de madeira de autêntico pinho do Michigan, Porsches pilotados por estrelas de TV, Cadillacs que levavam dentistas a rendez-vous extraconjugais, vans sem janelas contendo sinistros dramas adolescentes em progresso, caminhonetes com colchões cheias de primos do interior lá do rio San Joaquin, todos rodando juntos para dentro desses grandiosos campos de casas sem horizonte, por sob as linhas de transmissão de energia, os rádios de todo mundo sintonizando as mesmas duas ou três estações AM, sob um céu como leite aguado, e o bombardeio branco de um sol enevoado até apenas uma mácula de probabilidade, em cuja luz você começava a imaginar se algo que se pudesse chamar de psicodélico jamais poderia acontecer, ou se — saco! — esse tempo todo estava tudo acontecendo mesmo lá no norte.

A começar de Artesia, placas dirigiram Doc até o Condomínio Vista do Canal, Um Projeto Michael Wolfmann. Lá estavam os previsíveis casais de nativos que não podiam esperar para dar uma olhada no próximo OPPOS, como a tia Reet tendia a chamar a maioria dos conjuntos habitacionais que conhecia. Vez por outra, nos cantos do retrovisor, Doc detectava pedestres negros, desorientados como deve ter ficado Tariq, talvez também à procura da velha vizinhança, de quartos habitados dia a dia, sólidos como os eixos do espaço, agora arrebatados por abalo e ruína.

O conjunto se estendia neblina adentro e pelo cheiro suave da parte do smog que era neblina, e do deserto sob a calçada — casas-modelo mais perto da estrada, casas acabadas mais para dentro, e apenas visíveis atrás delas os esqueletos de novas obras, que se expandiam para os baldios alheios. Doc passou pelo portão e foi até um trecho de terra aplainada vazia já com placas de nomes de ruas, mas com as ruas ainda por pavimentar. Ele estacionou no que seria a esquina da Kaufman com a Broad e voltou a pé.

Abrindo-se para vistas filtradas de um trecho praticamente negligenciado do Canal de Controle de Inundações Dominguez esquecido e isolado por quilômetros de aterros, nivelamentos, lixo de empreendimentos industriais que tinham ou triunfado ou fracassado, essas casas eram mais ou menos estilo Colonial Espanhol com varandinhas não-necessariamente-de-arrimo e cobertas de telhas vermelhas, concebidas para sugerir cidades de valores mais altos como San Clemente ou Santa Barbara, embora até agora não houvesse sombra de árvore à vista.

Perto do que viria a ser o portão da frente do Condomínio Vista do Canal, Doc encontrou uma minipracinha improvisada posta ali basicamente para o pessoal da construção, com uma loja de bebidas, uma de sanduíches para viagem com um balcão para refeições, um bar com cerveja onde dava para jogar sinuca e um salão de massagem chamado Planeta das Gatas, diante do qual ele viu uma fileira de bem-cuidadas motocicletas, estacionadas com precisão militar. Aquele parecia o lugar mais provável para ele encontrar uma brigada casca-grossa. Além disso, se eles todos estavam ali no momento, então era provável que Mickey estivesse também. Com a suposição adicional de que os proprietários dessas motos estivessem ali com finalidades recreativas e não esperando do lado de dentro em formação cerrada, preparados para encher Doc de porrada, ele respirou fundo, cercou-se de luz branca e entrou pela porta.

"Oi, o meu nome é Jade", uma efervescente moça asiática com um cheongsam turquesa lhe entregou um cardápio de serviços plastificado. "E por favor não esqueça o Especial Chupa-xota de hoje, que vale o dia todo até a hora de fechar."

"Humm, não é que $14,95 não seja um preço superjoia, mas eu estou tentando mesmo é encontrar um cara que trabalha pro senhor Wolfmann?"

"Muito louco. Ele é de chupar xota?"

"Bom, Jade, você deve saber melhor que eu, um cara chamado Glen?"

"Ah claro, o Glen aparece aqui, eles todos vêm. Você tem um cigarrinho pra mim?" Ele tirou para ela um Kool sem filtro. "Uuh, à moda do xadrez. Lá não rola muita xoxota, né?"

"O Glen e eu estivemos juntos em Chino meio que na mesma época. Você viu ele hoje?"

"Até coisa de um minuto atrás, quando todo mundo de repente deu o pira. Tem alguma coisa esquisita rolando? Você é da polícia?"

"Vejamos." Doc inspecionou os pés. "Nah... não com esse sapato."

"Eu pergunto é porque se você fosse da polícia você tinha direito a uma amostra grátis do Especial Chupa-xota?"

"Que tal um detetive particular profissional? Será que—"

"Oi, Bambi!" Saída de uma cortina de contas, como se no intervalo de uma partida de vôlei de praia, veio aquela loura com um biquíni fosforescente turquesa e laranja.

"Ai cacilda", Doc disse. "Onde é que a gente—"

"Não você, Fumeta", Bambi resmungou. Jade já estava com a mão estendida para aquele biquíni.

"Ah", ele disse. "Humm... olha só, o negócio é que eu fiquei pensando que, aqui? onde diz 'Especial Chupa-xota'? é isso mesmo o que quer dizer, que—"

Bom... nenhuma das meninas parecia estar prestando muita atenção nele a essa altura, embora por boa educação Doc achasse que devia continuar olhando por um tempo, até que por fim elas sumiram por trás do balcão da recepção, e ele foi saindo pensando em dar uma olhada por ali. Para o corredor, de algum ponto adiante, vazavam luz índigo e frequências ainda mais escuras, acompanhadas de música cheia de orquestrações para cordas de meia geração atrás vinda de LPs compilados para acompanhar trepadas em garçonnières de solteiros.

Ninguém por ali. Dava a impressão de que talvez antes houvesse, até Doc dar as caras. Aquele lugar também estava se revelando maior por dentro que por fora. Havia suítes com pôsteres fluorescentes de rock'n'roll e tetos espelhados e camas d'água vibratórias. Estrobos piscavam, cones de incenso enviavam rumo ao teto fitas de fumaça almiscarada, e carpetes de lã artificial de angorá em uma variedade de tons que incluía sangue-velho e azul-piscina, nem sempre limitados às superfícies dos pisos, acenavam convidativos.

Ao se aproximar dos fundos do estabelecimento, Doc começou a ouvir muitos gritos vindos de fora, acompanhados de um maciço trovoar de Harleys. "Oh-oh. Que é isso?"

Ele não descobriu. Talvez tenha sido todo aquele conjunto de dados sensórios exóticos o que fez com que Doc mais ou menos nessa hora desmaiasse abruptamente e perdesse uma porção desconhecida do seu dia. Pode ser que uma pancada em algum objeto qualquer no caminho até o chão explicasse o calombo doloroso que ele encontrou na cabeça quando finalmente acordou. Mais rápido, pelo menos, do que a equipe de *Medical Center* consegue dizer "hematoma subdural", Doc sacou que a muzak otária estava calada, e mais nada de Jade, de Bambi, e ele estava deitado no piso de cimento de um espaço que não reconhecia, embora se pudesse dizer a mesma coisa do que agora identificava, bem no alto, como um astro aziago no horóscopo de hoje, como o malevolamente cintilante rosto do tenente-detetive Pé-Grande Bjornsen, da polícia de Los Angeles.

"Parabéns, hippie de merda", o Pé-Grande cumprimentou Doc na sua conhecidíssima voz Havoline, "e bem-vindo a um mundo de inconvenientes. É, parece que dessa vez você finalmente conseguiu tropeçar em uma coisa real e profunda demais para conseguir livrar a sua cara hippie vagabunda dela só na base da alucinação." Ele estava segurando, e vez por outra dando mordidas, na sua típica banana congelada coberta com chocolate.

"Salve, Pé-Grande. Uma mordidinha?"

"Lógico, mas você vai ter que esperar, a gente deixou o rottweiler lá na delegacia."

"Sem pressa. E... e onde é que a gente está no momento, mesmo?"

"No Condomínio Vista do Canal, no local de um futuro lar onde elementos de alguma família recomendável logo vão estar se reunindo toda noite para mirar a telinha, papar os seus nutritivos lanchinhos e talvez, depois que as crianças forem para a cama, até tentar algumas carícias preliminares procriativas, sem sequer imaginar que um dia, exatamente aqui, estendia-se em narcótico estupor um infame delinquente, tagarelando incoerentemente com o detetive da Homicídios, que depois disso ficou famoso, que o capturou."

Eles ainda estavam perto do portão de entrada. Através de um labirinto de caixilhos grampeados, Doc percebeu na luz do fim da tarde um panorama borrado de ruas cheias de fundações recém-despejadas à espera de casas que as cobrissem, valas para esgoto e linhas de serviço, barricadas de cavaletes com luzes piscantes mesmo durante o dia, bueiros pré-fabricados, pilhas de entulho, tratores e escavadeiras.

"Sem querer parecer impaciente", o tenente continuou, "na hora em que você estiver a fim de vir com a gente, íamos adorar bater um papinho." Puxa-sacos uniformizados se esgueiravam por ali, com risadinhas de apreciação.

"Pé-Grande, eu não sei o que houve. Última coisa que eu lembro eu estava naquele salão de massagem ali? Uma asiática chamada Jade? E a amiga caucasiana Bambi?"

"Projeções irreais de um cérebro defumado pela cannabis, com certeza", teorizou o detetive Bjornsen.

"Mas, assim, não fui eu? Seja o que for?"

"Claro." O Pé-Grande encarava, mordiscando entretido a sua banana congelada, enquanto Doc realizava a fatigante tarefa de se pôr de novo na vertical, seguida por detalhes ainda a ser superados, tais como permanecer nessa posição, tentar andar e coisa e tal. Que foi mais ou menos quando ele percebeu a equipe de um legista com um corpo humano listrado de sangue em decúbito dorsal em uma maca, acomodado sobre si próprio como um peru de natal cru, o rosto coberto por um cobertor barato da polícia. Ficavam caindo coisas dos bolsos de suas calças. Os policiais tinham que engatinhar na terra para apanhá-las. Doc se viu surtando, em termos de estômago e tudo o mais.

Pé-Grande Bjornsen riu cruel. "É, eu quase consigo ter pena do seu incômodo civil — apesar de que se você tivesse sido mais homem e menos hippie veado que foge do exército, vai saber, você podia ter visto o suficiente no Vietnã para compartir comigo essa sensação de tédio profissional diante da visão de mais um, como dizemos, presunto, com que se tem de lidar."

"Quem é?" Doc, acenando com a cabeça na direção do cadáver.

"Era, Sportello. Aqui no planeta Terra nós dizemos 'era'. Eu queria lhe apresentar Glen Charlock, cujo nome você estava invocando há apenas algumas horas, testemunhas confirmarão esse fato sob juramento. Drogados com problemas de memória deviam ser mais cuidadosos na escolha das pessoas com as quais optam por suas fantasias alucinadas. Além do mais, pelo que se vê aqui, você resolveu apagar um guarda-costas pessoal de um certo Mickey Wolfmann, consideravelmente bem relacionado. O nome lhe diz alguma coisa? Ou no seu caso cantarola com violãozinho? Ah, mas olha a nossa carona."

"Ei — o meu carro..."

"Como o dono, já a caminho da custódia."

"Sacanagem, Pé-Grande, até pra você."

"Ora, ora, Sportello, você sabe que a gente vai ficar muito feliz de lhe dar uma carona. Olha a cabeça."

"Olhar a... Como que você quer que eu faça isso, bicho?"

Eles não foram para a central, mas, por motivos de protocolo policial para sempre obscuros para Doc, apenas até a delegacia de Compton, onde encostaram no estacionamento e se detiveram perto de um El Camino 68 bem surrado. O Pé-Grande desceu da viatura, deu a volta e abriu o porta-malas. "Anda, Sportello — vem me dar uma mão com isso aqui."

"Mas, com o perdão da má palavra, que porra", inquiria Doc, "é essa?"

"Arame farpado", replicou o Pé-Grande. "Um rolo de quatrocentos metros do autêntico Glidden 1,6mm galvanizado. Você pega daquele lado?"

O negócio pesava coisa de cinquenta quilos. O policial que estava ao volante ficou sentado olhando os dois levantarem o rolo do porta-malas e meterem na caçamba do El Camino, que, como Doc lembrava, era o carro do Pé-Grande.

"Problemas com o gado lá em casa, Pé-Grande?"

"Ah, ninguém ia usar um arame desses para uma cerca de verdade, você está louco, isso aqui tem setenta anos, novinho em folha—"

"Espera aí. Você... coleciona... arame farpado."

No fim das contas, pior que sim, além de esporas, arreios, sombreros de caubói, quadros de saloon, estrelas de xerife, moldes para balas, tudo quanto era parafernália do Velho Oeste.

"Quer dizer, se *você* não tiver objeções, Sportello."

"Eia, segura, peão, que eu não quero armar duelo com essas coisa de colecionador de arame farpado não, sô, cada um que cuide das coisa que quer pôr na caminhonete, né."

"Eu diria que sim", o Pé-Grande fungou. "Vem, vamos entrar e ver se tem um cubículo aberto."

O histórico de Doc com o Pé-Grande, começando com pequenos episódios relacionados a drogas, revistas nas calçadas da Sepulveda e repetidos consertos da porta de entrada, atingiu um clímax alguns anos atrás com o caso Lunchwater, mais um dos lúgubres casos matrimoniais que naquela época ocupavam o tempo de Doc. O marido, um contador que achou que ia descolar um bom serviço de vigilância baratinho, tinha contratado Doc para ficar de olho na sua mulher. Depois de uns dias de tocaia na casa do namorado, Doc decidiu subir no telhado e dar uma olhada mais de perto por uma claraboia em cima do quarto, onde as atividades se provaram tão rotineiras — safas, talvez, mas não muito cafas — que ele decidiu acender um baseado para passar o tempo, tirando um do bolso, no escuro, mais soporífico do que pretendia. Não demorou muito e ele estava dormindo e meio que rolou, meio que escorregou para a canaleta estreita do telhado vermelho, atingindo o repouso com a cabeça na calha, onde então conseguiu dormir durante os eventos que se seguiram, que incluíram a chegada do maridão, considerável gritaria e um tiroteio tão barulhento que levou os vizinhos a chamar a polícia. O Pé-Grande, que por acaso estava rondando numa radiopatrulha por ali, apareceu para encontrar o marido e o amiguinho mortos e a mulher atraentemente descomposta e soluçante e olhando para a .22 na sua mão como se fosse a primeira vez que via uma. Doc, lá no telhado, ainda roncava solto.

Avança a cena para Compton, hoje. "O que nos preocupa", o Pé-Grande estava tentando explicar, "é este, o que a gente da Homicídios gosta de chamar de, 'padrão'? Essa é a segunda vez, que a gente saiba, que você é descoberto dormindo na cena de um crime sério e incapaz — poderia eu sugerir 'relutante'? — de nos fornecer quaisquer detalhes."

"Um monte de folhinhas e de galhos e tal no meu cabelo", Doc parecia lembrar. O Pé-Grande balançava a cabeça encorajando-o. "E... tinha um caminhão de bombeiros com uma escada? Que deve ter sido como eu desci do telhado?" Eles se olharam por um tempo.

"Eu estava pensando mais no dia de hoje", o Pé-Grande com um toque de impaciência. "Condomínio Vista do Canal, Massagens Planeta das Gatas, essas coisas."

"Ah. Bom, eu estava inconsciente, bicho."

"É. É, mas antes disso, quando você e Glen Charlock tiveram o seu encontro fatal... quando você diria que foi isso, exatamente, na sequência dos acontecimentos?"

"Eu te disse, a primeira vez que eu vi o cara, foi quando ele estava morto."

"Os comparsas dele, então. Quantos deles você já conhecia?"

"Eu normalmente não ia andar com uns caras desses, perfil narcótico totalmente equivocado, muito calmante, muito rebite."

"Esses maconheiros, tão preconceituosos... Você diria que é *ofensiva* a preferência de Glen por barbitúricos e anfetaminas?"

"Isso. Eu estava a fim de dedar o cara para o Comitê de Ética e Padrões de Comportamento dos Chapados."

"É, agora, a sua ex-namorada Shasta Fay Hepworth é sabidamente íntima do patrão de Glen, Mickey Wolfmann. Você por acaso acha que Glen e Shasta estavam... você sabe..." Fez uma figa frouxa e deslizou por ela o dedo médio da outra mão para a frente e para trás pelo que Doc achou ser um tempo mais que excessivo. "E como isso te afetou, você aqui, ainda remendando o seu coração partido, e ela lá, na companhia de todos aqueles vagabundos nazistas?"

"Faz isso mais um pouco, Pé-Grande, acho que estou ficando de pau duro."

"Carcamano safado, como sempre diz meu velho amigo Fatso Judson."

"Caso você tenha esquecido, tenente, eu e você temos quase o mesmo emprego, só que eu não tenho carta branca pra sair atirando nas pessoas o tempo todo e coisa e tal. Mas se fosse eu aí na sua cadeira, acho que eu ia agir bem assim, quem sabe começar em seguida com comentários sobre a minha mãe. Ou imagino que a *sua* mãe, porque você ia ser eu... Eu me confundi?"

Foi apenas no meio da hora do rush que eles deixaram Doc ligar para o seu advogado, Sauncho Smilax. Na verdade, Sauncho trabalhava para um escritório de advocacia marítima lá na Marina, chamado Hardy, Gridley e Chatfield, e o seu currículo era meio precário na área criminal. Ele e Doc tinham se conhecido por acidente uma noite no Food Giant lá em Sepulveda. Sauncho, que então era um aprendiz de chapado que acabara de aprender a remover sementes e galhos, estava prestes a comprar uma peneira de farinha quando teve uma iluminação de que as pessoas no caixa *iam todas saber para que era que ele queria a peneira* e iam chamar a polícia. Ele sofreu uma espécie de congelamento paranoico, que foi quando Doc, tendo um ataque de deficiência chocolática da meia-noite, veio zunindo de uma gôndola de guloseimas e abalroou com o seu o carrinho de Sauncho.

Com a colisão, reflexos jurídicos foram redespertados.

"Olha só, será que tudo bem se eu colocasse essa peneira aí com as suas coisas, assim, de disfarce?"

"Claro", Doc disse, "mas se é pra ficar paranoico, como é que fica esse montão de chocolate, bicho...?"

"Ah. Então... de repente era melhor a gente pôr mais uns, sabe, assim, itens de aparência inócua..."

Quando chegaram ao caixa, eles de alguma maneira haviam acumulado mais cem dólares de mercadorias, incluindo a obrigatória meia dúzia de caixas de mistura para bolo, um galão de guacamole e vários pacotes tamanho família de Doritos, um engradado de refrigerante de groselha com a marca da loja, quase tudo que estava exposto no mostruário de sobremesas congeladas Sara Lee, lâmpadas e sabão de lavar roupa para dar uma fachada mundo-careta, e, depois do que pareceram horas na seção Internacional, toda uma gama de picles japoneses embalados a vácuo que tinham uma cara bacana. Em algum momento disso tudo, Sauncho mencionou que era advogado.

"Muito louco. Neguinho fica me dizendo o tempo todo que eu preciso de um 'advogado criminalista', que, nada pessoal, compreende, mas—"

"Na verdade, eu sou advogado marítimo."

Doc pensou a respeito. "Você é... um marinheiro que pratica direito? Não, espera — você é um advogado que mora no mar..."

No processo de pôr tudo isso em ordem, Doc também ficou sabendo que Sauncho tinha acabado de sair da faculdade de direito na USC e como muitos ex-universitários incapazes de abandonar a velha vida das fraternidades, estava morando na praia — não muito longe de Doc, para falar a verdade.

"De repente era melhor você me dar o seu cartão", Doc disse. "Nunca se sabe. Brigas de marinheiros, vazamentos de petróleo, coisa assim."

Sauncho nunca foi oficialmente contratado, mas depois de alguns telefonemas de Doc em pânico no meio da noite ele acabou revelando um inesperado talento para lidar com oficiais de fiança e atendentes em delegacias por toda a Região Sul, e um dia os dois perceberam que ele tinha se tornado, como dizem, *de facto*, o advogado de Doc.

Sauncho agora atendeu o telefone um pouco agitado.

"Doc! Você está com a TV ligada?"

"Eu só tenho essa ligação aqui de três minutos, Saunch, eles estão comigo em Compton, e é o Pé-Grande de novo."

"Mas então, eu estou assistindo desenho animado aqui, certo? E esse um do Pato Donald está me deixando completamente pirado?" Sauncho não tinha tanta gente assim com quem pudesse conversar na vida e sempre considerou Doc um alvo fácil.

"Você tem uma caneta, Saunch? Olha o número do processo, se prepare pra anotar—" Doc começou a ler o número para ele, bem devagarzinho.

"É assim o Donald e o Pateta, certo, e eles estão num bote salva-vidas, à deriva em alto-mar? Parece que semanas a fio? E o que você começa a perceber depois de um tempo, nos close-ups do Donald, é que ele está com uma *barbinha rala?* Assim, crescendo no bico? Dá pra você sacar o quanto isso é significativo?"

"Se eu conseguir um minuto pra pensar a respeito, Saunch, mas enquanto isso lá vem o Pé-Grande aqui e ele está com aquela cara dele, então, se desse pra você repetir o número pra mim, beleza, e—"

"A gente sempre teve essa imagem do Pato Donald, a gente presume que a cara dele é essa na vida normal, mas na verdade ele sempre teve que ir lá *todo dia* e *barbear o bico.* Pro meu juízo, deve ser a Margarida. Você entende, ou seja, que outro tipo de exigências de aparência aquela galinha anda impondo, certo?"

O Pé-Grande ficou ali parado assoviando alguma melodia de faroeste entredentes até que Doc, sem se sentir assim tão esperançoso, desligou o telefone.

"Mas e agora, onde é que a gente estava", o Pé-Grande fingindo conferir umas anotações. "Enquanto o suspeito — é você, esse — está tirando a sua suposta sonequinha diurna, tão necessária ao estilo de vida hippie, alguma espécie de incidente ocorre nas redondezas do Condomínio Vista do Canal. Descarregam-se armas de fogo. Quando a poeira baixa, encontramos morto um certo Glen Charlock. Ainda mais intrigante para a polícia de Los Angeles, a pessoa que Charlock deveria estar protegendo, Michael Z. Wolfmann, desapareceu, dando às forças regionais da lei menos de vinte e quatro horas antes que o FBI considere a situação um sequestro e venha foder com tudo. Talvez, Sportello, você possa ajudar a evitar tudo isso fornecendo os nomes dos outros membros da sua seita? Isso seria tão útil para nós aqui na Homicídios, além de ser uma chance de um alívio para o seu lado quando a boa e velha data do julgamento vier chegando?"

"Seita."

"O *L. A. Times* já se referiu a mim mais de uma vez como um detetive da Renascença", disse o Pé-Grande modestamente,

41

"o que quer dizer que eu sou muitas coisas — mas se tem uma coisa que eu não sou é imbecil, e unicamente por um sentimento de noblesse oblige eu agora estendo essa premissa para incluir você também. Ninguém, na verdade, *jamais* teria sido tão imbecil a ponto de tentar fazer isso sozinho. O que portanto sugere algum tipo de conspiração Mansonoide, você não concorda comigo?"

Depois de não mais que uma hora disso, para surpresa de Doc, Sauncho realmente apareceu na porta e foi direto ao Pé-Grande.

"Tenente, o senhor sabe que esta situação não sustenta uma investigação, então, se pretende acusá-lo, é melhor. Caso contrário—"

"Sauncho", Doc urrou, "será que dá pra você ficar na sua, lembre de quem se trata aqui, como ele fica sensível — Pé-Grande, não dê bola pra ele, ele assiste muito filme de tribunal—"

"Para falar a verdade", o detetive Bjornsen, com o olhar fixo e sinistro que usava para expressar afabilidade, "nós provavelmente *poderíamos* levar isso até chegar a um julgamento, mas com a nossa sorte a banca de jurados seria composta de noventa e nove por cento de hippies doidões, mais um promotor cabeludo e simpatizante da causa que ia acabar fodendo com o caso todo de qualquer maneira."

"Lógico, a não ser que vocês conseguissem mudar o local", imaginou Sauncho, "assim, Orange County podia ser—"

"Saunch, pra qual de nós dois você está trabalhando mesmo?"

"Eu não chamaria isso de trabalho, Doc, os clientes me pagam quando é trabalho."

"Nós só estamos detendo o camarada para o seu próprio bem", o Pé-Grande explicou. "Ele tem ligações pessoais com um homicídio e possível sequestro que vai chamar muita atenção, e quem é que pode dizer que ele não vai ser o próximo?

Quem sabe esse sujeito acaba se revelando um daqueles delinquentes que *gostam especialmente* de assassinar hippies, embora caso Sportello esteja na lista deles eu possa ter um conflito de interesses."

"Aah, Pé-Grande, você não está falando sério... Se me apagassem? Pense em todo o tempo e o trabalho que você teria pra encontrar outra pessoa pra azucrinar."

"Que trabalho? Eu saio pela porta, entro na viatura, subo qualquer quarteirão, antes de me dar conta, estou passando por uma merda de uma *manada* gigante de hippies esquisitões que nem você, cada um mais extorquível que o outro."

"Isso está me deixando sem jeito", disse Sauncho. "Talvez vocês devessem encontrar um lugar que não fosse um cubículo de interrogatórios."

O noticiário local começou e todo mundo foi para a sala de reuniões para assistir. Lá na tela estava o Condomínio Vista do Canal — uma visão da minipraça com uma aparência abandonada, ocupada pelo que equivalia a uma divisão blindada de carros de polícia estacionados em todas as direções com as luzes todas acesas, e policiais sentados nos capôs tomando café, e, em um close-up, o Pé-Grande Bjornsen, cabelo emplastrado para se proteger do Santa Ana, explicando, "... aparentemente um grupo de cidadãos, durante alguma espécie de exercício de treinamento de combate contra grupos de guerrilha. Eles devem ter pensado que este terreno em construção, ainda não estando aberto para ocupação, era deserto o suficiente para proporcionar um ambiente realista para o que devemos presumir ter sido um inofensivo treinamento patriótico". A lindinha nipo-americana com o microfone virou de frente para a câmera e continuou, "Tragicamente, no entanto, munição de verdade acabou de alguma maneira aparecendo nestes jogos de guerra, e hoje à noite um ex-detento jaz morto enquanto o destacado magnata da construção civil, Michael Wolfmann, desapareceu misteriosamente. A polícia deteve diversos suspeitos para interrogatório". Pausa para os comerciais. "Espera um minuto", disse o detetive Bjornsen, como que para si próprio. "Isso acaba de me dar uma ideia. Sportello, acho que no final das contas eu vou mesmo te chutar." Doc se encolheu, mas aí lembrou que isso também era gíria de policial para "liberar". Sendo que o raciocínio do Pé-Grande a respeito era que, se ele soltasse Doc, isso podia chamar a atenção dos verdadeiros culpados. Além de lhe dar uma desculpa para continuar na cola de Doc caso houvesse algo que Doc não estava lhe dizendo.

"Chega mais, Sportello, vamos dar uma volta."

"Eu vou ver tv aqui um pouquinho", Sauncho disse. "Lembre, Doc, isso foi tipo quinze minutos contabilizáveis como honorários."

"Falou, Saunch. Põe na minha conta?"

O Pé-Grande pegou um Plymouth semióbvio com símbolos de E-de-Estacionamento-Liberado nas placas, e eles dispararam pelos restos mortais da hora do rush até a rodovia de Hollywood e imediatamente sobre o passo Cahuenga e para o vale.

"O que é isso?", Doc disse depois de um tempo.

"Como cortesia, estou levando você até o estacionamento dos carros confiscados para você recuperar o seu veículo. Nós o revistamos com as melhores ferramentas à disposição da ciência forense e, fora restos de cannabis suficientes para manter uma família de quatro pessoas doidona por um ano, você está limpo. Nada de sangue ou de marcas de impacto que nos sejam úteis. Parabéns."

A política geral de Doc era tentar levar quase tudo numa boa, mas quando se tratava da sua caranga, os reflexos californianos lhe subiam à cabeça. "Parabéns o cacete, Pé-Grande."

"Eu magoei você."

"Ninguém chama o meu carro de *assassino*, bicho?"

"Perdão, o seu carro é alguma espécie de... o quê, vegetariano pacifista? Quando os insetos vêm trombar fatalmente no para-brisa dele, ele... ele sente remorso? Olha aqui, nós achamos o carro praticamente em cima do corpo do Charlock, em ponto morto, e tentamos não nos apressar com qualquer conclusão óbvia. Quem sabe ele pretendesse fazer um boca a boca na vítima."

"Eu achei que ele tinha levado um tiro."

"Que seja, fique feliz que o seu carro está limpeza, a benzidina nunca mente."

"Está certo... mas me deixa meio aceleradão, e você?"

"Não a que tem um *r*" — o Pé-Grande caía nessa toda vez — "ah, mas olha que o estacionamento Canoga já é daqui a umas duas saídas, deixa só eu te mostrar uma coisa um minuto."

Abandonando a rampa da saída, o Pé-Grande deu uma meia-volta sem dar seta, voltou por baixo da expressa e começou a subir para os morros, imediatamente estacionando em um local escondido que tinha Baleado Enquanto Tentava Escapar escrito por toda parte. Doc começou a ficar nervoso, mas o que Pé-Grande tinha em mente, parecia, era recrutamento para uma tarefa.

"Ninguém pode prever daqui a um ou dois anos, mas neste exato momento Nixon tem a chave do cofre e ele está jogando punhados de verdinhas para qualquer coisa que sequer lembre uma polícia local. Financiamento federal acima do número mais alto que você possa imaginar, que para a maioria dos hippies não vai muito além do número de onças em um quilo."

"Trinta e cinco... vírgula... alguma coisa, todo mundo sabe essa — Espera. Você, você quer dizer, assim, *Mod Squad*, Pé-Grande? Dedar todo mundo que eu já conheci, tem quanto tempo que a gente se conhece e você ainda não me conhece desse jeito?"

"Você ficaria surpreso com a quantidade de membros da sua própria comunidade de hippongos que achou úteis os nossos pagamentos para Empregados Especiais. Especialmente mais para o fim do mês."

Doc deu uma boa olhada no Pé-Grande. Costeletas anos 50, bigode imbecil, corte de cabelo de uma escola de cabeleireiros lá em algum bulevar desolado distante de qualquer definição corrente de na-moda. Saído direto do fundo de algum episódio de *Adam-12*, um programa em que de fato o Pé-Grande tinha feito uma ou outra ponta. Em teoria, Doc sabia que se, por algum motivo que não conseguia imaginar assim de imediato, ele quisesse ver qualquer outro Pé-Grande, fora das câmeras, fora do trabalho — até casado e com filhos, pelo que Doc podia imaginar, teria de olhar através e por sobre esse detalhe deprimente.

"Casado, Pé-Grande?"

"Desculpa, você não faz o meu tipo." Ele ergueu a mão esquerda para exibir um anel de casado. "Você sabe o que é isso, ou elas não existem no Planeta Hippie?"

"E-e-e, você tem, assim, filhos?"

"Espero que isso não seja alguma ameaça velada hippie."

"É só que... nossa, Pé-Grande! Não é *estranho*, nós dois aqui com esse *poder misterioso* de estragar o dia um do outro, e a gente nem sabe nada *sobre* o outro?"

"Muito profundo, Sportello. Baboseira perdida de chapado, lógico, mas afinal, ora bolas, você acabou de definir a própria essência do policiamento! Muito bem! Eu sempre soube que você tinha futuro. Então! Como é que fica?"

"Nada pessoal, mas a sua é a última carteira de onde eu ia querer dinheiro."

"Opa! Acorda, só parece que são o Feliz e o Funga e eles todos saltitando pelo reino mágico aqui, na verdade isso é o que a gente chama de... 'Realidade'?"

Bom, Doc não tinha a barba mas estava usando umas sandálias huaraches de pneu que vinham do sul da fronteira e que podiam passar por algo bíblico, e começou a imaginar quantos outros irmãos e irmãs inocentes o satânico detetive Bjornsen pode ter atraído a esse lugar isolado, essa sua vista cênica particular, varrendo o braço por sobre a cidade atordoada sob o sol, e oferecido a eles tudo o que o dinheiro pode comprar. "Nem me diga que isso não serve para você. Eu tenho consciência do anexim dos Freak Brothers de que as drogas te fazem aguentar um tempo sem dinheiro melhor que vice-versa, e nós seguramente poderíamos oferecer compensação de uma forma, como dizer, mais inalável."

"Você quer dizer..."

"Sportello. Tente arrancar a sua consciência daquela era dos velhos detetives durões das antigas, isso aqui agora é nova onda dos Centros de Computação Eletrônica. Todas aquelas salas cheias de material confiscado nas centrais ficaram entupidas há décadas, agora, cerca de uma vez por mês a Seção de Propriedades tem que alugar mais espaço para armazenagem lá no fundo das regiões da economia privada, pilhas e pilhas de tijolos de porcaria que chegam até o teto e transbordam para o estacionamento, Ouro de Acapulco! Panamá Vermelha! Gelada de Michoacán! Infinitos quilos de erva da boa, diga quanto, só por informações triviais que já temos mesmo. E o que você não fumar — por mais que isso seja improvável —, você sempre pode vender."

"Que bom que você não está recrutando para a Associação de Esportes Universitários, Pé-Grande, você ia estar bem ferrado."

No escritório no dia seguinte, Doc estava ouvindo o estéreo com a cabeça entre os alto-falantes e quase perdeu o toque desconfiado do telefone modelo Princesa que ele tinha achado em um troca-troca em Culver City. Era Tariq Khalil.

"Não fui eu!"

"Tudo bem."

"Mas não fui—"

"Ninguém disse que foi você, na verdade eles ainda levaram um tempo pensando que fui eu. Bicho, eu lamento muito pelo Glen."

Tariq ficou quieto tanto tempo que Doc achou que tivesse desligado. "Eu também vou lamentar", ele disse finalmente, "quando conseguir um minuto pra pensar no assunto. Nesse exato momento eu estou removendo a minha bunda dessa região. Se o Glen era um alvo, eu também sou com certeza, eu diria preto no branco, mas vocês se ofendem tão fácil."

"Tem algum lugar que eu possa—"

"Melhor não manter contato. Isso aqui não é um bando de manés que nem a polícia de Los Angeles, esses caras são uns filhos das putas tipo barra-pesada. E se você não se incomoda com um conselhinho grátis—"

"É, precaução ambulante, como o Sidney Omarr sempre diz no jornal. Bom, você também."

"*Hasta luego*, branquelo."

Doc enrolou um fino e estava prestes a acender quando o telefone tocou de novo. Dessa vez era o Pé-Grande. "Aí a gente mandou algum figurão da Academia de Polícia lá para o último endereço conhecido de Shasta Fay Hepworth, só uma visitinha de rotina, e adivinha."

Ah, puta que pariu. Isso não.

"Oh, *me* perdoe, eu estou te perturbando? Relaxa, até aqui a gente só sabe que ela sumiu também, é, bem como o Mickey, o namorado dela. Não é estranho? Será que você acha que pode existir uma ligação? Quem sabe eles fugiram juntos?"

"Pé-Grande, a gente pode pelo menos tentar manter isso profissional? Pra eu não precisar começar a te chamar de coisas, assim, não sei, bostinha sádico, coisa assim?"

"Você tem razão — é com os federais que eu estou irritado, e estou descontando em você."

"Você está pedindo desculpas, Pé-Grande?"

"Você já soube de eu ter feito isso na vida?"

"Ahhm..."

"Se alguma coisa te ocorrer sobre aonde eles — mil perdões, *ela* — pode ter ido, você vai compartilhar a informação, não é mesmo?"

Havia uma antiga superstição na praia, algo como a crença surfística de que queimar a prancha garante umas ondas geniais, e era mais ou menos assim — pegue uma seda Zig-Zag e escreva o seu maior desejo, depois use a seda para enrolar um baseado da melhor maconha que você encontrar, e fume tudo, e o seu desejo vai se realizar. Diziam que atenção e concentração também eram importantes, mas a maioria dos chapados que Doc conhecia tendia a ignorar essa parte.

O desejo era simples, só que Shasta Fay estivesse em segurança. A maconha era uma havaiana que Doc estava guardando, embora no momento não conseguisse lembrar para quê. Ele acendeu. Mais ou menos quando estava pronto para transferir a bagana para uma marica, o telefone tocou de novo, e ele teve um daqueles breves lapsos em que você esquece como pegar o fone.

"Alô?", disse a voz de uma moça depois de um tempo.

"Ah. Eu esqueci de dizer antes? Desculpa. Não é a... não, claro que não ia ser."

"Eu consegui o seu número com o Ensenada Slim, da loja de maricas em Gordita Beach? É sobre o meu marido. Ele era chegado de uma amiga sua, Shasta Fay Hepworth?"

Muito bem. "E você é..."

"Hope Harlingen. Eu estava imaginando como está a sua agenda de casos no momento."

"A minha... ah." Termo profissional. "Claro, você está onde?"

No fim era um endereço afastado em Torrance, entre Walteria e o aeroporto, uma casa assobradada com uma aroeira na entrada e um eucalipto nos fundos e uma vista distante de milhares de sedãzinhos japoneses, transbordados do estacionamento principal na ilha Terminal, obsessivamente organizados sobre vastas amplidões de piche e destinados para agências de automóveis distribuídas pelo Sudoeste deserto. Televisões e aparelhos de som falavam daqui e dali pelas ruas. As árvores da vizinhança eram uma peneira que vertia ar verde. Pequenos aviões ronronavam no alto. Na cozinha pendia uma unha-de-gato de um vaso plástico, caldo vegetal fervia no fogão, colibris no pátio em poses vibratórias no ar com os bicos metidos nos botões de buganvília e madressilva.

Doc, que tinha um problema crônico para distinguir as louras da Califórnia umas das outras, encontrou um espécime quase cem por cento clássico — cabelo, bronzeado, graça atlética, tudo menos o mundialmente famoso sorriso insincero, devido a um par de arcadas compradas que, embora fossem tecnicamente "falsas", convidava aqueles para quem ela vez por outra sorria a considerar qual seria a história real e nada divertida que as teria posto ali.

Percebendo o olhar fixo de Doc, "Heroína", ela passou a explicar. "Chupa o cálcio do sistema que nem um vampiro, use nem que seja por pouco tempo e os seus dentes vão todos pras cucuias. De paz e amor a porre e abandono, zap, num passe de mágica. E essa é a parte boa. Fique usando mais tempo... Bom."

Ela se levantou e começou a andar de um lado para o outro. Ela não era de chorar, mas de andar, o que Doc agradecia, mantinha o fluxo de informação, tinha um certo ritmo.

Alguns meses atrás, segundo Hope, o seu marido, Coy Harlingen, tinha sofrido uma overdose de heroína. Na medida em que a memória de chapado permitia, Doc lembrou o nome, e até uma história na imprensa. Coy tinha tocado com os Boards, uma banda de surfe que existia desde o começo dos anos 60, considerada hoje uma pioneira da surf music elétrica e que mais recentemente trabalhava em um subgênero que eles gostavam de chamar de "surfadélico", que contava com afinações dissonantes nas guitarras, singulares escalas modais como uma *hijaz kar* pós-Dick Dale, referências ao esporte berradas de maneira incompreensível, e os efeitos sonoros radicais que sempre fizeram a fama da surf music, ruídos vocais além de microfonias de guitarras e instrumentos de sopro. A *Rolling Stone* comentou, "O novo disco dos Boards vai fazer Jimi Hendrix *querer* voltar a ouvir surf music".

A contribuição de Coy ao que os produtores dos Boards tinham modestamente chamado de sua "Makaha de Som" tinha sido murmurar na palheta de um sax tenor ou às vezes um alto uma segunda voz junto a qualquer que fosse a melodia que estava tocando, como se o instrumento fosse um kazoo gigante, sendo isso então realçado por captadores e amplificadores Barcus-Berry. As suas influências, segundo os críticos de rock que tinham percebido, incluíam Earl Bostic, Stan Getz e o lendário tenor Lee Allen, dos estúdios de New Orleans. "Dentro da categoria sax-surfe", Hope dava de ombros, "Coy passava por uma figura de destaque, porque de vez em quando ele improvisava de verdade, em vez daquilo do segundo e até do terceiro refrãos normalmente serem repetidos nota por nota?"

Doc concordava com a cabeça desconfortavelmente. "Não me leve a mal, eu adoro surf music, eu venho da terra natal da surf music, eu ainda tenho um monte de compactos surrados, os Chantays, os Trashmen, os Halibuts, mas você tem razão, uma parcela das piores gravações de blues de todos os tempos vai aparecer nos currículos cármicos dos saxofonistas de surfe." "Eu nunca me apaixonei pelo trabalho dele." Ela disse isso de forma tão tranquila que Doc arriscou uma checagem rápida de brilho nos globos oculares, mas essa aqui não ia começar com as torneirinhas da viuvez, ou não ainda. Enquanto isso, ela estava percorrendo certo passado. "Coy e eu, a gente devia ter se conhecido beleza, já que naquela época tinha beleza por tudo e ela sempre estava à venda, mas na verdade a gente se conheceu miserável, no Oscar's em San Ysidro—."

"*Putz* grila." Doc tinha uma ou outra vez estado no — e, pela graça de Deus, saído do — notório Oscar's, logo depois de se cruzar a fronteira de Tijuana, onde os banheiros fervilhavam vinte e quatro horas com junkies novos e velhos que tinham acabado de se dar bem no México, posto a mercadoria em balões de borracha que engoliram, e aí voltavam para os EUA para vomitar de novo as bexigas.

"Eu tinha acabado de entrar correndo em um cubículo do banheiro sem verificar antes, já estava com o dedo na garganta, e lá estava o Coy sentado, digestão de gringo, a ponto de dar uma gigantesca cagada. Nós dois soltamos ao mesmo tempo vômito e bosta por tudo, eu com a cara no colo dele, e para complicar tudo é claro que ele estava com aquela ereção.

"Bom.

"Antes mesmo de a gente chegar a San Diego, a gente já estava se picando junto atrás da van de alguém, e menos de duas semanas depois, com base na interessante teoria de que dois podem se chapar pelo preço de um, a gente casou, quando a gente viu já chegou a Amethyst, e logo logo a gente deixou ela desse jeito."

Ela entregou a Doc algumas polaroides de um bebê. Ele ficou espantado com a aparência do bebê, inchado, rosto vermelho, vazio. Sem ter ideia de como ele estava agora, começou a sentir a sua pele doer de angústia.

"Todo mundo que a gente conhecia prestativamente lembrou que a heroína estava saindo no meu leite materno, mas quem é que tinha dinheiro pra comprar leite em pó? Os meus pais viam a gente preso em uma escravidão deprimente, mas eu e o Coy, a gente só via a liberdade — daquele infinito ciclo classe média de escolhas que na verdade não são escolhas —, um mundo de grosseria reduzido apenas à simples questão de conseguir drogas. E afinal, qual era a diferença entre os picos e os velhos com os seus coquetéis na hora do jantar?, a gente pensava.

"Mas na verdade, quando foi que a coisa ficou tão dramática? Heroína na Califórnia?, santo Deus. Uma coisa tão malhada que devia ter 'Muu' escrito em cada saquinho. E lá estávamos nós, felizes e estúpidos como qualquer bêbado, rindo do lado de dentro ou de fora de janelas de quartos, cruzando vizinhanças do mundo careta escolhendo casas estranhas aleatoriamente, pedindo para usar o banheiro, entrando e se picando. Claro que agora isso ficou impossível, Charlie Manson e a turma dele foderam com isso pra todo mundo. Fim de um certo tipo de inocência, aquilo nas pessoas do mundo careta que te impedia de odiar todas elas completamente, aquele desejo verdadeiro às vezes de ajudar. Isso acabou, eu acho. Lá se vai mais uma tradição da Costa Oeste por água abaixo junto com uma mercadoria três por cento."

"E aí... esse negócio que aconteceu com o seu marido..."

"Não era pó da Califórnia, certeza. O Coy não ia ter cometido esse erro, usar a mesma quantidade sem checar. Alguém deve ter deliberadamente trocado as trouxinhas dele, sabendo que ia matar o Coy."

"Quem era o traficante?"

"Ned Ralo, lá em Venice. Na verdade é Leonard, mas todo mundo usa o anagrama porque ele tem mesmo uma personalidade meio áspera, além do efeito dele nas finanças e nas emoções dos que estão por perto. O Coy conhecia ele fazia anos. Ele jurou e rejurou que era heroína local, nada incomum, mas e os traficantes lá dão bola? Overdose é bom pros negócios, de repente bandos de junkies aparecem na porta, convencidos de que se matou alguém, então o bagulho deve ser *bom pacas*, e eles só precisam é tomar cuidado e não injetar tanto assim."

Doc tomou consciência de um bebê, ou tecnicamente uma criancinha, silenciosamente despertada da sua soneca, segurando um caixilho de porta e os observando com um grande sorriso cheio de expectativa em que já se viam alguns dentes apontando.

"Oi", Doc disse, "você é a tal da Amethyst, né?"

"É", replicou Amethyst, como que a ponto de acrescentar, "que que cê tem a ver com isso?"

De olhos brilhantes e pronta para o rock'n'roll, ela tinha pouca semelhança com o bebê junkie das polaroides. Fosse qual fosse o destino cruel que esteve a ponto de saltar sobre ela, ele devia ter pouca capacidade de concentração, deu as costas e foi atrás de outra pessoa. "Legal te ver", Doc disse. "Muito legal."

"Muito legal", ela disse. "Mãe? Quer suquinho."

"Você sabe onde está, Suquenta." Amethyst fez que sim vigorosamente e saiu rumo à geladeira. "Te perguntar uma coisa, Doc?"

"Desde que não seja a capital da Dakota do Sul, manda ver."

"Essa amiga em comum que você e o Coy tem. Tinham. Ela é, assim, meio que uma ex, ou vocês só estavam saindo, ou...?"

Com quem mesmo Doc podia falar sobre isso, que não fosse chapado, ciumento ou policial? Amethyst tinha encontrado um copo de suco à sua espera na geladeira e trepado no sofá ao lado dele, com toda a cara de quem espera que um adulto lhe conte uma história. Hope serviu mais café. Subitamente havia gentileza demais no cômodo. Doc tinha aprendido só uma ou duas coisas com a profissão, mas uma delas era, que gentileza sem etiqueta de preço aparecia só muito raramente, e quando aparecia, em geral era preciosa demais para se poder aceitar, já que era tão fácil, para Doc pelo menos, abusar dela, o que ele sempre acabava fazendo. Então ele se decidiu por, "Bom, meio que uma ex, mas agora ela é cliente, também. Eu prometi a ela que ia fazer uma coisa, e esperei demais, aí o sujeito com quem ela acabou ficando, um empreiteiro ordinário e tal, pode estar bem encrencado agora, e se eu simplesmente tivesse tomado conta de tudo—".

"Falando como alguém que já andou por essa estrada aí", Hope aconselhou, "você só pode rodar pelos bulevares do arrependimento por um certo tempo, e aí você tem que voltar de novo pra rodovia."

"Mas o negócio é que a Shasta desapareceu também. E se ela estiver encrencada—"

Amethyst, percebendo que isso aqui não seria o que ela considerava divertido, desceu do sofá, lançou um olhar reprovador para Doc por cima do suco e foi para a sala ao lado ver tv. Logo eles podiam ouvir o dramático tenor do Super Mouse.

"Se você está com esse outro caso", Hope disse, "ocupado com ele ou coisa assim, entendo. Mas o motivo de eu querer falar com você", e Doc percebeu meio segundo antes de ela dizer, "é que eu não acho que o Coy esteja morto de verdade."

Doc fez que sim, mais para si próprio que para Hope. Segundo Sortilège, eram tempos perigosos, em termos astrológicos, para os chapados — especialmente os de idade colegial, que tinham nascido, quase todos, sob um aspecto de noventa graus, o ângulo mais aziago de todos, entre Netuno, o planeta dos chapados, e Urano, o planeta das surpresas rudes. Doc sabia que acontecia de as pessoas que ficavam se recusarem a acreditar que as pessoas que amavam ou até as que tinham tido aula na mesma sala que elas tinham morrido de verdade. Elas inventavam tudo quanto era história alternativa para que não precisasse ser verdade. Alguma ex-amizade-colorida tinha chegado à cidade e eles tinham fugido juntos. O pronto-socorro tinha confundido as pessoas, como as maternidades trocam bebês, e elas ainda estavam em alguma UTI com outro nome. Era um estado singular de negação desconectada, e Doc imaginava que a essas alturas já tinha visto o bastante para poder reconhecê-la. Fosse o que fosse que Hope estava mostrando a ele aqui, não era aquilo.

"Você identificou o corpo?" Ele imaginou que podia perguntar.

"Não. Essa foi uma das coisas estranhas. A pessoa que ligou disse que alguém da banda já tinha identificado."

"Eu acho que precisa ser um parente próximo. Quem ligou pra você?"

Ela estava com o diário daquele período, e tinha lembrado de escrever o nome. "Tenente Dubonnet."

"Ah sim, Pat Dubonnet, nós já interagimos em uma ou outra operação."

"Do jeito que você fala, parece que ele te encaçapou."

"Quase literalmente." Ela estava lhe dando um daqueles olhares. "Claro, eu tive lá a minha fase hippie. Tudo que eu fazia de verdade eu fazia impunemente e nada que fazia eles me prenderem era coisa minha de verdade, porque a única descrição que eles tinham era homem, branco, cabelo comprido, barba, roupa colorida, descalço, coisa e tal."

"Exatamente como a descrição do Coy que eles leram pra mim no telefone. Podia ser umas mil pessoas."

"Eu vou falar com o Pat. Ele pode saber alguma coisa."

"Tem outra coisa que aconteceu. Olha só." Ela veio com um extrato bancário antigo de logo depois da suposta overdose de Coy, da conta dela no Bank of America, e apontou para um crédito.

"Quantia interessante."

"Eu liguei, fui lá e falei com os vice-presidentes, e todo mundo insistiu que estava correto. 'Talvez a senhora tenha perdido o canhoto do depósito, ou errado a conta.' Via de regra... cavalo dado, sabe como é, mas isso era macabro. Eles ficavam usando exatamente as mesmas expressões o tempo todo, assim, isso que é negação?"

"Você acha que tinha alguma coisa a ver com o Coy?"

"Pintou tão perto de quando ele... quando ele desapareceu. Eu pensei, vai ver é a ideia de recompensa de alguém? Sindicato, alguma apólice de seguro que eu não conhecia. Assim, não era de esperar que fosse anônimo, né? Mas lá estava um conjunto mudo de cifras em um extrato mensal e uma história obviamente alucinada que o banco inventou pra explicar."

Doc escreveu a data do depósito em uma caixinha de fósforos e disse, "Tem alguma foto do Coy que você possa me emprestar?".

Tinha. Ela puxou uma caixa de loja de bebidas cheia de polaroides — Coy dormindo, Coy com o bebê, Coy cozinhando heroína, Coy amarrando um garrote, Coy se picando, Coy à sombra de uma árvore fingindo se encolher de medo de um motor Chevrolet 454 *big block*, Coy e Hope na praia, sentados em uma pizzaria jogando cabo de guerra com a última fatia, caminhando pelo Hollywood Boulevard bem quando os postes estavam se acendendo.

"Sirva-se. Eu provavelmente devia ter jogado tudo isso fora faz tempo. Se desligar, né? seguir em frente, merda, eu fico o tempo todo dando bronca nos outros por causa disso. Mas a Ammie gosta das fotos, gosta quando a gente fica olhando, eu conto um pouco sobre cada uma pra ela, e afinal ela tem que ter alguma coisa, quando ficar mais velha, pra lembrar. Você não acha?"

"Eu?" Doc lembrou que as polaroides não têm negativos e que a vida das cópias é limitada. Essas aqui, ele percebeu, já estavam começando a mudar de cor e desbotar. "Lógico, às vezes eu queria ter uma pra cada minuto. Alugue, assim, um depósito?" Ela lhe deu um daqueles olhares de assistente social. "Bom, isso... podia ser meio... Você está, assim, com uma terapeuta?" "Ela é mais, assim, uma espécie de promotora, eu acho."

"Não, eu quis dizer..." Ela tinha apanhado um punhado de fotos e estava fingindo que as arranjava de alguma forma representativa, a mão de baralho de seu breve tempo com Coy. "Mesmo se você não sabe o que tem", ela disse lentamente depois de um tempo, "aja de vez em quando como se soubesse. Ela vai gostar, e até você vai ficar melhor por isso."

Doc fez que sim e pegou a foto mais próxima da mão, um retrato de Coy segurando seu tenor, talvez tirado durante um show, iluminação barata, cotovelos e mangas fora de foco e braços de guitarra se metendo pelos cantos. "Tudo bem se eu pegar essa aqui?"

Sem olhar para a foto, Hope disse, "Claro".

Amethyst entrou correndo, acelerada. "Super Mouse, meu amigo", ela cantava, "vai salvá-lo do perigo!"

Mais para o fim da tarde Doc deixou-se ir até a Tree Section, à casa da sua tia Reet, onde encontrou o seu primo Scott Oof na garagem com a sua banda. Scott andava tocando com um grupo local chamado Corvairs, até que metade da banda decidiu se unir à migração para o norte que naqueles anos levava a Humboldt, Vineland e Del Norte. Scott, para quem as sequoias eram uma espécie alienígena, e Elfmont, o baterista, decidiram ficar na praia e saíram pregando anúncios nos quadros de avisos de diferentes escolas até terem juntado essa nova banda, que chamaram de Beer. Tocando basicamente covers em bares da região, o Beer agora estava até quase conseguindo pagar o aluguel mês a mês.

No momento eles estavam ensaiando, ou hoje, na verdade, tentando aprender as notas certas do tema do faroeste da televisão, *Big Valley*, que acabava de entrar em reprise. As prateleiras da garagem estavam cobertas de potes de torresmo roxo, isca garantida para a pervertida cerveja Bass de tonel que a tia Reet ia periodicamente ao México buscar e de que o seu porta-malas voltava cheio. Doc não tinha certeza, mas na obscuridade aquilo sempre parecia reluzir.

O líder do Beer, Huey, estava cantando, enquanto a guitarra base e o baixo faziam a cozinha por trás dele,

"O... Grande...
     Vale!
[*Frase de guitarra*]
    O
GRANDE Vale! [*Mesma frase de guitarra*]
       pra
Saber se é grande venha visitar...
Cavalgue até
O-sol-nas-cer
   E vai estar?
No Grande Vale! Sim! Não acabou — o
Grande Vale! *não* tem bagulho — o
Grande Vale! grande? E com orgulho — o
Gran-de Va-le!

"É como se fossem as minhas raízes", Scott explicava, "a minha mãe odeia San Joaquin, mas eu não sei, bicho, cada vez que eu vou lá, show no Chowchilla Kiwanis ou sei lá o quê, rola essa sensação estranha, como se eu tivesse morado lá..."

"Mas você morou lá", Doc apontou.

"Não, assim, numa outra vida, bicho?"

Doc tinha tido a delicadeza de trazer o bolso da camisa cheio de uma panamenha já enrolada, e logo todo mundo estava andando à toa tomando latas de refrigerante de supermercado e comendo biscoitos de manteiga de amendoim feitos em casa.

"Alguma coisa aí pelo telefone sem fio do rock'n'roll", Doc inquiriu, "sobre um saxofonista de surfe chamado Coy Harlingen que tocava com os Boards?"

"Overdose, não era isso?", disse Canhoto, o baixista.

"Suposta overdose", Scott disse, "mas teve também um boato esquisito por aí, que ele na verdade sobreviveu? ressuscitaram ele em algum pronto-socorro de Beverly Hills, mas todo mundo ficou quietinho, tem quem diga que pagaram pra ele continuar fingindo que está morto, e ele está por aí agora mesmo em algum lugar andando no meio da gente disfarçado, assim com um cabelo diferente e coisa e tal..."

"Por que alguém ia se dar a esse trabalho?", Doc disse.

"É", disse o Canhoto, "não é que ele fosse algum cantor bonitão que todas as meninas querem traçar, algum guitarrista foda que vai mudar a música pra sempre, era só outro saxofonista de surf music, fácil de substituir." E chega de Coy. Quanto aos Boards, eles andavam ganhando rios de dinheiro, morando todos juntos em uma casa no cânion Topanga, acompanhados do pessoalzinho de sempre — fãs, produtores, cunhados-sobrinhos-sogras, peregrinos que depois de longa e árdua jornada puderam ser aceitos como parte da casa. Dizia-se à boca pequena que o ressurecto Coy Harlingen era um deles, por mais que ninguém reconhecesse alguém ali que pudesse ser ele. Talvez algumas pessoas achassem que reconheciam, mas era tudo borrado, como que pela névoa da erva.

Mais tarde, quando Doc entrava no carro, a tia Reet meteu a cabeça pela janela do escritório do chalé e gritou para ele.

"Então você tinha que ir falar com Mickey Wolfmann. Sincronia perfeita. Que foi que eu te disse, espertalhão? Eu não tinha razão?"

"Não lembro", Doc disse.

Três

O policial que tinha ligado para Hope Harlingen com a notícia da overdose de Coy, Pat Dubonnet, agora era o mega kahuna na delegacia de Gordita Beach. Doc localizou atrás da orelha um Kool amassado, acendeu e considerou alguns aspectos da situação. Pat e o Pé-Grande apareceram mais ou menos ao mesmo tempo, tendo ambos começado a carreira em South Bay, praticamente no pedaço de praia de Doc, lá no tempo das guerras entre os surfistas e o pessoal dos carros envenenados. Pat tinha ficado, mas o Pé-Grande, ganhando logo uma reputação por resolver conflitos com o auxílio do cacete, tão sólida que o fez parecer uma escolha óbvia de recrutamento para o pessoal da Central, tinha seguido adiante. Doc já estava por ali agora havia tempo suficiente para ter visto alguns desses figurões chegarem e partirem, e para perceber que eles sempre deixavam para trás algum resíduo historiográfico. Ele também sabia que Pat mais ou menos odiava para caralho o Pé-Grande havia anos.

"Hora de uma visitinha", ele decidiu, "à Central da Hippie-fobia."

Ele passou de carro pela delegacia de Gordita Beach duas vezes antes de reconhecê-la. O lugar tinha sofrido uma transformação radical, cortesia de verbas federais antidrogas, de um balcãozinho de fichamento à beira-mar com um rabo-quente baratinho e um pote de café solúvel para um suntuoso paraíso dos policiais que incluía máquinas de espresso do tamanho de uma locomotiva, sua própria minicadeia, uma frota de viaturas cheias de armas matraqueantes que se não fosse por isso estariam no Vietnã, e uma cozinha com uma equipe de confeiteiros trabalhando vinte e quatro horas por dia.

Depois de achar o seu caminho por entre um grupo de recrutas tagarelando por ali enquanto espirravam uma névoa sobre as palmeiras anãs, judeus-errantes e dieffenbáchias, Doc localizou Pat Dubonnet no seu escritório e, metendo a mão na sua bolsa franjada, retirou um objeto embrulhado em papel-alumínio, com cerca de trinta centímetros de comprimento. "Toma, Pat, especial pra você." Antes que ele pudesse piscar, o detetive tinha agarrado, desembrulhado, e de alguma maneira ingerido pelo menos metade dos longos cachorros-quentes ali contidos, que também vieram com Todos Os Acompanhamentos.

"Na mosca. Incrível eu ainda estar com fome. Quem te deixou entrar, aliás?"

"Me fiz de informante da Narcóticos, eles sempre caem, essas lindas carinhas novas no pedaço, acho que ainda são ingênuos."

"Não o bastante pra ficarem aqui um minuto a mais do que o obrigatório." Apesar de Doc estar observando atentamente, de alguma maneira o resto do cachorro-quente tinha desaparecido. "Olha esse lugarzinho desgraçado. São as Agonias de Verão. Todo mundo acaba saindo, mas adivinha quem, por culpa dos seus pecados, vai ficar grudado aqui pra sempre em Gordita, só umas prisõezinhas mequetrefes, uns meninos embaixo do píer vendendo as bolinhas da mãe, quando eu devia estar no oeste de Los Angeles ou na Divisão de Hollywood, pelo menos."

"O centro do universo policial, certeza", Doc concordando simpaticamente, "mas nem todo mundo pode ser o Pé-Grande Bjornsen, né? — ups, quer dizer, quem é que ia querer ser aquele cara afinal?", com a esperança de que isso não fosse forçar demais, dada a saúde mental de Pat, frágil, nos seus melhores dias.

"A essas alturas", Pat replicou sombrio, o lábio inferior estremecendo, "eu aceitava trocar de vida com ele, sim, trocar o que eu tenho pelo que está atrás da porta fechada do apresentador do programa digamos, mesmo se for uma roubada — na faixa de renda do Pé-Grande isso não poderia ser um negócio assim tão ruim."

"Estranho, Pat, porque o que eu ouvi é que ele anda ferrado por esses dias. Você deve saber melhor que eu, claro."

Pat apertou os olhos. "Você está enxerido pacas hoje, Sportello. Eu ia ter percebido antes se não estivesse tão transtornado com questões de carreira sem sombra de dúvida além da sua compreensão. O Pé-Grande anda te incomodando de novo? Ligue pra Linha Direta da Corregedoria, é de graça — 0800-TIRAMAU."

"Não é que eu fosse registrar queixa nem nada, tenente, entenda, mas que coisa mais *desesperada*, bicho, é tirar leite de pedra, até o artista de calçada pobretão mais acabado do Hollywood Boulevard sabe que não adianta chegar mais em *mim*, mas não aquele Pé-Grande, ah não."

Dava para ver um conflito se desenrolando aqui na mente de Pat, entre dois dos principais instintos policiais — inveja da carreira de outro policial versus ódio de hippies. A inveja saiu ganhando. "Ele não chegou a te dizer uma *quantia*?"

"Ele enumerou algumas despesas", Doc começou a improvisar, e viu as orelhas de Pat definitivamente mudarem de ângulo. "Pessoais, departamentais. Eu disse a ele que sempre achei que ele tinha relações melhores. Ele ficou filosófico. 'As pessoas têm memória curta', foi assim que ele disse. 'Você pode ter feito de tudo por eles no passado, mas nunca pode contar com eles quando precisa'."

Pat balançou a cabeça. "E com os riscos que ele assumiu... Uma lição pra todos nós. Tem uns merdas muito ingratos *naquele* ramo, hein?" Ele estava com uma cara de Art Fleming, como se Doc agora tivesse de adivinhar qual ramo, exatamente.

Doc por sua vez se safou com o olhar vazio fixo dos hippies que pode querer dizer qualquer coisa e que, sustentado por tempo suficiente, garantia a irritação de qualquer quadrilátero uniformizado, até que Pat desviou os olhos, resmungando, "Ah. Certo. Te entendi. Beleza. Falou", ele acrescentou depois de refletir um pouco, "ele tem todos aqueles cheques do sindicato".

Doc, a essas alturas, tinha uma ideia muito vaga do assunto daquela conversa. "Eu tento ficar acordado pra ver aquelas reprises", ele arriscou, "mas de algum jeito sempre apago antes de passarem os do Pé-Grande."

"Bom, o Senhor Noticiário das Dez agora está com outro caso do século, depois que derrubaram o gorila de Mickey Wolfmann... Os outros que fiquem com o cânion Benedict e a Sharon Tate e tudo mais, para o investigador-chefe certo este caso pode ser uma fonte de renda sem fundo."

"Você quer dizer..."

"Está na cara que vai virar filme pra TV, não está?, aconteça o que acontecer. O Pé-Grande pode acabar com créditos de roteiro e produção, até fazer o papel dele mesmo, o cuzão, mas ops, questão de décimo-primeiro mandamento, ignore que eu disse isso."

"Sem mencionar que se ele traz o Mickey de volta, vira um grande herói da população."

"É, se. Mas e se ele estiver próximo demais dessa história? Em algum momento começa a foder a capacidade de julgamento do cara, que nem os médicos que não deviam operar parentes?"

65

"Mickey e ele são chegados assim, então?"

"Amigos de fé, reza a lenda. Olha só. Você acha que o Pé-Grande também é judeu?"

"Sueco, eu achava."

"Podia ser as duas coisas", Pat vagamente na defensiva. "Pode existir judeu sueco."

"Eu sei que existe banho sueco." Basicamente só tentando ser útil.

Quatro

Em certos dias, ir de carro para Santa Monica era como ter alucinações sem se dar a todo o trabalho de adquirir e depois ingerir uma droga qualquer, embora em certos dias, sem sombra de dúvida, *qualquer* droga fosse melhor que ir de carro para Santa Monica. Hoje, depois de uma volta enganosamente ensolarada e monótona pelas propriedades da Companhia Hughes — uma espécie de smörgasbord de zonas de combate americanas em potencial, espécimes de tipos de terrenos que iam de montanhas e desertos a pântanos e florestas e coisa e tal, todos ali, segundo a lógica da paranoia, para servir à regulagem fina de sistemas de radar de combate — passando por Westchester e a Marina até Venice, Doc chegou à via de entrada de Santa Monica, onde começou o seu mais recente exercício mental. De repente ele estava em algum planeta onde o vento pode soprar simultaneamente em duas direções, trazendo neblina do oceano e areia do deserto ao mesmo tempo, obrigando o motorista incauto a reduzir a marcha assim que entrava nessa atmosfera alienígena, com a luz do sol obscurecida, a visibilidade reduzida a meio quarteirão, e todas as cores, inclusive as dos sinais de trânsito, desviadas radicalmente para outro ponto do espectro.

Doc seguiu automobilisticamente tateante por toda essa esquisitice rumo leste na Olympic, tentando não se assustar com o que saltava das trevas sob forma de ônibus urbanos e pedestres em estados de consciência alterados. Rostos iam ganhando foco com uma intensidade normalmente vista apenas nas pistas de corrida da região, suas bordas, algumas delas, se arrastando prolongadas em tons bem drásticos, e muitas vezes demorando um pouco para sumir do quadro do para-brisa. O rádio do carro não ajudava muito, conseguindo pegar só a KQAS, tocando um velho compacto de Droolin' Floyd Womack sobre o qual Doc nunca conseguiu se decidir, de um lado tentando não levar para o lado pessoal só porque ele tinha perseguido um ou outro devedor, mas ao mesmo tempo se vendo de volta a antigas mágoas e arrependimentos —

O cobrador vem
Arrebentando aquela
Janela! Simplesmente
Metendo a mão no que alcança —
Lá se vai meu bolachão!
A caranga foi pro caminhão!
A-deus e tchauzi-nho
Meu velho estére-o!
               Oohh!
O cobra-dor
Não se-nhor
Não dá va-lor
A tudo que eu tenho
E que me faz feliz...
Porque é tudo emprestado,

Quase nunca é comprado,
Cuidado!
O cobrador vem te pegar!

Acabando de sair da Faculdade Comunitária Ondas Nudosas, Doc, conhecido naquele tempo como Larry, Sportello se viu atrasado com as prestações do carro. A agência que veio atrás dele, Tepeguei! Buscas e Apreensões, decidiu contratá-lo como estagiário de rastreador de pessoas desaparecidas e deixou que ele pagasse a dívida com esse trabalho. No momento em que se sentiu suficientemente à vontade para perguntar por quê, já estava envolvido até o talo.

"Isso é divertido", ele comentou uma vez depois de cerca de uma semana no emprego, enquanto ele e Fritz Drybeam estavam estacionados em algum lugar da Reseda no que estava se provando uma tocaia que ia durar toda a noite.

Fritz, vinte anos no ramo e já viu de tudo, fez que sim. "Só. E espera até começarem os bônus de Inconveniência."

Esse era um termo de Milton, o contador. Fritz, com o maior nível possível de detalhamento, seguiu descrevendo algumas das formas de motivação que os clientes, tipicamente os que faziam empréstimos com juros elevados, muitas vezes pediam que a agência fornecesse.

"Eles esperam que *eu* dê porrada em alguém? Como é que dá pra acreditar nisso?"

"Você vai ter autorização pra andar armado."

"Eu nunca dei um tiro na vida."

"Bom..." Pondo a mão embaixo do acento.

"Que— tipo de 'arma' é isso?"

"É um kit hipodérmico."

"Isso eu sabia, mas como é que eu carrego isso aí?"

"Soro da verdade. O mesmo tipo que a CIA usa. Só espete os

caras em qualquer lugar que seja fácil de alcançar, e antes de você se dar conta eles estão soltando a língua que nem uns viciados em bolinha, não param, contam tudo de bens que nem eles sabiam que tinham." Larry decidiu amoitar o kit em um estojo de barba de imitação de couro de crocodilo vermelho com uma cara sinistra que ele tinha achado em uma liquidação de jardim em Studio City. Não demorou muito para ele perceber quantos dos delinquentes que ele e Fritz visitavam pareciam incapazes de tirar os olhos dali. Ele compreendeu que, se desse sorte, não ia precisar nem abrir o zíper. Aquilo nunca chegou a se transformar em uma ferramenta do seu ofício, mas acabou virando um objeto de cena bem útil, com o tempo lhe dando o apelido de "Doc".

Hoje Doc encontrou Fritz se batendo sob o capô de um Dodge Super Bee se preparando para sair em uma ronda de cobranças. "Oba, Doc, você está com uma cara horrível."

"Queria poder dizer o mesmo de você, fofura. Mantendo esses carburadores na linha?"

"Mente reta e não fume nada que foi plantado em uma zona de combate, esse é o meu segredo, e podia funcionar até pra você, isso se você tivesse qualquer tipo de controle."

"Hã-hã, sorte a minha hoje que o seu cérebro está todo afiado, porque eu preciso encontrar alguém rapidinho — a minha ex-namorada Shasta Fay."

"Acho que você quer dizer a namorada de Mickey Wolfmann. Esta é uma ligação do escritório do Doutor Mundo-Real, o seu checape já está bem atrasado?"

"Fritz, Fritz, como foi que te ofendi?"

"Cada policialzinho da polícia de Los Angeles e do xerife está procurando pelos dois. Quem você acha que vai achar antes?"

"A julgar pelo caso Manson, eu diria qualquer otário escolhido às cegas no meio da rua."

"Então dá uma entrada e saca só essa", convidando Doc com um gesto a entrar no escritório. Milton, o contador, usando um paletó Nehru florido, diversos fios de contas de cauri no pescoço e vívidos óculos amarelos de atirador, deu uma espiada com um largo sorriso em meio a uma neblina de aroma de patchuli e acenou lentamente enquanto eles se dirigiam para a sala dos fundos.

"Ele parece feliz."

"Os negócios deram uma acelerada, e tudo por causa de—" Ele abriu uma porta com um golpe brusco. "Me conte quantos otários escolhidos às cegas que você conhece têm um treco desses."

"Nossa, Fritz." Era como estar dentro de uma árvore de Natal de ficção científica. Luzinhas vermelhas e verdes acendiam e apagavam por toda parte. Havia gabinetes de computador, consoles com telas de vídeo iluminadas, teclados alfanuméricos, cabos que corriam por todo o piso por entre vagas não varridas de retângulos do tamanho de um inseto perfurados de cartões IBM e umas copiadoras Gestetner no canto, e se erguendo por sobre aquele cenário ao longo das paredes, diversos rolos de fita Ampex ativamente se contorcendo para a frente e para trás.

"ARPAnet", Fritz anunciou.

"Ah, eu não devia, eu tenho que dirigir e tudo mais, de repente você só me dá um pra mais tarde —"

"É uma rede de computadores, Doc, todos conectados por linhas de telefone. UCLA, Isla Vista, Stanford. Digamos que eles tenham um arquivo que você não tem, eles mandam pra você numa velocidade de cinquenta caracteres por segundo."

"Espera aí, ARPA, é o mesmo pessoal que tem até uma placa na rodovia, na saída Rosecrans?"

"Alguma ligação com a TRW, ninguém por lá é de falar muito, tipo Ramo não vai contar para Woolridge?"

"Mas... você está dizendo que alguém ligado aí nessa coisa pode saber onde a Shasta está?"

"Não dá pra saber antes de a gente olhar. No país inteiro, no mundo na verdade, computadores novos se conectam todo dia. Agora ainda é experimental, mas diabos, é dinheiro do governo, e aqueles desgraçados não ligam para os gastos, e a gente já teve umas surpresas bem úteis."

"Isso aí sabe onde dá pra comprar droga?"

Cinco

Shasta tinha mencionado uma possível abordagem fora-
-da-casinha para o drama matrimonial de Mickey Wolfmann, e
Doc achou que podia ser interessante ver como a superestrela
das colunas sociais, sra. Sloane Wolfmann, reagiria quando
alguém levantasse esse assunto. Se Mickey estava nesse momento
sendo mantido contra sua vontade em algum pinel particular,
então a tarefa imediata de Doc seria tentar descobrir qual. Ele
ligou para o número que Shasta lhe deu, e a mulherzinha em
pessoa atendeu.

"Sei que é estranho falar de negócios agora, senhora Wolfmann, mas infelizmente o tempo urge neste assunto."

"Isso por acaso não é outra ligação de credores, ou é?, já teve
uma quantidade imensa. Eu estou passando essas pessoas pro
nosso advogado, você tem o número dele?" Algum tipo de voz de
fumante inglesa, parecia para Doc, na faixa grave do registro e
inespecificavelmente decadente.

"Na verdade, é a nossa empresa que deve dinheiro ao seu
marido. Como estamos falando aqui de algumas centenas de

milhares, achamos que devíamos chamar a sua atenção." Ele esperou durante um compasso subvocalizado de "The Great Pretender". "Senhora Wolfmann?"

"Eu posso ter uns minutos livres perto do meio-dia", ela disse. "O senhor disse que representava quem?"

"Moderno Instituto de Cognição Repadronizada e Organizada", Doc disse. "MICRO, pra facilitar, somos uma clínica particular perto de Hacienda Heights, especializada no recondicionamento de personalidades estafadas."

"Eu normalmente confiro todos os grandes saques de Michael, e devo confessar, senhor — era Sportello, não é? —, que não estou familiarizada com qualquer ligação que ele possa ter tido com vocês."

O nariz de Doc tinha começado a escorrer, um sinal seguro de que ele estava no caminho certo aqui. "Talvez, dada a soma em questão, possa mesmo ser mais fácil negociar com o seu advogado..."

Ela levou um décimo de segundo para calcular o tamanho da mordida de tubarão que aquela prancha acabaria sofrendo no processo. "Imagina, senhor Sportello. Talvez seja só a sua voz... mas o senhor pode me considerar oficialmente intrigada."

Em um antigo armário de vassouras *en suite* no escritório, Doc tinha reunido uma coleção de disfarces. Hoje ele se decidiu por um terno de veludo com jaquetão de quatro botões da Zeidler & Zeidler, e encontrou uma peruca curta que quase combinava com o terno. Considerou a possibilidade de um bigode adesivo, mas imaginou que quanto mais simples melhor — trocou as sandálias por mocassins padrão e pôs uma gravata mais estreita e menos colorida do que atualmente era a moda, esperando que a sra. Wolfmann lesse esse fato como pateticamente careta. Olhando no espelho, quase se reconheceu. Joia. Ele considerou a possibilidade de acender um baseado, mas resistiu ao impulso.

Na gráfica ao lado, o seu amigo Jake, acostumado com pedidos apressados, fez para ele uns dois-três cartões de apresentação com a legenda MICRO — RECONFIGURANDO CÉREBROS MERIDIONAIS DESDE 1966. LARRY SPORTELLO, SÓCIO HABILITADO, o que era bem verdade, na medida em que se falasse de uma carteira de motorista da Califórnia.

Na Coast Highway, a meio caminho da casa dos Wolfmann, o cover de "Bang Bang" da Bonzo Dog Band veio da KRLA em Pasadena, e Doc aumentou o volume do Vibrasonic. Na medida em que ele subia as colinas, a recepção começou a sumir, então ele dirigiu mais devagar, mas acabou perdendo o sinal. Sem demora ele se viu em uma rua ensolarada em algum ponto das Montanhas Santa Monica, estacionado perto de uma casa com altas paredes de estuque, sobre as quais se derramavam flores de alguma trepadeira exótica em uma cascata cor de chamas. Doc pensou ter visto alguém olhando para ele de uma das aberturas de uma loggia estilo-missionário que percorria o último andar. Alguma espécie de tira, um franco-atirador sem dúvida, mas federal ou local, vai saber?

Uma apresentável chicana de jeans e com uma velha camiseta da USC atendeu a porta e examinou Doc com olhos dramaticamente maquiados. "Ela está na beira da piscina com a polícia toda e tudo mais. Suba comigo."

Era uma planta baixa invertida, com os quartos no andar da entrada e daí em cima a cozinha, talvez mais de uma, e diversas áreas de entretenimento. A casa deveria estar cheia de policiamento. Em vez disso, os meninos da Proteger e Servir tinham montado um comando avançado na cabana da piscina, em algum lugar dos fundos da casa. Tipo descolar um buffet de última hora antes que os mandachuvas federais dessem as caras. Sons distantes de água esparramada, uma rádio de rock, gente comendo entre as refeições. Isso é que é sequestro.

Como que em um teste para o papel de viúva, Sloane Wolfmann veio da piscina usando sandálias de salto agulha, uma faixa na cabeça de onde pendia um fino véu negro, e um biquíni negro de dimensões insignificantes feito do mesmo material do véu. Ela não era exatamente uma rosa inglesa, quem sabe mais um narciso inglês, muito pálida, loura, quebradiça, provavelmente se machucava fácil, exagerava a maquiagem dos olhos como todo mundo. Inventaram a minissaia para mulheres como ela.

No tempo que ela levou para conduzi-lo por um interior obscuro e subterrâneo cheio de carpetes cinza-acastanhados, tapeçaria sueca e teca, que parecia se estender indefinidamente na direção de Pasadena, Doc ficou sabendo que ela tinha um diploma da London School of Economics, recentemente começara a estudar ioga tântrica, e tinha conhecido Mickey Wolfmann originalmente em Las Vegas. Ela acenou na direção de um quadro na parede, que parecia uma ampliação de uma foto 20 x 30 tirada na recepção de alguma boate. "Caramba", disse Doc, "é você, não é?"

Sloane mandou a meia-cara-fechada, meio-sorriso-amarelo que Doc tinha percebido entre ex e pequenos artistas que tentam ser modestos. "Minha aterradora infância. Eu era uma das notórias meninas de Vegas, que trabalham em um dos cassinos. Em cima do palco naqueles tempos, com as luzes, os cílios, toda a maquiagem, a gente ficava bem parecida mesmo, mas Michael, uma espécie de connoisseur nessas áreas, como depois eu ficaria sabendo, disse que me escolheu assim que eu entrei, e que depois disso eu era a única que ele conseguia ver. Romântico, né, sim, certamente inesperado — antes de qualquer um de nós se dar conta, a gente estava na Igrejinha do Oeste e eu tinha isso aqui no dedo", exibindo um diamante gigante de corte marquesa de algumas dezenas de quilates.

Ela havia contado a história centenas de vezes, mas tudo bem. "Pedra bacana", Doc disse.

Como uma atriz que chegava à sua marca, ela tinha se detido sob um ameaçador retrato de Mickey Wolfmann, representado com um olhar distante, como que examinando a bacia de Los Angeles até seus mais distantes horizontes em busca de terrenos para construção. Ela rodopiou para encarar Doc e sorriu sociavelmente. "Chegamos, então."

Doc percebeu um tipo de friso imitação de pedra entalhada sobre o retrato, que dizia, DEPOIS QUE VOCÊ CRAVOU A PRIMEIRA ESTACA, NINGUÉM PODE TE DETER. — ROBERT MOSES.

"Um grande americano, e a inspiração de Michael", disse Sloane. "Foi sempre o lema dele."

"Eu achava que o doutor Van Helsing tinha dito isso."

Ela havia localizado e parado exatamente dentro de uma favorável convergência de luzes que a fazia parecer uma estrela contratada da grande era dos estúdios, prestes a se largar em uma fala emocionada dirigida a um ator menos caro. Doc tentou não espiar em volta de forma tão óbvia para ver de onde vinha a luz, mas ela percebeu os relances de suas pupilas.

"Gostou da luz? Jimmy Wong Howe fez pra nós há anos."

"O diretor de fotografia em *Corpo e alma*, não foi? Pra não falar de *Nasce um criminoso*, *O primeiro rebelde*, *Saturday's children*—"

"Esses aí", estranhando, "são todos... filmes de John Garfield."

"São... e?"

"Jimmy fez filmes com outros atores."

"Claro que fez... ah, e *Quando a noite cai*, também, onde o John Garfield é um gângster maligno—"

"Na verdade, o que eu acho memorável nesse filme é como Jimmy iluminou Ida Lupino, que, agora que mencionei o fato, teve muito a ver com eu me convencer a respeito desta casa.

Jimmy certamente gostava de brilhos especulares, tudo aquilo do suor dos boxeadores e o cromo e as joias e os paetês e coisa e tal... mas o trabalho dele tinha algo tão espiritual — basta olhar pra Ida Lupino nos closes — aqueles olhos! — e em vez de reflexos duros de lâmpada o que existe é uma luminescência, uma pureza, quase como se viesse de dentro— Perdão, isso aí é o que eu acho que é?"

"Droga! É essa Ida Lupino, cada vez que o nome dela aparece, aparece isso aqui também. Por favor não leve pro lado pessoal."

"Que curioso. Eu não consigo lembrar de me sentir assim a respeito de John Garfield... mas como eu tenho uma hora marcada pra meditação à uma, a gente pode ter tempo de beber alguma coisa, se engolir bem rápido, e talvez o senhor até possa me dizer o que está fazendo aqui. Luz!"

A moça que tinha recebido Doc apareceu das sombras artisticamente esculpidas. "Señora?"

"*Los refrescos* de meio-dia agora, se não for incômodo, Luz. Eu espero, senhor Sportello, que margaritas sejam do seu gosto — apesar de que, com o seu gosto pra filmes, talvez algum tipo de combinação de cerveja e uísque fosse mais adequado?"

"Obrigado, senhora Wolfmann, tequila está ótimo — e que alívio bem-vindo não receber nenhuma oferta de 'erva'! Eu nunca vou entender o que esses hippies veem nesse negócio! Aliás, a senhora se importa se eu fumar um cigarro normal?"

Ela aquiesceu graciosamente, e Doc pescou um maço de Benson & Hedges mentolados que tinha lembrado de trazer no lugar do Kool, dado o esperado nível social aqui e coisa e tal, e lhe ofereceu um, e os dois acenderam os seus. Sons chegavam até eles, vindos de uma piscina cujas dimensões ele podia apenas imaginar, de policiais em ação.

"Eu vou tentar não me estender aqui, e a senhora pode voltar aos seus convidados. O seu marido planejava nos fazer a doação de uma nova ala, como parte do nosso programa de expansão, e logo antes do seu enigmático desaparecimento ele chegou mesmo a nos adiantar uma quantia. Mas de alguma maneira simplesmente não nos pareceu certo ficar com o dinheiro num momento em que se sabe tão pouco do paradeiro dele. Então, gostaríamos de fazer o reembolso da quantia, de preferência antes do fim do trimestre, e se e, como nós todos rezamos, quando voltarmos a ter notícias do senhor Wolfmann, ora, talvez o processo possa ser retomado."

Ela estava apertando os olhos, contudo, e balançando a cabeça um pouco. "Não sei bem... nós recentemente fizemos uma doação pra outra casa de saúde, em Ojai, eu acho... Será que vocês são alguma filial..."

"Talvez seja um de nossos Sanatórios Irmãos, há um programa vigente há anos..."

Ela tinha ido até uma mesinha antiga no canto, curvada de modo a apresentar aos olhos de Doc uma bunda inquestionavelmente atraente, e demorou um pouco remexendo diversos escaninhos antes de aparecer com outro retrato de divulgação dela mesma. Este era uma foto de uma cerimônia de lançamento de pedra fundamental, com Sloane sentada diante do painel de controle de uma carregadeira-retroescavadeira, em cuja caçamba via-se um daqueles cheques extragrandes que também são entregues aos vencedores de torneios de boliche. Uma figura vestida de médico estava sorrindo e fingindo olhar o valor do cheque, que tinha montes de zeros, mas na verdade estava olhando por baixo da saia de Sloane, que era elegantemente curta. Ela também estava de óculos escuros, e com uma expressão que deixava claro o quanto não queria estar ali. Uma faixa atrás dela trazia uma data e o nome de uma instituição, embora estivessem ambos fora de foco apenas o suficiente para que Doc não conseguisse ter mais que uma impressão de uma palavra longa, com jeito de estrangeira. Ele estava imaginando o quanto Sloane acharia suspeito se ele perguntasse o nome, quando Luz voltou com uma bandeja que continha um jarro gigante cheio de margarita e alguns copos gelados de um formato exótico cujo único propósito era fazer com que fosse impossível que os criados os lavassem sem a ajuda de uma esponja exclusiva de alto custo.

"Obrigada, Luz. Posso ser a mamãe?", pegando o jarro e servindo. Doc percebeu que havia um copo a mais na bandeja, então não foi tanta surpresa assim quando imediatamente viu refletida na tela de uma TV monstro no canto da sala uma grande pessoa loura e musculosa que descia silenciosamente as escadas e se movia na direção deles cruzando o carpete como um assassino em um filme de kung fu.

Doc se levantou para dar uma olhada e dizer e aí, rapidamente percebendo que qualquer contato visual prolongado aqui significaria uma visita ao massagista para dar um jeito no pescoço, sendo que aquele indivíduo tinha quase um metro de altura a mais que ele, facinho.

"Este é o senhor Riggs Warbling", disse Sloane, "o meu orientador espiritual." Doc não viu os "estranhos na noite" realmente "trocando olhares", como Frank teria dito, mas se as viagens de ácido serviam para alguma coisa, elas o ajudavam a se sintonizar com frequências diferenciadas, não registradas. Com certeza esses dois ficavam sentados de vez em quando em tapetinhos de meditação adjacentes fingindo esvaziar a mente, só para quem quer que pudesse estar por perto — Luz, a polícia, ele mesmo. Mas Doc apostaria trinta gramas de uma havaiana sem sementes mais um pacotinho de Zig-Zag que Sloane e Riggs também andavam trepando regularmente, e que era esse o amigão que Shasta tinha mencionado.

Sloane serviu um drinque para Riggs e angulou o jarro inquisitivamente na direção de Doc.

"Obrigado, tenho que voltar ao escritório. Talvez a senhora pudesse nos dizer para onde devemos mandar o reembolso e de que forma preferiria recebê-lo?"

"Notas pequenas!", troou Riggs amistosamente, "com números de série não consecutivos!"

"Riggs, Riggs", Sloane não tão melancólica quanto se poderia esperar, dada a possibilidade, ainda em aberto, de que o seu marido tivesse sido sequestrado, "sempre com essas piadas de gosto duvidoso... Talvez se um dos funcionários da sua companhia simplesmente endossasse o cheque de Michael de novo para uma das suas contas bancárias?"

"Claro. Informe o número da conta e é como se já estivesse no correio."

"Eu só vou dar uma passadinha no escritório, então."

Riggs Warbling tinha tomado posse da jarra de margarita, de que tomava os seus goles sem passar pelo exercício de servir aquilo em um copo. Sem aviso prévio, ele soltou, "Eu curto zomos".

"Desculpa?"

"Eu sou empreiteiro, projeto e construo zomos? É a abreviação de 'domos zonaedrais'. O maior avanço estrutural desde Bucky Fuller. Chega mais, deixa eu te mostrar." Ele tinha trazido de algum lugar um maço de papel quadriculado e começou a desenhar uns esboços, usando números e símbolos que talvez fossem gregos, e logo ele estava falando sem parar de "espaços vetoriais" e "grupos de simetria". Doc foi ficando convencido de que coisas nada bem-vindas estavam se desenvolvendo no cérebro dele, apesar de que os diagramas até que eram bacaninhas...

"Os zomos são excelentes pra meditação", Riggs continuava. "Sabe, tem gente que realmente entrou em um zomo e não saiu mais como era quando entrou? e às vezes nem saiu mais? Parece que os zomos são portais pra outro lugar. Especialmente quando se localizam no deserto, que é onde eu estive o ano passado quase inteiro?"

Tá certo. "Você está trabalhando pra Mickey Wolfmann?"

"Em Arrepentimiento — um antigo projeto dos sonhos dele, perto de Las Vegas. Talvez você tenha visto o texto sobre isso na *Architectural Digest*."

"Perdi essa." Na verdade, a única revista que Doc lia com regularidade era *Ninfomaníacas Adolescentes Nuas*, que ele assinava, ou pelo menos assinou até começar a encontrar os poucos exemplares que conseguiam chegar à sua caixa de correio já abertos e com algumas páginas grudadas. Mas ele decidiu não fazer menção a isso. Sloane voltou se requebrando, segurando um pedaço de papel. "O único número que eu consigo achar no momento é de uma conta conjunta em um dos bancos do Michael, espero que isso não constitua um problema para o pessoal de vocês. Fique com esse formulário de depósito em branco, se for de alguma ajuda."

Doc se levantou e Sloane ficou onde estava, que era perto o bastante para que ela fosse tomada e violada, uma ideia que inevitavelmente passou pela cabeça de Doc, e passou sem pressa, na verdade, e mais de uma vez olhando para trás e dando uma piscadinha. Quem sabe que atos depravados poderiam ter se seguido não fosse o reaparecimento de Luz, que lhe lançou, a não ser que ele estivesse alucinando por causa da tequila, um olhar de advertência.

"Luz, você poderia por favor acompanhar o senhor Sportello?"

No andar de baixo, entre corredores que levavam a algum desconhecido número de suítes, Doc, como quem acaba de lembrar que tem de fazer xixi, disse, "Eu poderia usar o toalete?".

"Claro, desde que *você* não roube alguma coisa."

"Cruzes. Espero que isso não signifique que algum desses policiais na beira da piscina anda voltando ao tipo — humm, quer dizer—"

Ela balançou um dedo de não, e dando rápidas olhadas em torno, como se a casa pudesse estar grampeada, entortou o braço e dobrou um bíceps, enquanto virava os olhos para cima. Riggs — fazia sentido. Doc sorriu e fez que sim com a cabeça e no interesse de um possível público disse, "Obrigado, hã... *muchas gracias* aí, Luz, eu volto em um minutinho".

Ela se recostou graciosamente contra um limiar de porta e o observou, olhos escuros e ativos. Doc localizou a porta de um banheiro suntuoso e, adivinhando que era o de Mickey, entrou e daí passou ao quarto adjacente.

Xeretando o quarto, ele deu com uma grande quantidade de estranhas gravatas penduradas em um closet numa estante só delas. Ele acendeu uma luz e deu uma espiada. À primeira vista elas pareciam ser clássicas gravatas de seda pintadas à mão, cada uma com uma imagem de uma mulher nua diferente das outras. Mas esses ali não eram exatamente nus clássicos. Clitóris eretos, lábios inferiores abertos com algo como uns pontos de luz para sugerir umidade, convites por-sobre-o-ombro para ingresso via anal, cada arrepio e cada pelo pubiano minuciosamente representados em detalhes fotográficos. Doc se perdeu na apreciação artística, tendo também percebido algo impressionante nos rostos. Não eram só traços de cartuns assumindo alguma expressão me-fode de catálogo. Pareciam ser os rostos, e ele imaginou que os corpos, de mulheres específicas. Talvez algum tipo de inventário Mickey Wolfmann de namoradas. Será que Shasta Fay estava aqui, por acaso? Doc começou a fuçar nas gravatas uma a uma, tentando não suar nem nada. Acabava de passar pela imagem de Sloane — indiscutivelmente Sloane e não uma loura qualquer — deitada entre lençóis revirados, braços e pernas abertos, pálpebras baixas, lábios brilhando — um ângulo quase cavalheiresco do caráter de Mickey com que ele não contava — quando uma mão deslizou em volta da sua cintura, por trás.

"Yaagghh!"

"Continue procurando, eu estou aí em algum lugar", Luz disse.

"Eu tenho cócegas, gata!"

"Olha eu aí. Bonitinha, né?" Sem dúvida, era Luz em plenas cores, de joelhos, olhando para cima com os dentes expostos no que não era, parecia a Doc, um sorriso especialmente convidativo.

"Os meus peitos não são tão grandes assim, mas o que conta é a intenção."

"Vocês todas posaram pra isso?"

"Pois é. Um cara lá em North Hollywood faz umas coisas personalizadas."

"E aquela menina como-é-que-chama", Doc tentando evitar o tremor na sua voz. "A que desapareceu?"

"Ah, Shasta. É, ela está aí em algum lugar", mas afinal, estranhamente, não estava. Doc olhou para as duas-três gravatas restantes, mas nenhuma delas tinha a imagem de Shasta.

Luz estava olhando por cima do ombro dele para o quarto de Mickey. "Ele sempre me levava pro chuveiro pra trepar", ela relembrava. "Nunca tive chance de fazer qualquer coisa naquela cama bacana ali."

"Parece bem fácil de se resolver", Doc disse delicadamente "quem sabe—" quando, ora bolas, veio um horrendo estrilo de baixa-fidelidade de um interfone na sala. "¡Luz! ¿Dónde estás, mi hijita?"

"Bosta", murmurou Luz.

"Outra hora, talvez."

Na porta Doc lhe deu um dos seus cartões falsos da MICRO, que tinham o número verdadeiro do seu escritório. Ela o meteu no bolso de trás da calça jeans.

"Você não é médico de loucos de verdade, né?"

"S— talvez não. Mas eu tenho um divã?"

"*¡Psicodélico, ése!*" Mostrando os famosos dentes.

Doc acabava de entrar no carro quando uma viatura veio dobrando a esquina em disparada, com todas as luzes acesas, e encostou ao lado dele. Uma janela do lado do passageiro veio descendo a maniveladas e o Pé-Grande se debruçou para fora.

"Parte errada da cidade para descolar uma erva, não é, Sportello?"

"Como assim— você quer dizer que eu andei apagando de novo?"

O policial que estava dirigindo desligou o motor, e os dois saíram e se aproximaram de Doc. A não ser que o Pé-Grande tivesse sido rebaixado em algum estranho momento de desrespeito da polícia de Los Angeles, que Doc sabia que nunca ia ter chance de entender, esse outro policial de jeito nenhum podia ser o seu parceiro, embora pudesse ser parente próximo — os dois tinham o mesmo olhar suave e maligno. Esse sujeito agora ergueu as sobrancelhas para Doc. "O senhor se importa se a gente der uma olhadinha nessa chamativa bolsa aí?"

"Só o meu almoço", Doc garantiu.

"Ah, não faz mal, a gente vai garantir que o senhor não *fique sem almoço*."

"Ora, ora, o Sportello só está fazendo o seu trabalho", o Pé-Grande fingiu tranquilizar o outro tira, "tentando entender o que aconteceu com Mickey Wolfmann, como nós todos. Alguma coisa até aqui que você quisesse compartilhar, Sportello? Com quem — perdão — *como* vai a patroa?"

"Uma senhora de grande coragem", Doc, assentindo com sinceridade. Ele pensou em entrar no que Pat Dubonnet tinha lhe dito sobre Pé-Grande e Mickey serem grandes amigos, mas havia algo na maneira com que esse outro tira estava ouvindo o que eles diziam... atento demais, talvez até, se você quisesse ser paranoico a respeito, como se estivesse disfarçado, trabalhando para algum outro nível dentro da polícia de Los Angeles, sendo o seu verdadeiro trabalho, basicamente, ficar de olho no Pé-Grande... Muita coisa em que pensar. Doc empregou o seu sorriso chapado mais descarado. "Tem um policiamento lá, rapaziada, mas ninguém me apresentou. Pelo que eu saiba, podem até ser *los federales*."

"Eu adoro quando um caso vai para a puta que pariu", comentou o Pé-Grande com um sorriso ensolarado. "Você não, Lester, isso não te lembra exatamente por que nós estamos aqui?"

"Se anime, compadre", disse Lester, voltando para o carro, "o seu dia vai chegar."

E lá se foram eles em alta velocidade, ligando a sirene só para fazer graça. Doc entrou no carro e ficou sentado encarando a residência dos Wolfmann.

Algo o estava intrigando havia algum tempo — especificamente, o quê, exatamente, o Pé-Grande estava fazendo ali, andando o tempo todo com essas viaturas? Até onde Doc soubesse, detetives de terno e gravata andavam em sedãs paisanos, normalmente dois por cada, e policiais uniformizados faziam a mesma coisa. Mas ele não conseguia lembrar de jamais ter visto o Pé-Grande a serviço com outro detetive—

Ah, espera um minutinho. Do fundo do permanente alerta de neblina que ele gostava de chamar de memória, algo começava a surgir — um boato, provavelmente via Pat Dubonnet, sobre um parceiro do Pé-Grande que tinha levado um tiro e morrido um tempo atrás no cumprimento do dever. E desde então, rezava a lenda, o Pé-Grande vinha trabalhando sozinho, sem pedir nem receber um substituto. Se isso significava que o Pé-Grande ainda estava em algum tipo de luto policial, ele e o defunto deviam ser incomumente próximos.

Essa ligação entre parceiros era praticamente a única coisa que Doc quase tinha encontrado para admirar na polícia de Los

Angeles. Apesar de toda a longa e dolorosa história de corrupção e abuso de poder do Departamento, aqui estava pelo menos uma coisa que eles não tinham vendido mas guardavam para si próprios, forjada nas perigosas incertezas de vida-ou-morte de um dia de trabalho depois do outro — algo real que tinha de ser respeitado. Não tinha como fingir, nem pensar em comprar com favores, dinheiro, promoções — nem todo o elenco de incentivos capitalistas podia te garantir cinco segundos de atenção às suas costas quando realmente fazia diferença, você tinha de ir lá e fazer por merecer colocando o seu na reta, repetidamente. Sem conhecer quaisquer detalhes da história que o Pé-Grande e o seu parceiro deviam ter vivenciado juntos, Doc ainda assim teria apostado toda a sua reserva de drogas para o próximo ano que o Pé-Grande, se, de maneira improvável, tivesse de fazer uma lista das pessoas que amava, teria posto aquele cara perto do topo.

Mas isso significava o quê? Doc ia começar a oferecer conselhos gratuitos ao Pé-Grande, aqui? Nananina, péssima ideia, Doc alertou a si mesmo, péssima ideia, deixa lá o cara se virar com a dor dele, ou o que quer que seja, sem a sua ajuda, beleza?

Lógico, Doc respondeu a si mesmo, numa boa por mim, bicho.

Seis

Sem conseguir achá-la em casa, Doc finalmente teve de ligar para a Assistente da Promotoria Penny Kimball no seu escritório no centro da cidade. Um almoço acabava de ser desmarcado, então ela concordou em encaixar Doc na agenda. Ele apareceu em um restaurante seboso perto da rua Temple onde viciados em vinho surgidos de camas improvisadas em terrenos baldios lá no fundo do que restou da área conhecida como Nickel se misturavam com juízes da Suprema Corte durante os seus recessos, isso sem falar de uma população de advogados de ternos, cujo falatório em altos decibéis quicava nas paredes espelhadas, chacoalhando e de vez em quando ameaçando derrubar todas as meias garrafas de oitenta e cinco centavos de moscatel e tocai empilhadas em pirâmides atrás dos balcões fumegantes.

Imediatamente lá entra Penny, uma mão frouxa em um bolso do paletó, trocando comentários civilizados com um sem-número de colegas de trabalho de aparência perfeita. Estava usando óculos escuros e um daqueles conjuntos executivos de poliéster cinza com uma saia bem curta.

88

"Esse caso Wolfmann-Charlock", foi como ela cumprimentou Doc, "aparentemente uma das suas antigas namoradas é um dos protagonistas?" Não que ele estivesse esperando um beijo de amigos ou qualquer coisa — havia colegas observando, e ele não queria, como é que se diria, foder a imagem dela. Ela pôs a pasta 007 na mesa e ficou sentada encarando Doc, uma técnica de tribunal, sem dúvida.

"Acabei de ficar sabendo que ela sumiu", Doc disse.

"Em outras palavras... quanto você e Shasta Fay Hepworth *foram* íntimos?"

Já fazia um tempo que ele estava se perguntando isso, mas não sabia a resposta. "Acabou tem anos", ele disse. "Meses? Ela tinha mais o que fazer. Fiquei acabado? Claro. Se você não tivesse aparecido, gata, quem é que sabe até onde isso tinha afundado?"

"É verdade, você estava na merda. Mas descontados os velhos tempos, você teve algum contato com a senhorita Hepworth, digamos, semana passada ou coisa assim?"

"Pois então, engraçado você perguntar. Ela me ligou uns dias antes de Mickey Wolfmann desaparecer, com uma história sobre como a mulher dele e o namorado estavam tramando um jeito de se livrar do Mickey e ficar com a grana toda. Então eu espero mesmo que vocês, ou a polícia, sei lá, estejam de olho nisso."

"E com os seus anos de experiência como detetive particular, você diria que essa dica é confiável?"

"Já vi piores — ah, espera, saquei, vocês vão só ignorar isso tudo. Certo? uma hipponga com problemas sentimentais, de miolo todo mole de erva sexo rock'n'roll—"

"Doc, eu nunca te vejo assim tão emotivo."

"Porque a luz está apagada, normalmente."

"Hã-hã, bom aparentemente você não disse nada disso para o tenente Bjornsen quando ele te pegou na cena do crime."

"Eu prometi pra Shasta que vinha falar com você antes, ver se alguém lá na Promotoria podia dar uma mão. Fiquei te ligando, dia e noite, e nada, quando eu vi, Wolfmann tinha desaparecido, Glen Charlock estava morto."

"E parece que Bjornsen acha que você é tão suspeito quanto os outros nisso tudo."

"'Parece que—' você andou *falando*, com o *Pé-Grande*, sobre mim? Nossa, pô, nunca confie numa mina das planícies, bicho, regra número um da vida na praia, tudo que a gente foi um pro outro também, olha, se tem que ser assim, ok, como sempre diz o meu amigo Roy Orbison", estendendo os pulsos dramaticamente, "vamos acabar com isso de uma vez—"

"Doc. Shh. Por favor." Ela ficava tão bonitinha quando estava constrangida, nariz enrugado e coisa e tal, mas não durou muito. "Além do mais, de repente *foi* você mesmo, isso já passou pela sua cabeça? De repente você só esqueceu tudo convenientemente, como você esquece mesmo as coisas o tempo todo, e essa sua reação peculiar agora é uma forma tipicamente tortuosa de confessar o ato?"

"Mas e... Como é que eu ia esquecer uma coisa dessas?"

"Erva e sabe Deus mais o quê, Doc."

"Ah, pega leve, eu só fumo socialmente."

"Ah? Quantos baseados por dia, na média?"

"Hum... tenho que ver nos registros..."

"Escuta, o Bjornsen está encarregado do caso, e ponto final, ele vai entrevistar centenas de vocês—"

"Nós. Vai aparecer na porra da minha *janela* de novo, é basicamente o que você está querendo dizer."

"Segundo relatórios da polícia, você demonstrou uma tendência a botar uma barricada na porta em outras ocasiões."

"Você foi atrás e puxou a minha ficha? Penny, você gosta *mesmo* de mim!", com um olhar que pretendia ser de reconhecimento, mas que todos esses espelhos por aqui, quando Doc verificou a sua imagem, estavam de alguma maneira apresentando como só mais um olho estanhado e vermelho de chapado. "Vou pegar um sanduíche. Posso trazer alguma coisa pra você? Presunto, cordeiro, ou carne." "Pode ser só o Vegetariano do Dia?" Doc a observou entrar na fila. Que tipo de joguinho de promotora ela estava mandando para cima dele agora? Ele queria poder acreditar mais nela, mas aquele ramo não perdoava e, no que se referia a excesso de confiança, a vida nos anos 70 da psicodelia de Los Angeles ofereceu mais argumentos precautórios do que você conseguia dispensar com um gesto do baseado, e os anos 70 não estavam parecendo mais promissores.

Penny sabia mais sobre este caso do que estava dizendo a Doc. Ele já tinha visto o suficiente daquele jeito manhoso de segurar informação que os da lei tinham — os advogados aprendiam uns com os outros, frequentavam simpósios de fim de semana em hoteizinhos em La Puente só para desenvolver suas habilidades mais escorregadias — e não havia razão, triste dizer isso, para Penny ser uma exceção.

Ela voltou para a mesa com o Vegetariano do Dia, couve-de--bruxelas no vapor, empilhada em um prato. Doc caiu de boca. "Massa, bicho! manda aquele Tabasco ali — olha, você já falou com alguém lá do legista? Quem sabe a sua amiga Lagonda viu a autópsia do Glen?"

Penny deu de ombros. "Nas palavras dela o assunto é 'muito delicado' por lá. O corpo já foi cremado, e ela não diz mais que isso." Ela ficou um tempo olhando Doc comer. "Então! Como é que está todo mundo lá na praia?" Com um sorriso de baixo teor de sinceridade que ele já conhecia bem o bastante a essas alturas para se pôr em guarda. "'Joia'? 'psicodélico'? as surfistinhas continuam atenciosas como sempre? Ah e como é que estão aquelas duas comissas que eu peguei com você aquela vez?"

"Eu te disse, cara, foi a hidromassagem, as bombas estavam ligadas muito forte, aqueles biquínis, assim, meio que misteriosamente desamarram, não foi nada deliberado—"

Como parecia que ela nunca perdia a chance de fazer ultimamente, Penny estava se referindo às eventuais parcerias de safadeza de Doc, as notórias comissárias de bordo bordas Lourdes e Motella, que ocupavam uma suntuosa garçonnière em Gordita, lá em Beachfront Drive, com sauna e piscina, e um bar no meio da piscina, e normalmente um suprimento infinito de bagulho de alta qualidade, já que se sabia que as senhoras em questão contrabandeavam mercadorias proibidas, tendo a essa altura, dizia-se, imensas fortunas guardadas em contas bancárias em paraísos fiscais. E no entanto, depois de anoitecer, em quase todas as vezes que paravam aqui parecia que elas acabavam cruzando as lúgubres ruelas dos desolados rincões de Los Angeles, procurando por alguma inclinação incontornável a companhia dos vagabundos que calhassem de aparecer.

"Quem sabe você vai ver as duas logo?", Penny evitando contato visual.

"Lourdes e Motella", ele inquiriu com toda a delicadeza possível, "elas são, hã, Gatas de Interesse pro seu pessoal?"

"Não tanto elas quanto um pessoal que tem andado com elas ultimamente. Se durante essas atividades de natureza biquínica você por acaso ouvir as duas mencionarem o nome de um ou dos dois de um par de jovens cavalheiros conhecidos como Cookie e Joaquin, será que você podia tomar nota em alguma coisa a prova d'água e me informar?"

"Ei, se você está prospectando umas amizades coloridas fora dos círculos jurídicos, eu posso te dar uma mão numa boa. Se você estiver desesperada mesmo, tem sempre eu."

Ela vinha olhando para o relógio. "Semana de matar pela frente, Doc, então a não ser que alguma coisa aqui esquente tremendamente, eu espero que você entenda."

Com todo o romantismo possível, Doc cantou para ela uns compassos suaves em falsete de "Wouldn't it be nice". Ela tinha aprendido a técnica de apontar o rosto para um lado e os olhos para outro, neste caso, de esguelha para Doc, com as pálpebras semifechadas e um sorriso que ela sabia que teria o seu efeito. "Me acompanha até o escritório?"

Fora da Sala da Justiça, como quem acaba de lembrar alguma coisa, "Você se incomoda se eu for deixar um negócio ali do lado no Tribunal Federal? É só um minutinho?".

Eles não tinham dado dois passos dentro do saguão quando foram abordados, ou será que ele queria dizer cercados, por uns federais com uns ternos baratos que podiam se beneficiar de um pouco mais de exposição ao sol.

"Esses são os meus vizinhos de sala, agente especial Flatweed, agente especial Borderline — Doc Sportello."

"Tenho que admitir que eu sempre admirei vocês, oito horas toda segunda de noite, nossa, eu nunca perco um episódio!"

"O banheiro das senhoras é por aqui, né?", disse Penny. "Volto já já."

Doc olhou ela sumir de vista. Ele conhecia o jeito de ela andar quando tinha de fazer xixi, e não era aquele. Ela não ia voltar assim tão cedo. Ele teve cerca de um segundo e meio para se preparar espiritualmente antes de o agente Flatweed dizer, "Vamos lá, Larry, ver se a gente descola uma xícara do pretinho". Eles o guiaram educada mas firmemente até um elevador, e por um minuto ele ficou imaginando quando poderia fumar um baseado de novo.

No andar de cima, eles fizeram sinal para Doc entrar em um cubículo com retratos emoldurados de J. Edgar Hoover. O café em exuberantes xícaras negras com insígnias douradas do FBI não tinha o gosto de algo que respondesse por grande parcela do orçamento de amenidades deles.

Pelo que Doc pôde perceber, os dois federais pareciam recém-chegados à cidade, talvez até direto da capital da nossa nação. A essas alturas ele já tinha visto alguns desses enviados do Leste, que desembarcavam na Califórnia esperando ter de lidar com nativos rebeldes e exóticos e ou mantinham um campo de força de desprezo até acabar o revezamento obrigatório aqui, ou ainda com estonteante velocidade se viam descalços e muito loucos, botando o pranchão na perua e seguindo o swell para todo lado. Não parecia haver um meio-termo de escolhas. Era difícil para Doc não imaginar aqueles dois como nazistas do surfe condenados a repetir sem parar uma cena de algum massacre violento mas divertido de um filme de praia.

O agente Borderline tinha puxado uma ficha e começado a examiná-la.

"Ei, que é isso aí—", Doc angulando a cabeça amistoso, a la Ronald Reagan, para dar uma espiada. "Uma *ficha federal?* Minha? Nossa, bicho! Chocante!" O agente Borderline fechou abruptamente a ficha e a meteu em uma pilha de outras fichas em um aparador, mas não antes de Doc ver uma telefoto borrada de si próprio em um estacionamento, provavelmente do Tommy, sentado no capô do seu carro segurando um cheeseburger gigante e olhando estranhamente para ele, *futucando* mesmo as camadas de picles, fatias gigantes de tomate, alface, chili, cebola, queijo e coisa e tal, isso sem falar do elemento de carne moída que era quase uma nota de rodapé — uma situação óbvia para aqueles que conheciam o hábito de Krishna, o cozinheiro, de incluir em algum lugar no meio disso tudo, por cinquenta centavos a mais, um baseado enrolado em papel manteiga. Na verdade a tradição tinha começado em Compton anos atrás e chegado ao Tommy no mínimo no verão de 68, quando Doc, na larica que se seguiu a um protesto contra os planos da NBC de cancelar *Jornada nas Estrelas*, juntou-se a um comboio de fãs iracundos com orelhas pontudas e uniformes da Frota Estelar para mergulhar (era o que parecia) Beverly Boulevard adentro para as profundezas de Los Angeles, passando um grampo e rumo a um pedacinho da cidade enfiado entre a Hollywood e a Harbor Freeway, que foi onde ele contemplou pela primeira vez, na esquina de Beverly e Coronado, o umbigo-hambúrguer do universo...

"Como é que é? Eu estava distraído aqui."

"Você estava babando na mesa. E você não devia ter visto aquela ficha."

"Só imaginando se vocês não tinham alguma cópia, eu sempre gosto de andar com umas fotos caso as pessoas queiram um autógrafo?"

"Hoje em dia, como você deve saber", o agente Flatweed disse, "a maior parte da energia deste escritório vai para a investigação de Grupos de Agitadores do Nacionalismo Negro. E ficamos sabendo que não faz muito tempo você recebeu a visita de um militante negro dos presídios que se apresentou como Tariq Khalil. Naturalmente ficamos curiosos."

"É a cronologia, só", o agente Borderline fingiu explicar, "Khalil visita a sua firma, no dia seguinte um conhecido amigo dele da prisão é morto, Michael Wolfmann desaparece, e você é preso como suspeito."

"E liberado de novo, não esqueçam dessa parte. Vocês aqui já falaram com o Pé-Grande Bjornsen sobre isso? ele tem a ficha do caso todo, muito mais informação do que eu ia poder ter, e vocês iam gostar pacas de falar com ele, ele é superinteligente e coisa e tal."

"A impaciência do tenente Bjornsen com o nível federal é largamente comentada", o agente Borderline erguendo os olhos da leitura dinâmica de mais uma ficha, "e a cooperação dele, se houver, provavelmente será limitada. Você, por outro lado, pode saber de coisas que ele não sabe. Por exemplo, e essas duas empregadas das Linhas Aéreas Kahuna, senhorita Motella Haywood e senhorita Lourdes Rodriguez?"

Sobre as quais a Penny também acabava de perguntar. Que coincidência estranha e curiosa. "Bom, o que é que essas duas moças têm a ver com essa contrainteligência de Nacionalismo Negro aí de vocês, eu espero só que não porque as duas por acaso são de origens não anglo-americanas ou coisa assim..."

"Via de regra", disse o agente Flatweed, "nós é que fazemos as perguntas."

"Numa boa, rapaziada, só que a gente não está no mesmo ramo?"

"E não precisa ofender."

"Por que simplesmente não divide conosco o que o senhor Khalil tinha a dizer dia desses quando visitou você", sugeriu o agente Borderline.

"Ah. Porque ele é meu cliente, aí a conversa é confidencial, por isso. Desculpa."

"Se tiver a ver com o caso Wolfmann, nós podemos ser obrigados a discordar."

"Beleza, mas o que eu consigo entender é que se o pessoal de vocês aqui está tão concentrado assim nos panteras negras e todo esse negócio de lutem-você-e-ele com o povo do Ron Karenga e coisa e tal, como é que fica esse interesse do FBI em Mickey Wolfmann? Alguém andou jogando Banco Imobiliário com dinheiro do Sistema Nacional de Habitação? não, não podia ser isso, porque isso aqui é Los Angeles, isso não existe aqui. O que mais, então, eu fico aqui imaginando?"

"Nada a declarar", o agente Flatweed, cabotino, e, Doc esperava, amaciado pelo seu interrogatório deliberadamente perdido.

"Ah, espera aí, eu sei — depois de 24 horas é oficialmente um caso de sequestro, com ou sem fronteiras estaduais, então vocês devem estar imaginando que seja uma *operação Pantera* — tipo que eles garfaram o Mickey pra marcar alguma posição política, e no meio do caminho ter a chance de um belo pagamento de resgate também."

Momento em que os dois federais, como que incapazes de não fazê-lo, deram uma rápida olhadinha nervosa um para o outro, sugerindo que pelo menos tinham pensado nisso como cobertura.

"Bom puxa vida e tudo mais, queria poder ser útil, mas esse tal de Khalil nem me deixou um número de telefone, vocês sabem como eles podem ser irresponsáveis." Doc se levantou, apagou o cigarro no restinho do seu café FBI. "Digam para a Penny como foi bacana ela ter arranjado essa reuniãozinha aqui, ah, e olha — posso agir como se 'natra' tivesse acontecido?"

"Claro", disseram os agentes Flatweed e Borderline.

Estalando os dedos, Doc foi até a porta ao som de quatro compassos de "Fly me to the moon", mais ou menos afinado, e acrescentou. "Eu sei que o diretor curte uma escavação peniana e estou torcendo pra vocês acharem o Mickey antes de começarem essas coisas de presídio."

"Ele não está cooperando", o agente Borderline resmungou.

"Não desapareça, Larry", gritou o agente Flatweed. "Não esqueça, como informante da Contrainteligência você podia estar ganhando até trezentos dólares por mês."

"Claro. Manda um alô pro Lew Erskine e o resto do povo."

Mas durante toda a descida do elevador era com Penny que Doc se preocupava. Se a melhor carta que ela tinha na manga hoje em dia era entregar Doc aos *federales*, ela devia estar bem ferrada com alguém. Mas ferrada quanto e com quem? A única ligação que ele via assim de improviso era que tanto a polícia federal quanto a local tinham um interesse comum pelas comissárias de bordo bordas Lourdes e Motella, e por seus amigos Cookie e Joaquin. É. Era melhor ele dar uma olhada nisso o mais cedo possível, inclusive porque as meninas acabavam de voltar do Havaí e provavelmente estavam com uma erva barra--pesada em casa.

Enquanto isso, tinha gente vendo Mickey por toda parte. Na seção de carne da loja Ralph em Culver City, roubando mignons em lotes tamanho família. Lá em Santa Anita, em uma discussão acalorada com uma pessoa de nome Shorty ou Speedy. Em alguns relatos, ambos. Em um bar em Los Mochis, assistindo a um episódio antigo de *Os invasores* dublado em espanhol, e escrevendo urgentes lembretes para si próprio. Em salas VIP de aeroportos, de Heathrow a Honolulu, bebendo imprudentes combinações de uva e cereal jamais vistas depois da Lei Seca. Em comícios antiguerra em São Francisco, suplicando a uma grande quantidade de autoridades armadas que o trucidassem e acabassem com os seus problemas. Ou em Joshua Tree, tomando mescalina. Ascendendo aos céus aureolado de uma radiância praticamente-insuportável-aos-olhos rumo a nave espacial de origem não terráquea. E coisa e tal. Doc abriu uma pasta para todos esses relatos e torceu para não esquecer onde estava escondendo as fichas.

Chegando do trabalho mais no fim do dia, ele por acaso percebeu no estacionamento uma loura alta e desengonçada mais uma *beleza oriental* tão familiar quanto ela. Isso! eram as duas moças daquele salão de massagem Planeta das Gatas! "Oi! Jade! Bambi!" As meninas, lançando olhares paranoicos por sobre ombros atraentes e nus, correram e saltaram para um tipo de Impala Harley Earl, saíram cantando pneus e dispararam pela Imperial Oeste. Tentando não levar isso para o lado pessoal, Doc voltou para dentro procurando Petunia, que, balançando a cabeça reprovadora, entregou-lhe um folheto do Especial Chupa-xota do Planeta das Gatas.

"Ah. Então, eu posso explicar—"

"Trabalhinho pesado e solitário", resmungou Petunia, "mas alguém tem que fazer, coisa assim? Ah, Doc."

No verso do folheto, escrito com aplicador e esmalte pink para unhas, dizia, "Ouvi dizer que te soltaram. Preciso falar uma coisa com você. Estou trabalhando de noite durante a semana no Club Asiatique em San Pedro. Paz e Amor, Jade. P.S. — *Cuidado com o Canino Dourado!!!*".

Bom, na verdade Doc não ia achar ruim dar uma palavrinha com aquela Jade também, já que, sendo a última pessoa com quem ele tinha falado lá no Planeta das Gatas antes de entrar, nas palavras de Jim Morrison, "na inconsciência", ela podia ter tomado parte na preparação de seu desatento pescoço para o que quer que tivesse capturado Mickey Wolfmann e abatido Glen Charlock.

Então, sabendo que as duas eram habituées antigas do Club Asiatique, ele foi direto para a mansão à beira-mar de Lourdes e Motella, que no final das contas nesta noite estavam justamente indo para aquele mesmíssimo muquifo litorâneo para encontrar seus atuais pedaços-de-mau-caminho, os elementos de interesse para o FBI, Cookie e Joaquin, oferecendo a Doc uma chance de descobrir por que os *federales* estavam tão interessados, e ao mesmo tempo destroçando quaisquer esperanças que ele pudesse ter tido de um ménage-à-trois vitaminado por drogas só entre ele e as meninas — agora, como o grande Fats Domino sempre diz, "*never to be*", não mais será, que de qualquer jeito era como normalmente funcionava com aquelas duas.

"Beleza se eu for junto?"

Motella lhe deu uma sacada cética. "Essas huaraches passam, a calça boca de sino serve, mas a parte de cima precisa de uma mãozinha. Vem, dá uma olhada", levando-o a um armário cheio de tralha, de cuja obscuridade Doc apanhou a primeira camisa havaiana que pôde ver, papagaios em esquemas de cores psicodélicas, alguns deles visíveis só sob luz negra, que teriam lhes garantido um olhar espantado mesmo de comunidades de papagaios já famosas por sua extravagância em tons de plumagem, mais flores de hibiscos que com uma mera fungada te mandariam a viagens nasais de ácido, e ondas fosforescentes, verdes, tubulares. Uma lua crescente muito amarela. Dançarinas de Hula com peitões.

"Você também pode usar isso aqui", entregando-lhe um colar de contas da loja de maricas do Duty-Free das Linhas Aéreas Kahuna, que abria sempre que o avião entrava em espaço aéreo internacional, "mas isso eu vou querer de volta."

"Aahhh!", Lourdes enquanto isso, no banheiro, gritando com o nariz apontado para o espelho. "Foto cortesia da NASA!"

"É essa luz daqui", Doc se apressou em comentar. "Vocês estão ótimas, as duas, ótimas mesmo."

E estavam, e logo, togadas com vestidos combinados do Salão Dinasty no Hong Kong Hilton, as moças, cada uma segurando um braço de Doc, desceram a rua, onde, trancado em uma garagem com uma única janela empoeirada, pelo velho vidro distorcido reluzia um sonho de um Auburn sobrenaturalmente cereja-velho, de tom castanho e com frisos de nogueira, portando as placas LEM UAU.

Descendo as rápidas San Diego e Harbor, as animadíssimas comissárias de bordo informaram a Doc toda uma lista de virtudes de Cookie e Joaquin no meio da qual ele normalmente teria apagado, mas que como a curiosidade do FBI a respeito dos caras tinha provocado a sua, ele se sentiu obrigado a ouvir. Também era uma distração do que para Doc parecia ser o estilo desnecessariamente suicida com que Lourdes pilotava o Auburn.

No rádio tocava um sucesso antigo dos Boards, no qual os críticos de rock tinham percebido certa influência dos Beach Boys —

Achei que era delírio, mas lá
Da esquina ela gritou, "Vam'bora!". Tem dó,
Como é que eu posso recusar uma ga-
Tinham de dezoito num GTO?

Rumo Norte, saindo de Topanga,
Fumaça no pneu que gritava,
Debaixo do capô do meu Mustang, a
Beleza do 427 acelerava—
[Ponte]
Roda com roda, na altura de
Leo Carrillo [Frase do naipe de metais],
E ainda continuava em Point Mugu—
Só um Ford Mustang e um GTO tranquilo,
Beirando a beira-mar,
Num racha louco pra chuchu.

Devia ter enchido em San Diego, o ponteiro
Cravado no vazio faz tempo, já,
Quando eu vejo ela está dando hasta lu-ego, num belo
Sorriso da Califór-niá!—

(Doc tentou ouvir a parte instrumental, e embora o naipe de metais tenha posto umas belas harmonias mariachis em "Leo Carrillo", o tenor não parecia ser Coy Harlingen, só mais um especialista em solos de uma-ou-duas-notas.)

No acostamento, eu me sentia acabado,
Lá vem o conhecido Ram Air,
O que ela tem no banco, logo ao lado?
Uma lata de gasosa, que mulher!

Então seguimos, pra lá de
Leo Carrillo [*Mesma frase dos metais*],
Roda com roda até chegar a Malibu—
Só um Ford Mustang e um GTO tranquilo,
Beirando a beira-mar,
Num racha louco pra chuchu...

As moças no banco da frente estavam pulando no lugar, aos gritinhos de "¡A *toda madre!*" e "Manda ver, guria" e coisa e tal.

"O Cookie e o Joaquin, eles são tã-ã-ão maneiros", desvanecia Motella.

"¡*Seguro, ése!*"

"Bom, na verdade eu quis dizer que o Cookie é, eu não posso botar a mão no fogo pelo Joaquin, né?"

"Como assim, Motella."

"Uuh, sei lá, imaginando como deve ser, ir pra cama com alguém que tem o nome de *outra? tatuado* no corpo?"

"Não tem problema, a não ser que a única coisa que vocês façam na cama seja ler", resmungou Lourdes.

"Senhoras, senhoras!" Doc fingiu separá-las, como o Moe dizendo "Separa!".

Doc ficou sabendo que Cookie e Joaquin eram dois ex-milicos que acabavam de chegar do Vietnã, finalmente de volta ao mundo apesar de ainda estarem cumprindo missões de peso, tendo ouvido falar logo antes de saírem de um esquema demente que incluía contêineres cheios de moeda americana sendo desviados, acreditava-se, para Hong Kong. O trânsito de dólares por terra caiu há muitos anos nas barricadas, mas com o dinheiro agora fisicamente em águas internacionais, segundo vários vigaristas que eles conheciam, a situação teria de ser diferente.

Eles tinham se materializado no voo de Lourdes e Motella para Kai Tak, com as cabeças seriamente embaladas na valsa de Darvon, bolinhas, cerveja da base, erva vietnamita e café de aeroporto, de modo a estarem largamente incapacitados para o bate-papo padrão dos aviões e assim, como contavam as moças, mal as luzes dos cintos de segurança tinham se apagado, Lourdes e Joaquin, Motella e Cookie, respectivamente, se viram em toaletes adjacentes trepando até não poderem mais. A festa continuou durante a estada das meninas em Hong Kong, enquanto ficava cada vez mais difícil de localizar os tais contêineres de dinheiro, para nem falar de acreditar neles, embora Cookie e Joaquin tenham mesmo tentado, sempre que calmarias recreativas permitiam, empreender uma busca cada vez menos empolgada por eles.

O Club Asiatique ficava em San Pedro, na frente da ilha Terminal, com uma vista filtrada da ponte Vincent Thomas. À noite ele parecia coberto, de certa forma protegido, por algo mais escuro que as sombras — uma expressão visual da convergência, de toda a borda do Pacífico, de inúmeras necessidades de fazer certas coisas sem que ninguém visse.

Os cristais atrás do balcão, que em outro tipo de salão podiam ter parecido estonteantes demais, aqui atingiam o brilho frio e difuso das imagens de televisões preto e branco baratas. Garçonetes com cheongsams de seda negra estampados com flores tropicais vermelhas deslizavam sobre saltos altos, carregando drinques longos decorados com orquídeas verdadeiras e fatias de manga e canudinhos de um plástico azul-piscina brilhante moldado para parecer bambu. Os fregueses nas mesas se inclinavam uns para os outros e depois se afastavam, em ritmos lentos, como plantas embaixo d'água. Habitués tomavam doses de saquê quente empurradas por champanhe gelada. O ar era denso da fumaça de cachimbos de ópio e bongs de maconha, além de cigarros de cravo, charutos malasianos, e Kools do sistema penitenciário, pequenos focos reluzentes de consciência que pulsavam, mais claros e mais foscos por toda parte daquela escuridão. No andar de baixo, para os saudosos por Macau e os prazeres da rua da Felicidade, um exclusivo jogo de fantan seguia dia e noite, além de mah-jongg e Go a um dólar por pedra em diversas alcovas por trás das cortinas de contas.

"Agora, Doc, querido", Motella advertia enquanto eles deslizavam para uma cabine forrada de alguma estampa de pele de tigre em um roxo de esmalte de unhas e um ferrugem vivo, "lembre que eu e a Lourdes estamos convidando, então hoje é só bebida chique, nada daquelas coisas com guarda-chuvinha." Mais que numa boa pelo Doc, considerando a situação de disparidade de rendas e tudo o mais.

Cookie e Joaquin apareceram bem quando a banda da casa estava se deixando cair em uma versão saltitante de "People are strange (When you're a stranger)", dos Doors, com orgulhosos panamás de abas largas, óculos escuros de marca, falsificados, e ternos brancos de paisanos comprados prontos em alguma lojinha em Kaiser Estates, em Kowloon, passando no passo, passo a passo, balançando um indicador no ar, para os recessos anecoicos do clube. "Joaquin! Cookie!", gritaram as meninas, "Caramba! Massa! Que roupa joia!" e coisa e tal. Embora sejam realmente poucos os homens que são tão desencanados com a própria vida para dispensar esse tipo de apreciação pública, Doc também podia ver Joaquin e Cookie olhando um para o outro pensando, Que merda, meu, como será que ele faz isso.

"Pode ser que a gente tenha que sair correndo, *mes chéries*", retumbou Cookie, enterrando uma mão no cabelo black power de Motella e caindo em um beijo de certa duração.

"Nada pessoal", acrescentou Joaquin, "meio que uma viagem de negócios de última hora", envolvendo Lourdes em um abraço possivelmente ainda mais apaixonado, interrompido por uma conhecida linha de baixo da banda, que estava escondida em um pequeno bosque de palmeiras em vasos.

"Então tá!", Motella agarrando Cookie pela gravata, que tinha uma imagem de uma florida vista de uma lagoa no Pacífico em cores psicodélicas. "Vamos 'detonar' isso aqui!"

Em dois segundos Joaquin tinha sumido embaixo da mesa.

"O que é isso?", Lourdes mantendo a pose.

"Alguma bosta psicológica do Vietnã", Cookie saindo dançando, "toda vez que alguém fala isso, ele faz assim."

"Está tudo bem, rapaziada", gritou Joaquin, que tinha passado a guerra toda tentando ganhar uma grana, e não seria capaz de reconhecer um bombardeiro nem que saísse correndo e começasse a disparar foguetes na bunda dele. "Gostei daqui de baixo — você não se importa, não é, *mi amor?*"

"Acho que eu podia pensar nisso como se fosse estar saindo com alguém bem baixinho?", Cookie com os braços cruzados e um sorriso brilhante que talvez estivesse mais alto de um lado que do outro.

Uma perfeita gotinha de orvalho asiática da equipe da casa, que sob um exame mais detido parecia ser Jade, veio até Doc. "Tem uns cavalheiros", ela murmurou, "muito ansiosos para falar com esses rapazes, a ponto até de saírem entregando notas de vinte pra lá e pra cá?"

Joaquin tirou a cabeça de debaixo da toalha da mesa. "Cadê eles? A gente deda uns outros caras, e aí a gente sai lucrando vintão."

"Quarentão", corrigiu Lourdes.

"Normalmente um plano sólido", disse Motella, voltando com Cookie, "só que todo mundo aqui conhece vocês dois e pra falar a verdade os sujeitos em questão estão chegando agorinha mesmo."

"Puta que pariu, é o Lourinho-san", disse Cookie. "Você acha que ele estava com cara de puto? Acho que ele está puto."

"Nah", disse Joaquin, "ele não está puto, mas do amigo dele ali eu não tenho tanta certeza."

Lourinho-san usava uma peruca loura que não teria enganado nem a *abuelita* de alguém lá em South Pas, e um terno preto de executivo com um corte vagamente associado à máfia— Ligadão, olhinhos minúsculos e fumando um cigarro japonês barato atrás do outro, ele estava acompanhado de um curimbaba da yakuza chamado Iwao, cujo nível *dan* tivera a pureza espiritual havia muito comprometida por um gosto pela distribuição desmotivada de porradas, com os olhos deslizando para a frente e para trás e o rosto franzido em pensamento enquanto tentava decidir quem seria o seu alvo primário aqui.

Doc odiava ver alguém tão confuso assim. Sem contar que, quanto mais Cookie e Joaquin se afundavam na discussão com Lourinho-san, menos atenção eles prestavam em Lourdes e Motella, deixando as moças cada vez mais insanas e mais suscetíveis aos grandiosos desastres emocionais para os quais tinham, ambas, uma queda tão grande. E nada nisso trazia bons augúrios.

Foi por aí que Jade apareceu de novo. "Pensei que era você", Doc disse, "ainda que a gente não esteja exatamente chafurdando em contato visual. Recebi o seu bilhete no escritório, mas por que você tinha que sair correndo daquele jeito? a gente podia ter batido um papinho, sabe como, fumado um bagulho..."

"É que tinha assim esses malucos em um Barracuda que ficaram seguindo a gente desde Hollywood? Podia ser qualquer um, e a gente não queria te arranjar mais problemas do que você já tem, aí a gente fingiu que estava ali por causa das injeções de

B12, e acho que isso deixou a gente meio ouriçada, aí quando a gente te viu rolou uma paranoia e a gente cascou fora?"

"Melhor cê não estar negociando uns Singapore Slings aí", Motella aconselhou, "nada dessas porcarias."

"Ela é uma velha colega de escola, a gente estava lembrando do baile, das aulas de geometria, segura a onda, Motella."

"E que escola era essa, em Tehachapi?"

"Uuii", fez Lourdes. As meninas estavam irritadiças, e a bebida forte não estava melhorando seu humor.

"Me encontra lá fora", Jade sussurrou, salto-altando embora.

A ausência quase total de iluminação no estacionamento podia ser deliberada, para sugerir intriga e romance orientais, embora também lembrasse uma cena de crime à espera de seu próximo crime. Doc percebeu um Fireflite 56 conversível que parecia estar respirando bem fundo, como se tivesse vindo correndo até aqui, recolhendo fitas azuis pelo caminho, e estivesse tentando pensar como poderia abrir o capô discretamente e dar só uma olhadinha no Hemi ali embaixo, quando Jade surgiu.

"Não posso ficar aqui fora muito tempo. A gente está em território do Canino Dourado, e euzinha não pretendo exatamente me encrencar com aquele pessoal."

"Esse seria o mesmo Canino Dourado que você disse pra eu me cuidar com ele no bilhete? O que é isso, alguma banda?"

"Bom se fosse." Ela fez um gesto de meus-lábios-estão-lacrados.

"Você não vai me dizer, depois daquele 'cuidado com' e coisa e tal?"

"Não. Eu só queria mesmo era dizer que lamento muito. Eu estou me sentindo uma merda por causa do que fiz..."

"Que foi... o quê mesmo?"

"Eu não sou dedo-duro!", ela gritou, "os policiais disseram que retirariam as acusações se a gente simplesmente largasse você na cena do crime, como eles sabiam que você já estava, então qual o problema, e eu devo ter surtado, e sério, Larry, eu, assim, lamento *muito*?"

"Pode me chamar de Doc, numa boa, Jade, eles tiveram que me liberar, agora só ficam me seguindo por todo lado, só isso. Toma." Ele achou um maço de cigarros, bateu no lado da mão, estendeu o maço, ela tirou um, eles acenderam.

"Aquele tira", ela disse.

"Você deve estar falando do Pé-Grande."

"Puta figurinha premiada, aquele ali."

"Ele por acaso chegou a aparecer lá no seu salão?"

"Dava uma olhada de vez em quando, não como os policiais fazem, sem esperar uma de graça nem nada — se esse cara estava no bolso de alguém, era mais algum tipo de acordo particular com o senhor Wolfmann."

"E — não leve pro lado pessoal, mas — foi o próprio Pé-Grande que me colocou a bordo do Expresso Buenas Noches, ou ele subcontratou a mão de obra?"

Ela deu de ombros. "Perdi essa parte toda, Bambi e eu ficamos tão alucinadas de medo com aquela brigada de bandidos marchando por ali que a gente não ficou pra ver?"

"E aqueles nazistas de presídio que eram pra estar guardando as costas do Mickey?"

"Por todo canto num minuto, desaparecidos no outro. Que pena. A gente foi meio que a base deles por um tempo, a gente até chegou a ponto de saber diferenciar um do outro e tudo o mais."

"Eles desapareceram todos? Isso foi antes ou depois da festa começar?"

"Antes. Que nem um ataque aéreo, quando as pessoas sabem que vai acontecer? Eles todos zarparam, menos o Glen, ele foi o único que...", ela se deteve, como que tentando lembrar a palavra certa para dizer aquilo, "ficou." Ela largou o cigarro no asfalto e o esmagou com o bico pontudo do sapato. "Escuta só — tem alguém que quer falar com você."

"Quer dizer que eu tenho que me mandar daqui rapidinho?"

"Não, ele acha que vocês podem se ajudar. Ele é uma cara nova por aqui, não sei nem o nome dele direito, mas sei que está meio encrencado." Ela voltou para dentro.

Das brumas litorâneas que por vezes amortalhavam esse pedaço da costa, emergiu agora outra figura. Doc não era sempre tão fácil de assustar, mas ainda assim desejava não ter ficado esperando. Ele reconheceu esse indivíduo da polaroide que Hope lhe deu. Era Coy Harlingen, recém-desembarcado do outro mundo, onde a morte e os seus outros efeitos colaterais tinham destruído qualquer noção de moda que o saxofonista ainda pudesse ter quando entrou em overdose, resultando em um macacão de pintor, uma camisa cor-de-rosa de botões dos anos 50 com uma gravata preta estreita de crochê, e antigas botas pontudas de caubói. "Salve, Coy."

"Eu teria ido no seu escritório, bicho, mas achei que podia ter uns olhões inimigos." Doc precisava de uma cornucópia ou coisa assim, porque junto com os apitos e os sinos lá do porto, Coy ainda tinha uma tendência a cair em um murmúrio de junkie quase inaudível.

"É seguro pra você, aqui?", Doc disse.

"Vamos acender isso aqui e fingir que a gente saiu pra fumar." Índica asiática, aromatiquíssima. Doc se preparou para cair de bunda, mas em vez disso achou um perímetro de claridade dentro do qual não era assim tão difícil se manter. O brilho na ponta do baseado era borrado pela neblina, e a sua cor ficava mudando entre o laranja e um rosa intenso.

"Era pra eu estar morto", Coy disse.

"Tem também um boato de que você não está."

"Nenhuma grande novidade. Estar morto faz parte da minha imagem profissional. Meio que é o que eu faço."

"Você está trabalhando pra esse pessoal aqui do clube."

"Não sei. Quem sabe. É onde eu venho pegar o meu salário."

"Você está ficando onde?"

"Casinha lá no cânion Topanga. Uma banda em que eu tocava, os Boards. Mas nenhum deles sabe que sou eu."

"Como é que eles podem não saber que é você?"

"Nem quando eu estava vivo eles sabiam que era eu. 'O cara do sax', basicamente — o cara de estúdio. Além de tudo, com os anos teve toda essa mudança de pessoal, assim, os Boards que tocaram comigo quase todos saíram a essas alturas e formaram outras bandas. Só ficaram um ou dois do pessoal das antigas, e eles são vítimas, ou será que eu queria dizer abençoados, de um caso grave de memória de drogado."

"A história foi que você acabou entrando numa heroína. Você ainda está nessa?"

"Não. Jesus. Não, hoje em dia eu estou limpo. Fiquei num lugar lá perto de—." Um longo silêncio e um olhar fixo enquanto Coy ficava pensando se tinha falado demais e tentava entender o que mais Doc podia saber. "Na verdade, eu ia gostar se—"

"Beleza", disse Doc. "Não estou te ouvindo tão bem assim, e como é que eu posso falar do que eu não escuto?"

"Claro. Tinha um negócio que eu queria ver com você."

Doc pensou ter apanhado uma nota na voz de Coy... não exatamente de acusação, mas ainda assim metendo Doc no mesmo saco de alguma injustiça maior.

Doc encarava o rosto intermitentemente nítido de Coy, as gotas da neblina condensadas na sua barba brilhando sob as luzes que vinham do Club Asiatique, um milhão de pequenos halos separados em radiações de todas as cores do espectro, e compreendeu que independente de quem nisso aqui podia ajudar quem, seria necessário pegar bem leve com Coy. "Desculpa, bicho. O que que eu posso fazer por você?"

"Não ia ser nada pesado. Só estava imaginando se você podia dar uma sacada em umas pessoas. Mulher e uma menininha. Pra elas ficarem numa boa. Só isso. E sem mencionar o meu nome."

"Onde é que elas estão?"

"Torrance?" Ele entregou uma tira de papel com o endereço de Hope e Amethyst.

"Fácil ir lá pra mim, provavelmente não vou nem te cobrar a quilometragem."

"Você não precisa entrar e falar com ninguém, só ver se elas ainda estão morando lá, o que está estacionado na frente, quem entra e sai, se tem polícia, qualquer detalhe que você achar interessante."

"Estou nessa."

"Eu posso te pagar já."

"Quando você puder. Quando for. A não ser que de repente você seja um desses caras que acham que informação é dinheiro... nesse caso, será que eu podia perguntar—"

"Levando em consideração que ou eu não sei ou vai custar o meu pescoço se eu te contar, o que é, bicho?"

"Já ouviu falar do Canino Dourado?"

"Claro." Isso teria sido uma hesitação? Quanto tempo é tempo demais? "É um barco."

"Suu-per teres-sann-te", Doc mais cantou que falou como os californianos fazem para indicar que uma coisa não é nada interessante. Desde quando você tem que tomar cuidado com um barco?

"Sério. Uma escuna grande, acho que alguém disse. Leva e traz coisas do país, mas ninguém quer falar o quê exatamente.

Aquele japonês louro hoje com o cupincha bandidão, que está falando com os seus amigos? Ele é que saberia."

"Por quê..."

Em vez de responder, Coy apontou sombriamente com a cabeça por sobre o ombro de Doc, do outro lado do estacionamento, rua abaixo na direção do canal principal e do porto externo mais longe. Doc se virou e pensou ter visto alguma coisa branca se movendo por ali. Mas a bruma que chegava deixava tudo enganador. Quando chegou à rua, não havia nada para ver.

"Era aquilo", Coy disse.

"Como é que você sabe?"

"Vi ela entrar no porto. Chegou aqui mais ou menos quando eu cheguei hoje de noite."

"Eu não sei o que vi."

"Nem eu. De verdade, nem quero saber."

De volta ao clube, Doc viu que a luz tinha mudado para um modo mais do tipo ultravioleta, porque os papagaios na sua camisa agora tinham começado a se mexer e bater asas, piar e talvez até falar, embora isso também pudesse ser do fumo. Lourdes e Motella, enquanto isso, estavam se comportando muitíssimo mal, tendo escolhido atacar um par de marias-metralhadoras locais como se fossem uma dupla de luta livre, para o que garçons e garçonetes, mantendo-se semi-invisíveis, tinham relocado algumas mesas para limpar uma certa área, e os fregueses se juntavam em volta para dar encorajamento. Roupas se rasgaram, penteados se desarrumaram, peles foram expostas, e traseiros entraram e saíram se sacudindo de muitas imobilizações com subtextos sexuais — os encantos normais dos combates de moças. Cookie e Joaquin ainda estavam numa conversa intensa com Lourinho-san. Iwao, o curimbaba, estava ocupado olhando as meninas. Doc foi se chegando até conseguir entreouvir.

"Acabei de sair de uma conferência via satélite com os meus sócios", Lourinho-san estava dizendo, "e a melhor oferta é três por unidade."

"Talvez seja melhor eu voltar pra caserna", resmungou Joaquin. "Ganho mais com os bônus lá do que vou ganhar com isso." "Ele só está sendo sentimental", Cookie disse. "A gente aceita."

"Você aceita, *ése*, eu não vou aceitar."

"Eu não preciso lembrar a vocês", disse Lourinho-san divertindo-se sinistramente, "que estamos falando do Canino Dourado aqui."

"Melhor não sacanear o Canino Dourado", Cookie concordou.

"¡*Caaa-rajo!*", Joaquin, violentamente, olhando de novo para algo que pegou com o canto dos olhos, "o que que aquelas meninas estão *fazendo* ali?"

Sete

Doc ligou para Sauncho na manhã seguinte e perguntou se ele já tinha ouvido falar de um barco chamado *Canino Dourado*. Sauncho ficou estranhamente evasivo. "Antes que eu esqueça — aquilo era um anel de diamante na Ginger no último episódio?"

"Você tem certeza que não ouviu, assim—"

"Olha, eu estava careta, não deu pra ver direito. E aquela cara de bobo do Capitão? Eu não sabia que eles estavam namorando."

"Devo ter perdido essa", disse Doc.

"É que eu sempre imaginei que ela ia acabar com o Gilligan, de algum jeito."

"Neh, neh — Thurston Howell iii."

"Se liga. Ele nunca ia se divorciar da queridinha."

Houve uma só batida de um silêncio constrangido enquanto os dois homens percebiam que tudo isso podia ser lido como um código para Shasta Fay e Mickey Wolfmann e, incrivelmente, até o próprio Doc. "O motivo de eu estar perguntando desse barco", Doc disse finalmente, "é, é que—"

"Beleza, então que tal", Sauncho um pouco abrupto, "você conhece a marina de San Pedro? Tem lá um restaurante de peixe chamado Cunho de Amarração, me encontra lá na hora do almoço. Eu te digo o que puder." Pelo cheiro que o atingiu quando entrou, Doc não teria avaliado o Cunho de Amarração como um restaurante de frutos do mar dos mais preocupados com a vigilância sanitária. A clientela, contudo, não era assim tão fácil de interpretar. "Não é dinheiro novo, exatamente", Sauncho sugeriu, "é mais uma dívida nova. Tudo que é deles, incluindo esses veleiros, eles compraram em cartões de crédito de instituições de lugares como Dakota do Sul, daqueles que você encomenda preenchendo o verso de uma caixinha de fósforos." Eles abriram caminho entre plasticráticos iateiros sentados em torno de mesas feitas de tampas de escotilha Varathanadas até uma cabine perto de uma janela nos fundos que dava para o mar. "O Cunho é onde eu gosto de trazer clientes muito especiais, e também imaginei que você ia querer olhar a vista."

Doc olhou pela janela. "É o que eu estou pensando que é?"

Sauncho tinha um par de antiquados binóculos da Segunda Guerra pendurado no pescoço. Ele os tirou e os passou a Doc. "Muito prazer, esta é a escuna *Canino Dourado*, feita em Charlotte Amalie."

"Onde fica isso?"

"Ilhas Virgens."

"Triângulo das Bermudas?"

"Quase isso."

"Barquinho grande."

Doc observava as linhas elegantemente traçadas e contudo, como se poderia dizer, *desumanas* do *Canino Dourado*, tudo nele reluzindo um pouco intencional demais, mais antenas e radomos do que qualquer barco poderia chegar a usar, nenhuma bandeira de procedência nacional à vista, conveses externos de teca ou talvez mogno, provavelmente não projetados para se relaxar com quaisquer linhas de pesca ou latas de cerveja.

"Ele tem uma certa tendência a aparecer sem aviso no meio da noite", Sauncho disse, "sem luzes de navegação, sem tráfego de rádio." Os descolados locais, presumindo que as suas visitas pudessem ter a ver com drogas, podiam até espreitar esperançosos por um ou dois dias, mas logo debandavam, resmungando coisas sobre "intimidações". Vindas de quem, nunca ficava claro. O capitão dos portos andava de um lado para o outro nervosíssimo, como que coagido a suspender todas as multas relativas aos barcos que estavam de passagem, e toda vez que o rádio do seu escritório funcionava, ele era visto dando um salto violento.

"Então quem é o supermafioso que é dono disso aí?" Doc não viu mal em perguntar.

"Na verdade a gente pensou em te contratar pra descobrir."

"Eu?"

"Uma ou outra vez."

"Achei que vocês estavam todos sintonizados nisso aí, Saunch."

Havia anos que Sauncho ficava de olho na comunidade dos iates do sul da Califórnia na medida em que eles entravam e saíam, de início sentindo o inevitável ódio de classe social que essas embarcações, apesar de toda a sua beleza quando navegam, inspiram nos de rendas medianas, mas depois de um tempo evoluindo para fantasias em que entrava com alguém, talvez até Doc, em um barco, algum veleirinho classe Snipe ou Lido, pelo menos.

No final de contas, a sua firma, Hardy, Gridley & Chatfield, estava aguda, quase desesperadamente curiosa sobre o *Canino Dourado* havia já algum tempo. O seu histórico securitário era um exercício de mistificação, mandando funcionários desorientados e até sócios da firma de volta a comentadores como Thomas Arnould e Theophilus Parsons, normalmente aos berros. Tentáculos de pecado e desejo e aquele estranho carma telúrico que é da essência do direito marítimo se arrastavam por todas as áreas da cultura da vela do Pacífico, e normalmente teria custado apenas uma fração da verba de lazer semanal da firma, empregada em um punhado cuidadosamente escolhido de bares do cais do porto, para descobrir tudo que queriam saber em meio a conversas noturnas, histórias de pescador do Taiti, Moorea, Bora-Bora, soltando ao acaso nomes de marujos inventados e embarcações lendárias, e o que acontecia a bordo, ou podia ter acontecido, e quem ainda assombra a área das cabines, e que tipo de carma antigo ainda não foi vingado, e espera sua hora.

"O meu nome é Chlorinda, o que vai ser?" Uma garçonete com um conjunto de paletó nehru e camisa de estampa havaiana, longa só o que bastasse para ser qualificável como um minivestido, e irradiando umas energias que não iam ajudar a melhorar o apetite de ninguém ali.

"Normalmente eu pediria o Luau do Almirante", Sauncho mais inseguro do que Doc esperava, "mas hoje acho que vou começar com o bolo de anchovas da casa e, hum, o filé de diabo-do-mar, posso pedir frito empanado com cerveja?"

"O estômago é teu. E tu, amiguinho?"

"Hum!", Doc examinando o menu, "tanta *comidinha boa!*", enquanto Sauncho lhe dava um chute por baixo da mesa.

"Se o meu marido tivesse a audácia de comer *qualquer* coisa daqui, eu arremessava ele pra fora de bunda e jogava todos os discos do Iron Butterfly em cima dele pela janela."

"Pegadinha, essa", Doc disse apressado. "Os, hã, croquetes de água-viva teriaki, acho? E a Enguia Turística?"

"E para beber, cavalheiros. Vocês vão precisar estar bem tortinhos quando *isso* chegar. Eu recomendaria a Tequila Zumbi, sobe bem rápido." Ela saiu como um predador de cara fechada. Sauncho estava olhando a escuna. "Então, o problema com esse barco é tentar descobrir *qualquer coisa*. As pessoas recuam, mudam de assunto, até, não sei, ficam esquisitas, vão ao banheiro e não voltam mais." De novo Doc pensou ter visto na expressão de Sauncho um estranho elemento de desejo. "O nome dele de verdade não é *Canino Dourado*."

Não, o nome original era *Conservado*, depois de ter escapado miraculosamente de uma tremenda explosão de nitroglicerina no porto de Halifax que destruiu quase tudo mais que estava ali, naus e almas. O *Conservado* era uma escuna de pesca canadense, que depois, durante os anos 20 e 30, também ganhou uma certa reputação de velocidade, competindo regularmente com outros veleiros da sua classe, incluindo, pelo menos duas vezes, o lendário *Bluenose*. Logo depois da Segunda Guerra Mundial, quando as escunas de pesca estavam sendo substituídas por embarcações a diesel, ela foi comprada por Burke Stodger, um astro de cinema daquele período que não muito tempo depois entrou para a lista negra por causa da sua posição política e foi forçado a pegar o seu barco e fugir do país.

"Que é onde entra o Triângulo das Bermudas", relatava Sauncho. "Em algum lugar entre San Pedro e Papeete, o barco desaparece, de início todo mundo presume que a Sétima Esquadra o afundou, agindo sob ordens diretas do governo dos Estados Unidos. É claro que os republicanos no poder recusam qualquer envolvimento, a paranoia continua aumentando, até que um dia, uns anos depois, barco e proprietário repentinamente reaparecem — o *Conservado* no oceano do outro lado, perto de Cuba, e Burke Stodger na primeira página do hebdomadário *Variety*, em um artigo que narra a sua volta aos filmes em um projeto de alto orçamento de um grande estúdio chamado *Comunista em segredo.* A escuna, enquanto isso, instantaneamente, como que graças a forças ocultas, se transferiu pro outro lado do planeta, foi reformada de vante a ré, incluindo a remoção de qualquer vestígio de alma, virando isso que você está vendo ali. Os proprietários registrados são um consórcio das Bahamas, e ela foi rebatizada de *Canino Dourado*. Até aqui a gente só sabe isso. Eu sei por que estou tão interessado, mas por que é que você está?"

"Uma história que eu ouvi dia desses. Talvez alguma coisa com contrabando?"

"Seria um jeito de dizer." O advogado normalmente animado parecia meio para baixo hoje. "Outro jeito de dizer é: era melhor ele ter ficado destruído em pedacinhos em Halifax cinquenta anos atrás que estar na situação em que está agora."

"Sauncho, para com essa cara esquisita, bicho, você vai detonar o meu apetite."

"De advogado pra cliente, essa história que você ouviu — por acaso ela não mencionava Mickey Wolfmann?"

"Até agora não, por quê?"

"Dizem à boca pequena que logo antes de ele desaparecer, o empreiteiro favorito das multidões foi visto subindo a bordo do *Canino Dourado*. Fez uma pequena excursão em mar aberto e voltou. O que o Capitão chamaria, assim, de 'um tour de três horas'."

"E espera, aposto que ele também estava acompanhado pela sua linda companheira—"

"Achei que você tinha largado essa baboseira triste, vem cá, deixa eu te pedir um submarino ou alguma coisa pra acompanhar esse Zumbi, você pode começar de novo com toda a historinha sórdida."

"Só perguntando... Então todo mundo voltou bem, ninguém jogado da amurada, nada assim?"

"Bom, por mais que pareça estranho, a minha fonte no tribunal federal diz ter visto alguma coisa cair da amurada. Talvez não uma pessoa, ele achou que pareciam mais contêineres com lastro, talvez o que a gente chama de *lagan*, que são coisas que você afunda de propósito pra poder voltar e pegar depois."

"Eles, como assim, põem uma boia ou alguma coisa pra marcar o lugar?"

"Hoje em dia é tudo eletrônico, Doc, você estabelece a sua latitude e a sua longitude com coordenadas LORAN e aí quando você quer um pente mais fino você passa um sonar."

"Parece que você está a fim de ir dar uma olhada."

"Digamos mais um civil num passeiozinho. Um pessoal no tribunal que sabe que eu estou...", ele buscava a palavra.

"Interessado."

"Pra dizer pouco. Enquanto você não chamar de obcecado."

Se fosse uma gata, quem sabe, Doc pensou, torcendo para que os seus lábios não estivessem se mexendo.

Como sempre hoje em dia, Fritz estava na sala dos computadores, encarando dados. Ele estava com aquela cara me-pergunta-se-eu-estou-ligando que Doc já tinha percebido antes em recém-chegados ao mundo joia do comportamento viciante.

"Dizem que a sua namorada fugiu do país, desculpa ser eu a te dar a notícia."

Doc ficou surpreso com a intensidade da contração retogenital que o percorreu. "Aonde ela foi?"

"Incerto e não sabido. Ela estava a bordo do que os federais chamam de barco de interesse, pra eles e talvez pra você também."

"Aiaiai." Doc olhou o formulário contínuo e viu o nome *Canino Dourado*. "E você conseguiu isso de algum computador que está ligado na sua rede?"

"Esse dado em particular vem da Biblioteca Hoover em Stanford — uma coleção que alguém montou de arquivos contrassubversivos. Toma, eu imprimi tudo." Doc saiu para o escritório e se serviu de uma xícara de café da garrafa térmica, o que levou Milton, o contador, que andava com um comportamento difícil, a se meter direto em uma discussão com Fritz para saber se o café de Doc devia entrar na conta de viagens e lazer ou verba de consumo da empresa. Gladys, a secretária, aumentou o volume do som do escritório, que por acaso estava tocando Blue Cheer, ou para abafar a briga ou para sugerir delicadamente que todo mundo baixasse a bola. Fritz e Milton começaram então a gritar com Gladys, que devolvia os gritos. Doc acendeu um baseado e começou a ler a ficha, que tinha sido preparada por uma operação de inteligência privada conhecida como Conselho de Segurança da América, que funcionava em Chicago, segundo Fritz, desde cerca de 1955.

Havia uma breve história da escuna *Conservado*, de extremo interesse para a comunidade contrassubversiva por sua autonomia de navegação. Na época do seu reaparecimento no Caribe, por exemplo, ela estava em uma certa missão de espionagem contra Fidel Castro, que naquele momento estava ativo lá nas montanhas de Cuba. Depois, sob o nome de *Canino Dourado*, ela se provaria útil para projetos anticomunistas na Guatemala, na África Ocidental, na Indonésia e outros lugares cujos nomes estavam apagados. Ela muitas vezes levava como carga "encrenqueiros" sequestrados, que nunca mais eram vistos. A expressão "interrogatório profundo" aparecia o tempo todo. Ela tirou heroína da CIA do Triângulo Dourado. Monitorou tráfego de rádio perto de costas não amistosas e o encaminhou a agências em Washington, D.C. Ela trouxe armas para guerrilhas anticomunistas, inclusive as da malfadada Baía dos Porcos. A cronologia aqui ia até o momento presente, incluindo a misteriosa visita de

Mickey Wolfmann logo antes do seu desaparecimento, assim como a partida da escuna de San Pedro na semana passada com a conhecida companheira de Wolfmann, Shasta Fay Hepworth, a bordo.

O fato de Mickey, que se sabia ter contribuído generosamente para Reagan, poder estar metido em alguma cruzada anticomunista não era grande surpresa. Mas a que grau ia o envolvimento de Shasta? Quem tinha providenciado a sua saída do país a bordo do *Canino Dourado*? Teria sido Mickey? Será que outra pessoa estava pagando-a por serviços prestados ao passar a perna em Mickey? No que ela podia ter se enfiado de tão barra-pesada que o único jeito de escapar era enquadrar o cara por quem estava supostamente apaixonada? Putzgrila, bicho. Pu.Tis. Grila.

Presumindo que ela sequer quisesse escapar. Talvez ela na verdade quisesse *ficar* no que quer que fosse, e Mickey ficou no caminho disso, ou talvez Shasta estivesse vendo Riggs, o namorado de Sloane, extraoficialmente, e talvez Sloane tenha descoberto e estivesse tentando se vingar culpando Shasta pela morte de Mickey, ou talvez Mickey estivesse com ciúme de Riggs e tenha tentado mandar apagar o cara só que o plano saiu pela culatra, e quem quer que tenha sido contratado para dar cabo da tarefa apareceu e por acidente matou Mickey, ou talvez tenha sido de propósito por que o *até-aqui-desconhecido matador na verdade queria era fugir com Sloane...*

"Gahhh!"

"Do bom, né?", Fritz devolvendo uma bagana fumegante em uma marica, tudo que restava do que estavam fumando.

"Defina 'bom'", Doc resmungou. "O meu cérebro está, assim, pé na tábua a ponto de travar."

Fritz deu uma risadinha prolongada. "É, detetive tinha mais é que ficar longe de drogas, esse negócio todo de universos alternativos só deixa o trabalho mais complicado."

"Mas como é que fica o Sherlock Holmes, ele cheirava coca o tempo todo, bicho, ajudava a resolver os casos."

"É mas ele... não era de verdade?"

"O quê. O Sherlock Holmes não era—"

"Ele é um personagem inventado nuns contos aí, Doc."

"Qu... Nem! Não, ele é de verdade. Ele mora lá num endereço de verdade em Londres. Bom, quem sabe não more mais, isso faz anos, ele deve estar morto a essa altura."

"Anda, vamos passar no Zucky's, não sei de você, mas eu de repente fiquei com uma, como Cheech e Chong diriam, larica aloprada?"

Ao entrar na lendária confeitaria de Santa Monica, eles entraram no escrutínio dos olhos avermelhados de uma multidão de esquisitões de todas as idades que pareciam estar esperando outra pessoa. Depois de um tempo, Magda apareceu com o Zuckyburger e as fritas de sempre, e pastrami kosher no pão de centeio, e salada de batata e refrigerante de aipo Dr. Brown mais outra tigela de picles com chucrute e parecendo mais atarefada que o normal. "O barraco está cheio mesmo", Doc observou.

Ela revirou os olhos cobrindo todo o estabelecimento. "Fãs de *Marcus Welby, M.D.*, vocês já notaram que a placa do Zucky's aparece por meio segundo durante a abertura? É piscar e perder, mas é mais que suficiente pra esses caras que chegam perguntando se, assim, aquela é a moto do doutor Steve Kiley estacionada ali na frente, e cadê o hospital, e que também", a voz dela subindo enquanto se afastava da mesa, "ficam confusos quando não conseguem achar Cheetos ou Twinkies na joça do menu!"

"Pelo menos não é aquele pessoal do *Mod Squad*", Doc rosnou.

"Como", Fritz inocentemente. "Meu programa favorito."

"Aquilo é mais uma merda de uma lavagem cerebral pró-polícia. Dedem os amigos, garotada, e ganhem um pirulito do capitão."

"Escuta aqui, eu cresci em Temecula, que é terra do Krazy Kat, onde você sempre torce pelo Ignatz e nunca pelo gualda Pupp."

Eles passaram um tempo ocupados enchendo o bucho, esquecendo se tinham pedido mais alguma coisa, chamando Magda de volta, depois esquecendo para que precisavam dela.

"Porque os detetives estão condenados, bicho", Doc continuando uma ideia anterior, "dava pra ter percebido há anos, nos filmes, na tv. Antes tinha todos esses grandes detetives das antigas — Philip Marlowe, Sam Spade, o investigador dos investigadores Johnny Staccato, sempre mais espertos e mais profissionais que os tiras, sempre acabam resolvendo o crime enquanto a polícia fica seguindo pistas erradas e se metendo no caminho deles."

"Chegando no final pra meter as algemas."

"É, mas hoje em dia a gente só vê polícia, a tv está entupida dessas merdas de programas de polícia, só sendo gente normal, só tentando fazer o seu trabalho, amigo, tão ameaçadores pra liberdade de alguém quanto um paizão num sitcom. Pode crer. Deixar a população de espectadores tão policiotisfeita que eles vão começar a se deixar atropelar. Adeus, Johnny Staccato, bem-vindo, e por falar nisso, por favor, derrube a minha porta, Steve McGarrett. Enquanto isso, aqui no mundo real, quase todos nós, os detetives particulares, não conseguimos nem pagar o aluguel."

"Então por que você continua no ramo? Por que não arrumar uma casa-barco no Delta de Sacramento — fumar, beber, pescar, trepar, sabe como, o que os velhos fazem."

"Não esqueça mijar e gemer."

O nascer do sol estava a caminho, os bares estavam acabando de fechar ou fechando, lá na frente do Wavos todo mundo estava ou nas mesas da calçada, dormindo com a cabeça em Waffles Saudáveis, ou em tigelas de chili vegetariano, ou passando mal na rua, fazendo com que o trânsito composto de motocicletas pequenas derrapasse no vômito e coisa e tal. Era o fim do inverno em Gordita, mas nem de longe o tempo normal. Ouviam-se pessoas resmungando que no verão passado a praia só foi ter verão em agosto, e agora provavelmente o inverno só ia chegar na primavera. O Santa Ana vinha soprando o smog para fora do centro de Los Angeles, se afunilando entre as colinas de Hollywood e Puente seguindo rumo ocidental pelo que agora já pareciam semanas. Os ventos no mar estavam fortes demais para poder ajudar as ondas, mas os surfistas se viam levantando cedo de qualquer maneira para assistir à esquisitice da aurora, que parecia uma contrapartida visível da sensação na pele de todo mundo, de ventos do deserto e calor e desassossego, com o escapamento de milhões de veículos automotores se misturando a uma areia microfina do Mojave para refratar a luz na direção da extremidade sanguinolenta do espectro, tudo obscuro, pálido e bíblico, céus de marujo-esteja-avisado. Os selos obrigatórios no topo das garrafas de tequila nas lojas estavam se descolando, de tanto que o ar estava seco. Os donos das lojas de bebida podiam estar enchendo aquelas garrafas com qualquer coisa agora. Jatos estavam saindo para o lado errado do aeroporto, os sons dos motores não estavam passando pelo céu por onde deviam, então os sonhos de todo mundo se desorganizavam, isso quando as pessoas conseguiam dormir. Nos pequenos conjuntos de apartamentos o vento entrava se estreitando em assovio pelas escadarias e rampas e passarelas, e as folhas das palmeiras do lado de fora se chacoalhavam e chocavam com um ruído líquido, de modo que de dentro, nos quartos escurecidos, na luz filtrada em lâminas, soava como uma tempestade, o vento enfurecido na geometria concreta, as palmeiras se batendo como o jorro de uma precipitação tropical, o bastante para te fazer abrir a porta e olhar para fora, e é claro lá estaria apenas a mesma profundidade de dia sem nuvens, nada de chuva à vista.

Pelas últimas semanas já, São Flip de Lawndale, para quem Jesus era não apenas o seu salvador pessoal mas também consultor de surfe, que usava um pranchão de sequoia das antigas com um pouco menos de três metros com uma cruz de madrepérola marchetada na parte de cima e duas quilhas de plástico de uma cor violentamente rosa na de baixo, andava pegando carona de um amigo com uma lanchinha de fibra de vidro bem para lá da Arrebentação, para pegar o que ele jurava que eram as ondas mais maneiras do mundo, maiores que as de Waimea, maiores que as de Maverick costa acima na Half moon Bay ou Todos Santos em Baja. Comissárias de bordo em voos transpacíficos fazendo a sua aproximação final de LAX relatavam tê-lo visto no mar, surfando onde não deveria haver swell, uma figura de bermudas brancas largas, mais branca do que a luz reinante podia de fato explicar... À tardinha, com o pôr do sol atrás, ele ascendia novamente para o bosque secular da festeira Gordita Beach e garfava uma cerva e ficava por ali calado e sorria para as pessoas quando era obrigado, e esperava a primeira luz do dia para retornar.

No seu apartamento na praia havia uma pintura de Jesus surfando de goofy numa prancha rústica com catamarãs, que deveriam sugerir um crucifixo, em um swell raramente visto no Mar da Galileia, embora isso mal fosse um problema para a fé de Flip. O que era "caminhar sobre as águas", se não era gíria da Bíblia para surfe? Na Austrália, uma vez, um surfista local, segurando a maior lata de cerveja que Flip já tinha visto, tinha até lhe vendido uma lasca da Vera Prancha.

Como de regra entre os primeiros fregueses do Wavos, havia opiniões divergentes sobre o que era, se é que era, o que o Santo andava surfando. Alguns argumentavam em favor de uma aberração geográfica — um morro ou um recife subaquático não registrado nos mapas —, outros em favor de um evento climático esquisito do tipo uma-vez-na-vida, ou talvez, assim, um vulcão, ou um tsunami, em algum lugar bem distante no Pacífico Norte, cujas ondas quando chegavam ao Santo já teriam ficado suficientemente iracundas.

Doc, também de pé cedo, estava sentado tomando o café do Wavos, que se dizia que tinha umas pílulas tarja preta moídas misturadas, e ouvindo a conversa cada vez mais alucinada, e basicamente observando o Santo, que esperava a sua carona matinal para chegar ao swell. Com os anos, Doc tinha ficado conhecendo um ou outro surfista que tinham descoberto e surfado ondas localizadas longe da praia e que ninguém mais tinha equipamento, seja embaixo dos pés seja no coração, para surfar, que saíam sozinhos toda manhã ao nascer do sol, muitas vezes por anos a fio, sombras projetadas sobre a água, para serem apanhados, sem fotografia ou registro, em ondas de cinco minutos ou mais através de túneis espumosos de verde-azul solar, a verdadeira e insuportável cor da luz do dia. Doc tinha percebido que depois de um tempo essas pessoas tendiam a não estar mais onde os seus amigos esperavam que estivessem. Caderninhos de longa data em barzinhos de toldos frondosos tinham de ser perdoados, amores de praia eram abandonados à solitária contemplação dos horizontes e por fim a se entregar a se enroscar com civis do lado de lá da areia, investigadores de seguros, vice-diretores, guardas de segurança e coisa e tal, mesmo que o aluguel dos apartamentos de surfista abandonados de alguma maneira fosse sendo pago e misteriosas luzes ficassem aparecendo pelas janelas muito depois de as bodegas terem fechado de noite, e de as pessoas que pensavam que tinham mesmo visto esses surfistas ausentados mais tarde admitirem que podiam afinal estar alucinando. Doc encaixava o Santo nessa categoria de espíritos avançados. O seu palpite era que Flip pegava as ondas monstro que tinha encontrado não tanto por insanidade ou desejo de martírio, mas por uma indiferença de verdade, a profunda concentração de um religioso em êxtase que Deus tinha escolhido a dedo para ser apagado do mapa como redenção por todos nós. E que um dia Flip, como os outros, estaria em outro lugar, desaparecido mesmo da ReBAS, a Rede de Baboseira Anedótica dos Surfistas, e estas mesmas pessoas aqui estariam sentadas no Wavos discutindo sobre o seu paradeiro.

O amigo de Flip, o do motor de popa, apareceu depois de um tempo, e em meio a todo um clamor de comentários antilancha os dois se mandaram morro abaixo.

"Bom, esse é louco", resumiu Flaco o Mau.

"Eu acho que eles só saem e tomam cerveja e caem no sono e voltam quando escurece", opinou Zigzag Twong, que tinha mudado no ano passado para uma prancha menor e ondas mais piedosas.

Ensenada Slim balançou a cabeça gravemente. "Tem história demais sobre essa onda. Vezes está lá, vezes não está. Quase como se alguma coisa estivesse lá no fundo, montando guarda. Os surfistas das antigas chamavam isso de Umbral da Morte. Você não tem como detonar, ele te agarra — normalmente pelas costas bem quando você está indo pra onde acha que as águas são seguras, ou lendo alguma porra obviamente fatal de um jeito totalmente errado — e te puxa tão pro fundo que você nunca volta a tempo de tomar fôlego de novo, e bem quando você vira janta pra sempre, dizem as velhas lendas, você ouve uma *risada cósmica insana dos Surfaris*, ecoando pelo céu."

Todo mundo no Wavos inclusive o Santo começou a gargalhar "Huu-uu-uu-uu-uu — Wipeout!". Mais ou menos em uníssono, e Zigzag e Flaco começaram a discutir sobre os dois singles diferentes de "Wipeout", e qual selo, Dot ou Decca, tinha a risada e qual não tinha.

Sortilège, que até agora estava sentada calada, mastigando a ponta de uma trança e dirigindo enormes lâmpadas enigmáticas de um teórico para o outro, finalmente soltou. "Um ponto de arrebentação bem no meio do que devia ser mar aberto? Um fundo onde antes não havia fundo? Bom, na verdade, se a gente parar pra pensar, durante toda a história ilhas emergiram e afundaram no oceano Pacífico, e se essa coisa que o Flip viu por lá for alguma coisa que afundou faz tempo e agora está emergindo novamente até chegar à superfície?"

"Alguma ilha?"

"Ah, uma ilha *no mínimo*."

A essa altura na história da Califórnia, já havia vazado tanta metafísica hippie entre o povo do surfe que até os regulares aqui do Wavos, alguns, vendo para onde ia isso tudo, começaram a mexer os pés e procurar outras coisas para fazer.

"Lemúria de novo", resmungou Flaco.

"Alguma coisa contra Lemúria?", inquiriu Sortilège encantadoramente.

"A Atlântida do Pacífico."

"Essa mesma, Flaco."

"E agora você está dizendo que esse continente perdido, que ele está vindo à tona de novo?"

Os olhos dela, que se estreitaram com isso, em uma pessoa menos composta podiam ser tomados por irritação. "Nem é tão estranho, sempre houve profecias de que um dia Lemúria se reergueria, e que tempo melhor que agora, com Netuno finalmente saindo das garras mortais de Escorpião, um signo da água diga-se de passagem, e subindo para a luz Sagitária da mente superior?"

"Então não era o caso de alguém chamar a *National Geographic* e tal?"

"Revista *Surfer*?"

"Deu, meninos, já me sacanearam pela semana inteira."

"Eu te acompanho", Doc disse.

Eles desceram lentamente as alamedas de Gordita Beach, enquanto o céu vagaroso filtrava a aurora, no cheiro invernal de petróleo bruto e água salgada. Depois de um tempo Doc disse, "Te perguntar uma coisa?".

"Te disseram que a Shasta fugiu do país e agora você precisa falar com alguém."

"Lendo os meus pensamentos de novo, querida."

"Leia os meus então, você sabe com quem falar tão bem quanto eu. Vehi Fairfield é a coisa mais parecida com um oráculo que a gente há de ver nesse pedaço aqui do bosque."

"De repente a sua opinião não vale porque ele é seu professor. De repente você quer fazer uma apostinha que é só efeito daquele monte de ácido."

"Jogando dinheiro fora, não é de se estranhar que você não consiga manter as promissórias em dia."

"Nunca tive esse problema quando você estava trabalhando no escritório."

"E será que eu um dia pensaria em voltar, não, não sem benefícios que incluam dentista e massagista, e você sabe que isso está muito acima do seu orçamento."

"Eu podia quem sabe te oferecer um seguro antissurto."

"Já tenho esse, se chama *shikantaza*, você devia tentar."

"É o que eu ganho por me apaixonar por alguém que não é do meu credo."

"E que credo seria esse, Colombiano Ortodoxo?"

Spike, o namorado dela, estava na varanda com uma xícara de café. "Oi, Doc. Todo mundo acordou cedo hoje."

"Ela está tentando me convencer a ir ver o guru dela."

"Nem me olhe, bicho. Você sabe que ela está sempre certa."

Por um tempo depois de voltar do Vietnã, Spike tinha sofrido de uma violenta paranoia quanto à ideia de ir a qualquer lugar onde pudesse topar com hippies, acreditando que todo cabeludo era um bombardeador antibelicista que conseguia ler a sua energia e dizer imediatamente onde ele esteve e odiá-lo por isso, e tentar fazer alguma sinistra maldade hippie contra ele. Na primeira vez em que Doc falou com Spike, ele o viu numa tentativa algo frenética de tentar se assimilar à cultura doidona, que com certeza não estava ali quando ele partiu e tinha transformado a volta para casa em algo parecido a uma aterrissagem em outro planeta cheio de formas de vida alienígenas e hostis. "Maneiro, bicho! E aquele Abbie Hoffman, hein? Vamos enrolar uns charos e bater um papo e escutar Electric Prunes!"

Doc podia ver que Spike ficaria bem assim que se acalmasse. "Sortilège disse que você esteve lá no Vietnã, então?"

"É, eu sou um dos matadores de bebezinhos." Ele estava com o rosto angulado para baixo, mas estava olhando Doc nos olhos.

"Falar a verdade, admiro qualquer um que tenha tido colhão", Doc disse.

"Olha, eu só ia lá todo dia e mexia nos helicópteros. Eu e os viets, numa boa, a gente passou muito tempo na cidade batendo papo juntos e fumando aquela bela erva local, escutando rock'n'roll na Rádio das Forças Armadas. De vez em quando eles te faziam um sinal e mandavam, saca só, cê vai dormir na base hoje? você dizia, vou, por quê? e eles diziam, não durma na base hoje. Salvaram a minha pele mais de uma vez desse jeito. O país é deles, eles querem, por mim beleza. Desde que eu possa ficar mexendo na minha motoca sem ninguém me encher o saco."

Doc deu de ombros. "Parece por aí mesmo. Aquela ali fora é a tua, aquela Moto Guzzi?"

"É, peguei de um maníaco estradeiro de Barstow que simplesmente deixou ela um bagaço de tanto andar, então deixar ela em ordem de novo vai levar alguns fins de semana. Ela e a boa e velha Sortilège é que mantêm o meu ânimo."

"É bem legal ver vocês dois juntos."

Spike deu uma olhada para o canto do quarto, pensou um minuto, disse cuidadosamente, "A gente se conhece tem tempo, eu estava um ano na frente dela na Mira Costa, a gente namorou de vez em quando, aí quando eu estava lá a gente começou a se escrever, quando a gente se deu conta eu estava indo, bom, de repente eu nem vou me alistar de novo."

"Deve ter sido mais ou menos na época em que eu estava com aquele caso matrimonial em Inglewood em que o namorado tentou mijar em mim pelo buraco da fechadura quando eu estava olhando. A Leej nunca vai me perdoar por essa, ela estava trabalhando pra mim naquela época, eu lembro de ter pensado que alguma coisa bacana devia estar acontecendo na vida dela."

Com o passar do tempo, Spike lentamente conseguiu aprender a relaxar e assumir as posições da ioga social que definiam a vida na praia. A Moto Guzzi trouxe lá a sua cota de admiradores para bater papo e fumar maconha e tomar cerveja no piso de cimento diante da garagem onde Spike mexia nela, e ele encontrou um ou dois veteranos que queriam mais ou menos a mesma vida-após-a-guerra civil e sem encheção de saco que ele queria, especialmente Farley Branch, que tinha sido do Batalhão de Comunicações e tinha dado um jeito de pescar uns equipamentos que ninguém queria, inclusive uma velha câmera de cinema Bell & Howell 16 mm da Segunda Guerra, verde-oliva, com mecanismo de mola, indestrutível, e só um pouquinho maior que o rolo de filme que usava. De vez em quando eles saíam com as motos em busca de alvos adequados, ambos descobrindo depois de um tempo um interesse comum a respeito do ambiente natural, tendo visto demais esse ambiente napalmado, poluído, desfolhado até o laterito debaixo dele ser solidificado no forno do sol e ficar imprestável. Farley já tinha reunido dúzias de rolos de abuso ambiental americano, especialmente o Condomínio Vista do Canal, que lhe evocavam estranhamente limpezas de florestas que tinha visto. Segundo Spike, Farley estivera por lá no mesmo dia que Doc, filmando o ataque dos vigilantes, e agora estava esperando para pegar o filme no laboratório.

O próprio Spike estava ficando obcecado com a refinaria de petróleo El Segundo e os reservatórios logo ali perto na praia. Mesmo quando o vento por aqui cooperava, Gordita ainda era como morar em uma casa-barco ancorada em um poço de piche. Tudo cheirava a bruto. Óleo vazava dos petroleiros lavados na praia, preto, grosso, gosmento. Qualquer um que andasse pela praia ficava com ele nas solas dos pés. Havia duas escolas de pensamento — Denis, por exemplo, gostava de simplesmente ir deixando acumular até ficar da grossura das solas das huaraches, o que assim lhe poupava o preço de um par de sandálias. Outros, mais aplicados, incorporavam ao seu dia a regular limpeza dos pés, como fazer a barba ou escovar os dentes.

"Não me leve a mal", Spike disse na primeira vez em que Sortilège o encontrou na varanda com uma faca de mesa, raspando as solas dos pés. "Eu adoro Gordita, especialmente porque é a sua cidade e você adora, mas de vez em quando tem só... uns... detalhezinhos do caralho..."

"Eles estão destruindo o planeta", ela concordou. "A boa notícia é que como qualquer ser vivo, a Terra também tem um sistema imunológico, e mais cedo ou mais tarde ela vai começar a rejeitar agentes contaminantes como a indústria petroleira. E com sorte antes de a gente acabar como Atlântida ou Lemúria."

O seu professor Vehi Fairfield era da opinião de que ambos os impérios haviam afundado no mar porque a Terra não podia aceitar os níveis de toxicidade que tinham atingido.

"Vehi é boa gente", Spike dizia agora a Doc, "se bem que é verdade que ele toma ácido pacas."

"Ele vê melhor assim", explicou Sortilège.

Não era que Vehi simplesmente "curtia" LSD — o ácido era o meio em que ele nadava e ocasionalmente surfava. Ele recebia as entregas, possivelmente por uma tubulação especial, do Cânion Laguna, diretamente dos laboratórios da máfia psicodélica pós-Owsley que naqueles dias se acreditava estar agindo por aquelas bandas. No decorrer de sistemáticas viagens diárias, ele encontrou um espírito-guia chamado Kamukea, um semideus lemuro-havaiano da aurora da história pacífica, que séculos atrás havia sido um sagrado funcionário do continente perdido que agora jazia sob o oceano Pacífico.

"E se existe alguém que pode te pôr em contato com Shasta Fay", Sortilège disse, "é Vehi."

"Para com isso, Leej, você sabe que eu tive uma história esquisita com ele—"

"Bom, ele acha que você anda tentando evitar falar com ele, e ele não consegue entender por quê."

"Simples. Regra número um do Código Chapado? Nunca, mas nunca ponha alguém—"

"Mas ele te *disse* que era ácido."

"Não, ele me disse que era 'Edição Especial Burgomestre'."

"Bom quer dizer isso mesmo, Edição Especial, é uma expressão que ele usa."

"*Você* sabe disso, *ele* sabe disso..." E a essa altura eles já estavam na esplanada, a caminho da casa de Vehi.

Voluntária ou sabe-se lá o quê, a viagem em que Vehi o embarcou com aquela lata mágica de cerveja era algo que Doc tinha ficado esperando esquecer com o tempo. Mas não esqueceu.

Tudo tinha começado, aparentemente, havia cerca de três bilhões de anos, em um planeta em um sistema binário de estrelas bem longinho da Terra. O nome de Doc então era algo como Xqq, e por causa dos dois sóis e de como eles nasciam e se punham, ele trabalhava em turnos muito complicados, fazendo faxina em um laboratório cheio de sacerdotes cientistas que inventavam coisas em um lugar gigantesco que anteriormente havia sido uma montanha de ósmio puro. Um dia ele ouviu alguma bagunça em um corredor semiproibido e foi dar uma olhada. Funcionários normalmente pasmados e metódicos estavam correndo de um lado para outro com uma alegria descontrolada. "Conseguimos!", eles repetiam aos gritos. Um deles agarrou Doc, ou na verdade Xqq. "Aqui está ele! A cobaia perfeita!" Quando viu, ele já estava assinando autorizações e sendo fantasiado no que logo descobriria ser um clássico traje hippie do planeta Terra, e conduzido a uma câmara singularmente reluzente em que um mosaico de motivos dos Looney Tunes se repetia obsessivamente em diversas dimensões ao mesmo tempo em frequências espectrais vividamente audíveis e contudo inomináveis... O pessoal do laboratório estava explicando para ele enquanto isso que eles tinham acabado de inventar a viagem temporal intergalática e que ele estava prestes a ser enviado para o outro lado do universo e talvez três bilhões de anos no futuro. "Ah, e outra coisa", logo antes de ligarem o último interruptor, "o universo? ele anda, assim, se expandindo? Então quando você chegar lá, todas as outras coisas vão ter o mesmo peso, mas vão estar maiores? com todas as moléculas mais afastadas? a não ser você — você vai ter o mesmo tamanho e a mesma densidade. O que significa que você vai ser trinta centímetros menor que todo mundo, mas vai ser muito mais compacto. Assim, sólido?"

"Eu consigo atravessar paredes?", Xqq queria saber, mas a essa altura o espaço e o tempo que ele conhecia, para não dizer nada de som, luz e ondas cerebrais, estavam todos sofrendo umas mudanças inéditas, e quando ele viu já estava parado na esquina da Dunecrest com o Gordita Beach Boulevard, e assistindo ao que parecia ser uma procissão infindável de moças de biquíni, algumas delas sorrindo para ele e lhe oferecendo estreitos objetos cilíndricos cujos resíduos oxidados aparentemente deviam ser inalados...

No final das contas, ele conseguia atravessar paredes de drywall sem grande desconforto, embora, desprovido de visão de raios X, ele tenha tido seus momentos desagradáveis com grampos metálicos nas paredes e tenha acabado abandonando a prática. A sua nova hiperdensidade também permitia que às vezes ele aparasse golpes de armas simples que lhe eram dirigidas com intenções hostis, se bem que com as balas a história era diferente, e ele também aprendeu a evitá-las sempre que fosse possível. Lentamente a Gordita Beach de sua viagem se fundiu à versão cotidiana, e ele começou a presumir que as coisas estavam de volta à normalidade, a não ser quando, vez por outra, ele se esquecia e se apoiava em uma parede e de repente se via a meio caminho de atravessá-la e tentando se desculpar com alguém do outro lado.

"Bom", Sortilège supôs, "muitos de nós ficamos mesmo desconfortáveis quando descobrimos algum aspecto secreto da nossa personalidade. Mas não é como se você tivesse acabado com um metro de altura e a densidade do chumbo."

"Fácil pra você dizer. Tente uma hora dessas."

Eles chegaram a uma casa de praia com paredes salmão e um telhado azul-piscina, com uma palmeira-anã crescendo na areia logo em frente, toda decorada com latas vazias de cerveja, entre as quais Doc não podia deixar de perceber várias ex-Burgs. "Pra falar a verdade", Doc lembrou, "eu estou aqui com esse cupom, compre um engradado, leve outro de graça, expira hoje à meia-noite, de repente era melhor eu—"

"Olha, é a sua ex-namorada, bicho, eu só vim junto pra ganhar a comissão."

Foram recebidos por uma pessoa de cabeça raspada, usando óculos escuros de armação metálica e um quimono verde e magenta que ostentava alguma espécie de padrão de pássaros. Era um dedicado surfista das antigas, de pranchão, que acabava de voltar de Oahu, tendo de alguma maneira ficado sabendo com antecedência das ondas épicas que bateram na praia norte daquela ilha em dezembro passado.

"Bicho, que história que você perdeu...", ele cumprimentava Doc.

"Você também, bicho."

"Eu estou falando de séries de ondas de quinze metros sem parar."

"'Quinze', sei. Eu estou falando de Charlie Manson em cana."

Eles se olharam.

"À primeira vista", Vehi Fairfield disse finalmente, "dois mundos separados, cada um deles sem ter consciência do outro. Mas eles sempre se conectam em algum lugar."

"Manson e o Swell de 69", disse Doc.

"Eu ia ficar muito surpreso se eles não estivessem conectados", Vehi disse.

"Isso porque você acha que tudo está conectado", Sortilège disse.

"Acho?" Ele se virou para Doc, com um sorriso largo. "Você veio por causa da sua ex-namorada."

"O quê?"

"Você recebeu a minha mensagem. Você só não sabe que recebeu."

"Ah. Claro, Empresa Aloprada de Telefones e Telégrafos, eu sempre esqueço."

"Não é uma pessoa das mais espirituosas", Vehi comentou. "A atitude dele podia melhorar", Sortilège disse, "mas pro nível em que está, ele está bem." "Aqui, toma isso." Vehi oferecia um pedaço de mata-borrão com alguma coisa escrita em chinês. Talvez japonês. "Puxa vida, e agora, mais ficção científica de atravessar paredes, né? maravilha, mal posso esperar." "Não esse aqui", disse Vehi, "esse foi feito expressamente pra você." "Lógico. Que nem camiseta." Doc meteu o papelzinho na boca. "Espera aí. Expressamente para mim, isso quer dizer o quê?"

Mas depois de pôr no seu estéreo, no volume máximo, Tiny Tim cantando "The ice caps are melting", do seu disco mais recente, que de alguma maneira tinha sido insidiosamente programado para repetir infinitas vezes a música, Vehi tinha ou abandonado a área ou se tornado invisível.

Pelo menos não era assim tão cósmico como no caso da última viagem em que este entusiasta do ácido tinha sido o guia turístico. Quando exatamente começou não estava bem claro, mas em algum momento, graças a alguma transição simples, normal, Doc se viu nas ruínas vividamente iluminadas de uma antiga cidade que era, e ao mesmo tempo não era, a Grande Los Angeles de todos os dias — que se estendia por quilômetros, casas e mais casas, quartos e mais quartos, todo quarto ocupado. Primeiro ele pensou reconhecer as pessoas com quem topava, embora não fosse sempre que podia pôr nomes nelas. Todos os moradores da praia, por exemplo, Doc e todos os seus vizinhos, eram e não eram refugiados do desastre que tinha submergido Lemúria havia milhares de anos. Procurando áreas de terra que acreditassem ser seguras, eles tinham se estabelecido no litoral da Califórnia.

De alguma maneira, inevitavelmente, a guerra na Indochina aparecia. Os Estados Unidos, estando localizados entre os dois oceanos em que desapareceram Atlântida e Lemúria, eram o termo médio na sua antiga rivalidade, permanecendo presos naquela posição até os dias de hoje, imaginando que estavam em uma batalha no Sudeste da Ásia por vontade própria, mas na verdade repetindo todo um loop cósmico tão velho quanto a geografia daqueles oceanos, sendo Nixon um descendente da Atlântida na mesma medida em que Ho Chi Min era de Lemúria, porque por dezenas de milhares de anos todas as guerras na Indochina tinham sido de fato guerras testas de ferro, desde muito antes, antes do mundo atual, antes dos EUA, ou da Indochina francesa, antes da Igreja Católica, antes do Buda, antes da história escrita, até o momento em que homens santos lemurianos atracaram naquelas praias, fugindo da terrível inundação que havia tomado a sua terra, trazendo consigo o pilar de pedra que tinham resgatado do seu templo em Lemúria e que instalariam como pedra fundamental da sua nova vida e como o coração do seu exílio. Ele ficaria conhecido como a pedra sagrada de Mu, e durante os séculos que se seguiriam, com as idas e vindas de exércitos invasores, a pedra seria levada a cada vez para ser guardada em um local secreto, para ser erigida em algum ponto diferente quando os problemas passassem. Desde que a França começou a colonizar a Indochina, e continuando pela ocupação atual pelos EUA, a pedra sagrada havia permanecido invisível, recolhida ao seu próprio espaço...

Tiny Tim ainda estava cantando a mesma música. Movendo-se pelo labirinto urbano tridimensional, Doc percebeu depois de um tempo que os níveis mais baixos pareciam um pouco úmidos. Quando a água já estava pelos tornozelos, ele começou a entender. Esta estrutura inteira estava afundando. Ele subiu escadas para níveis cada vez mais altos, mas água continuava subindo. Começando a entrar em pânico, e amaldiçoando Vehi por ter armado de novo para ele, Doc mais sentiu do que viu o espírito-guia lemuriano Kamukea como uma sombra de profunda claridade... Nós temos de sair daqui agora, disse a voz na sua mente.

Eles estavam voando, juntos, perto do alto das ondas do Pacífico. Havia no horizonte um clima escuro. Diante deles um borrão branco começou a se definir e crescer, e logo tomou a forma das velas de uma escuna com mastaréus de gávea, correndo a todo pano diante de uma brisa fresca. Doc reconheceu o *Canino Dourado*. *Conservado*, Kamukea silenciosamente o corrigiu. Aquilo não era um navio de sonho — cada vela e cada parte dos mastros estava fazendo o seu trabalho, e Doc podia ouvir os estalos da lona e o ranger do madeirame. Ele se inclinou na direção do convés de bombordo da escuna, e lá estava Shasta Fay, trazida para cá, parecia, com alguma violência, no tombadilho, só, olhando para trás, para o caminho de vinda, a casa que havia abandonado... Doc tentou chamar seu nome, mas é claro que as palavras aqui eram apenas palavras.

Ela vai ficar bem, Kamukea lhe assegurou. Não precisa se preocupar. É outra coisa que você precisa aprender, pois o que você precisa aprender é o que eu estou te mostrando.

"Eu não sei bem o que isso quer dizer, bicho." Até Doc podia perceber agora com que impiedade, apesar do vento e das velas do momento, tão limpos e diretos, aquele honesto pesqueiro velho passara a ser habitado — possuído — por uma energia antiga e má. Como Shasta estaria segura ali dentro?

"Eu te trouxe até aqui, mas agora você precisa voltar por teus próprios esforços." O lemuriano se foi, e Doc foi abandonado nessa altitude insignificante acima do Pacífico para encontrar a sua saída de um vórtice de história corroída, para escapar de alguma maneira de um futuro que parecia escuro olhasse ele para onde olhasse...

"Está tudo bem, Doc." Sortilège já estava dizendo o seu nome havia algum tempo. Eles estavam do lado de fora, na praia, era noite, Vehi não estava lá. O oceano se estendia próximo, escuro e invisível, a não ser pela luminescência onde as ondas quebravam majestosas como a linha de baixo de algum grande clássico infinito do rock'n'roll. De algum ponto do fundo das ruelas de Gordita Beach vinham rajadas de risos chapados.

"Bom—"

"Não diga", avisou Sortilège. "Não diga, 'deixa eu te contar a minha viagem'."

"Não faz sentido. Assim, a gente estava lá num—"

"Eu posso fechar delicadamente a sua boca com um dedo ou—" Ela cerrou o punho e o posicionou perto do rosto dele.

"Se o seu guru Vehi não tivesse acabado de armar pra mim..."

Depois de cerca de um minuto ela disse, "O quê?".

"Oi? Eu estava falando do quê?"

Oito

O formulário do depósito bancário que Sloane Wolfmann tinha dado a Doc era do Arbolada Savings & Loan em Ojai. Este, segundo a tia Reet, era um dos muitos bancos em que Mickey tinha participação majoritária.

"E os clientes deles, como a senhora descreveria?"

"Na maioria proprietários individuais de casas, o que nós chamamos profissionalmente de 'otários'", replicou a tia Reet.

"E os empréstimos — alguma coisa fora do normal?"

"Fazendeiros, empreiteiros locais, talvez uns rosacrucianos e teosofistas de vez em quando e aí — ah!, e é claro que tem a Chryskylodon, que anda metida com um monte de construção e paisagismo e decoração de interiores brega mas cara ultimamente."

Como se a sua cabeça fosse um gongo 3-D que acabava de ser atingido por um martelinho, Doc relembrou a palavra estrangeira borrada na foto de Sloane que tinha visto na casa dela. "Como é que se escreve isso, e o que que é isso?"

"Eu tenho um panfleto deles em algum lugar aqui na mesa, perto da camada pré-cambriana, se bem me lembro... arrá! Aqui:

'Localizado no pitoresco vale Ojai, o Instituto Chryskylodon, de uma antiga palavra indiana que significa "serenidade", propicia silêncio, harmonia com a Terra, e compaixão incondicional por aqueles que estão correndo riscos emocionais graças à estafa sem precedentes que é a vida nos anos 60 e 70'."

"Parece mesmo um pinel chique, né?"

"As fotos não dizem muita coisa, foram feitas todas com a lente engordurada, como uma revista de menininha. Tem um número de telefone aqui." Doc copiou, e ela acrescentou, "Ligue para a sua mãe, aliás".

"Ah, merda. Aconteceu alguma coisa?"

"Você não liga há uma semana e meia, foi isso que aconteceu."

"Trabalho."

"Bom, a mais recente é, é que eles acham que você agora é traficante de drogas. Fiquei com essa impressão, pelo menos."

"Certo, bom, já que o Gilroy é que tem vida, emprego de gerente de operações de sei lá o quê, netos e terras e coisa e tal, é compreensível, não é, que fosse eu com o pessoal da Narcóticos bufando no meu cangote."

"Ensinando o padre a rezar o terço, Doc, eu queria sair de lá antes de saber falar. Eles me pegavam pedalando a mil por hora no meu triciclo rosinha pelos campos de beterraba, e me arrastavam pra casa aos berros. Você não tem nada pra me dizer sobre San Joaquin, menino. Mas então, a Elmina diz que está com saudade da sua voz."

"Eu vou ligar pra ela."

"Ela também concorda comigo que você devia dar uma olhada naquele terreno de dois acres em Pacoima."

"Eu não, bicho."

"Ainda está no mercado, Doc. E, como a gente diz na área, compre muito enquanto é jovem."

Leo Sportello e Elmina Breeze tinham se conhecido em 1934 no Maior Jogo de Rummy Ao Ar Livre do Mundo, realizado anualmente em Ripon. Leo, indo pegar uma das cartas descartadas por ela, disse algo como, "Agora, tem certeza que não quer isso", e na história contada por Elmina, no minuto em que ela ergueu os olhos das cartas para os olhos dele, ela tinha todíssima certeza do que queria. Ela ainda morava com os pais naquele tempo, fazendo estágio como professora, e Leo tinha um bom emprego em um dos vinhedos, conhecido por um produto fortificado vendido costa acima e costa abaixo como Especial da Meia-Noite. Toda vez que Leo sequer punha a cabeça porta adentro, o pai de Elmina começava uma imitação de W. C. Fields — "Ah? o amigo dos viiiinhos... si-i-immm...". Leo começou a fazer questão de levar uma garrafa toda vez que ia buscar Elmina para um encontro, e não demorou muito para o seu futuro sogro comprar aquilo às caixas, usando o desconto de funcionário de Leo. O primeiro vinho que Doc bebeu na vida foi o Especial da Meia-Noite, parte da noção de trabalho de babá do vovô Breeze.

Doc estava em casa assistindo às semifinais regionais entre os 76ers e Milwaukee, basicamente por causa de Kareem Abdul-Jabbar, que Doc admirava desde que ele era Lew Alcindor, quando bem no meio de um lance explosivo ele tomou consciência de uma voz lá na rua que chamava seu nome. Por um minuto teve a impressão repentina de que era a tia Reet, secretamente decidida a vender a sua casa bem na cara dele, mostrando-a nesse horário inadequado a algum casal das planícies especialmente selecionado pelas suas qualidades de pé-no-saco. Quando chegou à janela para dar uma olhada, ele sacou que tinha sido enganado por uma similaridade de vozes, e que era na verdade a sua mãe, Elmina, na rua, de alguma maneira profundamente envolvida em uma discussão com Eddie Dotérreo. Ela olhou para cima, viu Doc, e começou a acenar animadamente.

"Larry! Larry!" Atrás dela estava um Oldsmobile 1969 em fila dupla, e Doc mal podia perceber o seu pai, Leo, inclinado para fora da janela, um charuto barato travado entre os dentes pulsando de brilho a fosco e vice-versa. Doc estava agora se imaginando na amurada de um transatlântico de tempos idos saindo de San Pedro, idealmente rumo ao Havaí, mas Santa Monica quebrava um galho, e acenou de volta. "Mãe! Pai! Subam aí!" Ele saiu correndo abrindo janelas e aumentando a velocidade do ventilador elétrico, embora fosse tarde demais para que o odor de fumaça de maconha, tendo havia anos se acomodado no tapete, no sofá, no quadro de veludo, sequer fosse motivo de preocupação.

"Onde eu estaciono isso aqui?", Leo berrou da rua.

Boa pergunta. O termo mais bondoso que alguém já tinha usado para descrever o sistema de ocupação de vagas em Gordita Beach era não linear. Os regulamentos mudavam imprevisivelmente de uma quadra, com frequência de uma vaga, para a outra, tendo sido secretamente concebidos por pérfidos anarquistas com o objetivo de enfurecer motoristas para que um dia chegassem a ponto de formar um bando para atacar a sede do governo da cidade. "Já estou descendo", disse Doc.

"Olha só o cabelo da criatura." Elmina o cumprimentava.

"Assim que eu achar um espelho, mãe", a essa altura ela já estava nos braços dele, sem nem se abalar muito por estar sendo abraçada e beijada em público por um hippongo cabeludo. "Oi, pai." Doc escorregou para o banco da frente. "Provavelmente tem lugar lá na Beachfront Drive, tomara só que a gente não tenha que ir quase até Redondo pra achar."

Enquanto isso, Eddie Dotérreo soltava, "Nossa, então esses são os seus pais, muito louco", e coisa e tal.

"Então os meninos vão estacionar", disse Elmina. "Eu vou ficar aqui batendo um papinho com o vizinho do Larry."

"A porta está aberta lá em cima", Doc rapidamente consultando o que sabia da ficha de Eddie, incluindo os boatos, "só não entre em nenhuma cozinha com esse cara e tudo há de ficar legal."

"Isso foi lá em 67", Eddie protestou. "Essas queixas todas foram retiradas."

"Cruzes", disse Elmina.

Lógico que não mais de cinco minutos depois, tendo dado de cara com uma vaga logo no pé da colina que valia pelo menos até a meia-noite, Doc e Leo voltaram e encontraram Eddie e Elmina na cozinha, e Eddie prestes a abrir a última caixa de mistura para brownie.

"Ah-ah-ah", Doc balançando o dedo.

Tinha cerveja e meio pacote de Cheetos, e a padaria Surfside Slick no alto do morro estava aberta até a meia-noite para tudo que estivesse acabando ali.

Elmina não perdeu tempo para introduzir o assunto Shasta Fay, que tinha encontrado uma vez só, criando uma imediata afinidade. "Eu sempre tive esperança... Ah, você sabe..."

"Deixa o menino em paz", resmungou Leo.

Doc teve consciência de que Downstairs Eddie Dotérreo, que uma vez numa época encantada teve de ouvir tudo aquilo pelo teto de casa, lançava um olhar para ele.

"Ela tinha a carreira dela", Elmina continuou. "É difícil, mas às vezes você precisa deixar uma mulher seguir para onde os sonhos dela estão chamando. Tinha uns Hepworths lá em Manteca, sabe, e alguns deles se mudaram pra cá durante a guerra pra trabalhar nas indústrias de defesa. Ela podia ser aparentada."

"Se eu encontrar com ela eu pergunto", Doc disse.

Pés pesados na escada dos fundos e Scott Oof entrou pela cozinha. "Oi, tio Leo, tia Elmina, a mãe disse que vocês estavam chegando."

"A gente se desencontrou no jantar", Elmina disse.

"Tive que ir ver uma coisa de um show. Vocês vão ficar aqui um tempo, certo?"

Leo e Elmina estavam em Sepulveda no Skyhook Lodge, que lidava muito com o tráfego do aeroporto e era dia e noite habitado por insones, náufragos e abandonados, para não falar de um ou outro legítimo zumbi. "Andando por tudo quanto é lado pelos corredores", disse Elmina, "homens de terno, mulheres de vestidos de festa, gente de roupa de baixo ou às vezes sem roupa, criancinhas pequenas cambaleando em busca dos pais, bêbados, viciados em drogas, policiais, técnicos de ambulâncias, tantos carrinhos do serviço de quarto que eles acabam entrando em engarrafamentos, quem é que precisa entrar no carro e ir a qualquer lugar, a cidade inteira de Los Angeles está ali a cinco minutos do aeroporto."

"Como que é a televisão?" Eddie Dotérreo queria saber.

"As bibliotecas de filmes de alguns desses canais", Elmina disse, "eu juro. Teve um ontem de noite, eu não consegui dormir. Depois que eu vi, fiquei com medo de dormir. Vocês viram *Narciso negro*, 1947?"

Eddie, que estava matriculado no programa de pós-graduação em cinema da USC, deixou escapar um grito de reconhecimento. Ele estava trabalhando na sua tese de doutorado, "Da Cara-de-Pau às Faces do Mal: empregos subtextuais do delineador no cinema", e na verdade acabava de chegar ao momento de *Narciso negro* em que Kathleen Byron, como uma freira demente, aparece em trajes civis, incluindo maquiagem nos olhos que garantia um ano de pesadelos.

"Bom, espero que você pretenda incluir alguns homens", Elmina disse. "Todos aqueles mudos alemães, Conrad Veidt em *Caligari*, Klein-Rogge em *Metrópolis*—"

"— complicado é claro pelas exigências das películas ortocromáticas—"

Aiaiai. Doc saiu para revistar a cozinha, tendo vagamente recordado um engradado de cerveja novinho que podia estar por ali. Logo Leo pôs a cabeça pela porta.

"Eu sei que tem que estar por aqui em algum lugar", Doc se intrigava em voz alta.

"Talvez você possa me dizer se isso é normal", Leo disse. "A gente recebeu um telefonema esquisito ontem de noite no hotel, alguém do outro lado da linha começa a gritar, primeiro eu imaginei que fosse chinês, não consegui entender uma palavra que fosse. Finalmente eu mal consigo entender, 'Nós sabemos que vocês estão aí. Tome cuidado'. E eles desligam."

Doc estava sofrendo aqueles espasmos retais. "Com que nome vocês se registraram lá?"

"O nosso de sempre." Mas Leo estava corando.

"Pai, isso pode ser importante."

"Tá bom, mas tente entender, é meio que um costume que eu e a sua mãe temos, de ficar em hotéis diferentes por toda a boa e velha 99 nos fins de semana, com nomes falsos? A gente finge que é casado com outras pessoas e que está em um rendez-vous ilícito. E eu não vou tentar te enganar. É bem divertido. Como dizem aqueles hippies, o que te fizer a cabeça, certo?"

"Então a recepção não tem registro de nenhum tipo de Sportello."

Leo lhe deu um daqueles sorrisos hesitantes que os pais usam para se esquivar da desaprovação dos filhos. "Eu gosto de usar Frank Chambers. Sabe, de *O destino bate à sua porta*? A sua mãe usa Cora Smith se alguém pergunta, mas pelamordedeus não diga pra ela que eu te contei."

"Então era engano." Doc viu o engradado de cerveja, bem na sua cara o tempo todo. Ele pôs algumas latas no freezer, esperando que não fosse esquecer que tinha feito isso e que nada fosse explodir como normalmente acontecia. "Bom, pai, eu estou chocado mesmo com vocês." Ele abraçou Leo e segurou o braço durante um tempo quase suficiente para ficar constrangedor.

"O que é isso?" Leo disse. "Você está rindo de nós."

"Não. Não... Eu estou rindo porque gosto de usar esse mesmo nome."

"Sei. Você deve ter pegado isso de mim."

Mais tarde, contudo, perto de três da manhã, quatro, uma dessas horas desoladas, Doc tinha esquecido as suas sensações de alívio e só lembrava o quanto tinha ficado assustado. Por que ele tinha presumido que havia algo solto por aí que podia encontrar os seus pais tão facilmente e colocá-los em perigo? Em geral nesses casos a resposta era "Você está paranoico", mas naquela profissão, a paranoia era um instrumento de trabalho, ela te apontava para direções que você podia não ter antevisto. Havia mensagens do além, se não loucura, pelo menos uma porrada de motivações hostis. E onde seria que essa voz chinesa no meio da noite — seja isso quando for no Skyhook Lodge — estava dizendo para ele olhar?

Na manhã seguinte, esperando o café coar, Doc por acaso bateu o olho na janela e viu Sauncho Smilax na sua clássica caranga litorânea, um Mustang 289 bordô com interior de vinil preto e um ruído lento, leve, latejando no escapamento, tentando não bloquear a ruela. "Saunch! sobe aí, toma um café."

Sauncho subiu os degraus de dois em dois e parou arfante à porta, segurando uma pasta. "Não sabia se você estava acordado."

"Nem eu. O que está pegando?"

Sauncho tinha passado a noite na rua com um bando de *federales* a bordo de um barco exuberantemente equipado pertencente ao Departamento de Justiça, visitando um local previamente identificado como o ponto em que se supunha que o *Canino Dourado* tivesse largado alguma espécie de *lagan*. Mergulhadores desceram para verificar e, enquanto a luz recoloria o oceano, logo estavam subindo com séries de contêineres cheios de maços selados a vácuo de moeda americana, talvez as mesmas que Cookie e Joaquin, em nome de Lourinho-San, podiam ainda estar procurando. Só que, ao abrirem as caixas, imagine só o quanto ficaram todos surpresos ao descobrir que, em vez dos dignitários de praxe, Washington, Lincoln, Franklin e sei lá mais quem, todas aquelas notas, fossem do valor que fossem, pareciam trazer o rosto de *Nixon*. Por um segundo, toda uma força-tarefa federal se deteve para imaginar se não podiam afinal, o barco todo, estar sofrendo uma alucinação conjunta. Nixon estava encarando com um olhar vidrado algo que estava fora do quadro, logo ao lado da borda da cartuxa, quase se encolhendo de medo daquilo, olhos estranhamente fora de foco, como se andasse ele mesmo abusando de alguma novidade psicodélica asiática.

Segundo contatos de Sauncho na Inteligência, fazia algum tempo que a CIA tinha o costume de colocar o rosto de Nixon em notas fajutas de dinheiro norte-vietnamita, como parte de um plano para desestabilizar a moeda inimiga largando de avião milhares dessas falsificações durante expedições bombardeiras de rotina sobre o Norte do país. Mas nixonizar moeda americana desse jeito não era tão fácil de explicar, e às vezes não era nem bem-visto.

"O que é isso? A CIA andou fazendo das suas de novo, essa merda toda não vale nada."

"Você não quer? Eu fico com tudo."

"O que é que você vai fazer com isso?"

"Gastar uma bolada antes de alguém começar a se dar conta."

Alguns acharam que se tratava de um trote elaborado por comunistas chineses para sacanear o dólar americano. O trabalho de gravura era elaborado demais para não ter alguma Insidiosa Origem Oriental. Segundo outros, elas já podiam estar circulando como moeda de emergência havia algum tempo em todo o Sudeste da Ásia, e talvez até estar já sendo negociáveis nos EUA. "E não vamos esquecer o valor no mercado de colecionáveis."

"Meio esquisito demais pro meu gosto, infelizmente."

"E saca só", disse Sauncho mais tarde para Doc — "que a lei diz que antes de você poder ter o seu retrato em cédulas americanas, você precisa estar morto. Então, em qualquer universo em que aquilo tenha validade monetária, Nixon teria que estar morto, certo? Então o que eu acho é, é que é *magia analógica* de alguém que quer ver Nixon entre os que se foram."

"Isso diminui pacas as suspeitas, né, Saunch. Será que eu posso ficar com um pouquinho."

"Opa, pega o que quiser. Vai fazer umas compras. Está vendo esses pisantes aqui? Lembra aquele mocassim branco que o dr. No usa em *O satânico dr. No*, 1962? Isso saca só! O mesmíssimo! Comprei no Hollywood Boulevard com uma dessas de vintinho do Nixon — ninguém examinou nem nada, é impressionante. Nossa! já está quase na hora da minha novela, você, hã, se incomoda?" Ele se dirigiu sem demora à televisão.

Sauncho era um espectador fiel do drama vespertino *O caminho para o seu coração*. Nesta semana — como ele ia atualizando Doc nos momentos mais calmos —, Heather tinha acabado de confiar a Iris suas suspeitas a respeito do bolo de carne, inclusive o papel de Julian na troca do conteúdo do vidro de tabasco. Iris não está muito surpresa, claro, tendo se revezado com Julian na cozinha durante todo seu casamento com ele, de modo que ainda restam entre esses hostis ex-literalmente centenas de contas culinárias a acertar. Enquanto isso, Vicki e Stephen ainda estão discutindo quem deve cinco dólares de uma pizza que pediram em casa havia semanas, situação em que o cão, Eugene, de alguma maneira representa um papel-chave.

Doc estava no banheiro fazendo xixi durante um intervalo comercial quando ouviu Sauncho gritando com o televisor. Ele voltou para encontrar o seu advogado acabando de retirar o nariz da tela.

"Tudo numa boa?"

"Ahh...", desmontando no sofá, "Charlie, o filho da puta do mascote do atum, meu."

"Como é que é?"

"É tudo tão inocente, uma coisa esnobe socialmente ascendente, óculos escuros de grife, boininha, tão desesperado pra mostrar que tem bom gosto, só que ele também é disléxico e aí bagunça 'bom gosto' com 'gosto bom', mas é pior que isso! Muito, muito pior! O Charlie na verdade tem, assim, um *obsessivo desejo de morte!* É! ele, ele *quer* ser pescado, processado, metido numa latinha, não qualquer latinha, sacou, tem que ser da StarKist! fidelidade suicida à marca, bicho, profunda parábola do consumismo capitalista, eles não vão sossegar se não fizerem um arrastão com a gente, cortarem a gente em pedacinhos e empilharem a gente na prateleira do SuperAmericado, e inconscientemente, o que é horrível é, é que a gente *quer* que eles façam isso tudo..."

"Saunch, caramba, isso..."

"Eu ando pensando nisso. E outra coisa. Por que é que tem uma marca chamada Galinha do Mar, mas não existe o Atum da Fazenda?"

"Hum..." Doc de fato começando a pensar no assunto.

"E não esqueça", Sauncho prosseguiu lembrando-lhe, tenebrosamente, "que tanto Charles Manson quanto os vietcongues *também* são chamados de Charlie."

Quando o programa acabou, Sauncho disse, "E você então, Doc, como é que vai, vai ser preso de novo ou alguma coisa assim?".

"Com o Pé-Grande na minha cola agora, eu posso estar te ligando a qualquer momento."

"Ah. Quase ia esquecendo. O *Canino Dourado*? Parece que registraram uma apólice de seguro para o barco logo antes de ele reduzir todos os cordames, cobrindo só esta viagem, a que deve estar levando a sua ex-namorada, e o beneficiário registrado são as Indústrias Canino Dourado de Beverly Hills."

"Se o barco afundar, eles juntam um monte de dinheiro."

"Exatamente."

Hã-hã. E se fosse um golpe no seguro? Talvez Shasta ainda pudesse chegar em terra a tempo, em alguma ilha onde quem sabe neste exato momento ela estivesse tirando peixinhos perfeitos da laguna e os preparando com mangas e pimentas picantes e coco ralado. Talvez ela estivesse dormindo na praia e olhando para estrelas que ninguém aqui sob o céu iluminado pelo smog de Los Angeles sequer sabia que existiam. Talvez estivesse aprendendo a velejar de uma ilha para a outra em uma canoa de catamarãs, a interpretar as correntes e os ventos, e a sentir os campos magnéticos como um pássaro. Talvez o *Canino Dourado* tivesse seguido rumo ao seu destino, arrastando os que não tinham conseguido chegar a terra cada vez mais fundo em quaisquer que fossem as complexidades de mal, indiferença, abuso, desespero de que precisavam para se tornar cada vez mais quem já eram. Fossem eles quem fossem. Talvez Shasta tivesse escapado disso tudo. Talvez estivesse segura.

Naquela noite, na casa de Penny, Doc adormeceu no sofá dela na frente dos destaques esportivos do dia, e quando acordou, em algum momento bem depois de escurecer, um rosto, que no fim de contas era o de Nixon, estava na telinha dizendo, "Sempre hão de existir os chorões e os reclamões que vão dizer, isso é fascismo. Bom, camaradas da América, se é fascismo pela liberdade? *Eu... até... acho maneiro!*" Aplauso tumultuoso de um imenso salão cheio de correligionários, alguns segurando faixas com a mesma frase desenhada profissionalmente. Doc se sentou, piscando, tateando à luz da tela em busca da sua erva, achando meia bagana e acendendo.

O que chamou a sua atenção foi que Nixon naquele momento tinha no rosto exatamente a mesma expressão surtada que estava fazendo nas notas falsas de vinte dólares que Doc tinha recebido de Sauncho. Ele tirou uma da carteira agora e consultou-a só para garantir. Isso mesmo. Os dois Nixons *pareciam fotografias* um do outro!

"Vejamos", Doc inalou e considerou. Esta mesma Caranixon aqui, ao vivo na tela, de alguma maneira *já tinha* sido posta em circulação, havia meses, em milhões, talvez bilhões, em moeda falsa... Como isso podia ser possível? A não ser... claro, viagem no tempo é claro... algum gravurista da CIA, em algum ateliê de segurança máxima bem distante, estava *neste exato momento* copiando esta imagem da tela da sua própria tevê e aí ia depois de algum jeito colocar essa cópia em uma *caixa postal especial* secreta, que teria de se localizar perto de uma subestação de retransmissão de energia para que eles pudessem desviar a eletricidade necessária, aumentando as contas de luz de todo mundo, para mandar a informação em uma viagem temporal *de volta ao passado*, na verdade podia até existir *seguro de dobra temporal* para você comprar para o caso de essas mensagens se perderem entre as fontes desconhecidas de energia lá na vastidão do Tempo...

"Eu sabia que tinha sentido cheiro de alguma coisa aqui. Sorte sua que não vou trabalhar amanhã". Penny, olhos apertados e pernas nuas com uma das camisetas do Pearls Before Swine de Doc.

"Esse baseado te acordou? Desculpa, Pen, ó—", oferecendo o que a essa altura era mais um gesto simpático que uma ponta de verdade.

"Não, foi aquela gritaria toda. O que é que você está assistindo, parece mais um documentário de Hitler."

"Nixon. Acho que está acontecendo agora mesmo, em algum lugar em Los Angeles."

"Pode ser o Century Plaza." O que foi imediatamente confirmado pelo pessoal da imprensa que estava cobrindo o evento — Nixon de fato havia aparecido, como que por um capricho, no suntuoso hotel do Westside para falar diante de um comício de ativistas do Partido Republicano que se chamavam de Califórnia Vigilante. Em cortes para indivíduos na audiência, alguns pareciam um pouco descontrolados, como você esperaria encontrar em reuniões desse tipo, mas outros eram menos demonstrativos e, para Doc pelo menos, mais assustadores. Estrategicamente postados entre a multidão, usando ternos e gravatas idênticos que você teria de concordar que estavam meio fora de moda, nenhum deles parecia estar prestando muita atenção ao próprio Nixon.

"Eu não acho que eles sejam do Serviço Secreto." Penny, escorregando para junto de Doc no sofá. "Eles não aceitam gente feia, pra começar. Parecem mais do setor privado."

"Eles estão esperando alguma coisa — ah! olha, começou." Como que conectados por percepção extrassensorial, os agentes robôs giraram como um só corpo e começaram a convergir sobre um membro da audiência, cabeludo, olhos estanhados, trajando camisa nehru psicodélica e calças boca de sino combinando, que agora estava gritando, "Ô, Nixon! Ô, Dick Vigarista! Vai se foder!

E quer saber, ô, foda-se o Spiro também! Foda-se todo mundo na porra da Família Presidencial! Foda-se o cachorro, ô! Alguém sabe o nome do cachorro? sei lá — foda-se o cachorro, também! Fodam-se vocês todos!". E começou a rir insanamente enquanto era agarrado e arrastado através da multidão, muitos deles com um olhar rijo, um esgar feroz e espuma no canto da boca, desaprovadores. "Melhor levar esse aí para uma clínica hippie de tratamento para drogas", sugeriu Nixon bem-humorado.

"Estragando a reputação da juventude revolucionária", parecia para Doc, que estava enrolando outro baseado.

"Isso sem falar das questões que isso levanta pra Liberdade de Expressão", Penny se inclinando mais para a tela. "Mas, esquisito..."

"De verdade? Pra mim parecem uns republicanos típicos."

"Não, é que — ali, olha o close. Isso não é um hippie, olha a cara dele. É o Chucky!"

Ou para dizer com outras palavras, Doc agora tomou consciência com um salto, era também Coy Harlingen. Ele levou talvez meio pulmão de fumaça de maconha para decidir não falar disso com Penny. "Um amigo seu", ele inquiriu candidamente.

"Todo mundo conhece ele — quando não está de bobeira na Sala da Justiça, está na Casa de Vidro."

"Dedo-duro?"

"'Informante', por favor. Ele normalmente trabalha pro pessoal o Comando de Caça aos Comunistas e os P-DIDDIs."

"Os quem?"

"Patrulheiros da Divisão de Desordem e Inteligência? Nunca ouviu falar deles, hein?"

"E... por que mesmo ele está gritando assim com o Nixon?"

"Cruzes, Doc, desse jeito vão acabar caçando a sua carteira de paranoico. Nem um detetive particular pode ser tão ingênuo."

"Bom, a fatiota dele talvez seja um pouco combinadinha demais, mas isso não quer dizer que seja alguma armação."

Ela suspirou didaticamente. "Mas agora que ele já esteve bem exposto na TV? ele tem credibilidade ampla e instantânea. A polícia pode infiltrá-lo no grupo que quiser."

"O seu pessoal andou assistindo aquele *Mod Squad* de novo. Fica dando essas ideias nada a ver pra vocês. Olha só! Eu te falei que o Pé-Grande me ofereceu um emprego dia desses?"

"Astúcia do Pé-Grande como sempre. Ele deve ter detectado no seu caráter algum dom especial de... traição?"

"Para com isso, Penny, ela tinha dezesseis anos, era ela que estava dando as cartas, eu só estava tentando desviar a menina de uma vida de crime, até quando você vai ficar—"

"Cruzes, eu não sei por que você sempre fica assim na defensiva por causa disso, Doc. Não tem motivo pra se sentir culpado. Ou tem?"

"Maravilha, bem o que eu estava querendo— discutir culpa com uma assistente da promotoria pública."

"— foi identificado", a televisão anunciava, enquanto Penny esticava o braço para aumentar o volume, "como Rick Doppel, um estudante desempregado que largou a UCLA."

"Acho que não", Penny resmungou. "É aquele Chucky."

E macacos me mordam, Doc acrescentou silenciosamente, se não é um saxofonista ressuscitado, também.

Nove

Decidindo-se por uma aparência profissional, Doc prendeu o cabelo em um rabo-de-cavalo apertado, que amarrou com uma fivela de couro que, só mais tarde lembrou, que tinha sido presente de Shasta, e pôs em cima disso um chapéu fedora preto antigo, e aí passou pelo ombro a alça de um toca-fitas. No espelho ele até parecia bem plausível. Ele ia naquela tarde a Topanga para visitar os Boards, fingindo ser um repórter musical de um fanzine underground chamado *Rolo & Estouro*. Denis ia junto posando de fotógrafo, usando uma camiseta com o conhecido detalhe do afresco da *Criação de Adão*, de Michelangelo, em que Deus estende a mão para a de Adão, e eles estão a ponto de se tocar — só que nessa versão Deus está passando um baseado aceso.

Durante toda a ida a Topanga, o rádio mandou ver numa Super Maratona Surfe, sem intervalos comerciais — o que pareceu estranho até Doc se dar conta de que ninguém que estivesse disposto a encarar esse pesadelo dos professores de música composto de frases de blues dobradas, "musiquinhas" idiotas de um só acorde e efeitos vocais desesperados tinha a mais remota chance de pertencer a qualquer perfil de consumidores conhecido pelo ramo publicitário. Dessa demonstração de farra da excentricidade branquela, só muito de vez em quando vinha, graças a Deus, um desvio — "Pipeline" e "Surfin' Bird", dos Trashmen, e "Bamboo", de Johnny and the Hurricanes, faixas de Eddie and the Showmen, os Bel Airs, os Hollywood Saxons e os Olympics, suvenires de uma infância de que Doc nunca teve muito a impressão de querer fugir.

"Quando é que eles vão tocar 'Tequila'?", Denis ficava imaginando, até que bem quando estavam encostando junto da mansão alugada pelos Boards, lá vinham eles, as modalidades espanholadas e os rufares flamencoides do inimigo jurado do surfista, o Lowrider. "Tequila!", gritou Denis no que entravam na última vaga disponível.

A residência antes pertencera a metade de uma dupla caipira muito amada dos anos 40, e atualmente os Boards alugavam a casa de um baixista-metamorfoseado-em-executivo de gravadora, o que as pessoas atentas às tendências tomavam como mais um indício do fim, se não do mundo, de Hollywood.

Como garotas em aeroportos havaianos, uma dupla de fãs residentes chamadas Bodhi e Zinnia apareceu com leis, ou na verdade continhas, que colocou nos pescoços de Doc e de Denis, e então os conduziu em uma visita guiada pela casa, que, examinada por uma pessoa menos tolerante, geraria pensamentos como, Nossa, isso é o que acontece quando as pessoas ganham dinheiro demais em tão pouco tempo. Mas Doc achava que no fundo dependia da ideia que você fazia de excesso. Com os anos, a sua profissão o havia obrigado a visitar uma ou duas imponentes casas de Los Angeles, e ele logo percebeu como era pequena a noção de moda que os muito bem de vida conseguiam exibir, e que, basicamente na proporção em que as riquezas se acumulavam, a condição só fazia piorar. Os Boards por enquanto tinham conseguido escapar da deterioração mais séria, embora Doc tivesse lá as suas dúvidas sobre as mesinhas de café feitas de antigas pranchas de surfe havaianas, até ver que você só precisava desaparafusar as pernas para retornar a uma prancha usável. Graças a engenhosas soluções tipo porte cochere, muitos dos closets aqui não eram apenas da modalidade em que se entra, eram drive-throughs, cheios de trajes de mundos passados e futuros, muitos obtidos em Culver City na histórica liquidação de bens dos estúdios MGM alguns meses antes. Refeições preparadas para vinte ou trinta pessoas chegavam aqui de caminhão todo dia vindas da confeitaria Jurgensen em Beverly Hills. Havia uma sala de maconha com uma imensa reprodução 3-D feita em fibra de vidro da famosa *Grande onda em Kanagawa*, de Hokusai, arqueando-se de parede a teto a parede oposta, criando um esconderijo à sombra espumosa sob o monstro eternamente suspenso, embora vez por outra isso tivesse a tendência de apavorar um visitante a ponto de ele declinar a sua barrufada quando chegava o baseado, o que não incomodava os Boards, que ainda estavam presos a um estágio lá dos seus tempos de punk-surf em que cada migalha de erva era importante, e eram mais morrinhas do que nunca quanto a esse assunto.

Lá fora, em um terraço que tinha vista para o cânion, meninas lindinhas de cabelos longos e saias curtas vagavam à luz do sol cuidando das plantas de marijuana ou empurrando carrinhos com bandejas imensas de coisas para se comer, beber e fumar. Cachorros iam e vinham, alguns razoavelmente calmos, outros, obsessivo-compulsivos que te traziam de volta a pedra de resto comum que você estava jogando, cada vez mais e mais longe, durante a última meia hora ("É a viagem dele, bicho"), e vez por outra um que se dera mal com aquela raça de seres humanos que encontra diversão em dar LSD para um cachorro comer e ver o que acontece.

Doc foi lembrado pela incontavelésima vez que para cada banda como essa ali havia cem ou mil outras como a do seu primo, Beer, condenadas a chafurdar na obscuridade, alimentadas por uma fé na imperecibilidade do rock'n'roll, vivendo à base de droga e garra, irmão- e irmã-dade, e boas energias. Os Boards, embora mantivessem a sua formação — as tradicionais duas guitarras, baixo e bateria, além de um naipe de metais —, tinham mudado tanto de integrantes que agora somente meticulosos historiadores da música tinham qualquer domínio de quem era ou tinha sido quem. O que não tinha importância porque a essa altura a banda já tinha se tornado quase uma grife, afastados por anos e por mudanças dos grommets durões, todos ligados por laços de sangue ou casamento, que entravam marchando como um bando organizado na Delicatessen Cantor em Fairfax e passavam a noite toda comendo bagels, batendo papo e tentando não detonar algum tipo de episódio com os guarda-costas dos astros do rock. Quando, com o passar do tempo, o antigo local pró-hippie, desenvolvendo uma preocupação com as possibilidades de processos jurídicos e custos de seguros, começou a colocar placas que diziam Obrigatório o Uso de Sapatos, os Boards foram todos para um salão de tatuagem em Long Beach e mandaram tatuar tiras de chinelos nos pés e nos tornozelos, o que enganou o nível administrativo por um tempo, e então a banda tinha se mudado de qualquer maneira para lugares mais bacanas mais a oeste. Mas houve alguns anos em que sempre era possível dizer quem eram os membros originais da banda por causa daqueles chinelos de tinta.

Já há coisa de uma semana agora, os convidados dos Boards incluíam o Spotted Dick, uma banda britânica visitante que andava conseguindo algum espaço nas estações de rádio em que a batida era menos histérica, já que eles mesmos eram muitas vezes tão relaxados que já se soube de casos em que pessoas chamaram uma ambulância, confundindo o que a banda chamava de Pausa Geral por alguma espécie de surto coletivo. Hoje eles estavam usando ternos de veludo cotelê largo de um ouro amarronzado estranhamente luminoso e exibindo cortes de cabelo geométricos de precisão da Barbearia e Salão de Beleza Cohen, no Leste de Londres, onde Vidal Sassoon tinha sido aprendiz e para onde toda semana eles empilhavam os rapazes em um onibusinho, davam-lhes as suas rações semanais de cannabis e os levavam para ficar sentados enfileirados, rindo com edições antigas da *Tatler* e da *Queen* e ganhando cortes chanel assimétricos feitos a tesoura. Semana passada, na verdade, o vocalista tinha decido mudar o seu nome legalmente para Chanel Assimétrico, depois que o espelho do seu banheiro lhe revelou, em uma experiência com cogumelos que já durava três horas, que de fato havia dois lados diferentes no seu rosto, que expressavam duas personalidades violentamente distintas.

"Eles têm uma TV em cada cômodo!", Denis relatou empolgado. "E-e-e essas coisinhas de botão que dá pra mudar de canal sem nem ter que levantar do sofá!"

Doc deu uma olhada. Essas caixinhas de controle, recentemente inventadas e encontradas apenas em casas de classe alta, eram grandes e toscas, como se tivessem origens em comum com projetos de equipamentos de áudio soviéticos. Operá-las exigia uma mão pesada, e às vezes as duas mãos, com as quais você podia senti-las zumbir, porque usavam ondas sonoras de alta frequência. Isso tendia a enlouquecer a maioria dos cães domésticos, com exceção de Myrna, uma pelo duro que, sendo mais velha e meio fraca de ouvido, conseguia ficar pacientemente deitada durante todo tipo de programa, esperando que viesse um comercial de comida para cachorros, que em função de alguma estranha percepção extrassensorial ela sabia que estava para chegar um minuto antes de ele de fato surgir na tela. Quando acabava, ela virava a cabeça para quaisquer seres humanos que estivessem nas redondezas e acenava enfaticamente com a cabeça. De início, as pessoas pensavam que isso significava que ela queria jantar ou pelo menos dar uma beliscada, mas parecia mais ser uma espécie de ato social, do tipo, "Legal, né?".

No momento ela estava deitada em um cômodo escuro de dimensões incertas, que cheirava a fumaça de maconha e óleo de patchuli, vendo *Dark shadows* junto de integrantes selecionados dos Boards e do Spotted Dick, mais os membros da entourage que não estavam em outro ponto da casa suando como condenados para atender a caprichos da banda que exigiam fritar Twinkies, passar os cabelos umas das outras na tábua de passar roupa para manter certa imagem de musas e percorrer fanzines com estiletes de papel para cortar fora todas as referências a bandas de surfe inimigas.

Isso foi mais ou menos no ponto da saga da família Collins em que a trama tinha começado a se meter pesado em algo que se chamava "tempo paralelo", que confundia os espectadores por toda a nação, mesmo os que mantinham o juízo, embora muitos chapados não vissem problemas para seguir aquilo tudo. Parecia basicamente significar que os mesmos atores estavam representando papéis diferentes, mas se você estava suficientemente envolvido, você tendia a esquecer que aquelas pessoas eram atores.

Depois de um tempo o nível de concentração entre a plateia deixou Doc um pouco inquieto. Ele percebeu a amplitude do estrago mental que um apertão no botão "desliga" de um controle de TV podia infligir nessa sala cheia de obsessivos. Felizmente ele estava perto da porta e conseguiu rastejar dali sem ninguém perceber. Ainda não tinha visto Coy Harlingen por ali, e imaginou que esta era uma hora tão boa para sair procurando quanto qualquer outra.

Começou a vagar pela grande casa antiga. O sol se pôs, as fãs se reagruparam brevemente, fazendo a transição para o modo noturno,

Denis corria de um lado para o outro como um cachorro perseguindo pombos no parque, tirando fotos, e as meninas faziam o seu papel e se espalhavam, fazendo *uiii... uiii.* Algo como um destacamento de segurança aparecia de vez em quando na propriedade, fazendo a ronda do perímetro. De uma janela de um andar superior vinha o som do tecladista do Spotted Dick, Smedley, fazendo exercícios do Hanon no seu Farfisa, um modelinho Combo Compact que tinha obtido seguindo conselhos de Rick Wright do Pink Floyd e que nunca era visto longe da sua pessoa. Ele o chamava de Fiona, e testemunhas relataram que tinha longas conversas com o instrumento. Antes, Doc, fingindo entrevistá-lo para a *Rolo & Estouro,* tinha perguntado sobre o que eles falavam.

"Ah, o normal. Futebol Association, a guerra no Sudeste da Ásia, onde dá pra conseguir drogas, essas coisas."

"E qual é, qual é a opinião da Fiona sobre o sul da Califórnia?"

Smedley ficou sombrio. "Ela gosta de tudo menos da paranoia, bicho."

"Paranoia, então?"

A voz dele se tornou um sussurro. "Essa casa—" E nesse ponto um rapaz de cara fechada, talvez um dos roadies dos Boards, talvez não, entrou e se encostou na parede com os braços cruzados e só ficou ali, ouvindo. Smedley, com as pupilas oscilando enlouquecidas, desapareceu dali.

Um investigador particular não tinha como passar anos tomando ácido nessa cidade sem pegar algum tipo de manha extrassensorial, e a verdade era que, desde que cruzou a porta desse lugar, Doc não podia deixar de perceber o que se poderia chamar de uma atmosfera. Em vez de um aperto de mãos ritual ou mesmo um sorriso, todo mundo a quem ele era apresentado o cumprimentava com a mesma fórmula — "Qualé a tua, bicho?" — sugerindo um elevado nível de desconforto, até medo, a respeito de qualquer um que não pudesse ser imediatamente largado numa sacola e rotulado.

Isso parecia estar acontecendo cada vez mais ultimamente, lá na Grande Los Angeles, entre grupos de jovens desligados e chapados felizes, onde Doc tinha começado a perceber homens mais velhos, presentes e ausentes, rígidos, taciturnos, que ele sabia que já tinha visto, não necessariamente os rostos, mas uma postura de desafio, uma indisposição para abrir o jogo, como todo mundo nos eventos psicodélicos daqueles tempos, para além dos envelopes epidérmicos oficiais. Como os agentes que tinham arrastado Coy Harlingen na noite passada do comício no Century Plaza. Doc conhecia esse pessoal, já tinha se encontrado muitas vezes com eles nos seus negócios. Eles saíam para cobrar dívidas, quebravam costelas, demitiam pessoas, mantinham os olhos desprovidos de misericórdia sobre tudo que pudesse se tornar uma ameaça. Se tudo nesta pré-revolução dos sonhos estava na verdade condenado a terminar e o mundo incréu e movido-a-dinheiro a retomar o seu controle sobre todas as vidas que sentia ter o direito de tocar, bolinar e molestar, seriam soldados como esses, aplicados e calados, fazendo o trabalho pesado na rua, que fariam tudo acontecer.

Será que era possível que em cada grupo reunido — cada show, comício pela paz, cada tentativa de fazer levitar um edifício do governo, de gerar amor com violões, de ser hippongo sossegado, aqui, mais ao norte, lá no leste, em toda parte —, aquelas turmas obscuras estavam o tempo todo ocupadas, reclamando a música, a resistência ao poder, o desejo sexual do épico ao cotidiano, tudo que pudessem juntar, para as arcaicas forças da cobiça e do medo?

"Nossa", ele se disse em voz alta, "sei lá..."

E nessa altura ele topou com Jade, que acabava de sair de um dos banheiros. "Como assim, você de novo?"

"Vim de carro com a Bambi — ela tinha ouvido falar que o Spotted Dick estava hospedado aqui, aí eu tive que vir junto, tentar evitar que ela se encrenque?"

"Curte esse pessoal, a menina?"

"Pôsteres com iluminação traseira do Spotted Dick nas paredes, lençóis e fronhas do Spotted Dick na cama, camisetas do Spotted Dick, xícaras, maricas temáticas. E, vinte e quatro horas por dia, álbuns do Spotted Dick no som. Bicho. Sabe o George Formby, aquele inglês que toca ukelele?"

"Claro, o Herman's Hermits gravou uma dele."

"Bom esses caras gravaram todo o resto. Assim, eu tento levar numa boa. Também todo mundo sabe que o Spotted Dick curte umas formas esquisitas de diversão, e eu acho que isso é a atração principal pra Bambi."

"Não vi ela por aqui hoje."

"Ah, ela já se mandou com o guitarra solo, eles estão a caminho de Leo Carillo procurando lá um jogo de críquete."

"Críquete noturno?"

"É, o Somerset disse pra ela que é que nem beisebol? Luzes e tudo mais. A não ser... ah não, você acha que eles estão me enrolando?"

"Bom se você precisar de uma carona pra volta, me avisa. E se alguém perguntar, eu sou um jornalista de rock'n'roll, beleza?"

"Você? Numa boa, eu conto tudinho pra eles sobre a sua matéria de capa com o Pat Boone."

"Ah e olha só — aquele cara que estava falando comigo no Club Asiatique numa noite dessas? Você viu ele por aí?"

"Ele está em algum lugar por aqui. Tente as salas de ensaio no andar de cima."

Sem dúvida, andando a esmo pelos corredores, Doc ouviu o som de um sax tenor estudando "Donna Lee". Ele esperou uma pausa e pôs a cabeça na sala.

"Oba! Eu de novo! Lembra aquela tarefinha que você queria que eu fizesse?"

"Espera." Coy apontou o polegar para um aglomerado de equipamento de som mais para o canto que podia ter mais cabos do que o necessário saindo e entrando, e balançou a cabeça.

"Qual era a, hã, *marca e o modelo*, que você olhou mesmo?"

Doc acompanhou. "Você estava querendo uma kombi das mais antigas, coberta de flores e passarinhos e corações e tudo mais?"

"Era isso mesmo que eu queria. Não, hã..." Coy se deteve, improvisando, "Nada de peças novas, nada assim?".

"Não que eu pudesse ver."

"Pode rodar, sem rolos com a documentação?"

"Parecia."

"Bom, valeu por dar uma olhada, sabe, eu estava só... pensando, normal, né?"

"Claro. Quando você estiver a fim. Quiser que eu dê uma sacada em algum outro possante, só me avise."

Coy ficou quieto um tempo. Doc pensou em esticar a mão e cutucá-lo. Um olhar no rosto dele, tão desesperado, tão cheio de saudade, e nervoso demais, como se de alguma maneira dentro desta casa ele estivesse proibido de falar. Doc queria pelo menos dar um *abrazo* rápido nesse sujeito, algum consolo, mas isso podia ser interpretado por olhos inquisitivos como mais emoção do que alguém devesse investir em uma negociação de carros usados. "Você ficou com o meu telefone, né?"

"Eu te ligo." Nesse exato momento irrompeu na sala uma patacoada de chapados, cada um dos quais podia ter recebido a missão de espionar Coy. Doc desfocou os olhos e largou o rosto em uma risadinha frouxa, e quando olhou de novo, Coy estava invisível, embora pudesse ainda estar na sala.

De volta ao térreo, um membro da companhia estava jovialmente oferecendo uma rodada de baseados. Quando as pessoas acendiam e inalavam, ele dizia, "Ei! Adivinha o que tem nessa erva?".

"Não tenho a menor ideia."

"Anda, adivinha!"

"LSD?"

"Não! é só erva! Hahahaha!"

Aproximando-se de outra pessoa, "Ei! que que você acha que tem nessa maconha que a gente está fumando?".

"Não sei, hã... mescalina!"

"Não, nada! erva pura! Hahahaha!"

E coisa e tal. Cogumelo mexicano picadinho? Pó de anjo? Anfetamina? Não, só marijuana! Hahahaha! Quase antes de Doc perceber, ele tinha ficado tão louco com a erva misteriosa que sacou que não eram só os sinais vitais de Coy que estavam discutíveis — alguém definitivamente andou revistando o outro mundo para recrutar membros dos Boards, porque Doc soube agora, sem sombra de dúvida, que *cada um desses* Boards era um *zumbi*, morto-vivo e impuro. "Morto e puro, beleza?", Denis, que tinha se materializado de algum lugar, se perguntava.

"E-e-e aquele Spotted Dick — eles são zumbis, também, só que pior."

"Pior?"

"Zumbis *ingleses*! Olha só eles, bicho, os zumbis americanos pelo menos não disfarçam, eles tendem a andar meio travados quando tentam ir de um lugar pro outro, normalmente em terceira posição de balé, e fazem tipo 'Uunnhh... uunnhh', com aquele tom que sobe e desce, enquanto os zumbis ingleses na maioria são tranquilos e bem falantes, usam umas palavras compridas e deslizam por todo canto, assim, às vezes a gente nem vê eles dando passos, é como se estivessem patinando no gelo..."

E nesse momento o baixista do Spotted Dick, Trevor "Shiny Mac" McNutley, com um sorriso devasso no rosto e perseguindo uma moça confusa, entrou exatamente daquela forma, cruzando suavemente da esquerda para a direita.

"Está vendo, está vendo?"

"Aaahhh!", Denis disparando em pânico. "Estou fora dessa, bicho!"

Como Denis fracassara em lhe dar alguma ancoragem na realidade, Doc agora conseguiu surtar ainda mais. Aquela maconha com o ingrediente extra que podia nem estar ali de verdade também podia ter algo a ver com isso — enfim... Doc repentinamente se viu fugindo pelos corredores da macabra mansão antiga com números incertos de criaturas comedoras de carne aos berros atrás dele...

Já na ampla cozinha, ele basicamente colidiu com Denis de novo, ocupado agora saqueando a geladeira e os armários e enchendo uma sacola de compras com cookies, barras de chocolate congeladas, Cheetos e outros eventuais matadores de larica.

"Anda, Denis, a gente tem que se mandar."

"Nem me fale, bicho, eu tirei uma foto agora há pouco e eles todos ficaram malucos querendo pegar a minha câmera, e agora eles estão atrás de mim, aí eu pensei que era melhor eu pegar o que desse—"

"Na verdade, bicho, acho que estou ouvindo eles", Doc, guiando Denis pelo cordão de continhas em volta do seu pescoço, o arrastou por uma saída lateral para o terreno aberto. "Anda." Eles começaram a correr para o lugar onde tinham deixado o carro.

"Caramba, Doc, você disse droga de graça, de repente umas meninas, você não falou nada de nenhum zumbi, bicho."

"Denis", Doc aconselhou, já sem fôlego, "apenas corra." Ao passarem por um sicômoro, baixou nele inesperadamente alguém que estava tentando se agarrar a um galho. Era Jade, em um estado de pânico.

"Eu sou o quê, o Imediato?", Doc resmungando enquanto se erguia de novo, "ou uma merda dessas?"

"Eu preciso mesmo de uma carona pra sair daqui", Jade disse, "por favor?"

Por algum tipo de sorte eles encontraram o carro de Doc onde ele o tinha deixado, e se amontoaram lá dentro e saíram cantando pneus pela entrada da casa. No espelho Doc viu formas escuras com fantasmagóricos incisivos brancos deslizarem para uma perua Mercury 49 com motor frontal e parabrisa bipartido que eram iguaizinhos ao focinho e aos olhos impiedosos de um predador, que agora vinha atrás deles, o seu V-8 em um rugido pulsante, pedrisco voando da pista. Na estrada do cânion, Doc entrou violentamente à esquerda, quase capotando o carro e saindo uma ou duas vezes de traseira antes de estabilizar e seguir para Malibu no que naqueles dias não era exatamente a entrada suburbana multipistas que mais tarde se tornaria, você diria que era mais um pesadelo possivelmente fatal, cheia de entradas de casas sem visibilidade e curvas fechadíssimas, onde Doc logo se viu dando bom uso aos seus cursos de reciclagem na conhecida École de Pilotage Tex Wiener, executando derrapagens nas quatro rodas e mais reduções *punta-taco* do que a equipe de projetistas da Chrysler Motors tinha sido capaz de prever, enquanto o rádio tocava "Here come the Hodads", dos Marketts.

Denis, apesar das sacudidas em 3-D que estava recebendo, ficou bem-dispostamente montando um baseado quase sem derrubar nada, acendendo e oferecendo para Jade assim que terminaram a descida e estavam a caminho de Santa Monica.

"Bem enroladinho, Denis", Doc comentou quando por fim chegou a sua vez. "Não sei se eu teria essa presença de espírito."

"Basicamente tentando só evitar um surto geral?"

170

"Escuta, Doc", Jade disse, "qual é com aquele cara do Club Asiatique?"

"Coy Harlingen. Você falou com ele?"

"Falei, e quando eles viram a gente junto, pareceu de verdade que alguém estava a fim de fazer umas maldades comigo. Não era que eu estivesse tentando seduzir o cara. Normalmente, se a Bambi está por perto eu não me preocupo quando eles vêm atrás de mim daquele jeito, mas ela estava lá naquele 'críquete noturno', então foi uma bênção vocês terem aparecido naquela hora."

"O prazer é nosso", Denis garantiu.

Em algum momento quando já estavam de volta à Coast Highway e a caminho da via expressa, Doc deu uma espiada no retrovisor e não viu mais os faróis da perua sinistra atrás deles. Como um par de outrora incômodas espinhas na face da noite, eles haviam desaparecido. O que ele também não pôde evitar perceber no espelho agora era que Denis e Jade estavam fazendo amizade. "E qual que é, assim, o teu nome?", Denis estava dizendo.

"Ashley", disse Jade.

"E não Jade", Doc disse.

"Meu nome profissional. No livro de formandos da escola Fairfax eu sou só uma de umas mil Ashleys?"

"E o salão Planeta das Gatas..."

"Nunca pensei naquilo como uma carreira. Direitinho pra cacete. Sorrir o tempo todo, ficar fingindo que o negócio ali são as 'vibrações' ou a 'autoconsciência' ou qualquer coisa que não seja aquela coisa", deslizando para as alturas dos pios de uma dama da sociedade dos filmes antigos, "*Horrrrívelll na alcova!*"

"Sul da Califórnia", Denis acrescentou. "Não têm apego pela esquisitice, bicho, nada daquelas atividades do tipo mais negro."

"É e aí mesmo assim qual é a *deles*", Jade, ou Ashley, demonstrou que concordava.

"E neguinho fica imaginando por que o Charlie Manson é daquele jeito."

"Aliás, você come xoxota?"

Eles entraram no túnel de transição para a pista leste da Santa Monica Freeway, onde o rádio, que estava até ali tocando "Eight miles high" dos Byrds, perdeu o sinal. Doc continuou cantando a música para si mesmo, e quando emergiram e o som voltou, ele não estava mais que meio compasso errado. "Denis, não esquece de me deixar a câmera, tá?". Um silêncio eloquente. "Denis?"

"Ele está ocupado", Jade murmurou. E continuou ocupado durante todo o caminho para a Harbor Freeway, a Hollywood Freeway e cruzando o passo Cahuenga até a saída para a casa de Jade, trajeto durante o qual, com uma voz muito relaxada, ocasionalmente sonolenta, detendo-se de vez em quando para fazer descer até Denis uma palavra de estímulo, ela contou a Doc a sua história prévia de experiências com furtos em lojas e roubos de carros. Ela havia encontrado Bambi no Dormitório 8000 do Instituto Sybil Brand, onde Bambi, observando Jade se masturbar furiosamente uma noite, se ofereceu para chupar a sua xoxota por um maço de cigarros. Mentolados, se possível.

"B'leza", piou Jade em resposta, a essa altura já desesperada a esse ponto. Na próxima vez, no exato segundo em que as luzes se apagaram, Bambi baixou o preço para meio maço, depois, de joelhos, agora muito mais atenciosa, ela se viu oferecendo um pagamento a Jade. "Acho", Jade disse, "que a gente podia deixar por um cigarro de pagamento simbólico, se bem que até isso me incomoda — uhh, Bambi...?" Quando saíram do Sybil Brand, elas estavam dividindo cigarros de um estoque comum, e qualquer contabilidade que ainda restasse não mais incluía nicotina. Alugaram juntas um apartamento em North Hollywood, onde podiam fazer o que quisessem o dia inteiro e a noite inteira também, que era como as coisas normalmente aconteciam. Naqueles tempos era possível viver com pouco, e ajudava o fato de a senhoria também ter sido presidiária e honrar certas obrigações da irmandade que uma pessoa mais certinha não iria sequer ter reconhecido. Logo, elas tinham um fornecedor regular, que entregava em casa, e uma gata chamada Anaïs, e eram conhecidas por toda a região de Tujunga Wash como um par de meninas maneiras em que você podia confiar em quase todo tipo de situações. Bambi imaginando que estava ali para tomar conta da amiga, Jade mais perto da beira do penhasco do infortúnio do que sabia.

Enquanto isso, em uma daquelas jornadas de descoberta do eu que eram tão comuns naquela época, nas mais intensamente iluminadoras complexidades de alguma viagem de ácido hoje semiesquecida, Ashley/Jade viu algo de si própria que ninguém tinha visto até aquele momento. Que dependia essencialmente, como Doc já tinha adivinhado de alguma maneira, de cunnilingus. Aquela era, ela não podia deixar de perceber, estava convenientemente fornecendo não apenas moças ávidas mas também rapazes cabeludos delicadamente passivos em todo canto para onde ela olhava, ávidos por devotar à sua xoxota a atenção oral que ela sempre merecera.

"E por falar nisso, como é que vai aí, Denis?"

"Hã? Ah. Bom, pra começar..."

"Deixa pra lá. Só fiquem sabendo, meninos", ela disse, "é melhor vocês olharem por onde andam, porque o que eu sou é, é assim uma pérola do Oriente de diâmetro reduzido rolando pelo chão do capitalismo tardio — gentalha de tudo quando é nível de renda pode pisar em mim de vez em quando, mas se pisarem eles é que vão escorregar e cair e nos melhores dias vão quebrar a bunda, enquanto essa perolazinha aqui só fica rolando por aí."

Farley, o amigo de Spike, tinha uma sala escura, e quando as folhas de contato estavam prontas, Doc foi lá dar uma olhada. A maioria das provas de contato eram quadros vazios, por Denis ter deixado a tampa na lente, ou fragmentos drasticamente angulados de cômodos quando ele tinha apertado acidentalmente o disparador, assim como uma quantidade constrangedora de contra plongés de fãs com microssaias, e uma miscelânea de episódios de adormecimento ou embobecimento devido a drogas. A única foto em que Coy parecia estar era de um agrupamento meio *Santa Ceia* em torno de uma longa mesa na cozinha, com todo mundo envolvido em uma aquecida discussão por sobre diversas pizzas. Coy estava saturado em um borrão vibrante esquisito que não combinava com nenhuma outra parte do espaço, e olhava para a câmera com uma intensidade um pouco excessiva, com uma expressão eternamente a ponto de se desdobrar em um sorriso.

"Esta aqui", Doc disse. "Você podia me fazer uma ampliação?"

"Claro", disse Farley. "Papel fotográfico trinta por vinte fica beleza?"

Relutante, talvez até um pouco desesperado, Doc percebeu que tinha de ir visitar o Pé-Grande agora. Por uma questão de princípios, ele tentava passar o mínimo de tempo possível na Casa de Vidro. Ele ficava de cabelo em pé, com o jeito que ela tinha de ficar ali com aquela cara plástica e inofensiva entre as boas intenções antiquadas de toda aquela arquitetura do centro da cidade, em nada mais sinistra que um hotel de franquia à margem da estrada, e contudo por trás das suas cortinas neutras e bem no fundo dos seus corredores fluorescentes ela fervilhava com toda essa estranha história policial alternativa e com a política dos tiras — dinastias de tiras, tiras heróis e malfeitores, tiras santos e tiras psicóticos, tiras bobos demais para viver e espertos demais para o seu próprio bem — isolados, por lealdades secretas e códigos de silêncio, do mundo que tinham, todos, recebido o poder de controlar, ou, como gostavam de dizer, de proteger e servir. O hábitat natural do Pé-Grande, o ar que ele respirava. O empregão que o deixou tão louco para sumir da praia e ser promovido. Na recepção no saguão do Parker Center, sem dúvida graças ao que estava fumando desde que chegou à via expressa, Doc mandou ver um falatório longo e nem sempre coerente até na sua própria opinião sobre como ele normalmente não passava muito tempo papeando com elementos do sistema de justiça criminal? em geral recebendo as suas informações do *L.A. Times?* mas e aquela Leslie van Houten, hein — tão lindinha e tão mortal, e qual era a história *de verdade* nesse julgamento do Manson, por que será que de algum jeito estranho não tinha alguma coisa a ver com esse fim de temporada que os Lakers estavam tendo, e por acaso ele tinha visto aquele jogo com o Phoenix—

O sargento acenou com a cabeça. "É o 318."

No andar de cima, o Pé-Grande, estranhamente animado no dia de hoje, parecia prestes a se desculpar por não ter um escritório, nem um cubículo, próprio, apesar de que na verdade ninguém na Homicídios tinha também — todo mundo passava o tempo em uma única sala hiperdimensionada com duas longas mesas e fumava um cigarro atrás do outro e tomava café em copinhos de papel e berrava no telefone e mandava buscar tacos e hambúrgueres e frango frito e coisa e tal, e metade do que eles jogavam nos cestos de papel caía fora, de modo que havia uma textura interessante no piso, que Doc pensou que podia em algum momento ter incluído um oleado de vinil.

"Tendo em vista o ambiente semipúblico, espero que este não seja outro daqueles monólogos hippies paranoicos completos que eu pareço cada vez mais estar sendo obrigado a suportar."

O mais rápido que pôde, Doc recapitulou o que sabia sobre Coy Harlingen — a overdose supostamente fatal, o misterioso acréscimo à conta bancária de Hope, Coy fingindo ser um agitador no comício de Nixon. Ele deixou de fora a parte de ter falado pessoalmente com Coy.

"Outro caso de aparente ressurreição", o Pé-Grande deu de ombros, "à primeira vista não é assunto para a Homicídios."

"Então... quem trata de ressurreição por aqui, bicho?"

"Estelionato, normalmente."

"Isso quer dizer que a polícia de Los Angeles oficialmente acredita que todo retorno do reino dos mortos é algum tipo de fraude?"

"Nem sempre. Pode ser um problema do tipo de identidade falsa ou equivocada."

"Mas não—"

"Morreu, está morto. A gente está falando de filosofia aqui?"

Doc acendeu um Kool, procurou na sacola de franjas e encontrou a foto que Denis tirou de Coy Harlingen.

"O que é isso? Outra banda de rock'n'roll? Nem os meus filhos iam pôr isso na parede."

"Aquele ali é o presunto em questão."

"E... só me refresca a memória, eu estou preocupado com isso por que mesmo?"

"Ele trabalhava de informante para o departamento, isso sem nem falar de uns fodões patrióticos conhecidos como Califórnia Vigilante, que podem ou não ter estado no ataque ao Condomínio Vista do Canal — você lembra de lá, todos aqueles menininhos bonitinhos pulando na piscina e tal?"

"Certo." O Pé-Grande deu outra olhada na foto. "Sabe o quê? Eu vou dar uma olhada nisso pessoalmente."

"Mas, Pé-Grande, isso não é o seu estilo", Doc cutucou, "é arquivo morto, cadê a glória de resolver uma coisa dessas?"

"Às vezes o que interessa é fazer a coisa certa", replicou o Pé-Grande, batendo os cílios dissimuladamente.

176

Ele fez um gesto para que Doc o seguisse por um corredor dos fundos para uma área de serviço. "Só quero dar uma olhadinha no freezer." Era um modelo profissional tamanho-cadáver para patologistas de alguns anos atrás, uma sobra do IML, e Doc, esperando ver pedaços de corpos humanos ligados a homicídios, ficou na verdade surpreso ao encontrar várias centenas de bananas cobertas de chocolate ali dentro.

"Não imagine nem por um minuto que eu estou com saudade da praia", o Pé-Grande se apressou em declarar. "É um vício, antes eu negava, mas o meu terapeuta diz que fiz um progresso espantoso. Por favor, manda ver, sinta-se em casa. Dizem que eu tenho que dividir as coisas. A gente tem aqui esse sistema de tubos pneumáticos de mensagens, que percorrem o prédio inteiro, e eu ando usando o sistema para mandar essas belezinhas para todo lugar em que elas possam ser úteis."

"Valeu", Doc pegou uma banana congelada. "Nossa, Pé-Grande, tem uma porrada mesmo dessas coisas aí dentro. Não vá me dizer que o departamento está bancando."

"Na verdade", o Pé-Grande nesse momento incapaz de olhar nos olhos de Doc, "a gente leva de graça."

"Quando um policial diz de graça... De onde será que me vem a impressão de que você está prestes a largar um dilema moral em cima de mim aqui?"

"Quem sabe você pode me dar o ponto de vista hippie, Sportello, isso não está me deixando dormir."

O Pé-Grande ia de carro uma vez por semana até o Kozmik Banana, uma loja de banana-ice perto do píer de Gordita Beach, se esgueirando pela ruela dos fundos. Era um caso clássico de extorsão. Kevin, o proprietário, ao invés de jogar fora as cascas de banana, estava capitalizando com uma crença hippie daquele momento convertendo-as em um produto fumável que chamava de Névoa Amarela. Destacamentos especialmente treinados de viciados em anfetamina, mantidos longe dos olhos ali perto em um resort que estava para ser demolido, trabalhavam três turnos raspando cuidadosamente a parte de dentro das cascas de banana e obtendo, depois de secá-la ao forno e pulverizá-la, uma substância preta em pó que embrulhavam em saquinhos plásticos para vender aos delirantes e desesperados. Alguns dos que a fumavam relatavam jornadas psicodélicas para outros lugares e tempos. Outros voltavam com sintomas horrendos de nariz, garganta e pulmões, que duravam semanas. A crença nas bananas psicodélicas prosseguia, contudo, animadamente promovida por jornais do underground que publicavam artigos eruditos comparando diagramas de moléculas de banana com as do LSD e incluindo supostos excertos de revistas profissionais da Indonésia sobre seitas nativas de adoradores da banana e coisa e tal, e Kevin estava recolhendo dinheiro com baldes. O Pé-Grande não via motivo por que o policiamento não pudesse ser relaxado em troca de uma fatia dos lucros.

"Que tipo de extorsão você acha que isso é?", Doc queria saber. "Não é que nem se fosse uma droga de verdade, não dá barato, e além de tudo é legal, Pé-Grande."

"Exatamente o que eu estava dizendo. Se é legal, então também é legal eu ficar com a minha parte. Especialmente, veja bem, se ela for em forma de bananas congeladas em vez de dinheiro."

"Mas", Doc disse, "não, espera — isso não é lógico, Capitão... alguma coisa que eu não estou... conseguindo..."

Ele ainda estava tentando entender quando chegou de volta à praia. Encontrou Spike sentado nos degraus que davam para a rua.

"Uma coisa que você pode querer ver, Doc. O Farley acabou de trazer do laboratório."

Eles foram até a casa de Farley. Ele estava com o filme em um projetor de 16 mm, tudo pronto para uma exibição.

Um panorama ensolarado em Ektachrome Commercial de casinhas de rancho semiconstruídas e solo preparado para construção súbito se vê tomado por um enxame de homens com macacões camuflados iguais comprados em lotes de alguma loja local de sobras do Exército, usando também máscaras de esqui feitas a máquina com motivos de renas e árvores carregadas de pinhas. Eles estão armados com umas máquinas estranhas e pesadas pacas, entre as quais Spike aponta M16s e AK-47s, tanto originais quanto imitações vindas de terras diversas, metralhadoras Heckler & Koch, tanto em versão alimentada por pente quanto por cinto, Uzis, e carabinas de repetição.

O grupo de ataque se derrama pelo canal de controle-de-inundação, assegura o controle das pontes para carros e pedestres e estabelece um cordão de isolamento em torno da minipraça temporária cuja loja âncora é o salão de massagens Planeta das Gatas. Doc percebeu o seu carro estacionado na frente, mas as motos que estavam ali quando ele chegou tinham desaparecido.

A câmera se inclina para o alto e ali, fugindo para mais dentro do terreno ou apenas andando por volta em círculos, está a brigada casca-grossa de Mickey em Harleys, Kawasakis Mach III e, como Spike aponta, uma Triumph Bonneville T120, sem ter mais uma ideia clara de qual seja a sua missão. Era estranho para Doc, que agora assistia, mais estranho do que se pode imaginar facilmente, que em algum lugar dentro daquela casa, invisível, ele estava estendido inconsciente, que com algum tipo de filtro de óculos de raios X ele podia estar vendo o seu próprio corpo inerte, vizinho da morte, e que ver esse filme de um assalto que estava precisamente a ponto de começar podia ser classificado como o que Sortilège gostava de chamar de experiência extracorporal.

De repente, o caos se instaurou na tela. Mesmo não havendo trilha sonora, Doc podia ouvir. Mais ou menos. O quadro começou a saltar como se Farley estivesse tentando procurar cobertura. A velha Bell & Howell que ele estava usando rodava trinta metros de película por vez, e aí o rolo tinha de ser substituído, então a filmagem era meio esburacada. Tinha também um revólver com três lentes embutidas, longa, normal, e grande-angular, que podia ser operado conforme a necessidade diante do obturador, muitas vezes durante um take.

O filme, com clareza quase excessiva, mostrava Glen Charlock sendo atingido por um dos pistoleiros mascarados. Lá estava ela, a tomada perfeita — Glen desarmado, movendo-se em alguma espécie de postura agachada de presídio tentando parecer malvado quando tudo que de fato transparecia era o medo que o dominava, e o quanto ele não queria morrer. A luz não o protegia, não como às vezes protege certos atores em um filme, não como os espectadores de cinema estão acostumados a ver. Aquilo não era luz de estúdio, apenas o indiscriminado sol de Los Angeles, mas de alguma maneira ele estava destacando Glen, marcando-o como aquele que não seria poupado. O atirador estava acostumado a manusear armas pequenas à moda circunspecta de um soldado de galeria de tiro — sem bravata, sem gritos ou xingamentos e sem atirar da virilha —, ele agiu sem pressa, dava para vê-lo prestando atenção na respiração quando avistava Glen, acompanhava-o, derrubava-o com silenciosas rajadas de três tiros, ainda que muitas mais do que o necessário.

"E o seu laboratório?", Doc perguntou, para dizer alguma coisa. "Eles nunca assistem o que revelam?"

"Não é muito provável", Farley disse, "eles estão acostumados comigo a essas alturas, acham que eu sou louco."

"Será que eles podem fazer outra cópia? Quem sabe ampliar um ou outro quadro? Estou imaginando o que é que está por trás daquelas máscaras."

"A resolução vai inteirinha pras picas", Farley deu de ombros, "mas acho que dá pra tentar."

Perto da hora do almoço no dia seguinte o telefone de princesa começou a tilintar.

"Puta que pariu, *ese*, você existe de verdade."

"Pelo menos um dia por semana. Você deve ter dado sorte. Quem está falando?"

"Ele já me esqueceu. *Sinverguenza*, como diria a minha avó."

"Pegadinha, Luz, tudo em ordem, *mi amor*?"

"Esse seu jeito esquisito de flertar."

"Está de folga hoje, espero."

Perto do escritório, na verdade dava para ir a pé, ficava um pequeno ex-bairro, casas todas condenadas por uma ampliação do aeroporto que pode ter existido apenas como uma fantasia burocrática. Vazias, mas não exatamente desertas. Lá dentro rodavam-se filmes questionáveis. Aconteciam entregas de drogas e de armas. Motoqueiros chicanos tinham furtivos rendez-vous vespertinos com anglo-executivos de perucas dedutíveis do imposto de renda que retinham nas suas treliças de Dynel o cheiro dos bares do centro da cidade na hora do almoço. Drogados desciam dos aeroportos alguns centímetros mais altos que as suas cabeças, e residentes locais particularmente infelizes, de Palos Verdes a Point Dume, estavam à cata de potenciais pontos de suicídio.

Luz apareceu em um ss396 vermelho que insistia em dizer que tinha emprestado do irmão, embora Doc pensasse detectar um namorado em algum lugar das entrelinhas. Ela estava usando calças jeans cortadas, botas de cowgirl, e uma camiseta minúscula que combinava com o carro.

Eles acharam uma casa vazia e entraram. Luz tinha trazido uma garrafa de Cuervo. A casa tinha um colchão queen-size com queimaduras de cigarro, uma TV imensa modelo colonial com a tela toda detonada, diversos potes de cinco galões de massa corrida que as pessoas vinham usando como mobília de piquenique.

"Vi nos jornais que o Mickey ainda está desaparecido."

"Nem o FBI aparece mais, o Riggs se mandou de novo pro deserto, e a Sloane e eu, a gente ficou bem próximas."

"Como assim, hã, próximas?"

"Sabe a cama do térreo em que o Mickey nunca me comia? Agora é nossa."

"Hum..."

"Que que é isso que eu estou vendo aí?"

"Ah, por favor, é uma ideiazinha interessante, né, vocês duas..."

"Homens. Vocês e essa coisa com as lésbicas... Por que você não se acomoda aqui embaixo — não, eu quis dizer aqui embaixo — e eu te conto os detalhes todos."

Jatos de passageiros troavam a cada poucos minutos. A casa sacudia. Às vezes, quando Luz separava as pernas brevemente, Doc achava que conseguia ouvir pneus de trem de aterrissagem rolando por cima do telhado. Quanto mais alto ficava, mais ela se excitava. "O que acontece se um deles entrar um tantinho mais baixo? A gente pode estar morto, certo?" Ela agarrou dois punhados do cabelo dele e afastou o seu rosto da sua xoxota. "Qualé, filhadaputa, não está me ouvindo?"

O que quer que ele pretendesse dizer teria sido coberto por outra aproximação ensurdecedora, e afinal o que Luz queria agora era foder mesmo, que foi o que eles fizeram, e depois de um tempo acenderam um baseado e ela começou a falar de Sloane.

"Essas inglesinhas, elas chegam nas Califas e não sabem como agir. Elas veem esse pessoal aqui, bicho, esse dinheiro todo e esses imóveis e ninguém tendo a menor ideia do que fazer com tudo isso. A primeira coisa que todo mundo ouve quando a gente consegue atravessar a fronteira — *esta gente no sabe nada.* Então a Sloane é toda ressentida. Toda vez que ela fica sabendo de um dinheiro que está dando bobeira, pensa que é ela que tem que pegar. Pro Riggs é sempre mais assim... não que seja ele que tenha que ficar com a grana, mas que um outro babaca não fique."

"O que os tiras gostam de chamar de 'furto'."

"*Eles* até podem. A Sloane gosta de chamar de 'realocação'."

"Então qual que era a jogada, ela e o Riggs estavam rapando o Mickey, metendo a faca nos clientes dele, achacando os empreiteiros, ou o quê?"

Luz deu de ombros. "Não era da minha conta."

"Eles só matavam tempo entre uma tramoia e outra ou pelo menos davam uma trepadinha de vez em quando?"

"Riggs disse que não era tanto o fato de ele poder trepar com ela, mas de o Mickey não poder."

"Hã-hã. O que era que o Riggs tinha contra o marido dela?"

"Nada. Eles eram *compinches.* O Riggs nunca ia ter chegado nem perto da xoxota da Sloane se o Mickey não tivesse dado uma força."

"O Mickey era gay?"

"O Mickey comia outras mulheres. Ele só queria que a Sloane se divertisse também. Ele e o Riggs trabalhavam juntos em vários projetos. O Riggs ficava em casa quando ele estava na cidade, não conseguia evitar uma bronha toda vez que a Sloane estava no mesmo cômodo, parecia uma escolha natural pro Mickey, emparelhar ela com... além dos pontos de interesse de sempre, pau grande, pobre o bastante pra ficar em algum tipo de rédea curta. Claro que de cara a Sloane não ficou assim tão a fim, porque ela detestava ficar devendo alguma coisa pro Mickey."

"Mas..."

"Por que você está tão interessado nisso?"

"As leviandades de ricos e poderosos. Melhor que ler a *Enquirer*."

"Além de você não conseguir comer um jornal, né, meu anglozinho *hijo de puta*..."

"Trepatrepa", sugeriu Doc delicadamente, "*otra vez, ¿sí?*"

Aí ele se atrasou um pouco para voltar ao escritório, e por dias a fio ficaria inventando desculpas para todos os chupões e arranhões visíveis e coisa e tal. Enquanto Luz se preparava para sair zunindo no seu Super Sport, Doc disse, "Só uma coisa. O que você acha que aconteceu de verdade com o Mickey?".

Ela ficou desanimada, quase pesada. A sua beleza de alguma maneira ficando mais profunda. "Eu só espero que ele esteja vivo, bicho. Ele não era um sujeito tão ruim assim."

Ansioso por uma manhã tranquila no escritório, Doc tinha acabado de acender unzinho quando o intercomunicador vintage começou com o seu zumbido gutural. Ele mexeu em alguns interruptores de baquelite e ouviu alguém que podia ser Petunia gritar o seu nome no andar de baixo. Isso normalmente significava que havia uma visita, quase sempre uma menina, dado o angustiado interesse que Petunia mantinha pela vida social de Doc. "Brigado, 'Tune—", Doc gritou de volta cordialmente, "pode mandar ela subir, e por acaso eu mencionei que a sua roupa de hoje é especialmente impressionante, esse tom de narciso destaca a cor dos seus olhos", sabendo que quase nada disso, se muito, chegaria a ela sem montes de distorção.

Só para o caso de essa visita desconhecida não ser muito favorável ao uso de marijuana, Doc correu de um lado para o outro com uma lata de aromatizante de ambiente de uma marca de supermercado, enchendo o escritório de uma horrenda névoa espessa de notas florais sintéticas. A porta se abriu e por ela entrou uma, santa mãe de Deus, uma mulher deslumbrante, mesmo com a visibilidade reduzida e tudo mais. Ruiva, jaqueta de couro, saiazinha minúscula, cigarro grudado em um lábio inferior que parecia mais desejável quanto mais ela se aproximava.

"Cu de fude!", Doc gritou involuntariamente, porque uma vez lhe disseram que isso era "Amor à primeira vista!" em francês.

"Veremos", ela disse, "mas que cheiro é esse aqui, é nojento pra caralho."

Ele olhou para o rótulo na lata do spray. "'Capricho das Campinas'?"

"Um banheiro de posto de gasolina do Vale da Morte ia ficar com vergonha de ter esse cheiro. Enquanto isso, eu sou Clancy Charlock." Ela estendeu o braço em todo o seu comprimento e eles se apertaram as mãos.

"E você é o que do...", Doc começou a dizer, mais ou menos ao mesmo tempo em que ela dizia, "irmã de Glen Charlock".

"Bom. Sinto muito pelo seu irmão."

"O Glen era um bosta, e logo iam acabar com a raça dele de qualquer jeito. O que não me impede de querer saber quem é o assassino."

"Falou com a polícia?"

"Foram mais eles que falaram comigo. Um espertinho chamado Bjornsen. Não posso dizer que foi muito animador. Você se incomoda de não ficar encarando os meus peitos desse jeito?"

"Quem — Ah. Acho que eu estava tentando... ler a sua camiseta?"

"Que é um desenho? Do Frank Zappa?"

"É é mesmo... Mas você estava dizendo... O tenente Bjornsen te encaminhou pra mim?"

185

"Ele parecia bem mais preocupado com o desaparecimento de Mickey Wolfmann do que com o assassinato do Glen, o que, tendo em vista as prioridades da polícia de Los Angeles, não é exatamente uma surpresa. Mas pelo que entendi ele é seu fã." Ela estava olhando o escritório, e o seu tom era incerto. "Escuta, aquilo ali é uma bagana no seu cinzeiro?"

"Ah! que gafe social, por favor, toma um novinho, pronto pra acender, está vendo?"

Se ele estava esperando uma sequência romântica com cigarros no estilo de *Estranha passageira* (1942), isso não ia acontecer — antes que ele pudesse levantar uma sofisticada sobrancelha, Clancy tinha tomado o baseado, aberto um zippo de um só golpe e metido fogo, e quando Doc o recebeu de volta ele tinha menos da metade do comprimento original. "Ervinha interessante", ela comentou quando finalmente chegou a hora de exalar. Então eles tiveram um prolongado, e para Doc erétil, momento de contato visual.

Seja profissional, ele se aconselhava. "A teoria no distrito é que o seu irmão tentou evitar que quem quer que fosse garfasse o Wolfmann e tomou um tiro por fazer o que era a obrigação dele."

"Sentimental demais." Ela tinha escorregado para a cabine verde e fúcsia e estava com os cotovelos na mesa. "Se tivesse alguma armação na coisa toda, era mais provável que o Glen estivesse nela. Ganhar dinheiro pra fazer cara de mau é uma coisa, mas qualquer problema de verdade e o reflexo do Glen era sempre simplesmente dar no pé."

"Então talvez ele tenha visto alguma coisa que não devia."

Ela balançou a cabeça para si própria por um tempo. Finalmente, "Bom... é. Foi o que o Boris entendeu também".

"Quem?"

"Outro membro da brigada marombada do Mickey. Eles todos sumiram de vista, mas ontem de noite o Boris me ligou. A gente meio que se conhece. Olhando pra ele, ele não é um cara que você quisesse deixar agitado, mas eu posso te dizer que nesse exato momento ele está se borrando de medo."

"De quê?"

"Não quis dizer."

"Você acha que ele ia falar comigo?"

"Vale a pena tentar."

"O telefone está ali."

"Nossa, um telefone de princesa, bicho, eu tinha um desses. Quer dizer, o meu era rosa, mas verde-cintilante também é bacana. Você está a fim de casar com esse baseado ou só ia ficar segurando ele por aí?"

O telefone tinha um fio comprido, e Clancy o levou para o mais longe possível de Doc. Doc entrou no banheiro e se deixou levar por alguma coisa de Louis L'Amour que ele tinha esquecido que estava lá, e quando se deu conta, Clancy estava socando a porta. "O Boris falou que tem que ser em pessoa."

Naquela noite Doc encontrou Clancy quando ela saiu do trabalho de bartender em Inglewood, e eles foram até uma taberna de motoqueiros em algum ponto da Harbor Freeway, chamada Knucklehead Jack. Quando cruzaram a porta, a jukebox estava tocando a eterna "Runaway", de Del Shannon, o que Doc tomou como um sinal de esperança. O baixo nível de oxigênio lá dentro era mais que compensado por fumaça de diversas origens nacionais.

Boris Spivey tinha as dimensões, ainda que talvez não a contenção, de um beque de futebol americano. O taco de sinuca nas mãos dele parecia ter mais ou menos o tamanho que tem uma batuta nas mãos de Zubin Mehta. "A Clancy diz que eles te prenderam por causa do Glen."

"Eles tiveram que me soltar. Lugar errado na hora errada, só isso. Encontrado inconsciente na cena, coisa e tal. Eu ainda não sei o que aconteceu."

"Nem eu, eu estava em Pico Rivera, visitando a minha noiva, Dawnette. Cê joga sinuca? Que que cê acha das tacadas com efeito?"

"O amor-e-ódio de sempre."

"Eu estouro."

A mesa de sinuca acolheu por algum tempo esperneantes trajetórias de bolas, a sua superfície de jogo repetidamente ameaçada por ângulos de tacada agudamente inclinados, até que a proprietária, sra. Pixley, finalmente abriu caminho até Doc e Boris, trazendo um sorriso lúgubre e uma carabina de cano serrado, e o lugar se viu aquietado.

"Estão vendo aquela placa no bar, amigos? Se vocês não sabem ler, eu leio com o maior prazer."

"Ah, por favor, a gente não está machucando nada."

"Eu não dou a mínima, você e o seu amiguinho aí vão ter que sair do estabelecimento imediatamente. Nem é tanto o custo de repor o feltro, só que eu pessoalmente odeio essas merdas dessas bolas com efeito."

Doc olhou em volta procurando por Clancy e a viu em uma mesa, mergulhada em uma conversa com dois motociclistas de um tipo que as mães tendem a não aprovar.

"Ela sabe se cuidar numa boa", Boris disse, "ela sempre curtiu dois ao mesmo tempo, e parece uma noite boa pra ela. Vamos, a minha caminhonete está no estacionamento."

Com a cabeça agora inevitavelmente fervilhando de imagens pervertidas, Doc saiu seguindo Boris até um caminhãozinho Dodge 46 com uma pintura manchada de verde-oliva e cinza de base seladora. Eles entraram no carro, e Boris ficou examinando o estacionamento um tempo. "Você acha que a gente convenceu aquele pessoal lá dentro? Acho que paranoia nunca é demais."

"A situação é tão pesada assim?", Doc acendendo um par de Kools para os dois.

"Me diga, compadre, cá entre nós — cê já matou alguém?"

"Legítima defesa, o tempo todo. Aliás, olha, quem é que lembra? E você?"

"Cê está armado agora?"

"A gente está esperando alguém?"

"Depois de certo tempo na Casinha Sem Saída", explicou Boris, "você fica com a impressão de que tem sempre alguém a fim de te apagar."

Doc concordou. "O negócio dessas roupas de hippie", erguendo a barra de uma perna da boca de sino para revelar um pequeno Modelo 27 de cano curto, "é que quase dá pra por uma Heckler & Koch aqui embaixo se você estiver a fim."

"Você é um hombre perigoso, isso eu saquei, perigoso demais pra mim, então acho que é melhor eu simplesmente vomitar de uma vez." Doc se preparou para pular dali e sair correndo, mas Boris apenas continuou. "A verdade é que ensacaram o Glen a sangue-frio. Ele não devia estar lá quando eles viessem pegar o Mickey. A coisa estava armada, Puck Beaverton estava de plantão naquele dia, o plano era deixar os caras entrarem pela porta e aí sumir, mas o Puck deu pra trás na última hora e trocou de horário com o Glen, só que ele não contou pro Glen o que ia acontecer, ele simplesmente deu o pira."

"Esse tal de Puck — você sabe pra onde ele foi?"

"Provavelmente Vegas. O Puck acha que tem gente lá que vai cuidar dele."

"Com certeza eu ia gostar de dar uma palavrinha com ele. A coisa toda é meio estranha. Digamos por exemplo que o Mickey estava com algum problema."

"Não dá nem pra chamar de problema. Aquilo era a pior merda em que ele podia ter se metido. Tudo por causa dessa ideia que deu nele. Todo o dinheiro que ele ganhou na vida — ele estava inventando um jeito de devolver tudo assim sem mais nem menos."

Doc exalou mais que assoviou pelos dentes cerrados. "Será que ainda dá pra pôr o meu nome na lista?"

"Cê acha que eu estou de brincadeira, tudo bem, todo mundo achou que o Mickey também estava."

"Tá bom, mas por que ele—?"

"Não pergunte pra mim. Não ia ser o primeiro ricaço com uma viagem de dor na consciência esses dias. Ele estava tomando um monte de ácido, um pouco de peiote, vai ver a coisa simplesmente chegou num limite. Você já deve ter visto isso acontecer."

"Uma ou duas vezes, mas é mais assim, ligar pro chefe e dizer que está doente por uns dias, brigar com a namorada, nada nessa escala."

"O que o Mickey disse foi, 'Eu queria poder desfazer o que eu fiz, sei que não posso, mas aposto que posso fazer o dinheiro começar a correr numa direção diferente'."

"Ele te disse isso?"

"Ouvi ele dizer, ele e a menina dele, aquela Shasta, tiveram umas dessas discussões íntimas, eu nem estava tentando ouvir nem nada, só que por acaso estava por ali, o preço de ser invisível. A Shasta, ela achava que o Mickey estava louco querendo dar todo o dinheiro. Por algum motivo isso deixava ela com medo. Ele começou a cutucar, como se ela só estivesse com medo de perder o vale-refeição. O que era doido *mesmo*, bicho, porque ela estava apaixonada pelo cara, bicho. Se ela temia por alguém, era por ele. Não sei se o Mickey chegou a acreditar nisso, mas todo sujeito que já esteve no xilindró, nem que seja só por uma noite, sabe a diferença entre as tretas que você inventa quando quer trepar com alguém e aquela outra coisa. Aquele desejo. Era só olhar na cara dela."

Eles ficaram sentados fumando. "Shasta e eu moramos juntos um tempinho", Doc achou que devia mencionar, "e eu acho que nunca soube o que ela sentia por mim. A profundidade da coisa."

"Bicho", Boris lançando um rápido olhar na direção do coldre de tornozelo de Doc, "espero que não seja muito duro pra você ouvir essas coisas."

"Boris, eu só tenho cara de fodão malvado, secretamente sou tão sentimental quanto qualquer outro ex-namorado. Por favor, esqueça a Smith, só me diga — quem mais você acha que estava preocupado com a grande doação do Mickey? Sócios? A patroa?"

"Sloane? Ele não ia falar merda nenhuma pra ela, 'só quando estiver feito e acabado e à-prova-de-advogado', era o que ele dizia o tempo todo. Dizia também que se ela descobrisse antes da hora, a Ordem dos Advogados da Califórnia ia declarar um dia de ação de graças por todo o trabalho recebido."

"Mas ele também ia ter que entrar com advogados em algum momento, ninguém consegue simplesmente abrir mão de milhões, ele ia precisar de alguma ajuda técnica."

"Eu só sei é, é que de repente tinha um batalhão de sujeitos de terno na casa do Mickey — o único tipo que eu sei identificar à primeira vista são os mórmons e o FBI, se é que tem diferença, e eu ainda não sei bem o que aqueles caras eram."

"Você acha que eles podiam ser do pessoal da Sloane? Que ela acabou descobrindo de qualquer jeito? Ou começou a sacar umas energias esquisitas? E o namorado dela, aquele tal de Riggs?"

"É, a Shasta achava que ele e a Sloane estavam armando alguma coisa juntos. Ela já andava nervosa, mas aí ela começou a surtar legal. O Mickey estava pagando o aluguel de um apê pra ela no Hancock Park, às vezes quando eu estava de plantão eu dava uma passada por lá — nada romântico, sabe, só que dava pra ver o quanto ela se sentia mais segura quando tinha alguém por ali. Todo dia tinha alguma coisa nova, uns carros cercando a casa, umas ligações em que ninguém do outro lado da linha falava, um pessoal seguindo o carro dela toda vez que ela ia até o Eldorado."

"Ela por acaso pegou alguma placa?"

"Imaginei que você ia perguntar." Boris sacou a carteira e encontrou um papel de cigarro de palha de trigo todo dobrado, e o entregou a Doc. "Espero que você tenha como pesquisar isso sem a polícia saber."

"Um sujeito que foi meu chefe tem um computador. Por que você não quer passar pela polícia de Los Angeles? Parece que eles queriam pegar esse povo, também."

"Você é 'doutor' em quê, viagem? Universidade de qual planeta mesmo?"

"Quase parece que de repente você acha que... a polícia de Los Angeles está nessa?"

"Sem a menor sombra de dúvida, e o Mickey estava recebendo um monte de avisos também. Um tira amigo dele ficava aparecendo o tempo todo na casa."

"Deixa eu adivinhar — louro, sueco, às vezes fala de um jeito esquisito, atende pelo nome de Pé-Grande?"

"Esse mesmo. Acho que era por causa da Sloane que ele ficava indo lá, se você está a fim de saber de verdade."

"Mas ele disse pro Mickey... o quê? Manter distância do salão Planeta das Gatas? Não confiar nos guarda-costas?"

"Sei lá — o Mickey ignorou todos os conselhos, ele gostava de ficar lá no Vista do Canal, especialmente naquele salão de massagem. O último lugar em que qualquer um de nós ia esperar um ataque. Uma hora você está lá ganhando um belo boquete, um minuto depois é a porra do Vietnã, equipes de assalto por toda parte, unidades de homens-rãs saindo da hidromassagem, a mulherada correndo de um lado pro outro e gritando..."

"Nossa. Quase parece que você estava lá na cena e não lá em Pico Rivera."

"Tá bom, tá bom, eu dei uma passadinha por lá só pra pegar um pouco daquele treco roxo que a Dawnette adora, que você põe na banheira, e faz bolha?"

"Banho de espuma."

"Isso aí. E cheguei bem no meio da coisa toda, mas espera, você — você disse que estava lá também, durante aquilo tudo, inconsciente ou sei lá o quê, então como é que eu não te vi?"

"Vai ver na verdade eu estava em Pico Rivera."

"Desde que não estivesse se metendo com a minha noiva."

Eles ficaram olhando intrigados um para o outro.

"Dawnette", Doc disse.

A característica reverberação de curso longo de uma Harley estradeira se aproximou. Era um dos acompanhantes de Clancy naquela noite, com Clancy montada atrás dele. "Tudo em ordem?", ela gritou, ainda que não exatamente muito interessada.

Boris desceu a janela e se inclinou para fora. "Esse cara está me dando medo aqui, Clance, onde é que você acha uns hombres tão barra-pesada assim?"

"Te ligo em breve, Doc", Clancy meio que resmungou.

Doc, recordando a velha canção de Roy Rogers, devolveu-lhe quatro compassos de "Happy trails to you" enquanto Clancy e o seu novo amigo Aubrey saíam trovejantes do estacionamento, Aubrey acenando com uma mão enluvada, a ser seguido pelo seu comparsa Thorndyke com uma Electra Glide com motor shovelhead.

Dez

De volta à praia, Doc despencou no sofá e foi caindo no sono, mas mal tinha ele atravessado a tensão superficial e se afundado no REM e o telefone começou com um badalar dos infernos. No ano passado um adolescente chapado maluco que Doc conhecia roubou uma campainha de incêndio da sua escola como parte de um surto de vandalismo, e na manhã seguinte o jovem, tomado de remorsos e sem ideia do que fazer com a campainha, veio até Doc colocá-la à venda. Eddie Dotérreo, que tinha passado um tempo com a telefônica e sabia mexer com um ferro de solda, ligou a campainha ao telefone de Doc. Na época pareceu uma ideia maneira, mas depois só raramente.

Acabou que era Jade do outro lado da linha, e ela estava com um problema. Pelo ruído de fundo, parecia que ela estava em um orelhão na rua, mas ele não chegava a esconder completamente a angústia na voz dela. "Você conhece a FFO no Sunset Boulevard?"

"O problema é, é que eles também me conhecem. Que é que tá pegando?"

194

"É a Bambi. Ela desapareceu já tem dois dias e duas noites, e eu estou ficando preocupada."

"E aí você está vadiando na rua."

"O Spotted Dick vai tocar aqui hoje de noite, então se ela estiver em algum lugar ela vai estar aqui."

"Beleza, fique por aí, eu chego assim que puder."

A leste de Sepulveda a lua tinha saído, e Doc conseguiu não perder tempo. Ele largou a rápida em La Cienega e pegou o atalho Stocker até La Brea. A programação do rádio, adequada ao horário, incluía uma das poucas tentativas conhecidas de surf music negra, "Soul Gidget", de Meatball Flag—

> Quem é que vem descendo a rua,
> Salto alto, perna nua,
> Sempre com um sorriso enor-
> Me, sempre escapa e é de-me-nor —
> Quem é? [*sétima de dominante na guitarra*]
> Soul Gidget!
>
> Quem nunca teme o seu carma?
> Que boca suja te desarma?
> Com cara de má e de maluca,
> Como Sandra Dee afro, de peruca —
> Quem é?
> Soul Gidget!
>
> Rolou onda, ela está por ali,
> Cabelo coberto de patchuli,
> Em Hermosa ela alucina,
> Em casa é só uma menina —
> Uh, quem é?
> Soul Gidget!

E coisa e tal. Seguida por uma maratona de Wild Man Fischer de que Doc foi finalmente salvo pela aparição em La Brea das luzes do Pink's. Ele deu uma paradinha para pegar diversos cachorros-quentes com chili para viagem e continuou morro acima, comendo enquanto dirigia, encontrou um lugar para estacionar e caminhou o que faltava até Sunset. Na frente da FFO estava uma pequena aglomeração de amantes de música, passando baseados uns para os outros, discutindo com o leão de chácara na porta, dançando com as linhas de baixo maciçamente amplificadas que vinham do lado de dentro. Eram os Furies, conhecidos naqueles tempos por seus três baixos e nenhuma guitarra, e abrindo hoje para o Spotted Dick. Vez por outra nos momentos de silêncio, era certeza que alguém corria até a porta para gritar, "Toca 'White Rabbit'!" antes de ser arremessado de volta para a rua.

Não demorou muito para Doc topar com Jade e a supostamente desaparecida Bambi, batendo papo na frente de uma sorveteria logo ali ao lado, matraqueando sem parar, em alta velocidade, gesticulando com casquinhas gigantescas precariamente cobertas com pilhas de multicoloridos sabores de sorvete orgânico.

"Opa, Doc!", gritou Jade com uma minúscula careta de advertência, "o que é que você está fazendo por aqui?"

"É", Bambi disse arrastada, "a gente achava que você era um cara mais do tipo Herb Alpert and the Tijuana Brass."

Doc com a mão em concha sobre a orelha apontou na direção do clube. "Achei que tinha ouvido alguém tocando 'This guy's in love with you", aí eu vim correndo. Não? Mas o que é que eu estou fazendo aqui mesmo? Como é que vocês estão hoje, meninas, tudo beleza pura?"

"A Bambi conseguiu umas entradas pra gente ver o Spotted Dick", disse Jade.

"A gente está num encontro duplo", Bambi disse. "Estava na hora da minha amiga Flor de Lótus aqui se achar com uma figura de classe, e hoje será Shiny Mac McNutley, meu filho."

Um Rolls Royce branco de neve com chofer encostou no meio-fio e uma voz falou lá de dentro. "Muito bem, meninas, fiquem onde estão"

"Ai, bosta", Bambi disse, "é o teu cafifa de novo, Jade."

"*Meu* cafifa desde quando?"

"Você não esqueceu de assinar aquela carta-proposta, né?"

"Você está falando daquela papelada toda lá do banheiro? Nah, limpei a bunda com aquilo, joguei fora faz tempo, por quê, era importante?"

"Vamos, as duas, parem de ficar de enrolação aí e entrem no carro, a gente tem que discutir umas coisas profissionais."

"Jason, eu não vou entrar nesse carro, ele está com um cheiro de fábrica de patchuli", disse Bambi.

"Isso, desce aqui pra calçada — de pé, seja homem", ranhetou Jade.

"Acho que era melhor eu ir zarpando", Doc com um sorriso largo.

"Fique por aí, Barney", disse Bambi, "divirta-se com o show, você está na capital artística do mundo aqui."

Como Jade contou depois, esse cafetão, Jason Velveeta, provavelmente podia ter se beneficiado de uma orientação vocacional melhor quando era mais novo. Todas as mulheres que ele tentou maltratar na sua vida acabaram lhe dando uma sova. Algumas delas, normalmente as que não eram do seu elenco, de vez em quando até lhe davam dinheiro porque sentiam pena dele, mas nunca era tanto quanto ele achava que elas lhe deviam.

Relutantemente, em uma nuvem de patchuli, Jason saiu para a calçada. Estava usando um terno branco, tão branco que fazia o Rolls parecer meio craquento.

"Preciso de vocês dentro do automóvel", ele disse, "já."

"Ser vista num carro com você? Pode esquecer", disse Jade.

"A gente não pode perder tanta credibilidade assim", Bambi acrescentou.

"Vocês podem perder mais coisas."

"A gente te adora, querido", disse Bambi, "mas você é uma piada. Por todo o Sunset Strip, no Hollywood Boulevard — nossa, tem piadas sobre você escritas com batom em paredes de banheiro na porra de West *Covina*, meu."

"Onde? Onde? Eu conheço um cara em West Covina que tem um trator, é só eu abrir a boca e ele me derruba todas essas casinhas de merda. Me conte a piada."

"Não sei, fofinho", Bambi fingindo se aconchegar a ele e sorrindo amplamente para o tráfego de pedestres. "Você sabe que só vai ficar irritado."

"Ah, para com isso", Jason satisfeito contra a vontade com a atenção pública.

"Jade, será que a gente conta pra ele?"

"Você que decide, Bambi."

"Dizia", Bambi com a sua voz mais sedutora, "se você está pagando comissão pro Jason Velveeta, não pode cagar aqui. O teu cuzão está em Hollywood."

"Vaca!", gritou Jason, quando as meninas já estavam correndo rua abaixo, Jason indo atrás, pelo menos por uns dois passos, até que escorregou em uma bola de sorvete orgânico sabor crocante, que Jade tinha precavidamente colocado na calçada, e caiu de bunda.

Vinda de algum lugar, Doc sentiu uma onda de empatia. Ou talvez outra coisa. "Segura aqui, bicho."

"O que é isso?", disse Jason.

"A minha mão."

"Meu", erguendo-se rangente. "Você sabe quanto que vai me custar pra mandar lavar esse terno agora?"

"Chato mesmo. E as duas pareciam umas meninas tão legais."

"Você estava querendo companhia hoje? Acredite em mim, a gente consegue coisa melhor que aquelas duas. Vem." Eles começaram a andar, e o Rolls se arrastava com eles no mesmo ritmo. Jason tirou um baseado murcho do bolso e acendeu. Doc reconheceu o cheiro de erva mexicana barata, e também que alguém tinha esquecido de retirar as sementes e os talos. Quando Jason lhe ofereceu um tapa, ele fingiu tragar e depois de um tempo devolveu o baseado.

"Da boa, bicho."

"É, acabei de falar com o cara que me vende, ele cobra bem mas vale a pena." Eles passaram pelo Chateau de Marmont e entraram no Hollywood Boulevard, e vez por outra Jason abordava uma garota com alguma ideia sub-*Playboy* do que seria uma manobra atraente e elas o xingavam, socavam, corriam dele, e às vezes o tomavam por um cliente em potencial.

"Ramo duro, esse, hein?", Doc comentou.

"Ahh, ultimamente ando pensando que eu devia era largar mão, sabe? O que eu quero ser de verdade é agente de cinema."

"Aí sim. Dez por cento do que algumas daquelas estrelas ganham — Aff Maria!"

"Dez? Só isso? Certeza?" Jason tirou o chapéu, um homburg, também atordoantemente branco, e olhou para ele repreensivamente. "Você não tem um Darvon aí, né? de repente um Buferin? Eu estou com uma dor de cabeça..."

"Não, mas toma, prova isso." Doc acendeu e passou um baseado de erva colombiana comercial que já se tinha provado eficaz para estimular conversas, e antes que Jason percebesse ele já estava matraqueando em alta velocidade sobre Jade, por quem, se Doc não estava enganado, tinha uma certa quedinha.

"Ela precisa de alguém cuidando dela. Ela se arrisca demais, não é só esse negócio de pegar motoristas em Hollywood. Sabe, tem esse pessoal do Canino Dourado, bicho — ela está metida demais com eles."

"É... agora... eu ouvi esse nome em algum lugar?"

"Cartel indochinês de heroína. Um negócio verticalizado. Eles financiam, plantam, processam, trazem, malham, repassam, têm redes nacionais de vendedores de rua locais, levam uma percentagem separada de cada operação. Brilhante."

"Aquela menininha linda está traficando heroína?"

"Talvez não, mas ela estava trabalhando num salão de massagem que é uma das fachadas que eles usam pra lavar dinheiro."

Se sim, Doc refletiu, então Mickey Wolfmann e o Canino Dourado podiam não estar tão desconectados assim.

Que merda, meu...

"Faça o que fizer", Jason estava dizendo, talvez mais para si próprio, "fique longe do Canino. Se eles só começarem a pensar que você pode ficar entre eles e o dinheiro deles, é melhor ir procurar outra coisa pra fazer da vida. Bem longe, se possível."

Doc deixou Jason Velveeta de novo no Sunset, na frente do mercado Sun-Fax, e desceu lentamente o morro, pensando, vejamos — é uma escuna que contrabandeia coisas pra cá. É uma companhia meio obscura. Agora é um cartel de heroína do Sudeste da Ásia. Vai ver o Mickey está nessa. Nossa, esse Canino Dourado, meu — uma mercadoria pra cada tipo de freguês, que nem eles dizem...

Carros passavam com as janelas abertas e dava para ouvir pandeiros lá dentro marcando o tempo do que quer que estivesse no rádio. Jukeboxes tocavam nas cafeterias das esquinas, e violões e harmônicas em quintaizinhos de prédios de apartamentos. Por todo esse pedaço de encosta noturna havia música. Lentamente, em algum ponto à frente dele, Doc tomou consciência

200

de saxofones e de um gigantesco naipe de percussão. Alguma coisa de Antonio Carlos Jobim, que se revelou estar vindo de um bar brasileiro chamado O Cangaceiro.

Alguém estava fazendo um solo de tenor, e Doc, num palpite, decidiu pôr a cabeça ali dentro, onde uma multidão considerável estava dançando, fumando, bebendo, e vendendo os seus serviços, e ao mesmo tempo ouvindo respeitosamente os músicos, entre os quais Doc, não muito surpreso, reconheceu Coy Harlingen. A mudança da sombra lamurienta que ele tinha visto pela última vez em Topanga era impressionante, Coy estava de pé, com a parte de cima do corpo sustentada em um arco atento em torno do instrumento, suando, dedos soltos, arrebatado. A música era "Desafinado".

Quando a banda fez um intervalo, uma hipponga de um tipo esquisito se aproximou do piano, cabelo curto e com um permanente miúdo, traje que incluía um Vestidinho Preto dos anos 1950 e stilettos de saltos interessantemente altos. Na verdade, agora que Doc olhou melhor, vai ver ela nem era hippie afinal. Ela se sentou diante do teclado como um jogador de pôquer se sentaria a uma mesa com potencial, correu umas escalas de Lá menor para cima e para baixo e, sem outro tipo de introdução, começou a cantar o clássico de salão de Rodgers & Hart "It never entered my mind". Doc não era um grande fã de música de dor de cotovelo, na verdade era famoso por se retirar discretamente para o banheiro mais próximo se sequer suspeitasse que uma delas estava por aparecer, mas agora ficou sentado, desorientado e virando gelatina. Talvez fosse a voz daquela moça, a confiança tranquila que ela tinha na peça — de um jeito ou de outro, pela altura dos segundos oito compassos, Doc sabia que não havia jeito de não levar a letra para o lado pessoal. Ele encontrou óculos de sol no bolso e os pôs. Depois de um extenso solo de piano e de uma repetição do refrão, Doc por algum impulso se virou, e lá estava Coy Harlingen junto do seu ombro, como um papagaio de desenho animado, também usando óculos de sol e concordando com a cabeça. "Eu entendo bem pacas essa letra, bicho. Assim, a gente escolhe umas coisas? você tem certeza que está fazendo o que é certo pra todo mundo, e aí tudo vai pras cucuias e você vê que não tinha como ter errado mais."

A estilosa crooner tinha passado a "Alone together", de Dietz & Schwartz, e Doc comprou cachaças para ele e para Coy, com cervejas para acompanhar. "Eu não estou pedindo pra você entregar nenhum segredo. Mas acho que te vi uma vez na TV num comício pró-Nixon?"

"E a sua pergunta é, será que eu sou mesmo um desses malucos direitistas alucinados?"

"Mais ou menos isso."

"Eu queria ficar limpo, e pensei que queria fazer alguma coisa pelo meu país. Por mais que possa parecer imbecil. Aquele pessoal era o único que estava me oferecendo isso. Parecia uma decisão simples. Mas o que eles queriam de verdade era controlar os membros fazendo a gente sentir que nunca era tão patriota quanto devia ser. Meu país, certo ou errado, com o Vietnã rolando?, isso é loucura. Imagine que a sua mãe está usando heroína."

"A minha, hã..."

"Você não ia pelo menos abrir a boca?"

"Espera aí, então os EUA são, assim, a mãe de alguém você está dizendo... e ela está viciadona em... o quê, exatamente?"

"Em mandar crianças morrer na selva sem razão. Alguma coisa errada e suicida que ela não consegue parar."

"E os Vigilantes não viam assim."

"Nunca tive chance de mencionar. E a essa altura já era tarde demais. Eu vi o que aquilo era. Vi o que eu tinha feito."

Doc bancou outra rodada. Eles ficaram sentados ouvindo o resto da apresentação da menina-que-não-era-hipponga.

"Nada mau aquele seu solo", Doc disse.

202

Coy deu de ombros. "Pra um sax emprestado, pode ser."

"Você ainda está lá em Topanga?"

"Que alternativa?"

Ele esperou que Doc dissesse alguma coisa, que acabou sendo "Chato, né?".

"Nem me fale. Eu sou menos que um groupie, busco erva, abro cerveja, garanto que só tenha jujuba azul na tigelona da sala. Mas olha eu reclamando de novo."

"Eu estou ficando com a impressão", Doc disse tentativamente, "de que você ia preferir ficar em outro lugar?"

"Lá onde eu morava seria legal", com uma falha na voz no final da frase que Doc esperava ter sido audível só para detetives que tinham hábito de chafurdar em sentimentalismo. Os músicos estavam pingando no palco de novo, e quando Doc percebeu, Coy estava mergulhado em um complexo arranjo improvisado de "Samba do avião", como se isso fosse tudo que ele achava que tinha para pôr entre si e o jeito com que, achava, tinha fodido a sua vida.

Doc acabou ficando por ali até a hora de fechar e viu Coy entrar na sinistra perua Mercury que tinha perseguido Doc pelo cânion na outra noite. Ele caminhou até Arizona Palms e pediu o Especial Notívago, e aí passou o nascer do sol lendo o jornal e esperou passar o trânsito mais pesado da manhã numa janela com vista da luz do smog morro abaixo, o movimento dos carros reduzido a jorros de enfeites metálicos reluzentes, fantasmagoricamente cintilantes nas ruas mais próximas, que logo sumiam na castanha distância reluzente. Não era tanto a Coy que ele ficava voltando em pensamento, mas a Hope, que acreditava, sem qualquer prova, que o seu marido não tinha morrido, e a Amethyst, que devia ter algo mais que umas polaroides desbotadas como apoio quando tivesse aquelas tristezas de criancinha.

Onze

À espera de Doc, preso à porta, estava um postal de alguma ilha de que ele nunca tinha ouvido falar, lá no Pacífico, com um monte de vogais no nome. O carimbo estava em francês, rubricado por um agente do correio local, junto da anotação *courrier par lance-coco* que por tudo que ele pôde descobrir no *Petit Larousse* devia significar algum tipo de entrega de cartas por catapulta, que envolvia cascas de coco, talvez como forma de lidar com algum recife inabordável. A mensagem no cartão não estava assinada, mas ele sabia que era de Shasta.

"Queria que você visse essas ondas. É mais um desses lugares em que uma voz de longe te diz que você devia estar. Lembra aquele dia com o tabuleiro de ouija? Estou com saudade daqueles tempos e de você. Queria que tantas coisas fossem de outro jeito... Nada devia ter acontecido assim, Doc, eu sinto muito mesmo."

Talvez ela sentisse, mas ao mesmo tempo, talvez não. Mas e essa história de ouija? Doc andou aos tropeços pelo depósito de lixo que era a sua memória. Ah... ah, claro, vagamente... tinha sido durante uma daquelas prolongadas carestias de drogas, ninguém tinha nada, estava todo mundo desesperado e sofrendo de lapsos de bom-senso. As pessoas estavam abrindo cápsulas de remédio para gripe e laboriosamente separando as milhares de bolinhas minúsculas ali dentro por cor, na crença de que cada cor representava um alcaloide de beladona diferente que, tomado em doses suficientemente grandes, dava barato. Elas estavam cheirando noz-moscada, bebendo coquetéis de colírio com vinho barato, comendo saquinhos de sementes de ipomeia apesar dos boatos de que as empresas estavam cobrindo as sementes com um produto químico que fazia você vomitar. Qualquer coisa.

Um dia, quando Doc e Shasta estavam na casa de Sortilège, ela mencionou que tinha um tabuleiro de ouija. Doc teve uma iluminação. "Nossa! Você acha que ele sabe onde tem droga?" Sortilège ergueu as sobrancelhas e deu de ombros, mas acenou com a mão para o tabuleiro, querendo dizer vai em frente. Surgiram então as suspeitas de sempre, ou seja, como você podia saber que a outra pessoa não estava deliberadamente movendo o indicador para fazer parecer alguma mensagem do além e tal. "Mole", Sortilège disse, "é só fazer sozinho." Seguindo as instruções dela, Doc respirou fundo e cuidadosamente para entrar em um estado receptivo, deixando as pontas dos dedos encostarem o mais levemente possível no indicador. "Agora, faça o seu pedido e veja o que acontece."

"Beleza", disse Doc. "Olha só — onde que dá pra achar umas drogas, bicho? e-e-e, sabe, da boa?", o indicador disparou como um coelho, soletrando mais rápido do que Shasta conseguia copiar um endereço no Sunset um pouco a leste de Vermont, e dando até um número de telefone, que Doc imediatamente discou. "Oba, chapados", arrulhou uma voz feminina, "temos tudo que vocês querem e, lembrem — quanto antes chegarem aqui, mais sobra pra vocês."

"É assim eu estou falando com quem mesmo aqui? Alô? Ei!"
Doc olhava para o fone, atônito. "Ela desligou na minha cara."
"Podia ser uma gravação", disse Sortilège. "Você ouviu o
que ela estava gritando pra você? 'Mantenha distância! Eu sou
uma armadilha da polícia!'"

"Quer vir junto, evitar que a gente se meta em encrenca?"
Ela parecia em dúvida. "Neste momento eu preciso avisar a
vocês que isso pode ser coisa nenhuma. Sabe, o negócio com os
tabuleiros de ouija—"

Mas Doc e Shasta já tinham saído e logo estavam chacoalhando pela esburacada pista de obstáculos conhecida como
Rosecrans Boulevard sob um céu sem nuvens, no tipo de dia perfeito que você sempre vê nos programas policiais da TV, sem
sequer a sombra dos eucaliptos que tinham todos sido recentemente cortados. A KHJ estava tocando uma maratona Tommy
James & the Shondells. Sem comerciais, na verdade. O que
poderia ser mais auspicioso?

Antes mesmo de chegarem ao aeroporto, algo a respeito da
luz tinha começado a ficar esquisito. O sol desapareceu por trás
de nuvens que ficavam mais espessas a cada minuto que passava.
No alto dos morros entre as bombas de óleo, as primeiras gotas
de chuva começaram a cair, e quando Doc e Shasta chegaram a
La Brea, estavam no meio de uma tempestade de fôlego. Isso era
para lá de anormal. Adiante, em algum lugar sobre Pasadena,
nuvens negras tinham se reunido, não só cinza escuras, mas
negras-meia-noite, negras-piche, negras-círculo-do-inferno-até-
-o-presente-momento-inaudito. Relâmpagos tinham começado a
descer pela bacia de Los Angeles, isolada e agrupadamente,
seguidos por profundos, apocalípticos carrilhões de trovões.
Todo mundo tinha os faróis ligados, embora fosse meio-dia. Água
descia aos borbotões pelas encostas de Hollywood, varrendo
lama, árvores, arbustos, e muitos dos tipos mais leves de veículos

para as planícies mais abaixo. Depois de horas de desvios causados por deslizamentos de barreiras e engarrafamentos e acidentes, Doc e Shasta finalmente localizaram o endereço do traficante misticamente descoberto, que se revelou um terreno vazio com uma escavação gigantesca, entre uma lavanderia automática e uma loja-de-sucos-mais-lava-carros, todos fechados. Na neblina espessa e na chuva fustigante, nem dava para ver o outro lado do buraco. "Ei, eu achava que devia ter um monte de droga por aqui." O que Sortilège tinha tentado lembrar a respeito dos tabuleiros ouija, como Doc ficou sabendo depois, já na praia, enquanto torcia as meias e procurava por um secador de cabelos, era que concentradas à nossa volta estão sempre traiçoeiras forças espirituais, logo além do limiar da percepção humana, que ocupam ambos os mundos, e que essas criaturinhas simplesmente adoram sacanear aqueles dentre nós que ainda estão presos aos espessos e lamentosos catálogos do desejo humano. "Claro!", era a atitude deles, "quer droga? Toma a sua droga, seu babaca idiota."

Doc e Shasta ficaram estacionados à beira do retângulo vazio e pantanificado e observaram as suas margens vez por outra deslizarem para dentro, e aí depois de um tempo as coisas rodaram noventa graus, e começaram a parecer, pelo menos para Doc, como um portal, uma grande entrada úmida de um templo, para outro lugar. A chuva surrava a capota do carro, relâmpagos e trovões de vez em quando interrompendo pensamentos a respeito do velho rio epônimo que um dia atravessou esta cidade, de há muito canalizado e seco por torneiras, transformado num aleijão que era uma confissão pública e anônima do pecado mortal da cobiça... Ele o imaginou enchendo de novo, até as bordas de concreto, e depois acima delas, toda a água que não tinha mais tido permissão de correr por ali por todos esses anos agora em irrefreável retorno, logo começando a ocupar os arroios e a cobrir as planícies, todas as piscinas nos quintais se enchendo e transbordando e alagando terrenos e ruas, toda essa paisagem aquática cármica se interconectando, na medida em que a chuva ia caindo e a terra desaparecia, para formar um considerável mar em terra que imediatamente se transformaria em uma extensão do Pacífico.

Era estranho que de todas as coisas mencionáveis no espaço limitado de um postal Shasta tivesse escolhido aquele dia na chuva. Ele tinha ficado na cabeça de Doc também, de alguma maneira, mesmo tendo chegado em um momento mais para o fim do tempo que passaram juntos, quando ela já estava com um pé na porta e Doc estava vendo aquilo acontecer mas deixando, e apesar disso lá estavam eles, imediatamente dando loucos amassos, como jovens no drive-in, embaçando as janelas e deixando molhadas as capas dos assentos. Esquecendo por alguns poucos minutos como as coisas todas estavam destinadas a seguir.

De volta à praia, a chuva continuava, e todo dia no alto dos morros outro elemento imobiliário vinha escorregando terra abaixo. Os vendedores de seguros tinham brilhantina escorrendo nos colarinhos e comissárias de bordo achavam impossível até com potes tamanho família de laquê adquiridos em distantes zonas francas manter os penteados em qualquer formato remotamente próximo de uma curva elegante. As casas cupinzentas de Gordita Beach tinham todas adquirido a consistência de esponjas molhadas, encanadores de emergência se espichavam para espremer as vigas e traves, pensando nas suas próprias casas de inverno em Palm Springs. As pessoas começaram a surtar mesmo quando estavam caretas. Um sujeito mais empolgado, alegando ser George Harrison dos Beatles, tentou sequestrar o dirigível da Goodyear, atracado no seu pouso de inverno no cruzamento das vias expressas San Diego com a Harbor, e fazê-lo voar até Aspen, Colorado, na chuva.

A chuva teve um efeito peculiar em Sortilége, que bem naquela época estava começando a ficar obcecada por Lemúria e os seus trágicos últimos dias. "Você esteve lá em uma vida passada", Doc teorizava. "Eu sonho com isso, Doc. Às vezes acordo com certeza. O Spike também acha. Talvez seja essa chuva toda, mas a gente está começando a ter os mesmos sonhos. A gente não consegue achar um jeito de voltar pra Lemúria, então ela está voltando pra nós. Se erguendo do oceano — 'oi, Leej, oi, Spike, quanto tempo, hein...'"

"Ela falou com vocês?"

"Não sei. Não é só um lugar."

Doc agora virou o postal de Shasta e encarou a imagem da frente. Era uma foto submarina das ruínas de alguma cidade antiga — colunas antigas e arcos e paredes de contenção desmoronadas. A água era sobrenaturalmente clara e parecia emitir uma vívida luz verde-azulada. Peixes, que Doc imaginou que as pessoas chamassem de tropicais, estavam nadando para lá e para cá. Aquilo tudo parecia familiar. Ele procurou os créditos da foto, uma data no copyright, um lugar de origem. Nada. Enrolou unzinho e acendeu e considerou. Isso tinha de ser uma mensagem de algum lugar que não uma ilha do Pacífico cujo nome ele não conseguia pronunciar.

Ele decidiu voltar e visitar o endereço do tabuleiro de ouija, que, por ser o local de uma clássica desventura dopada, tinha ficado permanentemente registrado na sua memória. Denis foi junto para garantir a proteção.

O buraco tinha desaparecido, e no seu lugar se erguia um edifício estranhamente futurístico. Visto de frente ele podia ter sido tomado de início por alguma estrutura de tipo religioso, suavemente estreita e cônica, como a espira de uma igreja, só que diferente. Quem quer que a tivesse erguido devia ter um orçamento bem confortável para trabalhar, também, porque todo o exterior tinha sido coberto de folha de ouro. Então Doc percebeu que aquela forma alta e pontuda também se curvava para longe da rua. Ele desceu um pedaço da quadra e olhou para trás para ter uma vista lateral, e quando viu o quanto era dramática a curva e como era aguda a ponta no alto, finalmente sacou. Arrá! Na velha tradição da excentricidade arquitetônica de Los Angeles, esta estrutura de sessenta andares deveria ser um *Canino Dourado*!

"Denis, eu vou dar uma olhada por aí, quer esperar no carro ou vir me dar cobertura e coisa e tal?"

"Eu ia tentar ir achar uma pizza", Denis disse.

Doc lhe entregou a chave do carro. "E... então... tinha assim autoescola no ginásio Leuzinger."

"Claro."

"E você lembra que esse é de câmbio manual, não automático e coisa e tal."

"Numa boa, Doc". E Denis saiu em alta velocidade.

A porta da frente era quase invisível, era mais um grande painel de acesso que se encaixava perfeitamente na fachada curva. No salão do térreo uma elegante placa em fonte sem serifas dizendo EMPRESAS CANINO DOURADO, INC. \ QG EXECUTIVO e atrás de uma plaquinha toda sua que dizia "Xandra, olá!" estava sentada uma recepcionista asiática com um macacão de vinil preto e uma expressão distante, que lhe perguntou em um sotaque semibritânico se ele tinha certeza de estar no lugar certo.

"Foi esse o endereço que me deram no Club Asiatique em San Pedro? Só vim pegar uma encomenda do pessoal da gerência?"

210

Xandra pegou um telefone, apertou um botão, murmurou alguma coisa, ouviu, deu mais uma olhada dúbia em Doc, levantou, e o conduziu pela área da recepção até uma porta de metal escovado. Foram necessários só uns dois passos para ele sacar que ela havia passado mais horas no dojo no ano anterior do que ele tinha passado em frente à televisão durante a vida toda — não era o tipo de moça cuja contrariedade você ia querer ficar provocando. "Segundo escritório à esquerda. O doutor Blatnoyd já vai atendê-lo."

Doc encontrou o escritório e olhou em volta para achar alguma coisa onde verificar o cabelo, mas viu apenas um espelhinho de feng-shui de moldura amarela junto da porta. O rosto que o olhava ali não parecia ser o dele. "Isso não é promissor", ele resmungou. Atrás de uma mesa de titânio, a janela revelava um trecho da parte baixa do Sunset — taquerias, hoteizinhos baratos, lojas de penhores. Havia pufes moles e uma gama de revistas — *Relações Exteriores, Dicas Sinsemilla, Psicopata Moderno, Boletim dos Cientistas Atômicos* — que não dava a Doc nenhuma pista da clientela por aqui. Ele começou a folhear *2000 Penteados* e tinha acabado de chegar a "Aquele corte tigelinha — o que o seu cabeleireiro não está lhe dizendo", quando o doutor Blatnoyd entrou usando um terno de um tom escuro, quase ultravioleta, de veludo, com lapelas muito largas e calças boca de sino e acentuado por uma gravata-borboleta cor de framboesa e um lenço exibido. Ele sentou atrás da mesa, pegou algo que parecia um pesado manual de folhas soltas e começou a consultá-lo, de vez em quando apertando os olhos na direção de Doc por cima do livro. Finalmente, "Então... você tem alguma identificação, imagino".

Doc revistou a sua carteira até achar um cartão de visitas de uma loja de maricas chinesas na rua North Spring que ele achou que ia dar conta do recado.

"Eu não consigo ler isso, está escrito num... oriental... o que é isso, chinês?"

"Bom, imaginei que vocês, *sendo* chineses—"

"O quê? Do que você está falando?"

"'O... o Canino Dourado...'?"

"É um sindicato, nós somos quase todos dentistas, nós montamos o sindicato há anos por causa do imposto de renda, tudo perfeitamente legal— Espera", olhando Doc de uma maneira que você teria de chamar de diagnóstica, "de onde foi que você disse para a Xandra que era mesmo?"

"Hã..."

"Ora, mas você é mais um desses hippies chapados, não é? Santo Deus. Veio procurar um *rebitinho*, aposto—" E rapidinho ele apareceu com um cilindro comprido de vidro marrom selado elaboradamente com pelotas de algum plástico vermelho brilhante — "Manda ver! acabou de chegar de Darmstadt, coisa de laboratório, talvez eu até me junte a você... E antes de Doc perceber o dentista alucinado tinha um monte de fofos cristais brancos de cocaína todos picadinhos em um formato cheirável e arrumados em carreiras sobre uma cópia de *Guns & Ammo* que estava à mão.

Doc deu de ombros pedindo desculpas. "O negócio é que eu tento não me meter com drogas que não posso pagar, sabe."

"Uuu!" O doutor Blatnoyd tinha um canudinho de refrigerante e estava ocupado cafungando. "Nem se incomode, eu estou bancando, como disse o manquinho gripado... Hum, ficou um pouquinho aqui..." Ele pegou o pó com o dedo e o esfregou entusiasmadamente na gengiva.

Doc cheirou meia carreira em cada narina, só para ser sociável, mas de algum jeito não conseguia se livrar da impressão de que nem tudo aqui era tão inocente quanto parecia. Ele tinha estado em um ou dois consultórios de dentista, e existia um cheiro e um conjunto de energias singulares que aqui estavam tão ausentes quanto a reverberação ambiente, o que também estava chamando a sua atenção. Como se alguma outra coisa estivesse rolando — algo ... *que não era joia.*

Veio uma pancada suave mas sem firulas na porta, e Xandra, a recepcionista, olhou para dentro. Ela tinha aberto o zíper da parte de cima do macacão, e Doc agora conseguia discernir um precioso par de peitos sem sutiã, mamilos perceptivelmente eretos.

"Ah, doutor", ela respirava, meio cantando.

"Sim, Xandra", replicou o doutor Blatnoyd, nariz pingando e com um sorriso enorme.

Xandra fez que sim e deslizou de novo porta afora, sorrindo por sobre o ombro. "E não esqueça de *levar aquele frasco.*"

"Já volto", Blatnoyd assegurou a Doc, saindo correndo atrás dela, olhos freneticamente grudados onde a bunda dela acabava de estar, passos anecoicos logo desaparecendo em regiões desconhecidas do Edifício Canino Dourado.

Doc foi dar uma olhada no manual sobre a mesa. Intitulado *Guia de Procedimentos Canino Dourado*, ele estava aberto em um capítulo intitulado "Situações Interpessoais" "Seção 171 — Hippies. Lidar com o hippie é em geral muito simples. Sua natureza infantilizada em geral responde positivamente a drogas, sexo e/ou rock and roll, embora a ordem em que esses itens devam ser empregados deva depender de condições específicas de cada momento."

Da direção da porta veio um pio alto e violento. Doc ergueu os olhos e viu uma garota sorridente, loura, californiana, apresentável, usando um minivestido listrado de muitas cores "psicodélicas" diferentes e acenando vigorosamente para ele, fazendo com que imensos brincos, com formato de algum tipo de pagode, balançassem para a frente e para trás e de fato badalassem. "Cheguei pra minha consulta de Manutenção de Sorriso com o doutor Rudy!"

Do fundo do baú. "Nossa! é a Japonica, né. Japonica Fenway! Imagina só te encontrar aqui!"

Não era um momento que ele estivesse nem temendo nem aguardando ansiosamente, embora vez por outra alguém o lembrasse da antiga crença dos índios americanos de que se você salva a vida de alguém, fica responsável por essa pessoa dali em diante, para sempre, e ele ficava imaginando se alguma parte disso se aplicava à sua história com Japonica. Tinha sido o seu primeiro trampo pago como detetive particular licenciado, e que como pagou, ah, como pagou. Os Fenways eram super-ricaços de South Bay, que moravam na península de Palos Verdes em um enclave fechado localizado *dentro* da comunidade de alta renda *já fechada* de Rolling Hills. "Como é que eu posso ir ver vocês", Doc imaginou quando Crocker Fenway, o pai de Japonica, ligou para ele no escritório.

"Acho que vai ter de ser fora dos portões, lá na planície", disse Crocker. "Lomita, por exemplo?"

Era um caso bem simples e direto de filha em fuga, que mal valia a diária padrão, que dirá o bônus extravagante que Crocker insistiu em pagar quando Doc finalmente trouxe Japonica de volta, com uma lente a menos nos óculos de sol de aro branco e vômito no cabelo, fazendo a entrega dela no mesmo estacionamento em que ele e Crocker tinham se encontrado originalmente. Não estava claro se ela tinha registrado Doc com clareza naquele momento, ou se lembrava dele agora.

"E aí! Japonica! que que cê anda aprontando?"

"Ah, fugindo, basicamente? Tem esse, assim, um lugar? que os meus pais ficam me mandando?"

Que se revelou ser Chryskylodon, a mesma oficina de parafusos soltos em Ojai que Doc lembrava que a sua tia Reet tinha mencionado e para que Sloane e Mickey tinham doado uma ala. Embora Doc um dia possa ter resgatado Japonica de uma vida de negro e não especificado horror hippie, aparentemente a sua restauração ao seio da família tinha bastado para mandá-la para fora da casinha. Contra a superfície neutra da parede do outro lado, Doc teve uma visão momentânea de um índio americano todo trajado de índio, talvez um daqueles guerreiros que detonam o regimento de Henry Fonda em *Sangue de herói* (1948), aproximando-se com uma ameaçadora cara fechada. "Doc agora responsável por cara-pálida lelé. O que Doc planeja fazer sobre isso? Se é que". "Desculpa, baixinho de cabelo esquisito? Cê tá bem?" E lá foi ela sem esperar uma resposta, cintilante como uma sala cheia de viciados em anfetamina pendurando bolinhas de Natal, falando das suas diferentes fugas. Estava começando a dar dor de cabeça em Doc.

Devido ao fechamento de quase todas as instituições psiquiátricas estaduais pelo governador Reagan, o setor privado vinha testando formas de abocanhar a fatia restante, transformando-se logo, na verdade, em um recurso californiano padrão para a educação das crianças. Os Fenways vinham pondo e tirando Japonica do Chryskylodon como que nos termos de uma garantia de manutenção, dependendo sempre de como eles próprios estivessem se sentindo dia a dia, pois ambos tinham vidas emocionais de uma densidade, e muitas vezes uma incoerência, incomumente alta. "Tinha dias que eu só precisava tocar o tipo errado de música, e lá estão as minhas malas já feitinhas, no saguão de entrada esperando o motorista."

Logo, o Chryskylodon se viu atraindo um tipo de benfeitor calado — meia-idade, sexo masculino, ainda que ocasionalmente feminino, mais concentrado que o normal nos mais jovens e mais mentalmente perturbados. Minas doidas e dopados divertidos! Por que é que chamam esse pessoal de Geração do Amor? Venha até o Chryskylodon para um fim de semana de arromba e descubra!

Discrição absoluta garantida! Em torno de 1970, "adulto" não se definia mais como em tempos anteriores. Entre os que podiam pagar por ela, uma árdua negação em massa da passagem do próprio tempo estava se desenrolando. Por toda uma cidade havia muito devotada a produtos ilusórios, a clarividente Japonica os havia visto, esses viajantes invisíveis para os outros, imóveis, observando do topo coberto de smog das *mesas* por sobre os bulevares, reconhecendo-se uns aos outros através de distâncias de quilômetros e de anos, de pico em pico, no crepúsculo, sobre um silêncio obscuramente imposto. Penas de asas tremulavam nas suas costas nuas. Eles sabiam que sabiam voar. Um momento a mais, um piscar de olhos na eternidade, e eles decolariam....

Então, o doutor Rudy Blatnoyd, em um primeiro encontro às cegas com Japonica no café Mente Sã, um restaurante isolado com um pátio nos fundos e cardápio elaborado por um chef orgânico residente três estrelas, estava não apenas encantado, ele estava imaginando se alguém não tinha colocado algum psicodélico novo no seu martíni de romã. Essa menina era uma delícia! Sendo um pouco deficiente em percepção extrassensorial, é claro que Rudy deixou de perceber que por trás do seu vasto olhar cintilante Japonica estava não apenas pensando a respeito, mas naquele momento *efetivamente visitando* outros mundos. A Japonica sentada com o sujeito mais velho com o terno esquisito de veludo era na verdade um Organismo Cibernético, ou ciborgue, programado para comer e beber, conversar e socializar, enquanto a verdadeira Japonica cuidava de assuntos importantes em outros lugares, porque ela era a Viajante Kózmica, questões profundas Lá Fora estavam à espera, e a Verdadeira Japonica tinha de sempre estar presente em algum ponto exato do espaço pentadimensional, ou o caos recobraria o seu domínio.

Ela retornou ao Mente Sã para descobrir que a Japonica Ciborgue tinha tido algum defeito e dado um pulinho na cozinha para fazer alguma coisa nojenta com a Sopa do Dia, e agora eles iam ter que jogar tudo na pia. Na verdade era a Sopa da Noite, um sinistro líquido índigo que provavelmente não merecia muito respeito, mas mesmo assim né, a Japonica Ciborgue podia ter demonstrado um pouco de autocontrole. Malvada, Japonica Ciborgue impulsiva. Talvez a Verdadeira Japonica não devesse deixar ela comprar aquelas baterias especiais de alta voltagem que ela andava pedindo. Aí ela ia aprender.

O doutor Blatnoyd, acompanhando-a na saída através de um salão cheio de rostos desaprovadores, só ficou mais deslumbrado. Então isso é que era uma menina hippie de espírito livre! Ele via essas meninas nas ruas de Hollywood, na tela da TV, mas esse era o seu primeiro contato imediato. Não era de estranhar que os pais de Japonica não soubessem o que fazer com ela — presumindo ele aqui, sem examinar muito detalhadamente a premissa, que ele sabia.

"E na verdade eu não tinha muita certeza de quem ele era até eu vir para a minha primeira Avaliação de Sorriso..." E nesse momento das reminiscências de Japonica, lá veio o lúbrico tiradentes em pessoa, fechando a braguilha.

"Japonica? Eu achei que a gente tinha combinado que nunca—" Batendo os olhos em Doc — "Ah, você ainda está aqui?"

"Eu fugi de novo, Rudy", ela cintilou.

Denis também entrou se esgueirando. "Ó, bicho, o seu carango está na lanternagem."

"Ele deu entrada sozinho, Denis?"

"Eu meio que detonei a parte da frente. Eu estava olhando umas meninas na parte sul do Santa Monica e—"

"Você foi procurar pizza em Beverly Hills e acertou a traseira de alguém lá."

"Precisa de um treco novo... como é que eles chamam aquilo, com as mangueiras, onde sai vapor—"

"Radiador — Denis, você disse que fez aula de direção na escola."

"Não, não, Doc, você perguntou se *tinha* Autoescola lá, e eu disse que tinha porque tinha, um cara chamado Eddie Schola, que não tinha um policial abaixo de Salinas que conseguisse chegar perto dele, e era assim que todo mundo chamava ele—"

"Então, assim, você... nunca... aprendeu de verdade..."

"E aquelas coisas todas que eles queriam que a gente *decorasse*, bicho?"

Xandra, visivelmente descomposta, agora entrou correndo atrás de Denis, berrando, "Eu lhe disse que você não podia subir aqui", então ela percebeu Japonica e travou cantando os solados. "Ah. A menina da Manutenção de Sorriso. Que fofa", enquanto dimensionava minúsculos olhares na direção do doutor Blatnoyd como as lâminas em formato de estrela dos filmes de kung fu.

"A senhorita Fenway", o doutor começou a explicar, "pode parecer um pouco psicótica hoje..."

"Joia!", gritou Denis.

"Como?", Blatnoyd piscando.

"Ser insano, bicho? é muito joia, qualé a *tua*, bicho?"

"Denis...", Doc murmurou.

"Não é 'joia' ser insano. A Japonica aqui foi internada por causa disso."

"É", disse Japonica com um largo sorriso.

"Assim, no hospital e tal? Psicodélico! Eles colocaram aquelas voltagens na sua cabeça, meu?"

"Voltagens e mais voltagens", cintilou Japonica.

"Nossa. Ruim pra *cabeza*, bicho."

"Anda, Denis", disse Doc, "a gente vai ter que dar um jeito de pegar um ônibus pra voltar pra praia."

"Se vocês quiserem uma carona, eu vou pra aqueles lados", ofereceu Japonica.

Realizando um rápido diagnóstico ocular, Doc não conseguiu ver algo muito assustador — naquele exato momento ela estava tão sã quanto qualquer outra pessoa ali, não havia muitos comentários úteis que Doc pudesse fazer, então ele se decidiu por, "Tudo em ordem com os seus freios e os faróis, Japonica? iluminação da placa e tudo mais?".

"Maravilha? Acabei de internar o Wolfgang pra uma manutenção periódica?"

"Esse..."

"O meu carro?" Sim, outra campainha de aviso, mas Doc agora já estava paranoico a respeito da quantidade de representantes da lei que provavelmente estaria ativa entre aqui e a praia.

"Perdão", indagou Xandra, que vinha encarando Denis, "isso aí no seu chapéu é um pedaço de pizza?"

"Ah, puxa, valeu, bicho, eu estava procurando por toda parte..."

"Vocês se incomodam se eu for junto?", perguntou o doutor Blatnoyd. "Contingências da estrada e coisa e tal."

Wolfgang afinal era um sedã Mercedes de dez anos de idade com um teto solar que os passageiros podiam recolher, permitindo que eles, como cachorros em caminhonetes, esticassem a cabeça para fora se assim desejassem. Doc foi de passageiro, fedora de abas largas abaixado sobre os olhos, tentando ignorar um presságio profundo. O doutor Blatnoyd entrou atrás junto com Denis e aí ficou um tempo tentando enfiar uma sacolinha da #66 cheia de alguma coisa embaixo do banco da frente do lado de Doc.

"Ei", exclamou Denis, "o que é que tem nessa sacola que você está metendo embaixo do banco do Doc?"

"Não preste atenção naquela sacola", aconselhou o doutor Blatnoyd. "Ela só vai deixar todo mundo paranoico."

E deixou, a não ser Japonica, que os manobrava suavemente subindo o Sunset através do trânsito do fim da hora do rush.

Denis estava com a cabeça saindo pela capota. "Vai mais devagar", ele gritou para dentro depois de um tempo, "eu quero curtir isso aqui." Eles estavam cruzando a Vine e a ponto de passar a Cidade da Música de Wallach, onde cada uma de toda uma longa fileira de cabines de audição que ficava lá dentro tinha a sua própria janela iluminada virada para a rua. Em cada janela, uma por uma enquanto Japonica passava em passo arrastado, aparecia um hippongo ou um grupinho de hippongos, cada um ouvindo com fones de ouvido um disco diferente de rock'n'roll e se mexendo por ali num ritmo diferente. Como Denis, Doc estava acostumado com shows ao ar livre onde milhares de pessoas se congregavam para ouvir música de graça, e onde tudo como que se fundia em um único eu público, porque todos estavam passando pela mesma experiência. Mas aqui cada pessoa escutava em plena solidão, confinamento e recíproco silêncio, e alguns deles mais tarde no caixa chegariam até a gastar dinheiro para ouvir rock'n'roll. Doc achava que isso parecia algum estranho tipo de castigo ou compensação. Cada vez mais ultimamente ele andava matutando sobre esse grande sonho coletivo em que todos vinham sendo encorajados a ficar viajando. Só de vez em quando você conseguia um relance de surpresa do que estava do outro lado.

Denis acenava, berrava e fazia sinais da paz, mas ninguém, em nenhuma das cabines, percebia. Finalmente ele se deixou cair de volta no Mercedes. "Muito louco. Vai ver está todo mundo chapado. Ei! Deve ser por isso que eles chamam aquelas coisas de *fones de olvido!*" Ele pôs o rosto mais perto do do doutor Blatnoyd do que o dentista realmente acharia confortável. "Pensa nisso, bicho! Assim, *fones de olvido*, certo?"

Japonica estava dirigindo de maneira tão competente que foi só quando eles já estavam fora do esplendor branco de Hollywood e para lá de Doheny que Doc percebeu (a) que tinha escurecido e (b) que os faróis não estavam acesos.

"Ah, Japonica, assim, os faróis?"

Ela estava cantarolando em voz baixa, uma música que Doc reconheceu, com uma preocupação nascente, como o tema de *Dark shadows*. Depois de mais quatro compassos, ele tentou de novo. "É só que, assim, ia ser tão bacana, Japonica, de verdade, ter uns faróis acesos, já que os tiras de Beverly Hills são famosos por subir escondidinhos esses morros por essas transversais todas? só esperando infraçõezinhas pequenas, que nem isso dos faróis, pra multar as pessoas?"

O cantarolar dela era intenso demais. Doc cometeu o erro de olhar, apenas para descobri-la encarando a ele e não à rua, olhos cintilando selvagemente através de uma cortina loura de cabelo de garota-Califórnia. Não, isso não era reconfortante. Embora mal fosse um entendido em surtos, ele reconhecia sim uma alucinação generalizada quando via e compreendeu de imediato que ela provavelmente nem estava vendo Doc, fosse o que fosse que ela *estava* vendo, estava na verdade fisicamente *lá fora*, na neblina que se formava, e prestes a—

"Tudo em ordem, querida?", Rudy Blatnoyd interferiu.

"Uu-*uuuu*", trilou Japonica, colocando um pouco de vibrato nas notas e pisando no acelerador, "Uuu-uuu wuu-*uu*, wuu-uuu..."

Trânsito no sentido contrário, o maquinário das redondezas como Excaliburs e Ferraris, passava borrado em alta velocidade, sem trombar com eles graças a pequenas correções. O doutor Blatnoyd, como que querendo iniciar uma discussão terapêutica, olhava fixamente para Denis. "Olha lá. Era bem disso que eu estava falando."

"Você não falou nada que isso podia acontecer enquanto ela dirigia, bicho."

Japonica enquanto isso tinha decidido que devia atravessar todos os sinais vermelhos que conseguisse encontrar, chegando até a acelerar para pegar alguns deles antes que pudessem ficar verdes. "Hum, Japonica, meu amor? Aquele sinal estava vermelho?", Blatnoyd apontou prestativo.

"Uuh, *acho* que não!", ela explicou animadamente. "Acho que era um dos *olhos* da coisa!"

"Ah. Bom, claro", Doc a acalmava. "Claro que a gente sacou essa, Japonica, mas ao mesmo tempo—"

"Não, não, não tem nenhuma 'Coisa' vigiando você!", Blatnoyd agora algo agitado. "Aqueles trecos não são 'olhos', são sinais de aviso para você parar completamente e esperar até a luz ficar verde, você não lembra de ter aprendido isso na escola?"

"É pra *isso* que servem aquelas cores, bicho?", Denis disse.

Repentinamente, como um OVNI que se ergue sobre a linha das montanhas, as luzes piscantes de um carro de polícia apareceram subindo o morro e vieram direto para cima deles, a sirene berrando. "Puta que pariu, meu", Denis de novo rumo à escotilha da capota. "Estou fora dessa, bicho", contemplando enquanto isso a paisagem da rua que passava. Sem perceber sinais de desaceleração, Doc, tentando não pensar na sacola de papel embaixo do assento, ficava esticando o pé na direção do pedal de freio, tentando ao mesmo tempo manobrar delicadamente o carro para o acostamento. Se ele estivesse no seu próprio carro e sozinho, podia ter optado por uma tentativa de fuga, pelo menos abrir a porta uns cinco centímetros e se livrar da sacola, mas quando conseguiu chegar a tentar pelo menos isso, os Homens estavam em cima deles.

"Carteira e documentos do carro, senhorita?" O policial parecia focado nos peitos de Japonica. Ela lhe devolveu o sorriso em um silêncio de alta intensidade, ocasionalmente lançando olhares para a Smith & Wesson na sua cintura. O parceiro, um novato ainda mais louro do que ele, veio e se debruçou na janela do passageiro, satisfeito por enquanto com ficar olhando Denis, que tinha se detido nos seus esforços de escalar a capota para olhar a estroboscópica combinação de luzes sobre a viatura, e vez por outra soltar um "Cacete, bicho".

"Você é a Grande Besta?", inquiriu uma Japonica louca de pedra em sua cadência sub-chave-de-cadeia.

"Não não não", Blatnoyd em uma contínua nota desesperada, "esse camarada é um policial, Japonica, que só quer ter certeza de que você está bem..."

"Só a carteira e os documentos se não for incômodo", disse o tira. "A senhorita sabe que estava dirigindo sem faróis, não é."

"Mas eu consigo enxergar no escuro", Japonica acenando enfaticamente com a cabeça, "eu enxergo *bem pacas!*"

"A irmã dela entrou em trabalho de parto há cerca de uma hora", Blatnoyd imaginando que os seus encantos os estavam tirando de uma enrascada, "e a senhorita Fenway prometeu que estaria lá a tempo de ver o bebê nascer, então ela pode ter sido meio desatenta agora há pouco?"

"Nesse caso", disse o tira, "talvez outra pessoa devesse estar dirigindo."

Japonica imediatamente pulou para o banco de trás com Blatnoyd, enquanto Doc escorregava para o volante e Denis se mudava para a frente para o lado do passageiro. Os policiais assistiam a tudo com grandes sorrisos, como instrutores em uma aula de etiqueta. "Ah, e nós vamos precisar das identidades de todo mundo também", o novato anunciou.

"Beleza", Doc puxando a sua licença de detetive. "Qual é o problema, policial?"

"Um novo programa", deu de ombros o outro tira, "você sabe como é, outra desculpa pra arranjar mais papelada, eles estão chamando de Guarda Antisseitas, toda reunião de três ou mais civis agora é definida como uma seita em potencial." O novato estava marcando itens em uma lista presa a uma prancheta. "Os critérios", o outro tira continuou, "incluem referências ao livro do Apocalipse, homens com cabelo na altura do ombro ou mais comprido, colocar outros em risco através de comportamento automotivo irresponsável, todos exibidos por vocês, amigos."

"É, bicho", Denis contribuiu, "mas a gente está de Mercedes, e ele está pintado de uma cor só, bege — a gente não ganha pontos por causa disso?"

Doc percebeu pela primeira vez que os dois policiais estavam... bom, não tremendo, a polícia não ia tremer, mas certamente *vibrando*, com o nervosismo pós-Mansônico que no momento ditava as regras na região.

"Nós vamos cuidar disso tudo, senhor Sportello, vai tudo para algum banco de dados geral em Sacramento, e a não ser que haja pendências ou mandados que a gente desconheça, os senhores nunca mais vão ouvir falar disso tudo."

Seguindo as orientações do doutor Blatnoyd, Doc saiu do Sunset, freando quase imediatamente para um portão de segurança em que estava de vigia algum tipo de segurança particular. "Boa noite, Heinrich", ribombou Rudy Blatnoyd.

"Bom ver o senhor, dr. B.", replicou o sentinela, liberando-o com um aceno de mão. Eles seguiram pelas curvas de Bel Air, subindo encostas e cânions, chegando a uma mansão com outro portão, baixa e quase invisível dentro do paisagismo do seu jardim, parecendo tanto ser construída da própria noite que poderia desaparecer inteira com o nascer do sol. Por trás do portão cintilava uma clara fenda nas trevas, que Doc finalmente entendeu ser um fosso, atravessado por uma ponte levadiça.

"Vai ser só um minutinho", o doutor Blatnoyd descendo do carro, catando a sacola debaixo do assento e entrando em uma críptica discussão no intercomunicador com uma voz que Doc achou que era de mulher antes de o portão se abrir e a ponte levadiça descer, troante e rangente. Aí a noite ficou novamente muito quieta — nem mesmo o distante trânsito da via expressa era audível, ou os pés almofadados dos coiotes, ou o deslizar das cobras... "Quieto até demais", disse Denis, "isso está me deixando louco, bicho."

"Acho que a gente fica esperando deste lado do fosso", Doc disse. "Certo?" Denis enrolou um baseado gigante e acendeu, e logo o interior do Mercedes estava cheio de fumaça. Depois de um tempo vieram gritinhos do intercomunicador. "Ó, bicho", disse Denis, "não precisa gritar, meu."

"O doutor Blatnoyd gostaria de informar aos senhores", anunciou a mulher do outro lado, "que vai ficar hospedado conosco, e que assim os senhores não têm mais necessidade de esperar por eles."

"É, e você fala que nem robô, bicho."

Eles demoraram um tempo para achar o caminho de volta até o Sunset. "Acho que eu vou passar a noite com uns amigos em Pacific Palisades", Japonica anunciou.

"Tudo bem você deixar a gente na estação da Greyhound em Santa Monica? A gente pode pegar o regional da meia-noite."

"Por falar nisso, você não é o cara que me achou e me levou de volta pro papai aquela vez?"

"Só estava fazendo o meu trabalho", Doc imediatamente na defensiva.

"E ele me queria de volta de verdade?"

"Eu já fiz uns trampos desses umas vezes depois do seu", Doc disse cuidadosamente, caso ela ainda tivesse muito a dirigir nesta noite, "e ele parecia o estereótipo de pai preocupado."

"Ele é um bosta", Japonica lhe garantiu.

"Toma, é o número do meu escritório. Eu não tenho horários normais, então você pode não me encontrar sempre por lá."

Ela deu de ombros e conseguiu dar um sorriso. "Se estiver predestinado."

As coisas ficaram estranhas por uns dias com o Dodge em Beverly Hills, embora Doc imaginasse que ele estivesse se divertindo na companhia daqueles Jaguares e Porsches e coisa e tal. Quando ele finalmente foi lá pegar o seu carro, na Ressurreição do Corpo, um empório de colisões um pouco ao sul da Olympic, topou com o seu amigo Tito Stavrou tendo uma animada discussão com Manuel, o dono. Tito tinha um serviço de limusines, embora só houvesse uma unidade na sua frota, infelizmente não uma daquelas capazes de Deslizar na Avenida, e muito menos Inserir-se sem Esforço no Trânsito — não, esta aqui *se esgueirava* pela avenida entrando *percussivamente* no trânsito, ficando na verdade no estaleiro por pelo menos metade de qualquer período bônus considerado (como a mais recente seguradora de Tito acabava de descobrir, para seu próprio desconsolo, e você pode imaginar em que medida para o de Tito) ou sendo tratada por diversos grupos de lanternagem e pintura da Grande Los Angeles. Em um certo ano ela foi pintada seis vezes. "Você tem certeza que isso é um carro de luxo e não de *lixo*?", sugeria Manuel, como parte da xingação recreativa que ele gostava de soltar em Tito sempre que o veículo aparecia com um novo conjunto de amassados. Eles estavam no galpão principal, montado a partir de um barracão Quonset que primeiro foi cortado ao meio no sentido do comprimento e depois teve as duas partes redistribuídas para se encontrarem em um ponto bem no alto para fazer um tipo de abóbada de igreja. "Ia ficar mais barato se você me pagasse direto adiantado, precinho baixo, toda vez que quiser pintar, só traga ela aqui, dia ou noite, qualquer cor que a gente tiver em estoque inclusive as metálicas, entra e sai em questão de horas."

"O que me deixa preocupado", disse Tito, "é esse 'entra e sai', sabe, com todos esses elementos de alta periculosidade da comunidade de peças de automóveis com que você lida?"

"Aqui é a *Ressurección, ése*! A gente trabalha com milagres! E se Jesus transformasse água em vinho bem na sua frente?, você ia ficar dizendo, 'Que que é isso que eu estou bebendo, quero da Dom Pérignon', ou uma merda dessas? Se eu fosse chato assim com o que entra aqui pra ser pintado? pedir o quê? carteira e documentos? Aí eles ficam putos *mesmo*, eles vão pra outro lugar, e mais, eu entro numa lista negra em que eu não queria estar?"

Manuel percebeu Doc pela primeira vez. "Você é o do Bentley?"

"O Dodge Dart 64?"

Manuel ficou olhando de Doc para Tito por algum tempo.

"Vocês se conhecem?"

"Depende muito", Doc estava prestes a dizer, mas Manuel continuou. "Eu ia te cobrar mais, mas os caras como esse Tito aqui estão subsidiando gente que nem você." A quantia no recibo, mesmo assim, era um número de tipo Beverly-Hillsiano, e o dia de Doc foi consumido estabelecendo um calendário de pagamento.

"Vamos", disse Tito, "eu te pago o almoço. Preciso de um conselho seu num negócio aí."

Eles desceram até a Pico e seguiram para Rancho Park. Aquela rua era o paraíso do comilão. Nos tempos em que Doc ainda era novo na cidade, um dia, na hora do crepúsculo — o evento diário, não o *dos Deuses* —, ele estava em Santa Monica perto da extremidade oriental de Pico, a luz por sobre toda a Los Angeles profunda se relaxando em roxos com algo de um ouro mais negro, e desse ângulo e nessa hora do dia lhe pareceu que ele podia enxergar a rua Pico inteira, quilômetros, até o próprio coração da grande Megalópole, restando-lhe ainda descobrir que, se quisesse, ele podia também ir *comendo* rua Pico abaixo noite a noite por bastante tempo antes de repetir uma categoria étnica. Isso nem sempre acabava sendo uma boa notícia para o chapado indeciso que podia até saber que estava com fome, mas não sabia necessariamente como lidar com ela em termos de *alimentos específicos*. Foram muitas as noites em que Doc ficou sem gasolina, e os seus companheiros enlaricados sem paciência, muito antes de decidirem onde iriam comer.

Hoje eles acabaram em um restaurante grego chamado Teké, que segundo Tito significava uma casa de haxixe das antigas em grego.

"Espero que isso não te incomode", disse Tito, "mas andam dizendo que você está trabalhando nesse caso do Mickey Wolfmann?"

"Não é bem como eu definiria a coisa. Ninguém está me pagando. Às vezes acho que é só uma questão de culpa. A namorada do Wolfmann é minha ex, ela disse que precisava de ajuda, aí eu estou tentando ajudar."

Tito, que tinha feito questão de ficar de frente para a entrada principal, abaixou a voz até que Doc mal podia ouvi-lo. "Eu estou arriscando que você não se vendeu, Doc. Você não é vendido, né?"

"Até aqui não, mas eu sempre posso achar uma serventia pra um belo envelope cheio de grana."

"Esses caras", um olhar infeliz atravessando o rosto de Tito, "não te dão envelopes, é mais, assim, faça o que eles querem e de repente eles não te ferram também."

"Você está dizendo que isso tem a ver com a máfia—"

"Bom se fosse. Quer dizer, conheço uns fodões das Famílias que metem medo em muita gente, em mim metem muito medo, mas eu nunca ia falar com eles por causa de uma coisa como essa, eles só iam dar uma olhada pra ver quem é e dizer, assim, 'Tofora, meu'."

"Sem falar que você deve dinheiro pra eles."

"Não devo mais, larguei tudo."

"Como. Chega de cavalos, de jogos escusos? Nada de Pequeno Tiranossauro? De Salvatore 'Corte de Papel' Gazzoni? Nada de Adrian Prussia?"

"Tudo, até o Adrian saiu do meu pelo agora, tudo pago, juros, tudo."

"Boa notícia, porque cedo ou tarde aquele desgraçado ia catar o bastão de beisebol e fazer uma festa na sua cabeça ou coisa assim. O sujeito estraga a reputação dos agiotas."

"Todos eles estão no meu passado lamentável agora, eu estou indo de doze-passos, Doc. Reunião e tudo."

"Bom, a Inez deve estar contente. Quanto tempo faz?"

"Vai fazer seis meses no fim de semana que vem. A gente vai comemorar em grande estilo, também, a gente vai de limusine pra Vegas, ficar no Caesar's—"

"Desculpa aí, Tito, mas será que eu estou confundindo Las Vegas com algum *outro* lugar onde neguinho fica só jogando sem parar? Como é que você espera—"

"Evitar a tentação? Mas, cara, é bem isso, comé que eu vou saber? O negócio é cair dentro, ver o que rola."

"Aiaiai. A Inez está numa boa com isso tudo?"

"Ideia dela."

Mike, o dono e cozinheiro, apareceu com um prato imenso de dolmadhes, azeitonas de Kalamata, e spanakopitas pigmeias que parecia que ia levar uma semana para consumir. "Você tem certeza que quer comer aqui", ele cumprimentou Tito.

"Esse é o Doc, ele salvou a minha vida uma vez."

"E é assim que você agradece o cara?" Mike balançando a cabeça reprovador. "Pensem muito bem nisso, meus amigos", resmungando na volta à cozinha.

"Eu salvei a sua vida?"

Tito deu de ombros. "Aquela vez lá na Mulholland."

"Você que salvou a minha, bicho, era você que sabia onde o negócio estava", sendo que "o negócio" em questão era um Hispano-Suiza J12 arrestado cuja devolução Doc estava negociando com um lituano com problemas de tireoide que apareceu carregando uma AK-47 modificada com um pente tão hiperdimensionado que ele ficava tropeçando nele o tempo todo, o que, repensando tudo, foi o que salvou a vida de todo mundo, provavelmente.

"Eu estava fazendo aquilo tudo por mim mesmo, bicho, você por acaso estava lá quando a gente trouxe o carro de volta e aquele dinheiro todo começou a voar pra todo lado."

"Tanto faz, Doc — tem um negócio agora que você é o único que eu posso contar." Uma rápida olhada em volta. "Doc, eu fui uma das últimas pessoas que falaram com o Mickey antes de ele sumir da telinha."

"Merda", devolveu Doc, encorajador.

"E não, eu nem cheguei perto da polícia com essa história. Ia chegar nesses caras antes de eu ter saído da sala, e eu ia acabar de aperitivo de tubarão."

"Tira-gosto, Tito."

"O que aconteceu foi que o Mickey chegou a um ponto em que ele nem sempre confiava nos motoristas dele. Eles eram quase todos ex-presidiários, o que significava que tinham lá as suas promissórias pra pagar que às vezes ele não sabia. Aí de vez em quando ele me liga numa linha não registrada, e eu pego ele em algum lugar que a gente decide na última hora."

"Você usava aquela limusine? Não era exatamente discreto."

"Nah, a gente usava uns Falcons ou uns Novas, eu sempre consigo arranjar um em cima da hora, até uma Kombi se não estivesse pintada de algum jeito muito doido."

"Então no dia em que o Mickey sumiu... ele te ligou? você levou ele pra algum lugar?"

"Ele queria que eu pegasse ele. Ligou no meio da noite, parecia um telefone público, ele estava falando bem baixinho, estava com medo, como se alguém estivesse atrás dele. Ele me deu um endereço fora da cidade, eu fui lá e fiquei esperando, mas ele não deu as caras. Depois de umas horas eu estava chamando atenção demais, aí eu vazei."

"Isso era onde?"

"Ojai, perto de um lugar chamado Chryskylodon."

"Ando ouvindo falar desse lugar", Doc disse, "um pinel classe A. Uma palavra indiana antiga que quer dizer 'serenidade'."

"Rá!" Tito balançava a cabeça. "Quem te disse isso?"

"Está no folheto deles?"

"Isso não é indiano, é grego, vai por mim, falavam grego lá em casa o tempo todo quando eu era pequeno."

"Quer dizer o que em grego?"

"Bom, está meio embaralhado, mas quer dizer dente de ouro, esse dente aqui—." Ele bateu em um dente pontudo.

"Puta que pariu. 'Canino'? Pode ser isso?"

"É, quase isso. Canino Dourado."

Doze

Doc fez umas ligações e pegou o caminho de volta por Burbank e Santa Paula, chegando à saída de Ojai logo antes do almoço. Havia várias placas mostrando o caminho até o Instituto Chryskylodon. O malucódromo de alto custo se localizava perto do morro de Krotona para capitalizar sobre a mística de instalações espirituais mais conhecidas como a Escola Interior e a AMORC. A casa principal, uma mansão de telhas vermelhas e paredes caiadas de branco em um estilo neocolonial de arquitetura das missões, era cercada de cem acres de pomares e pastos e bosques de plátanos. No portão da frente, Doc foi recebido por atendentes cabeludos com túnicas esvoaçantes sob as quais carregavam Smiths em coldres de ombro.

"Larry Sportello, eu tenho uma hora marcada?"

"Se você não se importa, mano."

"Lógico, vai apalpando aí, eu não estou armado, caramba eu não estou nem segurado." O procedimento era estacionar em um terreno perto do portão e esperar que um ônibus do instituto levasse você até a casa principal. Em cima do portão havia uma placa que dizia CARETA É BACANA.

Doc tinha se vestido hoje com um paletó eduardiano e calças boca de sino em tons não exatamente combinados e já antiquados de marrom, bigodinho bem aparado de filme da madrugada, cabelo gumexificado em um topete alto com longas suíças, tudo com o objetivo de sugerir um intermediário seboso e vagamente angustiado que não poderia pagar por conta própria o preço que um lugar como este cobrava. Pelos olhares que estava recebendo, a armação parecia estar funcionando.

"Estávamos justamente indo almoçar", o diretor associado, dr. Threeply, empregando a testa enrugada da falsa simpatia. "Por que o senhor não vem conosco? Depois nós podemos mostrar-lhe as instalações."

O doutor Threeply era um espécime furtivo com aquela característica que de vez em quando se percebe em vendedores de revestimento externos de alumínio e de portas de tela, de ter um dia passado por algo — casamento, investigação criminal — traumático o suficiente para tê-lo empenado permanentemente para longe dos limites da tolerância, de modo que ele agora tinha que implorar que os clientes em potencial ignorassem essa falha não especificada do seu caráter.

Servindo as mesas na hora do almoço no Salão Administrativo estavam internos que pareciam estar trabalhando em lugar de pagar a mensalidade inteira. "Obrigado, Kimberly. Mãos firmes como rochas hoje, parece."

"Fico muito feliz de o senhor ter percebido, doutor Threeply. Mais sopa?"

Doc, com uma garfada de alguma desconhecida torta de legumes a meio caminho da boca, refletiu que se esse povo era doido, então o que seria lá da cozinha, bem distante do olhar do público? Assim, fazendo os pratos, por exemplo?

"Prove esse Chenin Blanc, senhor Sportello, direto dos nossos vinhedos". Doc tinha aprendido com o seu pai Leo, e depois navegando por prateleiras de supermercado, que *"Blanc"* significava "branco", e que os vinhos brancos da Califórnia tendiam a ser, bom, pelo menos mais brancos que o nauseabundo tom de amarelo que estava vendo. Ele apertou os olhos para ver o rótulo e percebeu uma lista de ingredientes com várias linhas, com uma nota, entre parênteses, "Continua no verso da garrafa", mas toda vez que tentava, com toda a informalidade possível, dar uma olhada no rótulo de trás, ele percebia que estava recebendo uns olhares, e às vezes as pessoas até estendiam a mão e viravam o rótulo para ele não poder ler.

"O senhor... já esteve aqui conosco?", disse um dos psicanalistas da clínica. "Eu sei que já vi o seu rosto."

"Minha primeira vez por aqui, normalmente eu nunca vou muito ao sul da Zona Sul."

"E *a*-normalmente?" O doutor Threeply, com uma risadinha.

"Como?"

"Eu só quis dizer que com uma grande quantidade de instalações qualificadas na área da baía, por que se dar ao trabalho de vir até aqui falar conosco?" Os outros à mesa se inclinaram como que intensamente interessados na resposta de Doc.

Hora de sondar um pouco do que ele tinha checado com Sortilège. "Eu acredito", disse Doc francamente, "que da mesma forma como se podem identificar chacras no corpo humano, o corpo da terra tem alguns pontos especiais, concentrações de energia espiritual, graça, se os senhores preferem, e que Ojai, nem que fosse apenas pela presença do senhor J. Krishnamurti, certamente representa um dos mais abençoados dos chacras do planeta, o que infelizmente não se pode dizer de San Francisco ou das suas redondezas imediatas."

Depois de um pequeno retalho de silêncio, alguém disse, "O senhor quer dizer... que Walnut Creek... *não é* um chacra?", o que gerou gesticulações e risadinhas dos colegas.

"Alguma coisa religiosa", supôs o doutor Threeply, talvez tentando restaurar um ar de profissionalismo à mesa, ainda que não estivesse claro qual profissão.

Depois do almoço carregaram Doc de um lado para o outro em um passeio que incluiu dormitórios, uma sala dos médicos com uma dúzia de aparelhos de TV e um bar completo, os tanques de privação sensorial, a piscina olímpica e a parede de escaladas. "O que é aqui?", Doc tentando ser não mais que casualmente curioso.

"Uma ala novinha, para abrigar a nossa Unidade de Casos Não Conformistas", anunciou o doutor Threeply, "ainda não está totalmente preparada, mas logo será a menina dos olhos do Instituto. O senhor tem toda a liberdade de dar uma olhada lá dentro se quiser, embora não haja muito para ver." Ele abriu de um golpe uma das portas, e logo no vestíbulo Doc viu de relance a mesma foto publicitária que tinha visto na casa dos Wolfmann, de Sloane numa escavadeira entregando um cheque gigante. Com a atenção que lhe era possível, ele deu mais uma analisada na fotografia e percebeu agora que nenhum dos outros rostos ali parecia ser o de Mickey. Mickey não estava à vista, mas Doc teve a macabra sensação de que em algum lugar por ali, em algum estranho espaço indeterminado cujos residentes não sabiam ao certo onde estavam, dentro ou fora do quadro, podia haver de fato alguma versão de Mickey, não exatamente como a moça com o checão era uma versão de Sloane, mas alterada e — ele estremeceu — talvez mental ou até fisicamente comprometida. Para lá deste vestíbulo aqui, ele conseguiu entrever um longo corredor forrado de idênticas portas desmaçanetadas que se perdiam em sombras metálicas. Antes que a porta principal batesse de novo, Doc quase não teve tempo de perceber um pedaço de mármore com uma placa de bronze que dizia, POSSIBILITADO PELA BONDOSA GENEROSIDADE DE UM AMADO AMIGO DE CHRYSKYLODON.

Se Sloane estava doando o dinheiro de Mickey a clínicas de aloprados, por que não ganhar o crédito? Por que ficar anônima? "Legal", disse Doc.

"Venha, a gente vai dar uma olhada lá fora."

No que se dirigiam ao terreno externo, Doc pôde ver, através da neblina, eucaliptos, aleias ladeadas de colunas, templos neoclássicos revestidos de mármore branco, chafarizes alimentados por fontes termais. Tudo parecia aqueles fundos falsos de vidro pintado nos antigos filmes em Technicolor. Malucos bem-de-vida e os seus atendentes vez por outra erravam na distância. Como a tia Reet tinha sugerido, havia muitas melhorias ocorrendo no capital por essas bandas. Equipes de paisagismo arremessavam no ar e pegavam delicadamente longas pilhas curvas de vasos de barro. Operários tocavam rock'n'roll viajante e pesado nos rádios dos caminhões e martelavam no ritmo da batida. Equipes de pavimentação largavam pazadas de piche, que rolos compressores comprimiam completamente.

Havia quadras de tênis e piscinas e vôlei a céu aberto. O Jardim Zen, segundo o doutor Threeply, tinha sido transportado de Kioto, remontado aqui exatamente no lugar certo, cada grãozinho de areia branca, cada pedra texturizada. Um sino cerimonial ficava logo perto, e ao lado dele Doc percebeu um estranho gazebo sombrio, como uma gravura em aço de algum livro antigo e provavelmente proibido, de onde pensou ter ouvido virem sons de cantos. "Grupo de terapia avançada", disse Threeply. Ele levou Doc até uma escadaria espiral escondida, e eles desceram até uma espécie de gruta, úmida e parcamente iluminada. A temperatura caiu vinte graus. Vindo dos corredores úmidos, o som dos cantos ficou mais alto. Threeply levou Doc para uma área à prova de som atrás de espelhos falsos, e entre sombras subterrâneas verdes como a gosma dos aquários Doc imediatamente reconheceu uma de uma dúzia de figuras ajoelhadas usando túnicas como sendo Coy Harlingen.

Mas, que porra é essa?

E no final esse nem era o único rosto conhecido por aqui. Encostado junto à janela de observação estava um funcionário que aparentemente tinha trazido os internos para cá e estava esperando para levá-los de volta. Ele estava matando tempo com a clássica diversão de enrolar a gravata, segurá-la um minuto sob o queixo e então erguer o queixo e deixar a gravata se desenrolar de novo. Horas de prazer. Doc não se deu conta da gravata propriamente dita antes de ter passado algum tempo assistindo ao ritual, e aí ou ele pensou, Puta que pariu!, ou chegou mesmo a berrar isso em voz alta, não teve muita certeza de qual dos dois assim de cara, porque o que aquele gorila calhava de estar usando era uma das gravatas especiais e customizadas de Mickey Wolfmann — na verdade *exatamente* a gravata que Doc não tinha conseguido encontrar no closet de Mickey, aquela com Shasta pintada a mão, em uma pose submissa o bastante para partir o coração de um ex, quer dizer, se ele estivesse a fim. Doc mal consegui voltar ao presente verbal a tempo de ouvir o doutor Threeply concluindo algum comentário e perguntando se havia alguma questão.

Diversas, na verdade.

Doc queria pelo menos mencionar ao gorila da janela algo como, "Vem cá, essa aí que você está bolinando é a minha ex", mas será que seria inteligente? O mundo acabava de ser desmontado, qualquer um aqui podia estar metido em qualquer golpe que você pudesse imaginar, e já estava mais do que na hora, como diria o Salsicha, assim, de dar o fora daqui, Scooby, meu filho.

Carregado com um lastro de formulários de inscrição e folhetos do Instituto, Doc entrou no ônibus para voltar ao portão principal. No ponto do gazebo medonho entrou um passageiro, que afinal era Coy Harlingen com uma túnica de capuz, fazendo gestos cifrados, que incluíam, "Desça junto comigo".

Eles desceram perto da quadra de caçador. Algum tipo de Torneio Regional Inter institucional estava acontecendo, com montes de camisetas combinadas e de gritos, nem todos ligados ao torneio, e ninguém prestou muita atenção em Coy e Doc.

"Toma, veste isso." Uma das túnicas com capuz que as pessoas usavam por aqui, que Doc duvidava que viessem de uma casa de artigos religiosos — tinha mais cara de alguma liquidação de moda praia que não estava mais na moda. Ele escorregou para dentro da túnica. "Nossa... neguinho fica se sentindo... Lawrence da Arábia!"

"Desde que a gente ande devagar e chapado, ninguém vai encher o nosso saco."

"Toma, de repente isso ajuda." Exibindo e acendendo um fino de erva colombiana dourada. Eles passaram de um para o outro, e depois de um tempo Coy disse, "Então você conseguiu ver a Hope".

"Só um minutinho. Ela está legal. E parece que também anda careta."

Não era fácil ver o que exatamente estava rolando com Coy por trás dos óculos de sol, mas a voz dele se transformou em um sussurro. "Você falou com ela?"

"Dei as caras por lá, fingi ser um desses vendedores de revistas. Vi só de canto de olho aquela Ametistinha, também, e pelo que eu pude ver, as duas estão joia. E quase vendi uma assinatura de *Psicologia Hoje* para a Hope."

"Bom...", Coy balançando lentamente a cabeça, como se estivesse ouvindo um solo. "Você não sabe o quanto eu andei preocupado." Talvez mais do que quisesse dizer. "Ela largou? Certeza? Ela está em algum programa, ou está fazendo como?"

"Ela voltou a dar aulas, foi só o que ela disse. Saúde pública, conscientização contra drogas, alguma coisa assim."

"E você não vai me dizer onde."

"Nem que eu soubesse."

"Você acha mesmo que eu seria capaz de azucrinar qualquer uma delas?"

"Eu não lido com casos matrimoniais, bicho. Tenho um histórico horrendo de tentativas, e nunca acaba bem." Coy caminhava ao lado dele com o rosto nas sombras do capuz. "Não faz diferença, acho."

"Como assim?"

"Nem a pau que eu vou conseguir voltar pra elas."

Doc conhecia aquele tom de voz e o odiava. Ele o lembrava demais de banheiros cobertos de vômito, passarelas de vias expressas, bordas de despenhadeiros no Havaí, sempre argumentando com caras mais novos que ele transtornados por algo que tinham certeza que era amor. Na verdade foi por isso que ele parou de lidar com casos matrimoniais. Apesar disso, ele agora se viu dando a deixa, "Você não pode voltar, porque se voltasse...".

Coy balançou a cabeça. "Estava ferrado. Sacou? E a minha família também. Isso é que nem uma gangue. Quando você entra, fica dentro, *por vida?*"

"Você sabia disso quando se juntou com eles?"

"Eu só sabia que a gente não podia fazer bem um pro outro ficando juntos. O nenê estava com uma cara horrível e cada vez pior. A gente ficava bem louco e ficava lá sentado dizendo 'A gente tá se levando pro buraco, o que que a gente vai fazer?' e aí acabava fazendo nada, ou a gente dizia 'Espera a gente conseguir um pouco de droga de novo pra isso sair da nossa cabeça, aí a gente vai dar um jeito', mas isso também nunca acontecia. Aí pintou essa oportunidade. Esse pessoal aqui tinha dinheiro, não era que nem aqueles Zés-da-Bíblia que ficam andando de um lado pro outro na praia gritando com você e tal, eles queriam ajudar de verdade."

Estava ocorrendo agora a Doc, enquanto ele recordava o que Jason Velveeta tinha dito sobre integração vertical, que se o Canino Dourado conseguia deixar os seus fregueses chapados, por que não ir para o outro lado e vender também a eles um programa que os ajudasse a largar? Deixá-los indo e vindo, o dobro de lucro e sem precisar se preocupar com fregueses novos — enquanto a Vida Americana fosse algo de que as pessoas tivessem de fugir, o cartel sempre teria a garantia de um elenco de novos fregueses.

"Eles acabaram de me mostrar tudo por aqui", Doc disse.

"Está pensando em se internar?"

"Eu não. Não tenho grana pra isso."

A essa altura eles já estavam suficientemente sintonizados um com outro para que Coy, se quisesse, visse ali uma oportunidade para falar do tipo de acordo que tinha feito. Mas ele apenas marchava em silêncio.

"Sem chegar à terapia de casais propriamente dita", Doc disse cuidadosamente, "se eu só desse uma investigadinha e por acaso encontrasse alguma entrada que você de repente não considerou—"

"Não leve a mal", será que isso foi um tremor de raiva?, "mas tem muita coisa que *você* não considerou. Quer dar a sua investigadinha, eu não posso te impedir, mas talvez você vá acabar querendo não ter começado."

Eles tinham andado quase até o portão, e as sombras por ali estavam se alongando. Lá na praia, a brisa marinha estaria virando bem agora. "Saquei que você está tentando me escorraçar daqui", Doc disse, "e que também é uma má ideia eu tentar ligar pra você. Mas olha só. Seja lá o que for que te prendeu, eu ainda estou aqui fora, fora dessa coisa toda. Tenho um tipo de mobilidade que você não conseguiria..."

"Eu não posso ir mais longe agora", Coy disse. Eles estavam em um pomar de damascos próximo ao portão. "Chega mais, deixa eu ficar com essa túnica."

Doc deve ter desviado o olhar de Coy por um segundo. De alguma maneira no ato de sacudir a túnica ou de dobrá-la ou algo assim, ela foi retirada das suas mãos, agitada em um floreio como se fosse uma capa de mágico, e quando Doc olhou para onde ela estivera, Coy já tinha desaparecido.

Doc voltou pela 101 e chegou à passagem de nível para Thousand Oaks bem a tempo de frear abruptamente para uma Kombi pintada com um padrão de caxemira, cheia de drogados risonhos, que tinha se materializado à sua frente. A pista da esquerda já estava entupida de caminhões tentando podar a Kombi, então não fazia sentido tentar ir por ali. Houve tempos em que isso teria deixado Doc impaciente, mas com a idade e a sabedoria ele tinha chegado ao entendimento de que aqueles automóveis do caralho nunca tiveram qualquer tipo de compressão, para começo de conversa, devido a decisões de projeto tomadas muito tempo atrás em Wolfsburg. Ele desceu marchas, levou a mão ao botão de volume do rádio, que estava tocando "Something happened to me yesterday", dos Stones, e percebeu que ia chegar ao alto do morro quando chegasse. O que estaria muito bem não fosse pelo fato de que ele agora tinha tempo de pensar na gravata de Mickey e de começar a imaginar como o gorila que estava usando a gravata tinha conseguido pôr as mãos nela, exatamente, e de evocar inevitavelmente a imagem de Shasta Fay pintada a mão, de costas, toda aberta e molhada e, se ele não estava enganado, embora tivesse apenas visto muito de relance, a ponto de gozar, também.

Mickey devia estar usando exatamente aquela gravata quando eles o pegaram. Só pegou uma aleatoriamente no closet naquela manhã, ou talvez em função de algo mais profundo. Quando eles o burocratizaram com um uniforme de interno do Chryskylodon, confiscaram a gravata, e foi aí que o gorila viu e decidiu simplesmente ficar com ela. Ou será que Mickey tinha trocado a gravata posteriormente, por algum favor em um mercado-negro-de-hospício, um telefonema, um cigarro, os remédios de alguém? Quando era calouro, alguns professores apontaram para Doc a útil noção de que a palavra não é a coisa, o mapa não é o território. Ele supôs que isso podia ser estendido para a gravata da peladona não é a mulher. Mas neste exato momento ele não tinha racionalidade para não se sentir expoliado, não tanto por Mickey quanto — história antiga a essa altura ou sabe-se lá o que mais — por Shasta. Esqueça as fantasias que o retrato dela pode ter provocado no gorila — será que ela pode ter significado assim tão pouco para Mickey, para ele deixar que isso acontecesse?

Doc voltou à praia bem no comecinho da noite, subindo pelas costas das dunas até o topo, para encontrar uma enevoada vista de promontórios, um puro pôr do sol das cores que assume o aço quando se aquece a ponto de brilhar, luzes de aviões, algumas cintilantes, outras constantes, ascendendo silentes do aeroporto em curtas curvas limpas antes de se ajeitarem para atravessar o céu, às vezes encontrando breves conjunções com estrelas precoces, e então seguindo adiante... Ele decidiu dar uma passada no escritório, e quando abria a porta, o telefone começou a tocar, baixinho, como que falando sozinho.

"Onde é que você estava?", disse Fritz.

"Um lugar que eu não recomendaria."

"O que é, você está com uma voz horrorosa."

"Esse negócio está desandando, Fritz. Acho que descobri pra onde eles levaram o Mickey. Ele pode não estar mais lá, ou nem estar vivo, mas de um jeito ou de outro ele pode estar bem estropiado a essas alturas."

"Melhor eu não ficar sabendo muita coisa, mas e a pu-lícia, você tem certeza que eles não podem dar uma mão?"

Doc achou um cigarro de tabaco e acendeu. "Nunca imaginei que ia ouvir isso de você."

"Escapou."

"Quem me dera...", puta que pariu como ele estava cansado, "se pelo menos eu *pudesse* confiar neles uma vez. Mas é que nem a força da gravidade, eles nunca puxam pro outro lado."

"Sempre admirei os seus princípios, Doc, especialmente agora, porque eu olhei aqueles números das placas que você me passou, e acaba que alguns deles são de membros da 'reserva policial' de Los Angeles. Parece que vários desses caras se juntaram durante a balbúrdia em Watts pra poderem brincar de caça-crioulo e ficar tudo na legalidade. Desde então eles têm sido meio que uma milícia particular que a polícia de Los Angeles emprega quando não quer ficar feio no retrato. Está com um lápis, pode anotar aí, só não me conte o que acontecer."

"Te devo essa, Fritz."

"Não mesmo, qualquer desculpa pra eu sentir que estou surfando a onda do futuro aqui, acabei de contratar um cara novo, chamado Sparky, tem que ligar pra mãe se for se atrasar pro jantar, só que, saca só — a gente é estagiário *dele*! ele entra nessa viagem da ARPAnet, e eu juro que parece ácido, um outro mundo estranho — tempo, espaço, essa porcariada toda."

"Então quando é que eles vão declarar que isso é ilegal, Fritz?"

"Como assim. Por que é que eles iam fazer uma coisa dessas?"

"Lembra como eles criminalizaram o ácido assim que descobriram que era um canal pra uma coisa que eles não queriam que a gente usasse? Por que com a informação ia ser diferente?"

"Melhor eu mandar o Sparky correr, então. Hoje ele me diz que acha que sabe um jeito de entrar no computador do CII em Sacramento sem eles saberem. Então logo logo tudo que a polícia estadual tiver, a gente vai ter, também, pode pensar na gente como Divisão Sul do CII."

Exatamente naquele momento eles ouviram a corrente da linha cair. Alguém estava entrando. "Bom, ele é um cachorro bom pacas", Fritz prosseguiu inalterado, "se estiver por ali, o meu Sparky vai achar, ele adora brincar disso."

"Não me deixa esquecer de comprar uns biscoitos daqueles pra ele", Doc disse.

De novo no seu apartamento, Doc encontrou Denis com um baseado apagado grudado nos lábios, sentado no beco, surtando. "Denis?"

"A porra dos Boards, bicho."

"O que aconteceu?"

"Os caras destruíram a minha casa."

Doc quase disse, "Como é que você percebeu?", mas viu como ele estava transtornado. "O importante é, *você* está legal?"

"Eu não estava lá, mas se eu estivesse, eles iam ter me destruído também."

"Os Boards — a banda inteira, Denis, o guitarra-base, o baixista, eles todos arrombaram a sua casa, e daí?"

"Eles estavam atrás daquelas fotos que eu tirei, bicho, eu sei. A minha erva estava toda espalhada pelo chão, eles limparam a geladeira, puseram tudo no liquificador e fizeram umas vitaminas e nem deixaram nada pros outros."

"'Os outros' são você, Denis. Por que eles iam te deixar um pouco?"

Denis pensou um pouco a respeito, e Doc viu que ele começava a se acalmar. "Entra aqui comigo e a gente acende de novo esse negócio aí na sua boca."

"Porque", Denis respondeu a pergunta de Doc um pouco mais tarde, "eles supostamente deveriam ser uns monstrões, que nem a gente, uma banda hippie surfadélica monstro, essa que é a imagem pública deles, e os monstros não ferram com os outros monstros, e acima de tudo se eles pegam a sua comida, os monstros dividem. Você não viu aquele filme? Tem até esse 'Código dos Monstros' e tudo mais—"

"Eu acho", Doc disse, "que isso era tipo 1932, uma história de circo mambembe, outro tipo de monstros..."

"Sei lá — esses Boards não foram nada melhores que uns merdas de uns caretas."

"Você tem certeza que foram os Boards, Denis, quer dizer, tinha alguma, assim, testemunha?"

"Testemunhas!" Denis riu tragicamente. "Se tivesse, ia estar todo mundo correndo de um lado pro outro pedindo autógrafo e essa merda toda."

"Olha só, eu estou com os negativos e uma prova de contato, e o Pé-Grande está com aquela cópia que tem o Coy, então fosse quem fosse se eles não acharam nada na sua casa, é provável que eles voltem."

"A minha comida chinesa todinha", Denis sacudindo a cabeça. Uma vez por mês ele pedia trinta pratos no South Bay Cantonese da Sepulveda e guardava no freezer para descongelar um por um na hora das refeições do próximo mês.

"Por que eles iriam querer—"

"Até o Brócoli do General Tso que sobrou de ontem de noite. Eu estava *guardando* aquilo, bicho..."

Na manhã seguinte lá foi Doc para o trabalho entre os habitués da B12 de sempre. Ele percebeu uma mancha interessante na perna de Petunia, e se guindou para o primeiro andar para começar a verificar a lista de policiais auxiliares que tinha conseguido com Fritz, uma tarefa que não aguardava ansiosamente. Ele tinha topado com esses pretensos figurões de vez em quando, exibindo a postura típica daqueles que estão excessivamente armados, ostentando boinas e roupas camufladas paramilitares e outros equipamentos vietnamitas de lojas de material do exército no Hawthorne Boulevard, e condecorados com distintivos e fitas, alguns até autênticos ainda que não merecidos no sentido mais estrito do termo. Ele não conseguia se lembrar de um só deles que jamais tivesse olhado bondosa ou mesmo neutramente para ele. Eram valentões de bairro com uma licença para andar armados, e Deus que ajudasse qualquer civil do sexo masculino com um cabelo que ultrapassasse o comprimento obrigatório para os fuzileiros navais. Todos esses caras tinham empregos normais, claro. Doc ligou fingindo ser diversos tipos de vendedor, ou o Departamento de Trânsito em Sacramento com uma pergunta inofensiva, ou às vezes só um velho amigo que tinha perdido contato, e encontrou as esposas — os sujeitos eram todos homens-família — a fim de falar. E falavam. Um efeito colateral do casamento, como Fritz tinha confidenciado a Doc quando era hiper-recém-garfado. "Essa mulherada toda tem uma *comichão* de conversa, porque ninguém na vida doméstica delas quer escutar as coisas que elas têm pra dizer. Fique sentado imóvel por dois segundos e elas vão tagarelar até a sua orelha ficar vermelha."

"Elas não têm irmãs ou outras esposas pra conversar?", Doc imaginava.

"Lógico, mas em geral nada que a gente possa usar."

Doc esperou até anoitecer e todo mundo ter jantado, escolhendo, ele, um burrito rápido no Taco Bell, nutrição para um dia inteiro e ainda uma pechincha, por 69 centavos. Ele estava com outra peruca curta, um exemplar castanho divido do lado que pegou em uma liquidação no Hollywood Boulevard, e um terno de uma lojinha barata que parecia algo recusado para o figurino dos Três Patetas. Quando o trânsito tinha dado uma ali-

viada, ele se dirigiu a um endereço na região de Rossmoor-
-Cypress, logo para lá da fronteira do condado.

Ele tinha acabado de entrar na via expressa quando ouviu o
DJ no rádio dizendo, "Vai agora da Bambi para todos os fãs do
Spotted Dick na Radiolândia Ducacete da KQAS — aqui vão os
caras com o seu mais recente sucesso — 'Long trip out'".

E depois de uma introdução de Smedley no Farfisa, cheia
de frases transtlânticas à la Floyd Cramer, entrou Chanel Assimétrico cantando,

Ele estava de soldado de um
País fascista, então não es-
Pere muita diversão no
Primeiro dia, ele tem
Saudade da vida, tem
Saudade da comida, tem
Que andar por aí todo esquisito imaginando
Como foi que ele voltou pro mundo
Com os hippies malucos e as
Meninas fumetas, e é uma

Longa Viagem, do vale Ia Drang,
      [*Smedley cantando uma segunda voz,*
       Somerset com uma frase de guitarra com slide]
Caminho triste, quando está distante
Dos amigos legais que ficaram em casa,
Onde você só quer é paz e
Só um dia a mais...

Porque pra você pode parecer um escapamento,
Mas não é o que ele está ouvindo, ele
Lembra de repente, de uma noite

Perdida de medo e de fogo, ele
Nem sabe quem
Está ali com ele, e aquele
Teu baseado que você achou legal
Só está piorando tudo, você
Só está se enganando, porque é uma

Longa Viagem, do Delta do Mekong...
Uma última chance perdida, querendo um amigo,
E saindo voando da
Baía Cam Ranh, à meia-noite,
E não vai saber
Voltar para casa.

Triciclos de plástico nos quintais, gente fora de casa regando as flores e mexendo nos carros, crianças nos gramados jogando basquete, o estrilo de alta frequência do circuito de varredura de um televisor através de uma porta de tela enquanto Doc caminhava até a porta do endereço que estava procurando, a ser seguido pelo som mais mundano, quando chegou aos degraus da entrada, de *Pernalonga* e *Papa-Léguas*. Segundo Fritz, a frequência de varredura era de 15.750 ciclos por segundo, e no preciso instante em que Doc completasse trinta anos, o que estava para acontecer a qualquer momento, ele não ia mais conseguir ouvir. Então essa rotina de abordagem da casa americana tinha começado a deter para ele uma tristeza singular.

Arthur Tweedle era um torneiro civil que trabalhava em horário comercial normal na estação naval de armas. Nos fins de semana, e às vezes à noite durante a semana, também, ele punha um tipo de uniforme camuflado da D'Jack Frost, a loja de material do exército favorita da família Manson em Santa Monica, e ia para reuniões da Califórnia Vigilante, junto com o seu vizinho

Prescott, outro contrassubversivo por hobby que também estava na lista que Fritz tinha gerado para Doc. Art usava óculos claros de chifre sob uma testa alta e impávida, e pouco havia de condenável na expressão que tinha em sociedade, a não ser talvez por uma aparência levemente paralisada, como se fosse um ponto morto que ele não soubesse muito bem como embrear.

Doc estava passando por representante da Segurança Doméstica Corda Cabeluda, de Tarzana, que, esperava ele, não existia. A tia Reet uma vez lhe contou, muito tempo atrás, sobre a crendice dos proprietários de imóveis da Califórnia, de que se você passar uma corda cabeluda em torno do seu terreno inteiro, as cobras nunca vão entrar. "O nosso sistema tem um princípio similar", Doc agora explicava aos Tweedle, Art e Cindi, "nós instalamos uma rede de sensores elétricos conectados a alto-falantes em torno de todo o perímetro do seu terreno. Qualquer pessoa que rompa o cerco dispara um padrão de pulsos subsônicos — alguns produzem vômitos, outros, diarreia, e qualquer um deles basta para mandar o intruso de volta para a sua casa com uma bela conta de lavanderia pela frente. É claro que o senhor e a sua família podem desligar o sistema remotamente sempre que precisarem entrar ou sair da sua propriedade ou cortar a grama ou qualquer coisa."

"Parece meio complicado", disse Art, "e além disso, a gente já tem um sistema aqui, com um histórico sólido, e o senhor está olhando para ele."

"Mas digamos que o senhor precise sair da cidade—"

"A Cindi", apertando a bunda da sua esposa no que ela voltava com garrafas de cerveja longneck em uma bandeja, "atira melhor que eu, e a gente vai estar ensinando os meninos a lidar com a .22 antes do que o senhor imagina."

"O tempo passa tão rápido", Cindi disse.

"Parece que vocês estão bem garantidos mesmo, mas espero que não tenha problema eu ter dado essa passada aqui, vocês estão numa lista de residentes locais com uma reconhecida preo-cupação com a defesa da propriedade... o seu trabalho com a reserva da polícia, por exemplo..."

"Nós não somos tecnicamente moradores de Los Angeles, mas eu fico no que eles chamam de espera, o carro está todo pre-parado e pronto pra rodar, consigo chegar onde quer que eles precisem de mim em menos de uma hora", disse Art.

"Toda vez que nós falamos com a polícia de Los Angeles é certeza que vai aparecer alguém pra mencionar vocês e o quanto eles queriam que vocês fossem mais numerosos. O número de radiopatrulhas e de homens uniformizados tem limite, e está uma situaçãozinha feia lá fora. Eles precisam de toda a ajuda que pudermos dar."

O que não abriu completamente a torneirinha ainda, mas pouco a pouco, com os Tweedle se encorajando mutuamente, enquanto *A família buscapé* ia caminhando para *Fazendeiros do asfalto* e as cervejinhas continuavam chegando, Art começou a tra-zer e mostrar a sua coleção de equipamentos de defesa doméstica, que ia de refinadas .22 com cabo de madrepérola para senhorinhas a Magnums .357 e lançadores de granadas usados no Vietnã. "E isso são só os de um disparo", disse Art. "O arsenal inteiro das auto-máticas está lá no paiolzinho." Ele levou Doc por uma porta dos fundos para a noite do horário nobre e através das profundezas do terreno passando por sons dos vizinhos que atravessavam janelas de tela, TVs, e organização das cozinhas pós-janta e crianças se provo-cando, até um galpão em formato de celeiro anão que continha uma infinidade de rifles de combate e metralhadoras leves, e a menina dos olhos de Art, a terminantemente ilegal bazuca automá-tica Gleichschaltung Modelo 33, que precisava de uma equipe de dois operadores, um para fazer a mira do tubo de 75 mm propria-mente dito e o outro para dirigir o carrinho de golfe modificado que carregava o pente, que comportava até cem balas.

"Não vai ter nenhum crioulo se metendo *nessa* plantação de melancia aqui assim tão cedo", declarou Art.

"Bela engenhoca", Doc disse. "Onde é que o sujeito consegue uma coisa dessas?"

"Ah, traficantes", Art reservado. "Troca-troca, reuniões de grupos de pessoas preocupadas."

"Mas e no emprego? O departamento ia deixar vocês andarem com isso?"

"Talvez a gente descubra logo logo. Mas que ia ter feito diferença em Watts, isso ia."

"Não anda acontecendo muita coisa *daquele* tipo. Como eles mantêm vocês ocupados?"

"Manobras de fim de semana, treinamento de contraguerrilha urbana. Às vezes eles querem cuidar de um indivíduo mas não podem comprometer a mão de obra deles. Não é muito empolgante — tocaias, quem sabe uma pedradinha numa janela, com um bilhete de aviso. Mas é dinheiro na mão, pelo menos dá pra manter o entregador de pizza feliz."

Quando estavam saindo da oficina de Art, Doc por acaso percebeu uma máscara de esqui de temática nórdica pendurada em um gancho na porta. Parecia estranhamente as que estavam na filmagem que Farley Branch tinha feito do ataque ao Salão de Massagem Planeta das Gatas.

O nariz de Doc começou a coçar furiosamente. "Olha só, eu ganhei uma dessas de Natal", só dando aquela limpada no salão, "bom, só que a minha tinha uns chifres fofos em cima, e assim um negócio grande e vermelho meio Rudolph no nariz, a pilha, coisa e tal..."

"Esta aqui é modelo padrão", Art não conseguia evitar uma certa bazófia, "parte do uniforme, pra quando a gente sai pra manobras táticas."

"Foram vocês, umas semanas atrás, naquele oba-oba em que o Mickey Wolfmann desapareceu?"

251

"Claro que era, a gente acabou perseguindo uma gangue de motoqueiros por todo o Vista do Canal, pessoalzinho de cara mais feia que você já viu, mas na hora do vamos ver não deram mais trabalho que os crioulos, afinal."

"É, eu vivo vendo esses comerciais desse lugar, com aquele sujeito que é detetive, como que é o nome dele..."

"Bjornsen — claro, o velho Pé-Grande."

"Acho que até trabalhei coordenado com ele uma ou duas vezes, no centro, em uns casos de invasão de propriedade."

"Um dos verdadeiros fodões da América", disse Art Tweedle.

"Sério mesmo? Me pareceu mais um professor de universidade que um policial de rua."

"Exato. Essa é a identidade secreta dele, que nem o Clark Kent, mansinho. Mas você tinha que ver ele trabalhando. Uff! Sai pra lá, Pete Malloy. Te manda, Steve McGarrett."

"Perigoso desse jeito, então, hein? Acho que da próxima vez que a gente conversar eu vou ter que me cuidar."

O que seria quase imediatamente. Depois de conseguir de alguma maneira dirigir alcoolizado até a praia sem passar pelas vias expressas, Doc entrou na cozinha e estava pegando a lata de café quando o telefone disparou um alarme estridente.

"Idiotas Ilimitada, os Primeiros a Fazer e os Últimos a Saber, e de que maneira, à nossa maneira ridiculamente estropiada, nós poderíamos melhorar a sua vida nesta noite?"

"Eu também estou de péssimo humor", o Pé-Grande lhe informou, "então espero que você não esteja esperando calor humano, empatia, nada assim?"

Clark Kent o cacete. Tendo passado a viagem de volta tentando ficar na pista certa e não adormecer ao volante, Doc ainda não tinha tido oportunidade de considerar o que, segundo Art

252

Tweedle, era agora um Pé-Grande Bjornsen bem mais sinistro do que ele imaginava. Ele também compreendeu vagamente que este preciso momento podia não ser a melhor hora de mencionar qualquer parte dessa história. Manter trajetória, ele se aconselhou, manter trajetória...

"Oba, Pé-Grande."

"Eu lamento se interrompi alguma tarefa hipponga excepcionalmente complexa, como tentar lembrar de que lado do papelzinho Zig-Zag fica a cola, mas parece que temos um outro problema, não desprovido de uma ligação com essa sua capacidade de fatalmente introduzir a catástrofe em toda vida que você toca, mesmo que de passagem."

"Opalalá." Doc acendeu um Kool e começou a procurar a sua erva.

"Eu tenho pleníssima consciência dos lapsos de memória com que vocês devem ter de lutar, mas você por acaso lembraria de um certo Rudy Blatnoyd, cirurgião-dentista?"

"Um certo, claro — por quê, tem mais de um?"

"A inteligência aguçada de sempre. Você prefere bater esse papinho pessoalmente? Nós podemos facilmente enviar um chofer."

"Desculpa... você disse que o doutor Rudy Blatnoyd..."

"Perpetrou o seu último tratamento de canal, eu receio. Nós o encontramos ao lado de uma cama elástica em Bel Air há muito pouco mais de uma hora com um ferimento fatal no pescoço, talvez até sofrido ao saltitar na escuridão absoluta naquele recurso clássico de entretenimento de jardim, quem é que vai saber? Mas certos detalhes realmente parecem inconsistentes. Ele estava usando terno, gravata e mocassins sociais, raramente considerados adequados para atividades saltatórias. Estamos começando a lidar com a possibilidade de um crime, embora até aqui não tenhamos testemunhas, nem motivos, nem suspeitos. A não ser você, é claro."

"Eu não."

"Estranho, porque ainda ontem à noite o doutor Blatnoyd foi visto em um veículo cheio de hippies alucinados por drogas, incluindo você, que foi parado por policiais em Beverly Hills com a suspeita de ser um FoPoTAS, ou Foco Potencial de Atividade de Seitas."

"Beleza — a proprietária daquele carro? família muita respeitada de Palos Verdes, diga-se de passagem? ela me ofereceu uma carona? E os tiras nem chegaram a dar uma multa pra ela? E o doutor Blatnoyd era amigo dela, não meu?"

"Não quero me meter na sua vida, Sportello, mas onde você esteve hoje à noite? Nós estamos tentando ligar para você desde que escureceu."

"Eu estava no cinema."

"Claro que estava, e isso foi onde mesmo?"

"Cine Hermosa."

"E o filme era..."

"*Três homens em conflito*", que de fato Doc tinha ido ver enquanto o carro estava na oficina. "A menina que estava comigo queria ver a outra parte do programa duplo, aí a gente ficou pra ver esse também, um filme inglês chave de cadeia cujo nome vai me ocorrer em um minuto..."

"Ah, *A primavera de uma solteirona*, sem sombra de dúvidas, um filme esplêndido pelo qual Maggie Smith mereceu muitíssimo o seu Oscar de Melhor Atriz."

"Ela era qual mesmo, a loura dos peitões, né?"

"Você não é um grande admirador do cinema britânico, pelo que percebo aqui."

"Sou mais um cara tipo Lee Van Cleef, pra falar a verdade, quer dizer, aquele Clint Eastwood é legal, mas eu sempre acabo pensando nele como Rowdy Yates—"

"É, mas então tem aqui um policial com uns saquinhos de provas, e eu vou ter que retornar à parte realmente divertida desta noite. Você poderia dar uma passadinha no Parker Center amanhã, eu queria trocar umas ideias sobre essa missão ingrata em que você teve a bondade de me enviar, esse caso Coy Harlingen?"

"Sei, aliás, uns amigos do Coy apareceram ontem e destruíram o apartamento do meu colaborador. Então quem sabe não é tão arquivo morto assim."

"Existem arquivos mortos e arquivos *mortos*", disse o Pé-Grande enigmaticamente, e desligou.

Naquela noite Doc sonhou que era criancinha de novo. Ele e outro menino que se parece com o seu irmão Gilroy estão sentados em Arizona Palms no meio da tarde com uma mulher que não é exatamente Elmina, embora seja a mãe de alguém. Uma garçonete vem com cardápios.

"Cadê a Shannon?", pergunta a mulher que não é exatamente Elmina.

"Ela foi assassinada. Eu sou a substituta."

"Acho que era só uma questão de tempo. Quem foi?"

"O marido, quem mais seria?"

Ela traz a comida deles em diversas viagens, cada vez com alguma atualização a respeito do assassinato da sua colega de trabalho. A arma, os motivos apresentados, as manobras pré-julgamento. Ela interrompe discussões de torta-de-creme-de-banana--à-la-mode com, "Não seria a primeira vez, alguém matar alguém que anda comendo, até quando estão apaixonados, os psicanalistas e os assistentes e os advogados não podem resolver tudo, você sai pra trás dos bulevares e está de volta ao meio do deserto, onde esse povo que sempre fica te dizendo como você tem que se comportar não tem mais jurisdição, e vinte e quatro horas por dia a Zona Sul pertence aos maus."

"Manhê", o pequeno Larry quer saber, "quando ela voltar, eles vão deixar o marido dela sair da cadeia?"

"Quando quem voltar?"

"A Shannon."

"Você não ouviu o que a moça disse? A Shannon morreu."

"Isso é só nas historinhas. A Shannon de verdade vai voltar."

"Vai o cacete."

"Vai, mãe."

"Você acredita mesmo nessa porcariada."

"Bom e o que que *a senhora* acha que acontece quando a gente morre?"

"A gente fica morto."

"A senhora não acredita que a gente pode voltar à vida?"

"Não quero falar disso."

"Bom, mas o que que acontece?"

"Eu não quero falar disso."

Gilroy está olhando os dois com uns olhos enormes e brincando com a comida, o que irrita a figura Elmina, para quem comer é coisa séria. "Ah, agora é *você* que está brincando. Não brinque, coma. E você", ela diz a Doc, "um dia você vai ter que se conformar."

"Como assim?"

"Ser como todo mundo." É claro que é isso que ela quer dizer. E agora o Doc adulto sente a sua vida cercada de mortos que voltam e não voltam, ou que nunca foram, e enquanto isso todas as outras pessoas entendem qual coisa é qual, mas há algo tão claro e simples que Doc não está conseguindo ver, nunca vai dar conta de compreender.

Ele acordou nesta singular temporada de neblinas na praia e no troar insólito dos jatos decolando e pousando no LAX a noite toda, como se alguma mão na mesa de controle tivesse empurrado os graves para um nível inesperado, e ele encontrou a manta indígena no sofá em que tinha caído no sono escorrendo pigmentos vermelhos e laranjas graças ao que só podiam ser suas lágrimas. Ele andou de um lado para o outro até bem depois do amanhecer com um vago padrão de caxemira em um lado do rosto.

Treze

Houve um tempo em que Doc realmente temia virar o Pé-Grande Bjornsen, acabando como mais um tira aplicado, indo apenas aonde as pistas o levassem, opaco para a luz que parecia estar encontrando todos os outros que caminhavam por este sonho regional de esclarecimento, sem acesso às revelações de tela ampla que o Pé-Grande chamava de "hippiefanias", condenado em vez disso a ser abordado por um cabeludo depois do outro, que fala arrastado, "Deixa só eu te contar a minha viagem, bicho", a nunca estar acordado cedo o bastante para o que um dia podia acabar sendo uma falsa aurora. O que pode ter explicado por que, até ontem à noite, ele sempre esteve disposto a dar uma certa folga ao Pé-Grande, não que ele necessariamente fosse querer que *isso* vazasse por aí. Mas agora, segundo Art Tweedle, tinha essa provável conexão do Pé-Grande com o exército particular de vigilantes da polícia de Los Angeles, talvez até (Doc não conseguia evitar a ideia), com o ataque ao Condomínio Vista do Canal. Quando ele chegou ao Parker Center, estava se sentindo como alguma estátua alegórica no parque, com o rótulo A COMUNIDADE CONDENA.

"Oi, Pé-Grande! detonando muito negão ultimamente?"

Não... não, ele tinha quase certeza que o que disse em voz alta foi, "Nada de novo naquele caso de Bel Air?".

"Nem pergunte. Bom, na verdade pergunte mesmo, talvez eu precise desabafar."

A energia na Divisão de Roubos e Homicídios naquela manhã estava o mais cordial que podia ficar, o que queria dizer quase nada. Talvez fosse Doc, talvez a natureza do trabalho por aqui, mas ele podia ter jurado que hoje os colegas do Pé-Grande estavam realmente fazendo força para evitá-los.

"Espero que você não se importe de a gente fazer um Código 7 em algum lugar?", o Pé-Grande metendo a mão debaixo da mesa e arrastando dali uma sacolinha de mercado do Ralph's com o que pareciam ser vários quilos de papelada dentro, levantando, e indo para a porta, fazendo um gesto para que Doc o seguisse. Eles desceram e saíram para um japonês vagabundo logo na esquina onde as panquecas suecas com mirtilos vermelhos eram imbatíveis, e chegaram na verdade não mais de um minuto e meio depois de o Pé-Grande ter posto a cara na porta.

"Étnico como sempre, Pé-Grande."

"Eu dividiria com você, mas aí você ia ficar viciado e seria mais uma coisa na minha consciência." O Pé-Grande começou a atacar o prato.

Aquelas panquecas tinham uma cara excelente mesmo. Talvez Doc conseguisse estragar o apetite do Pé-Grande ou alguma coisa assim. Ele se viu ronronando maliciosamente. "Você nunca lamenta ter perdido de estar lá em Cielo Drive? Pisotear aquela famosa cena de crime com o resto dos policiais de vida mansa, apagando aquelas digitais, deixando as tuas e coisa e tal?"

Tendo apanhado um segundo garfo do prato de Doc e comendo agora com as duas mãos, "Pequenos detalhes, Sportello, isso é só ego e arrependimento. Todo mundo tem essas coisas — bom, todo mundo que trabalha para viver. Mas quer saber a verdade?"

"Ãhnnh... não?"

"Mas toma, mesmo assim. A verdade é que... neste exato momento todo mundo está com, muito, medo."

"Quem — vocês? Todos os burritomaníacos da Homicídios? Com medo de quê? Do Charlie Manson?"

"É estranho, sim, que aqui, na capital da eterna juventude, do verão sem fim, o medo esteja percorrendo a cidade novamente como nos tempos antigos, como com a lista negra de Hollywood de que você não se lembra e os motins de Watts que você lembra — ele se espalha, como o sangue numa piscina, até ocupar todo o volume do dia. E aí talvez uma alma brincalhona aparece com um balde de piranhas, joga na piscina, e imediatamente elas sentem o gosto do sangue. Elas nadam de um lado para o outro procurando o que está sangrando, mas não acham nada, todas elas ficando cada vez mais enlouquecidas, até que a loucura chega a um certo ponto. Que é quando elas começam a comer umas às outras."

Doc considerou tudo isso por um tempo. "Que que tem nesses mirtilos aí, Pé-Grande?"

"É como se", o Pé-Grande continuou, "existisse um subdeus maligno que ditasse as regras no sul da Califórnia? que vez por outra acorda da sua sonolência e permite que as forças das trevas que estão sempre estendidas logo onde começam as sombras venham à tona?"

"Nossa, e... e você... viu esse cara? Esse 'subdeus maligno', de repente ele... conversa com você?"

"É, e tem a aparência de um *hippie doido emaconhado!* Muito louco, né?"

Imaginando de que se tratava tudo isso, Doc, tentando ser útil, disse, "Bom, o que eu ando notando desde que enjaularam o Charlie Manson é muito menos contato ocular do mundo careta. Vocês antes eram que nem o público no zoológico — assim, 'Puxa, olha, o macho está carregando o filhote e a fêmea está pagando as compras', sabe, mas agora é mais, 'Finja que eles não estão aqui, porque eles podem chacinar todo mundo'".

"Tudo virou um fascínio doentio", opinou o Pé-Grande, "e enquanto isso todo o campo de Homicídios está de pernas para o ar — adeus Dália Negra, descanse em paz Tom Ince, sim, receio que tenha chegado ao fim o tempo daqueles antigos mistérios criminais de Los Angeles. Nós encontramos os portais do inferno, e é definitivamente pedir demais dos nossos civis de Los Angeles esperar que eles não queiram entrar aos bandos por eles, tesudos e gargalhantes como sempre, em busca da mais nova diversão. Montes de horas extras para mim e para os rapazes, imagino, mas nos deixa tão mais perto do fim do mundo."

O Pé-Grande fez uma completa verificação do local, dos banheiros nos fundos à luz do deserto na rua e botou a sacola do Ralph's na mesa. "Esse assunto do Coy Harlingen. Eu não queria discutir isso no escritório." Ele começou a tirar disformes montes de papéis de tamanhos, cores e estados de deterioração diferentes. "Eu olhei no sistema esperando o que a gente chama tecnicamente de porra nenhuma. Imagine só a minha surpresa ao descobrir quantos dos meus colegas, em quantos postos disparatados das forças da lei, sem falar dos níveis de poder, andaram metendo as patinhas nessa história. Coy Harlingen não só usou inúmeras identidades alternativas, ele também foi controlado por diversos escritórios, tipicamente ao mesmo tempo. Entre os quais — espero não espantar ou ofender você — inevitavelmente estiveram aqueles elementos que não iam se importar se Coy na verdade acabasse embaixo de uma laje de granito com a sua identidade final entalhada."

"A overdose de Coy, ou seja lá o que aquilo foi — deve ter um monte de relatórios mensais sobre isso a essa altura. Alguma chance de dar uma olhada?"

"Só que o pessoal do Irmão Noguchi nunca chegou a ponto de chamar aquilo de homicídio, então ninguém foi obrigado a registrar nenhum relatório, intra-, extra-, não-, ou o que fosse. Graças a isso, só mais uma OD, um chapado a menos, caso encerrado." Em outros tempos Doc teria dito, "Bom, então é isso, posso ir agora?". Mas com esse novo Pé-Grande modelo fascista, aquele que ele recentemente descobriu que afinal não era de confiança, o velho estilo de azucrinação de alguma maneira já não era mais tão divertido. "Você quer dizer que seria um caso de rotina, se não fosse essa papelada toda", foi o que ele disse, cuidadosamente, "que mesmo só de olhar assim de passagem parece meio desproporcionada. Assim, uma fichinha cor-de-rosa atestando o óbito já dava conta."

"Ah, você percebeu. É certamente o tipo de atenção documental que os mortos não costumam receber. Quase daria para pensar que Coy Harlingen na verdade estava vivinho da silva em algum lugar. Você não acha? Ressurrecto."

"Então o que foi que você descobriu?"

"Tecnicamente, Sportello, eu *nem tenho notícia da existência desse caso*. Joia pra você? Beleza pura? Por que você acha que nós estamos aqui e não lá em cima?"

"Alguma novela das Investigações Internas, eu imagino, de que você quer desesperadamente me manter longe. Mas o que poderia ser?"

"Muito bem. O que eu quero manter longe de você é vasto, Sportello, vasto. Por outro lado, se houver algo trivial posso te dar a dica de vez em quando, por que ficar paranoico demais com isso tudo?" Ele revirou a sacola do Ralph's e achou uma caixa pintalgada comprida quase cheia de fichas de sete por doze centímetros. "Puxa vida, o que temos aqui? Ah, mas você sabe o que são essas fichinhas."

"Relatórios de Interrogatórios de Campo. Suvenires de todo mundo que vocês pararam e intimidaram. E isso aí parece demais pra um só saxofonista chapado."

"Por que você não dá uma passadinha por essas fichas, para ver se tem alguma coisa familiar."

"Não me deixe na mão agora, Evelyn Wood." Doc começou a percorrer as fichas, tentando se manter alerta para uma das surpresas grosseiras do Pé-Grande. Ele tinha conhecido alguns mágicos de rua e conhecia a prática de "forçar" a escolha de uma carta pelo espectador. Ele não via motivo para que o Pé-Grande estivesse acima desse tipo de truque.

E, quem diria. O que era aquilo? Doc teve quase meio segundo para decidir se valia a pena esconder do Pé-Grande a ficha em que tinha batido os olhos, e aí lembrou que o Pé-Grande já sabia qual era ela. "Aqui", ele disse, apontando. "Eu sei que já vi esse nome em algum lugar."

"Puck Beaverton", o Pé-Grande concordou com a cabeça, recolhendo a caixa. "Excelente escolha. Um dos pretores penitenciários de Mickey Wolfmann. Vejamos agora." Ele fingiu ler a ficha. "Homens do Xerife por acaso deram com ele em Venice, na residência do mesmíssimo traficante que vendeu a heroína que matou Coy Harlingen. Ou não matou, conforme seja o caso." Ele empurrou a ficha de RIC pela fórmica e Doc a examinou duvidoso. "O elemento, desempregado, diz ser amigo de um certo Leonard Jermain Loosemeat, vulgo Ned Ralo. 'Eu só vim jogar umas partidas de sinuca.' O elemento parecia estranhamente nervoso na companhia de Beaverton. É isso? O que o Puck estava fazendo na casa do traficante do Coy? A tua opinião."

O Pé-Grande deu de ombros. "Talvez estivesse lá comprando?"

"Algum histórico de uso?"

"Alguém teria que dar uma olhada." O que deve ter soado safado até para o Pé-Grande, porque ele acrescentou, "A ficha de

Puck pode estar no arquivo a essa altura, muito, muito longe, em algum lugar como Fontana ou pior. A não ser...", uma pausa de vigarista, como se uma ideia tivesse acabado de lhe ocorrer.

"Diga lá, Pé-Grande."

"Acho que eu lembro que uns anos atrás, logo antes de ele ir para Folsom, esse Beaverton trabalhava para um agiota no centro da cidade, chamado Adrian Prussia. E esse traficante Ned Ralo por acaso também era um dos fregueses normais de Prussia. Talvez Puck estivesse lá em nome do antigo chefe."

Doc se sentia incomodado. Seu nariz estava começando a escorrer. "Lembro do Adrian Prussia de quando eu procurava gente desaparecida. Puta víbora, bicho."

O Pé-Grande fez um sinal para o sujeito do balcão. "*Chotto*, Kenichiro! *Dozo, motto panukeiku.*"

"Beleza, tenente!"

"Não é bem a mesma coisa que as da minha mãe, mas ainda assim é uma bela 'viagem'", o Pé-Grande confidenciou, "apesar de que o que mais me agrada aqui é o respeito."

"Isso a sua mãe não te dava muito, né?"

Será que Doc realmente disse isso, ou só pensou? Ele esperou para ver o Pé-Grande se ofender, mas o detetive só prosseguiu, "Você provavelmente imagina que eu tenha muito status lá na Roubos e Homicídios. Quem poderia te culpar por pensar isso, o sujeito anda por aí que nem o príncipe Charles, como se fosse ser coroado chefe qualquer dia desses... A realidade, contudo...". Ele balançava a cabeça lentamente, olhando para Doc de uma maneira estranhamente convidativa. "Deus nos acuda. Dentistas em camas elásticas". Mas não, não era isso. Não exatamente.

"Certo, Pé-Grande", consciente de outro golpe em curso, "o que eu posso te dizer é isso — naquela noite, quando a gente deixou Rudy Blatnoyd lá em Bel Air, estava escuro, ele ficava dando as orientações, uma cacetada de curvas, acho que não consigo voltar lá nem de dia, nem saber como isso se liga a sei lá qual lugar onde vocês acharam o corpo, mas era perto de onze da noite" — rabiscando em um guardanapo — "e o endereço é esse."

O Pé-Grande concordou com a cabeça. "Foi bem onde nós achamos o corpo. Ele estava lá como hóspede, e isso ajuda um pouco com a cronologia. Obrigado, Doc. Apesar do cabelo e das drogas, eu nunca considerei você menos que um profissional."

"Não venha me ficar sentimental, isso fode com a sua clareza."

"Eu ainda posso ser mais emocionalmente irresponsável que isso", respondeu o Pé-Grande. "Escuta aqui. Esse caso tem certos dados de poligrafia que se eu te contasse quais eram, as únicas pessoas que iam saber seriam a Homicídios, o assassino e você."

"Que bom que você não vai me contar, então."

"Digamos que eu te conte mesmo assim."

"Por que você ia fazer uma coisa dessas?"

"Só para nós ficarmos sabendo 'qualé' a nossa, como vocês dizem."

"Você quer dizer só pra você ter outra razão pra me fichar. Obrigado, Pé-Grande. Que tal se eu puser o dedo na orelha e gritar se você tentar me contar?"

"Você não vai fazer isso."

"Mesmo?" Doc genuinamente curioso. "Por quê?"

"Porque você é um dos poucos hippies maconheiros desta cidade que valorizam a distinção entre *infantilidade* e *criancice*. E além disso, é bem do seu interesse. Escuta aqui... nós estamos dizendo oficialmente que foi um ferimento fatal no pescoço — não... *faça* isso! — mas mais especificamente, o doutor Blatnoyd tinha perfurações na garganta, consistentes com a mordida dos dentes de um animal selvagem de porte médio. Foi isso que o legista descobriu. Guarde esse segredo."

265

"Mas isso é esquisito pacas, Pé-Grande", Doc disse lentamente, "porque Rudy Blatnoyd era um dos sócios de uma manobra fiscal que se chama, saca só, Empresas *Canino Dourado*. Hein? Não imagino que vocês tenham mandado o pessoal das Investigações Especiais verificar se tinha ouro nessas perfurações, ou alguma coisa assim?"

"Eu não acho que ficariam muitos vestígios. O ouro é quase inerte quimicamente, como você poderia ter aprendido na aula de química se não estivesse matando aula o tempo todo para arranjar drogas."

"Espera aí, o que aconteceu com o Princípio da Troca de Locard, todo contato deixa vestígios? mas eu só estou dizendo que ia ser *irônico*, bicho, se descobrissem que o Blatnoyd foi morto pelas mordidas de um Canino Dourado. Ou, melhor ainda, assim, *dois* caninos de ouro."

"Eu não...", o Pé-Grande inclinando a cabeça e batendo nela como um nadador que tenta tirar água do ouvido, "entendo por que... qualquer coisa assim pudesse ser especialmente... relevante?"

"Você quer dizer por que os caninos tinham que ser de ouro? Em vez de, assim, só uns caninos normais de lobisomem."

"Bom... pode... ser...?"

"Porque é *o Canino Dourado*, bicho."

"Sei sei, o paraíso fiscal do falecido. E daí?"

"Não, não só um paraíso fiscal, Pé-Grande. Nananina. Muito, muito mais, o que você chamaria de vasto."

"Ah. E isso não seria", com razoável paciência, "só mais uma amostra das suas bobagens hippies paranoicas, não é, porque francamente nem o Departamento nem, o que é mais importante, eu, temos tempo a perder com essas fantasias de pistas maconhadas."

"Então você não se importa se eu continuar investigando por conta própria? Quer dizer, espero que *aqui* não existam esses problemas da corregedoria, nenhuma obstrução deliberada da polícia de Los Angeles, nada desse tipo?"

"O tempo de todo mundo é precioso", filosofou o Pé-Grande, pegando a carteira, "a seu modo."

Doc estava estacionado em Little Tokyo, então foi com o Pé-Grande até a esquina da Terceira com a San Pedro e se separou dele ali, mandando um sinal da paz. "Ah, e, Pé-Grande?"

"Hã-hã."

"Manda o laboratório procurar vestígios de cobre."

"Como?"

"Não do tipo que molha a mão dos teus colegas — mais do tipo do cobre, o metal mesmo? Sabe, os dentes de ouro nunca são de ouro puro, os dentistas gostam de uma liga com cobre? Se você não tivesse matado aula de medicina legal pra ir roubar calotas de carro pra plantar em algum hippie inocente, podia saber *disso*."

Doc foi visitar Clancy Charlock onde ela trabalhava de bartender, em Inglewood. "Oi, foi tudo bem com aqueles motoqueiros naquela noite?"

"Eles tomaram um monte de bolinhas e caíram no sono, obrigada. Olha só, você tem visto Boris Spivey?" Houve um pulso, não exatamente um tremor, na voz dela. Podia ter sido do cigarro.

"Era exatamente o que eu ia te perguntar! Percepção extrassensorial, bicho!"

"Porque o negócio é que o Boris sumiu. A casa dele está vazia, tudo que era dele desapareceu, ninguém no Knucklehead Jack viu o cara."

Doc localizou um Kool, foi acendê-lo, e aí acabou parado só olhando para o cigarro. Será que o Pé-Grande tinha razão?

Será que Doc era o beijo da morte, largando um carma pesado em todo mundo em quem tocava? "Você por acaso assustou ele ou alguma coisa assim?" Agora ela parecia emputecida. "Como é que eu ia fazer uma coisa dessas se não bato nem no joelho do cara? Vai ver ele está devendo dinheiro, vai ver é algum problema com a patroa — você conhece a tal noiva, por falar nisso? Dawnette? de Pico Rivera?"

"Pra falar a verdade, eu tentei ligar pra ela, mas parece que ela também desapareceu."

"Cê acha que eles estão juntos?"

"Você está me confundindo com a Ann Landers. O que você queria com o Boris?"

"O cara que eu estou procurando de verdade é Puck Beaverton, e achei que o Boris podia ter uma noção do paradeiro dele."

"*Aquele* babaca."

"Quase parece que você... namorou o velho Puck."

"Tanto ele quanto o colega de quarto, Einar. Não peça pra eu te dar detalhes. Os rapazes têm uma ideia ligeiramente diferente do que é um ménage à trois. Eu acabei me sentindo, digamos, subutilizada, e cometi o erro de dizer isso a eles. Puck e Einar só murmuraram juntos um tempo, e aí me botaram pra fora. Quatro da matina em West Hollywood."

"Eu não quis—"

"Despertar memórias dolorosas, claro que não, beleza, só que tem jeitos e jeitos de ser usada, e aquilo não teve nem graça."

"O Boris mencionou que o Puck podia estar indo pra Vegas, e eu estava tentando afinar mais essa ideia."

"Se o Einar está com ele, eles vão em busca de mulheres pra tratar que nem merda, de preferência umas que não deem tanta bola. Boa caça."

"Quem sabe, em alguma noite tropical, a gente possa jogar uma canastra."

"Claro, traga um amigo."

Esperando no escritório quando Doc voltou do almoço no Wavos estava uma menina descomposta com uma saiazinha minúscula, cujos olhos no estilo daquela época estavam imensamente maquiados não apenas com rímel mas também com delineador líquido e uma sombra quase da cor da fumaça de um bico de gás com defeito, sugerindo a Doc como sempre uma profunda e intangível inocência, um conjunto que botou o latejante ponto morto da sua lubricidade em alta rotação.

"Trillium Fortnight", ela se apresentou. "Dizem que você pode me ajudar."

"Dizem, então", refinadamente agitando na direção dela um maço de Kools, que ela recusou. "E quantos eles eram?"

"Ah, desculpa. A Dawnette e o Boris. Eles disseram—"

"Opa!" Dawnette e Boris. "Isso foi há quanto tempo?"

"Coisa de uma semana atrás."

"Você... por acaso não sabe onde eles estão agora."

Ela balançou a cabeça, com tristeza, pareceu a Doc. "Ninguém sabe."

"Mas você falou com eles?"

"Por telefone. Eles acharam que alguém estava ouvindo, aí não falaram muito tempo."

"O som era de uma ligação local? Sabe, assim, às vezes—"

"Parecia que eles estavam na estrada, um telefone em uma estrada vicinal de alguma interestadual."

"Você conseguiu ouvir isso tudo?"

Ela deu de ombros. "Era o jeito das vozes se misturarem." Doc devia estar lhe dirigindo um olhar peculiar. "Não vozes 'vozes'. Mas as partes de uma peça de música?"

"Serenata para caminhão Peterbilt e kombi", Doc chutou. "Na verdade, van Kenworth e Econoline, mais uma caminhonete de rua, uma Harley e uns calhambeques misturados." Essa sensibilidade auditiva, ela explicou em seguida, tinha se provado útil tanto no seu emprego diurno, dando aulas de teoria musical na UCLA, quanto para o seu trabalho das horas vagas, como especialista em madeiras em shows de grupos de música antiga. "Tudo, de uma bombarda baixo a uma charamela sopranino, eu sou a pessoa certa."

Doc estava com uma ereção e seu nariz escorria. Aquele velho cu de fude tinha chegado de novo. Trillium, por sua vez, tinha caído em um silêncio peculiar que, se ele estivesse com juízo, teria reconhecido como dor de cotovelo por outro cara. Ele achou uma folha de papel de um bloquinho amarelo com uma longa lista de compras de itens de junk food a lápis, e a colocou na máquina de escrever, só para se manter ocupado.

"Então... como era que Boris e Dawnette achavam que eu podia te ajudar?"

"Alguém que conheço desapareceu, e eu preciso... eu queria descobrir o que aconteceu com ele."

Doc datilografou *camarada de sorte*. "A gente pode começar com um nome e um último endereço conhecido."

"O nome dele é Puck..."

"Puck." Hã-hã.

"Puck Beaverton... o último endereço era em West Hollywood, mas eu não sei direito a rua..."

Agora, duas ou três linhas ocorriam a Doc ao mesmo tempo, exibindo-se em uma espécie de padrão hiperdimensional no pedaço de parede vazia do escritório que ele frequentemente usava para esses exercícios. A nossa amiga Trillium podia se revelar ela mesma algum tipo de segurança contratada, perseguindo Puck em nome de sei lá quem foi que o deixou com tanto medo que ele saiu da cidade. É claro que Puck pode sempre ser um amante da música da Antiguidade e podia estar tocando algum mercado ilícito de charamelas sopranino. Ou, muito mais irritante, Trillium podia estar metida muito fundo *em alguma coisa* com Puck e podia não ser capaz de abandonar essa história. Doc tinha aprendido a essa altura a não censurar as escolhas de objetos românticos de ninguém, mas quem é que devia estar cuidando dessa menina? Quanto será que ela sabia da história do seu príncipe encantado? Sobre Einar? Ou será que na verdade ela, essa inocente de olhos enevoados, tinha achado a Experiência Puck & Einar bacana de um jeito que tinha escapado a Clancy? E será que havia escolha, no momento, a não ser calar a boca sobre tudo isso? Teria sido quase mais agradável pensar nela como uma assassina de aluguel.

"O Boris me deu um endereço em Las Vegas", Trillum disse.

"E você quer que eu faça o quê — vá dar uma olhada?"

"Eu quero que você venha comigo pra Vegas e me ajude a encontrar o Puck."

Palerma. Basbaque. E outros termos de filme antigo que Doc tinha certeza que logo ia lembrar. Ele viu o golpe se armando, mas como de costume estava pensando com o pinto. Sem nem falar de outras formas mais sentimentais. Fosse qual fosse a diferença. "Numa boa", ele disse. "Você por acaso tem uma foto do cavalheiro em questão?"

E como tinha. De uma bolsa tiracolo, ela pescou um daqueles trecos plásticos sanfona com espaço para — ele perdeu a conta — talvez cem chapas de Puck e Trillium, caminhando na praia ao pôr do sol, dançando em diferentes reuniões gigantescas de gente ao ar livre, jogando vôlei, correndo das e para as ondas — parecia um classificado pessoal no *L.A. Free Press*, só que maior e com fotos. Doc percebeu que Puck tinha a cabeça raspada e com uma tatuagem de suástica, o que podia ajudar a identificá-lo, se e quando. Além disso, em pelo menos metade das fotos havia uma terceira presença, olhos bem próximos no crânio, um lado do lábio superior erguido descontente, normalmente dando um jeito de se meter entre Trillium e Puck.

"E esse seria..."

"Einar. Um colega do Puck, eles se conheceram na penitenciária."

"Tudo bem se eu pegar umas dessas, só pra mostrar por aí?"

"Nem um pouco. Quando é que a gente sai?"

"A qualquer momento. Tem uma ponte aérea que sai do West Imperial, se estiver beleza."

"Mais que beleza", ela disse. "Andar de carro me deixa surtada."

Na verdade, era andar de avião que deixava Doc surtado, mas ele vivia esquecendo por quê, e não lembrou dessa vez até a hora em que o avião estava pousando em McCarran. Ele considerou brevemente a possibilidade de surtar de qualquer maneira, só para não perder a prática, mas aí Trillium podia se perguntar por que, o que podia ser um saco de explicar, e além de tudo o momento tinha passado.

Depois de alugar um Camaro 69 vermelho brilhante, eles foram procurar um lugar para ficar, de preferência perto do aeroporto, porque Doc estava esperando um entra-e-sai rapidinho, seguindo rumo Leste na Sunset Road até a Boulder Highway e visitando uma região de hoteizinhos vagabundos e cassinos frequentados pelos moradores e bares com rock'n'roll ao vivo antes de se decidirem pelo Jardim Florfantasma, um aglomerado de bangalôs que datavam dos anos 50. Eles ocuparam uma unidade de dois quartos nos fundos com teto de madeira — um pouco acabadinha talvez, mas espaçosa e confortável por dentro, com uma geladeira, um minifogão, ar-condicionado, tv a cabo e duas camas d'água king-size com lençóis com estampas de leopardo. "Muito louco", disse Doc, "será que elas vibram?" Não vibravam. "Sacanagem."

O endereço que Boris tinha dado a Trillium ficava em um trapezoide abandonado de ruas a leste da parte principal da cidade, entre Sahara e o Centro. Quem ocupava o terreno era um vendedor de antiguidades que se apresentou como Delwyn Quight. "Quase tudo são coisas penhoradas, mas dê uma olhada, metade do que está aqui eu nem conheço." Ele mostrou uma caixinha-esconderijo japonesa de laca preta e madrepérola, com um motivo de cegonhas-e-salgueiros e cheia de baseados já enroladinhos, acendeu um, e eles o passaram de mão em mão.

"Um monte de coisas do Velho Oeste por aqui", Doc achava. Ele se lembrou do Pé-Grande Bjornsen com os seus cinquenta quilos de arame farpado. "Você tem alguma coisa que eu pudesse levar pra um colecionador de arame de cerca? Não muito, entenda, talvez um pedacinho pequenininho..."

"Acabei de vender o fim do meu último rolo, e agora é tudo réplica japonesa mesmo. Mas olha, você pode querer ver isso aqui — chegou ontem, direto de uma escavação arqueológica em Tombstone."

Era uma caneca de café com uma aparência normal com um terço da abertura coberto deixando só um buraco pequeno para a boca, com o objetivo de impedir que o bigode do proprietário se encharcasse. A xícara era decorada de um lado com um vívido cacto saguaro e do outro com um par de Colts Buntline Special cruzados sobre a palavra wyatt naquela fonte antiquada de cartaz de procurado.

"Joia", Doc disse, "quanto?"

"Eu podia aceitar mil."

273

"Mil o quê?"

"Por favor. Ela pertenceu ao próprio xerife Earp."

"Eu estava pensando mais em uns dois paus?"

Eles começaram a discutir sobre isso e ficaram fugindo do assunto até que Doc percebeu algo em um canto, como seria possível dizer, *reluzindo*, mais ou menos. "Ei, o que é isso?" O que aquilo era era uma gravata coberta com milhares, ou centenas, de lantejoulas magentas e verdes em um padrão de teclado de piano, e elegantemente ornada em todas as bordas com strass.

"Já isso", Quight disse, "pertenceu a Liberace — durante um dos seus shows na Riviera, enquanto tocava a 'Grande valse brillante', de Chopin com uma mão, Lee tirou a gravata com a outra e a arremessou para o público. Autografada no verso, está vendo?"

Doc vestiu a gravata, olhou para ela na frente do espelho por um tempo e viu como ela brilhava à luz e coisa e tal. Quight, ainda tentando vender a xícara de bigode, se ofereceu para dar a gravata junto, e eles acabaram fechando em dez dólares pelos dois itens. "Isso sempre acontece", o vendedor batendo a cabeça suave mas expressivamente contra um balcão de vendedor de sementes-ração-e-adubo, c. 1880, "eu estou fumando todas as minhas chances de sucesso."

"Outra coisa", Doc disse, "que a gente quase ia esquecendo é, é que você está alugando o andar de cima, certo?"

"Não nesse momento, eles se mudaram na semana passada." Ele suspirou. "Puck e Einar. Muita gente vai e vem nesse bairro, mas eles eram, qual é a palavra? — especiais."

"E ele — eles disseram para onde estavam indo?" A voz de Trillium escorregando para um registro mais escuro que Doc estava começando a reconhecer.

"Não muito. Ninguém diz, claro."

"Mais alguém andou procurando por eles?"

"Uns cavalheiros do FBI, pra falar a verdade." Quight verificou o conteúdo de um cinzeiro decorativo do hotel Sands, em que se dizia que Joey Bishop tinha vomitado uma vez, e localizou um cartão comercial, com HUGO BORDERLINE, AGENTE ESPECIAL impresso no canto, e um número de telefone local e um ramal acrescentados com uma esferográfica.

"Bosta", refletiu Doc. E será que o agente especial tinha trazido também o seu companheiro de chapa, uma espécie de leve-dois-pague-um de abelhudos governamentais? e, se sim, por que eles não tinham voltado a Los Angeles para ficar atiçando negões revolucionários uns contra os outros? Las Vegas não parece muito abundante em ofertas nessa área, a não ser que, assim, a história do Nacionalismo Negro tivesse sido o tempo todo fachada para outra coisa, alguma coisa voltada, digamos, ao Crime Organizado, que se dizia que dominava os cassinos de Vegas e que basicamente administrava tudo por lá hoje em dia. Mas espera aí — esses federais estiveram aqui fazendo perguntas sobre o Puck, e qual poderia ser a ligação do Puck com essa coisa toda? Doc sentia uma suspeita crescer, paranoica como os batimentos cardíacos de um despertar à meia-noite, de que o destino de Puck era parte do destino de Mickey, e que a pergunta que devia estar fazendo era que tipo de negócio Mickey podia ter com a Máfia — ou, pior, com o FBI.

"Durante essa conversinha — será que teve alguma coisa que de repente você não mencionou pra eles?"

"Eu cheguei a pensar em recomendar um bar chamado Curly's lá na Rampart, mas quanto mais eles falavam, menos parecia que seria um lugar do tipo deles."

"Era, assim, um ponto de encontro Puck-e-Einar?"

"Dependendo da política musical de uma semana pra outra, era a impressão que me dava."

"Deixa eu adivinhar. Country e western."

"Canções de espetáculos da Broadway", Trillium disse baixinho.

"E como", concordou Quight.

"Puck gostava de imitar Ethel Merman", ela recordou.

"Os dois gostavam. Eles entravam às quatro da manhã cantando 'There's no business like show business'. Dava pra ouvir eles chegando a quadras de distância, ficando mais alto devagarzinho? Ninguém nunca reclamou."

De volta ao carro, Doc disse, "Vamos, eu te pago uma enchilada".

Eles foram de carro na direção de um espetacular crepúsculo do deserto e entraram na South Main. El Sombrero parecia ser uma espera garantida, com uma fila de gente esfaimada vazando porta afora na mundialmente famosa taqueria e já bem no meio da quadra, gente babando na calçada e coisa e tal. Doc seguiu dirigindo e dobrou mais umas esquinas até a grandiosidade de neon da Tex-Mecca, desconhecida pelos guias, mas, para toda uma rede de chapados famintos e pequenos criminosos de toda a fronteira dos EUA com o México, um ponto de peregrinação.

Dois passos depois de cuja porta, quem é que Doc vê senão os agentes especiais Borderline e Flatweed, do FBI, ambos no ato sincronizado de quase tapar as suas caras branquelas vagamente perplexas com o volume do famoso Burrito Gigante Especial da casa. Bom, imaginava Doc, o FBI tinha que comer em algum lugar. Ele vasculhou a sua memória midiática em busca de ocasiões em que o inspetor Lewis Erskine comesse alguma coisa, e voltou de mãos vazias. Antes que as ferramentas da justiça com seus ternos marrons o reconhecessem, Doc guiou Trillium rapidamente para uma mesa de canto fora da linha de visão dos dois e se escondeu atrás de um cardápio, determinado a não deixar nem mesmo uma coisa deprimente como policiais federais nas redondezas atrapalhar o seu apetite.

Uma garçonete apareceu, e eles pediram uma extensa combinação de enchiladas, tacos, burritos, tostadas e tamales para dois chamada de El Atómico, cuja entrada no cardápio tinha uma nota de rodapé negando responsabilidade legal.

"Você conhece aqueles caras ali?", Trillium disse. "Parece que eles te conhecem."

Doc se inclinou para onde podia enxergar. Os dois agentes, agora indo para a porta, ficavam lançando olhares penetrantes na sua direção.

"São os federais que o Quight mencionou."

"Tem alguma coisa a ver com o Puck? Você acha que ele está encrencado com o FBI?"

"Certo, você sabia que ele era guarda-costas pessoal de Mickey Wolfmann, né?, e agora o Mickey é uma possível vítima de sequestro. Então eles podem ter uma ou outra perguntinha de rotina para o Puck, e só."

"Ele não pode voltar pra prisão, Doc. Ia acabar com ele."

Ela estava com aquele olhar enamorado. Doc já tinha deduzido que ele podia ser Mick Jagger, pagar contas de centenas de milhares de dólares via sorrisinho gentil, podia até deixar de assistir aos jogos dos Lakers, e nada que ele fizesse causaria o menor impacto — para aquela menina era Puck Beaverton ou ninguém. Não era a primeira vez que Doc encontrava essa indisponibilidade da mulher-dos-seus-sonhos. O negócio agora era ser profissional mesmo que não estivesse beleza pura e tentar dar uma tranquilizada na menina.

"Então me diga, Trillium— como foi que os pombinhos se conheceram?"

Deus a abençoe, ela achou que ele queria saber de verdade. "Bom, na UCLA, pra ser sincero, no Pauley Pavilion."

"Sem essa, ei, aqueles caras não estavam demais no campeonato passado? Eu vou sentir muita falta do Kareem e do Lucius—"

Não, na verdade não era basquete. A Filarmônica de Los Angeles por acaso também usava o Pauley Pavilion de vez em quando, uma série multicultural com artistas convidados como Frank Zappa, e às vezes acontecia um convite de última hora para uma palheta local. Uma tarde Trillium apareceu em um ensaio com um corne-inglês e um sentimento de ceticismo a respeito da obra em questão, um Poema Sinfônico para Banda de Surfe e Orquestra de algum fulano, com a participação dos Boards. Puck calhava de estar fazendo a segurança da banda. Ele e Trillium se conheceram lá em um dos vestiários, com gente entrando e saindo correndo durante os intervalos para acender unzinho ou cheirar cocaína. Ela estava dobrada sobre uma pia, olhando para um espelho de bolso, sentiu alguém por trás dela, e lá veio, meio distorcido entre um conjunto de carreiras de cocaína, o rosto crescente de Puck. Ele estava observando a bunda dela com um tipo de fatalidade melancólica. Antes de Trillium se dar conta, ela se viu no banco de trás de um Boneville 62 roubado, estacionado em um beco sem saída transversal do Sunset, sendo servida à moda do Departamento Penitenciário da Califórnia. "As meninas dizem que não gostam assim", Puck explicou mais tarde, quando ela tinha tido um minuto para tomar fôlego, "e aí quando você se dá conta elas estão de volta, implorando. Comigo, é só que eu acostumei com isso."

"Você está pedindo desculpas?"

"Eu não diria isso."

Mas ele estava certo quanto à imploração. Ela se viu carregando pilhas de moedinhas para telefones públicos porque nunca sabia em que momento improvável do dia o desejo tomaria conta dela — entre saídas da via expressa a quilômetros de distância da casa dele em West Hollywood, na seção de vegetais do Safeway, durante alguma fuga para madeiras, subitamente um tesão humilhante a envolvia, e ela não conseguia pensar em nada a não ser ligar para ele. Ele nem sempre atendia o telefone. Uma ou duas vezes ela pirou e estacionou na frente da casa dele, e ficou esperando, horas, na verdade virando a noite, até ele sair, e a essa altura, com medo da raiva dele, que era imprevisível tanto nos seus momentos quanto em graus de periculosidade, relutando em encará-lo, em vez disso ela o seguia para onde quer que ele estivesse trabalhando. E esperava. E chegava a cair no sono. E era despertada pela polícia que lhe dizia que ela tinha que sair dali.

"Aí eu disse, 'Puck, está tudo bem, eu não vou fazer nada violento, eu só quero saber quem é ela', e Puck começou a rir e não queria me dizer. Mas foi mais ou menos nessa época que eu descobri sobre o Einar, e um dia eu estava saindo de um ensaio no Shrine Auditorium obcecada com um determinado si bemol, e lá estava o Einar com todas aquelas orquídeas havaianas e a carinha mais doce do mundo, e levou pelo menos um mês antes de ele admitir que tinha se imiscuído como um punguista entre os frequentadores de um baile de debutantes no Ambassador e roubado os buquezinhos pregados nos vestidos das pessoas..."

Que era a continuação de uma história comprida que Doc tinha esquecido, ou talvez não tivesse ouvido, como começava.

"Eu não sei por que estou te contando tudo isso."

Doc também não sabia, embora quisesse receber uma pequena taxa de incômodo a cada vez que alguém soltasse mais do que pretendia em cima dele e depois disesse que não sabia por quê. Sortilège, que gostava de encontrar novos empregos para o termo "Além", achava que isso era uma forma de bênção e que ele devia simplesmente aceitar, porque a qualquer momento ela podia ir embora com a mesma facilidade com que veio.

Segundo Trillium, Puck e Einar tinham se conhecido na fabriquinha de placas de automóvel em Folsom. O sexo logo virou um problema, e os rapazes em breve ficaram conhecidos pelas suas provocações grosseiras, o tempo todo a respeito da primeva questão *¿quién es más macho?*. Inumeráveis pacotes de cigarros foram casados e perdidos por todo o bloco em apostas sobre o tempo que duraria aquela dupla, e para a surpresa de todos ela sobreviveu às sentenças dos dois. Um belo dia, como gostam de dizer as Chiffons, lá estavam eles, estabelecidos em West Hollywood, ao sul do Santa Monica Boulevard, em um condomínio com um jardim central com mais arbustos subtropicais do que qualquer um poderia lembrar o que metade deles era, e que faziam tanta sombra que você podia ficar deitado ao lado da piscina o dia inteiro sem jamais perder o branco-prisão...

"Nossa, Trillium, o que que aconteceu com a nossa comida, bicho, eles estão demorando demais pra trazer."

"A gente já comeu?"

"Como assim. A conta veio? Quem bancou?"

"Não lembro."

Eles foram para o Curly's. Quando conseguiram chegar lá, Doc tinha decidido que não ia andar de carro em Las Vegas mais do que o necessário. Todos os motoristas por aqui dirigiam como panacas aplicadinhos, à espera de se envolver em um acidente a qualquer momento. Doc conseguia ter empatia com isso — era como a praia, onde você vivia em um clima de crença hippie, sem questionamentos, fingindo confiar em todo mundo enquanto estava sempre esperando que te passassem a perna — mas ele não tinha que gostar daquilo também, especialmente.

O Curly's anteriormente tinha sido um Saloon Velho Oeste, e para Doc lembrava o Knucklehead Jack lá em Los Angeles, a não ser pelos caça-níqueis em cada pedaço plausível de espaço do chão. A banda estava tocando versões de músicas antigas de Ernest Tubb, Jim Reeves e Web Pierce, então Doc adivinhou que Puck e Einar podiam não aparecer hoje à noite.

Trillium estava com uma cara meio febril. Doc estava começando a pensar que ela tinha alguma energia estranha, alguma tatuagem que dizia Entra, Querido, visível apenas para os tipos maiores e mais brutos de indivíduos. Pode ser que ela mesma tivesse consciência disso e o negasse ao mesmo tempo. Fosse como fosse, lá veio marchando um sujeito imponente com um chapéu preto de caubói que sem nem dar um aceno para Doc pegou Trillium pelo cabelo e uma coxa nua, ergueu-a cortesmente do banco do bar e começou a levá-la no two-step-texano. Seria de se imaginar que ela ia pelo menos protestar aos gritos. Mas ela só conseguiu arrancar um sussurro para Doc quando passou por ele, "Vou ver o que eu consigo descobrir". Doc não tinha certeza, mas achava que ela já estava sorrindo.

"Pode apostar", ele resmungou, balançando a cabeça lentamente para a cerveja à sua frente e imaginando como John Garfield teria lidado com a situação.

"Não fique com uma imagem tão ruim do Osgood", aconselhou uma voz à qual o Tempo, se não tinha sido exatamente bondoso, tinha ao menos acrescentado alguma textura. "O sujeito é um xoxoteiro nato, e não existe nenhuma mulher viva daqui até o lago Mead que não saiba disso a essa altura."

"Obrigado, isso é bom de ouvir." Doc deu uma olhada e encontrou um velhote meio pigmeu com um chapéu maior até que o de Osgood, sacudindo uma garrafa de cerveja vazia. "Lógico." Doc foi fazer um sinal para o bartender que, abençoado com dons extrassensoriais, já tinha largado mais duas garrafas no bar. "Hoje eu só vim aqui", Doc fingiu suspirar, "de verdade, só pra ver um cara que está me devendo uma grana. A moça aqui achou que eu tava convidando ela pruma noitada. Enquanto isso o aluguel tá vencendo e coisa e tal."

"Merda", disse o velho, que se apresentou como Ev, "'tigamente era mais fácil um sujeito morrer seco e preto que dar pra trás com as dívida. Tem um monte de inútil que vem aqui, quem sabe eu conheço o que você quer."

"Alguém me disse que ele é meio habitué aqui. Puck Beaverton?"

Uma gargalhadinha sem alegria que durou mais do que Doc achou que devia. "Boa sorte com o senhorio, rapaz! aquele maluco do Puck deve dinheiro pra cidade inteira e nunca pagou nem um centavinho que eu saiba."

"Onde que ele trabalha? Vai ver eu dava uma passada lá pra ver ele."

"O Puck é basicamente um golpista de caça-níquel, ele e o camarada dele, pelo menos é a impressão que me dá, se bem que não é que a gente seja amigão do peito. O menorzinho, Einar, tem aquelas mãozinha hipersensível que é raro de encontrar e que conseguem sentir a alavanca, sentir o ponto exato em que cada um daqueles rolos se liberam um por um, ele consegue regular detalhadamente a quantidade de torque em cada rolo, fazer qualquer símbolo que ele quiser parar exatamente na linha de jogo. Eu vi ele fazer isso. Trabalho de classe."

"E o Puck?"

"Cedo ou tarde os segurança da casa chegam no Einar, aí não dianta mais ele tentar recolher o dinheiro que ganhou. O trabalho do Puck é ficar esperando por perto, jogando numa maquininha de centavo, até o Einar ganhar na dele — aí o Einar some enquanto o Puck se apresenta e reclama o prêmio."

"Mas aí logo logo eles devem sacar a do Puck."

"Isso. E é por isso que faz tempo que os dois foram barrado nos cassino do centro e da Strip, então se você está tentando achar o Puck, vai precisar olhar uns salões locais, pela Boulder Highway por exemplo. O Nove de Ouros é uma ideia."

Trillium voltou com alguns botões soltos, uma manchinha molhada não identificada na sainha e certa falta de foco no olhar. Osgood estava agora na pista com uma loura de calça Levi's e chapéu de cowgirl, e uma banda tocava ao vivo "Wabash cannonball" com umas frases psicodélicas de slide no violão de vez em quando. "Se divertindo aí, fofinha?", Doc inquiriu com toda a animação possível.

"Sim e não", com uma voz reprimida que apesar de tudo ele achou erótica. "Me paga uma cerveja?"

Ela bebeu em silêncio até Doc dizer, "Bom! e o que que o nosso amigo Osgood ali tinha a declarar na noite de hoje?".

"Estou me sentido meio idiota, Doc. Eu nunca devia ter mencionado o nome do Puck."

"Ele está devendo dinheiro para o Osgood também, aposto."

"Está, e agora o Osgood está todo chateado. Ele não é assim tão insensível quanto parece."

"Ele por acaso não contribuiu com alguma ideia sobre o paradeiro do Puck?"

"Norte de Las Vegas. Foi o mais perto que chegou. Acho que ele não sabe o endereço, ou já teria ido lá a essa altura."

"E isso teria parado na imprensa."

Saindo dali, eles foram abordados por Ev. "Indo embora assim tão cedo? O Merle normalmente vem tocar umas música lá pela meia-noite quando ele está na cidade"

"Merle Haggard está na cidade?"

"Não, mas isso não é motivo pra ir embora." Doc piscou algumas vezes, comprou um gin fizz Ramos para o das antigas e saiu mesmo assim.

No estacionamento, Doc percebeu um Cadillac de certo comprimento cuja distribuição de amassados parecia familiar.

"Oi, Doc! Achei que era você."

"Isso é mais uma daquelas coincidências estranhas e esquisitonas, Tito, ou será que eu tenho que começar a ficar paranoico de verdade?"

"Eu te disse que a gente ia estar em Vegas. A Inez foi ver um show, e eu estou ganhando uns trocados. Você precisava ver as gorjetas que uns caras dão por aqui, eu já ganhei mais nas férias aqui que num ano inteiro lá em Los Angeles."

"E não, ãh" — Doc fez gestos de quem chacoalha dados — "assim, sob o feitiço de Vegas e tal."

"E que feitiço. Olha só isso tudo. Como é que isso pode ser de verdade? como é que alguém pode levar isso a sério?"

"Você é um viciado em jogo, caralho", anunciou uma imensa voz de algum ponto dentro da limusine, "você só pode levar isso aqui a sério."

"Meu cunhado Adolfo", Tito fechando a cara. "Não consigo me livrar dele. Tudo que é dinheiro que eu ganho ele garfa antes de eu pegar."

"Fica tudo sub judice", explicou Adolfo, que afinal tinha recebido de Inez a missão de ir na limusine e evitar problemas com Tito.

"Serviços Financeiros Escroque, Ltda.", Tito resmungou.

Trillium, parecendo um pouco desligada, tinha decidido voltar para o quarto e dormir um pouco, então ela pegou o Camaro, e Doc se juntou a Tito e Adolfo na limusine.

"Você conhece um lugar chamado Nove de Ouros, lá na Boulder Highway?", Doc disse.

"Claro", Tito disse. "Tudo bem se eu entrar com você, só pra dar uma olhada por ali, de repente comer alguma coisa, ver um pedaço do show?"

"Está parecendo meio ansioso aí, Tito."

"É, você devia estar largando esse negócio", Adolfo acrescentou.

"Doses homeopáticas, pessoal", Tito protestou.

Segundo o Pé-Grande Bjornsen, para quem este detalhe de trívia do Velho Oeste já ganhara muitas apostas de bar, o nove de ouros era a quinta carta na última mão de pôquer de Wild Bill Hickok, junto dos ases e dos oito pretos. O estacionamento estava cheio de caminhonetes de construtoras e Ford Rancheros com restos de palha na caçamba, T-Birds de tempos antigos e Chevy Nomads com as faixas cromadas havia muito arrancadas, deixando somente linhas de manchas de ferrugem e pontos de solda. A marquise iluminada da frente, um polígono à la *Jetsons*, mencionava uma apresentação hoje à noite de uma banda chamada Carmine & os Cal-Zones.

Os fregueses lá dentro não pareciam vir de muito longe da cidade, então a cena era menos comprometida pela irrefletida busca da "diversão" conforme definida na Strip. Os jogadores aqui tendiam a jogar por dinheiro, cuidando das suas vidas esperançosas ou desesperadas, chapados ou caretas, cientificamente ou calcados em superstições tão exóticas que não podiam ser prontamente explicadas, e em algum lugar nas sombras o senhorio, a financeira, a comunidade de agiotas, estavam sentados invisíveis e calados, batendo os pés dentro de sapatos caros, ponderando opções de castigo, leniência — e até, raramente, misericórdia.

Carmine era um tenor de salão cabeludo com uma Gibson Les Paul que ele até podia ter tido umas aulas de como usar mas que tendia a empregar mais como objeto de cena, muitas vezes incluindo gestos de metralhadora, enquanto os outros Cal-Zones assumiam partes-padrão de um quarteto de rock. Uma dupla de uvinhas com vestidos de vinil vermelho, meias arrastão pretas, e cabelo laqueado cantava vocais de apoio enquanto faziam uma dancinha de branquela. No que Doc abria caminho até o salão do cassino, o grupo estava tocando o seu mais recente lançamento.

SÓ A LASANHA (semi bossa-nova)

Será que é um ó-VNI?
(Ni, ni-ni!)
Pode ser... Po-de sim! É

Só a Lasanha! [*Frase da guitarra base*]
Só a La-sa-aah-nha...
        (Só-a-La-sa-nha),
Surgiu e você come,
        (Vo-cê come)
Ninguém sabia o nome, só
"A Lasanha"...
Só — "A Lasanha,"
        (Só "A-La—")
Uh, wuu, Lu-
Zã-Yaaah!
Quem teria a tua mã-
Nhaah,
Cê só diz e grita
"Nha, nhah!"
Uuu! Lasanha, que verg-
O-nha! Med-
O-nha!

Quem é que me pergunta,
        (per-gun-tá)
                — Ei,
Não tem mis-tério, é
Só-a La-sanha —
Ou é o que dizem... (uh,
Wu wu-hu wu)
Teu encanto me compele, L-
A-S-A-N-H-A!

Doc passou um tempo batendo papo com meninas do caixa, bartenders, crupiês e gerentes de área, damas da noite e damas dos turnos da madrugada, inclusive uma moça com um minivestido de veludo cor de vinho, que finalmente lhe informou, "Todo mundo sabe que o Puck trabalhava pro Mickey. Ninguém aqui vai dedar o cara, especialmente não pra um sujeito de fora, nada pessoal".

Um comediante da casa, aquecendo o público, luzes-piloto da malícia cintilando nos olhos, foi se aproximando. "Boa noite, Zirconia, estou vendo que te deram a condicional de novo, quem é esse cara? Está se divertindo, senhor? Ele está pensando, 'Que planeta é esse? Onde foi que eu deixei o meu OVNI?' Nada, sério, amigo, você é legal, o cabelo — eu adorei, é simplesmente atordoante. Eu te encontro na garagem depois, você pode polir o meu carro..."

O piadista, com Zirconia, foi em frente, quase trombando com Tito, que chegou meio agitado. "Doc! Doc! Você tem que ver esse cara em ação, ele é um gênio de verdade. Vem, vem ver." Ele levou Doc por um caminho complicado através do cassino, na direção das regiões mais profundas que os caçadores de níqueis evitam na crença de que as máquinas mais próximas da rua pagam melhor, até que finalmente dobraram uma esquina para entrar em um remoto corredor de caça-níqueis e Tito disse, "Ali".

Pelo estado mental de Tito, o mínimo que Doc esperava era um brilho de viagem-de-ácido em torno da máquina, mas na verdade ele só viu mais uma unidade das antigas com uma imagem desbotada e ralada dos anos 50, de uma cowgirl sorridente, apresentável à moda daqueles tempos — peitos gigantes por exemplo, mais um cabelo curto com permanente e um batom brilhante. Uma longa linha de moedas de 50 ia desaparecendo por um alçapão de plástico amarelo, a cunhagem nas bordas de cada uma delas agindo como os dentes de uma engrenagem, fazendo com que cada uma das dúzias de reluzentes cabeças de John F. Kennedy rotacionasse lentamente enquanto requebrava rampa rasa abaixo, para serem abocanhadas uma depois da outra pela indiferente bocarra de Las Vegas. O jogador daquela máquina estava com o rosto virado para o outro lado, e Doc de início percebeu apenas a bela dose de cuidado atento com que ele puxava a alavanca, outro freguês aplicado não tanto a se divertir, mas a pagar a conta do armazém em algum lugar das vizinhanças, até que, checando rapidamente as outras máquinas por ali, Doc reconheceu a cabeça suasticada de Puck Beaverton, que estava ocupado fingindo jogar em uma máquina de cinco centavos. Isso faria com que o "gênio" lidando com a outra máquina fosse o colega de chapa de Puck, Einar.

Não há tempo como o presente. Doc, entrando em um modo palavrinha-contigo-amigo, estava prestes a dar um passo à frente quando diversos tipos de caos estouraram. Ao som de uma fanfarra militar carregada de tubas, mais apitos de trem, sirenes de incêndio e gravações de gritos de torcidas em estádios de atletismo, uma grande quantidade de meios dólares JFK começou a ser vomitada da máquina em uma imensa torrente parabólica, caindo no piso acarpetado em uma pilha que aumentava. Einar acenou com a cabeça e se afastou e — será que Doc tinha piscado ou alguma coisa assim? — sem mais nem menos desapareceu. Puck deu um último puxão na alavanca da sua máquina de cinco centavos e levantou e foi até lá reclamar o prêmio, quando de repente as leis do acaso, decidindo-se por um clássico foda-se, instruíram a máquina de centavos de Puck a acertar *também*, com ainda mais barulho que a primeira, e lá ficou Puck, paralisado entre as duas máquinas premiadas, e lá veio correndo uma delegação de gente do cassino para confirmar e certificar os dois felizes ganhadores dos prêmios, onde já faltava um. Momento no qual Puck, como que alérgico a dilemas, correu para a saída mais próxima, gritando.

Como ninguém ali parecia nem um pouco mais plausível que Doc e Tito, eles se apresentaram, levaram apenas um décimo de segundo para concordar que Tito devia ficar com o prêmio da máquina de 50 centavos, e Doc, que não era ambicioso, reclamaria o que a essa altura pareciam ser vários metros cúbicos de moedinhas.

Adolfo se encarregou da responsabilidade sobre os ganhos de Tito, ou na verdade de Einar, e eles todos voltaram para o Jardim Florfantasma, onde Doc encontrou Trillium adormecida em uma das camas d'água. Ele se dirigiu para a outra e deve ter conseguido chegar lá.

Quando ele se deu conta, parecia ser o começo da tarde e Trillium não estava lá. Ele olhou pela janela e viu que o Camaro também não estava. Foi andando pela brisa do deserto até uma lojinha na estrada e comprou cigarros e diversas embalagens de café e uns Ding Dongs para o café da manhã. Quando voltou, ele ligou a TV e viu reprises dos *Monkees* até chegar o noticiário local. O convidado de hoje era um economista marxista visitante, de uma das nações do Pacto de Varsóvia, que parecia estar no meio de um colapso nervoso. "Las Vegas", ele tentava explicar, "ela fica aqui bem no meio do deserto, não produz nenhum bem tangível, dinheiro entra, dinheiro sai, nada é produzido. Este lugar, segundo as teorias, não devia nem existir, quem dirá prosperar como prospera. Sinto que toda a minha vida se baseou em premissas ilusórias. Eu perdi a realidade. Você pode me dizer, por favor, onde é a realidade?" O entrevistador parecia incomodado e tentou mudar o assunto para Elvis Presley.

Quando estava escurecendo, Trillium finalmente deu as caras. "Por favor não fique bravo."

"Não fico bravo desde o dia em que aquele fulano perdeu aquele lance livre." Ele vasculhou a sua memória. "O nome me escapa, na ponta da língua... Enfim. Onde foi que você andou?" Pelo olhar dela e pelo jeito com que tinha entrado — o passo estudado de um brigão em um pátio de exercício —, ele tinha uma ideia.

"Sei que devia ter contado pra você, mas eu queria ver ele antes. Eu estava com o telefone dele o tempo todo — desculpa — e ficava só ligando e ligando sem parar até que finalmente ele atendeu." Ela tinha aparecido perto do nascer do sol no endereço que Puck lhe dera, um apartamento sobre uma garagem no norte de Las Vegas, perto de um terreno abandonado cheio de encélias. Os rapazes estavam bebendo cerveja e como sempre discutindo o seu ranking de machismo, sem falar da discussão sobre quem cantaria a melodia e quem a segunda voz em "Wunderbar", de *Kiss me, Kate*.

Ou Trillium não foi muito clara quanto aos detalhes ou não estava a fim de relembrar, mas Doc compreendeu que a reunião tinha durado algum tempo, com Einar tendo a consideração de se afastar em um certo momento para buscar umas cervejas no bulevar.

"Você por acaso não mencionou pro Puck que eu estou querendo dar uma palavrinha rápida, ou alguma coisa assim?"

"Pra falar a verdade, me deu um trabalho enorme convencer ele de que você não era um matador de aluguel."

"A gente pode se encontrar em qualquer lugar em que ele se sinta seguro."

"Ele sugeriu um cassino no norte de Las Vegas chamado Salão Kismet. Ele e o Einar não gostam de aparecer antes da meia-noite."

"Você vai estar lá, ou..."

"Era mais fácil se eu pudesse ficar com o carro, na verdade. Umas coisas pra fazer?"

Doc achou um baseado e acendeu e ligou para Tito, que estava saindo para ir trabalhar. "Você tem tempo de me levar até North Las Vegas mais no fim da noite?"

"Sem prob-limos, como a gente diz no ramo — a Inez gosta de ficar até o fim do último show mesmo. Ela não cansa daquele Jonathan Frid."

"O quê", Doc piscando, "Barnabas? O vampirão de *Dark Shadows?*"

"Ele tem um número de salão bem aqui na Strip, Doc. Todo mundo no ramo adora o cara — Frank, Dean, Sammy —, tem pelo menos um deles assistindo toda noite."

"Não é só a Inez", Adolfo interferiu pela extensão, "as crianças andam com lancheiras com a cara do cara também."

"Nossa, que tipo de coisa ele canta?", Doc intrigado.

"Parece fã de Dietz & Schwartz", Tito disse. "Ele sempre fecha com 'Haunted heart'."

"Ele também imita o Elvis", acrescentou Adolfo, "cantando 'Viva Las Vegas'."

"Eu levei ele uma ou duas vezes, dá umas gorjetas boas."

Trillium bancou o jantar em um dos bufês de cassino na Strip — o que ela considerava diplomacia, embora claramente não estivesse a fim de discutir nada com Doc, em especial Puck.

"Você está com a maior cara de bocó", ele lhe disse mesmo assim. Ela sorriu vagamente e gesticulou em silêncio por um minuto e meio com um camarão gigante como se estivesse regendo uma orquestra de câmara. Doc fez uma concha com a mão perto da orelha. "Será que eu estou ouvindo... sinos nupciais?"

"Já volto." Ela deslizou para fora da cabine e seguiu para o salão das mulheres, onde Doc lembrava que havia ao menos tantos telefones públicos quanto banheiros. Ela voltou em menos de uma hora. Doc estivera basicamente comendo. "Você já percebeu", ela disse como que para ninguém, "como parece ter algo erótico nos telefones públicos?"

"Por que você não me deixa lá no hotel, de repente eu te encontro depois em North Vegas." Ou talvez não.

Catorze

Segundo Tito, o Kismet, construído logo depois da Segunda Guerra, representou na ocasião uma espécie de aposta de que a cidade de North Las Vegas estava a ponto de se tornar a onda do futuro. Ao invés disso, tudo foi para o sul, e a parte sul do Las Vegas Boulevard virou lenda como a Strip, e lugares como o Kismet se apagaram. Seguindo pelo North Las Vegas Boulevard, afastando-se da incessante tempestade de luz, episódios de escuridão começavam finalmente a ocorrer, como brisas noturnas do deserto. Trailers estacionados e pequenas madeireiras e lojas de ar-condicionado passavam pela janela do carro. O brilho no céu acima de Las Vegas se recolhia, como que a uma diferente "página direto da história", como diriam os Flintstones. À frente de imediato, flanqueando a estrada, muito mais fosca que qualquer coisa mais ao sul, surgiu uma estrutura de luz.

"Aquilo é uma espelunca, bicho", Tito guiando pela entrada e por sob uma porte cochere maltratada pelo tempo. Ninguém estava ali para dar por eles, quem dirá saudá-los, na luz reduzida.

Em outros tempos deve ter havido milhares de luzes, incandescentes, neon e fluorescentes, por toda parte, mas hoje apenas algumas delas ficavam acesas, porque os proprietários atuais não conseguiam mais pagar as contas de luz, tendo diversos eletricistas amadores, triste reconhecer, já sido fulminados tentando fazer gatos nas linhas municipais.

"A gente volta daqui a algumas horas", Tito disse. "Tenta não tomar muito tiro na cara, beleza? Trouxe bastante pra brincar? Anda, Adolfo, dá uma pretinha pra ele."

"São cem dólares, eu não posso—"

"Por favor", Tito disse. "Eu vou ficar com um barato de segunda mão."

Adolfo entregou uma ficha. "Eles dão gorjeta com isso por aqui", ele deu de ombros. "A gente nem sabe mais quantas dessas a gente tem a essas alturas. É doido pra caralho."

Doc desceu e cruzou de um passo leve um arco bizantino entrando na vastidão jeca do salão de jogos principal, dominado por um candelabro em ruínas caindo em dobras por sobre as mesas, as barras dos caixas, tapetes, desintegrando-se, fantasmático, imenso e, se tinha sentimentos, provavelmente ressentido — suas lâmpadas há muito queimadas e insubstituídas, lustres de cristal caindo inesperadamente em abas de chapéus de caubói, nas bebidas das pessoas, e em rodopiantes rodas de roletas, onde quicavam com um ríspido tintinar que atravessava os seus próprios dramas de sorte e perda. Tudo ali estava empenado de um jeito ou de outro. Os antigos rolamentos nas roletas faziam com que elas girassem mais rápido e mais lento. Os clássicos caça-níqueis de três rolos, regulados havia muito tempo para pagar percentagens desconhecidas ao sul de Bonanza Road e talvez no mundo todo, tinham desde então errado cada um pelo seu caminho, como empresários de cidades pequenas, na direção de uma generosidade mão-aberta ou uma mesquinharia mão de vaca. Os tapetes, roxo real escuro, tinham sido retexturizados ao longo dos anos com um milhão de queimaduras de cigarro, cada uma delas fundindo a pelagem sintética em uma só mancha minúscula de plástico. O efeito geral era o do vento na superfície de um lago. O nível do piso principal ficava três metros abaixo do deserto lá fora, gerando isolamento natural, de modo que o gelo nesse vasto espaço indeterminado não vinha todo do ar-condicionado, que de qualquer maneira estava regulado no baixo para poupar energia.

Chapeiros, vendedores de pneus, pedreiros, oculistas, laranjas e operadoras de caixa e outros pretos e brancos fora do seu turno em salões mais frajolas onde não tinham permissão para jogar, cavaleiros antigos derrubados em tempos mais velozes e populosos, seus sentimentos de custódia agora transferidos para F-100's e Chevy Apaches, se arrebanhavam espaçadamente à luz delicadamente sombreada, balançando sem sair do lugar como que tentando se manter acordados. As bebidas aqui não eram gratuitas, mas graças à boa e velha cortesia de bons vizinhos de verdade, eram bem baratas.

Doc bebeu uma margarita de grapefruit e então, caindo em uma velocidade mental de cruzeiro, começou a vagar pelo imenso cassino, olhando em busca de Puck e Einar. Em um dado momento uma moça bem apresentável com um minivestido de Qiana com um padrão de caxemira e botas de plástico branco apareceu e se apresentou como Lark.

"E sem querer me meter nem nada, percebi que você não está jogando, só meio que andando por aí, o que quer dizer que ou você é um sujeito profundo, um misterioso mestre da intriga, ou um tipo mais duro em busca de uma pechincha."

"Ei, vai ver eu sou da máfia."

"Sapatos errados. Me dê um pouco de crédito, pelo amor de Deus. Eu diria Los Angeles, e como todos os viajantes que vêm de Los Angeles, você acha que só quer apostar no caderno do Mickey."

"O, āh...?"

Lark explicou que o Kismet oferecia uma espécie de caderno de apostas onde você podia apostar nas notícias do dia, tais como o misterioso desaparecimento recente do empreiteiro magnata Mickey Wolfmann. "O nome de Mickey é bem conhecido nesta cidade, então por algum tempo a gente pagou um para um no Vivo ou Morto ou, como a gente gosta de dizer, Passa ou Não Passa."

Doc deu de ombros. "Está me lendo como se eu fosse o *Herald-Examiner*, Lark. Simplesmente chega uma hora pro jogador dedicado em que a NCAA não tem mais a mesma graça."

"Venha." Convidando com a cabeça. "Eu ganho comissão se te levo lá como freguês."

A área de apostas esportivas e automobilísticas do Kismet tinha o seu próprio salão-bar, decorado com tons de fórmica roxa que reluziam com acentos de aparas metálicas e faziam Doc se sentir bem em casa. Eles acharam uma mesa e pediram mai tais congelados.

Doc conhecia as frases e a tessitura de quase todas as músicas tristes da profissão, mas ainda assim gostava de dar uma espiada na partitura. Parece que Lark tinha crescido em La Vergne, Tennesse, perto de Nashville. Além de ter as mesmas iniciais, La Vergne estava também precisamente na mesma latitude de Las Vegas. "Bom, na verdade na mesma de Henderson, mas é lá que estou morando mesmo, eu e o meu namorado. Ele é professor na UNLV? E ele diz que quando os americanos se mudam pra qualquer lugar mais distante, eles ficam nas mesmas linhas de latitude. Então era meio que o meu destino, esteve sempre na cara que eu ia seguir rumo oeste. No segundo em que vi a represa Hoover, eu soube pela primeira vez que estava em casa de verdade."

"Já tocou ou cantou alguma coisa, Lark?"

"Você quer dizer por que eu não quis trabalhar com música morando tão perto de Nashville. Pode tentar você, meu amor. Vai ficar com os pezinhos bem cansados de esperar *naquela* linha de latitude." Mas Doc percebeu um brilho evasivo nos olhos dela.

"Espero que não seja outra trifeta de assassinato." O cavalheiro parecia um banqueiro de um filme antigo, usando um terno de alfaiate com um botão aberto em cada manga só para você ficar sabendo. Lark apresentou-o como Fabian Fazzo.

"A moça me disse que eu posso apostar direto na cabeça se o Mickey Wolfmann ainda está vivo."

"Isso, e se os seus interesses tendem ao mais exótico", replicou Fabian, "será que posso sugerir uma aposta à la Aimee Semple McPherson, que presume que Mickey encenou o seu próprio sequestro."

"Como é que alguém ia conseguir provar isso?"

Fabian deu de ombros. "Nada de pedido de resgate e ele aparece vivo? alegações de amnésia? O chefe de polícia Ed Davis *não* dá uma coletiva? Se o Mickey tiver arrumado tudo sozinho, um pra um — se não, cem pra um. Mais, dependendo de quantos zeros aparecerem no bilhete pedindo resgate, se e quando ele aparecer. Nós podemos pôr tudo por escrito, e o que a gente esquecer de escrever entra como bônus, dinheiro devolvido, sem ressentimentos."

Bom, disse Doc para si próprio, muito bem então. O dinheiro inteligente — e aqui veio um breve vislumbre de uma nota de cem dólares usando óculos com aros de chifre e lendo um livro de estatística —, por seus próprios excelentes motivos, que ele teria que verificar, estava esperando que Mickey tomasse de assalto as manchetes encenando um regresso de um exílio que ele mesmo tinha inventado. Para esses sábios camaradas, isso era praticamente certo. Mas eles que se fodam. Doc achou a ficha preta de Tito no bolso. "Toma, senhor Fazzo, eu meio que gostei dessa aposta sem chances."

No seu ramo de atividades, Doc tinha aprendido a sobreviver a certos olhares de desprezo, mas o olhar que Fabian lançou para cima dele agora quase chegava a doer. "Eu vou registrar essa aposta, não vai demorar." Saiu balançando a cabeça.

"Você devia ter mais juízo", Lark brincando com o guarda--chuva no seu coquetel.

"Ah, eu sou só mais um hippie ingênuo, Lark, não sei ser cínico sobre coisa nenhuma, nem sobre os motivos de um empreiteiro de Los Angeles..."

Fabian estava de volta em breve, com uma nova atitude. "O senhor se importaria de subir até o meu escritório um minuto? Só um ou dois detalhes."

Doc balançou o pé discretamente. Isso, o pequeno Smith ainda estava ali no coldre de perna. "Até mais, Lark."

"Se cuida, meu amor."

Afinal, o escritório de Fabian Fazzo era tão animado quanto Doc tinha imaginado que seria sinistro. Obras de arte de jardim de infância emolduradas nas paredes, um abacateiro que Fabian tinha plantado do caroço em uma latinha tamanho família de feijão-manteiga lá em 1959 e de que vinha cuidando desde então, e um longo mural de fotos de Fabian cercado de todo o Rat Pack além de diversos outros rostos que Doc quase conseguia recordar da sessão coruja na TV. Frank Sinatra, brincalhão, tentava enfiar um imenso Corona cubano na cara não-de-todo-descontente de Fabian. Sammy Davis Jr., encantado, brincava com alguém que estava logo além do quadro. Preso ao lábio inferior de Dean Martin, que também brandia uma garrafa de Dom Pérignon, ardia o que Doc podia ter jurado que era um baseado enrolado às pressas.

Fabian pôs a ficha de cem dólares de Doc sobre a mesa. "Não se ofenda, mas você tem cara de detetive particular, ou será melhor detetive pazeamor. Como cortesia profissional, eu estou lhe oferecendo a chance de reconsiderar a sua aposta em Mickey Wolfmann, e achei que teríamos um pouco mais de privacidade aqui, porque neste exato momento o FBI está aqui."

"E eu com isso? Eu só estou na cidade pra um caso matrimonial rápido, não tenho nenhum interesse em irregularidades com licenças de jogo, propriedade imprópria de cassinos, nada dessas coisas que o Marty Robbins chama de *pérfidos atos malévolos.*"

Fabian deu elaboradamente de ombros. "É o que os federais estão fazendo em Las Vegas, acho, esse grande plano geral de tirar os cassinos da máfia está em curso desde que Howard Hughes comprou o Desert Inn. Mas eu sou só da gerência aqui, ninguém me conta nada."

Doc arriscando civilizadamente, "Mickey Wolfmann — ele é outro que gasta muito e tem um histórico aqui, não? Eu ouvi dizer em algum lugar que ele conheceu a futura esposa quando ela trabalhava como corista em Vegas?".

"Mickey saiu com muitas coristas em outros tempos, adorava a cidade, fã de Vegas desde sempre, construiu uma casa perto de Red Rock. Ele também tinha o sonho de erguer uma cidade inteira um dia, do nada, no meio do deserto." Fabian tirou os óculos de leitura e lançou um pensativo olhar apertado para Doc. "Isso te sugere alguma coisa?"

"Mickey está no mercado em busca de um cassino também?"

"O pessoal do Departamento de Justiça ia adorar ver isso acontecer."

"E o Kismet aqui está na lista?"

"Você viu isso aqui. Eles estão desesperados atrás de alguém não mafioso que venha e banque a reforma. Eles ficam trazendo as plantas que elaboram, tudo do bom e do melhor — esses caça-níqueis de três rolos todos? pode esquecer, o que o Tio Sam quer são telas de vídeo, toda vez que você joga numa máquina, você vê uma imagem de animação dos rolinhos girando, alguma coisa aparecendo na linha de jogo. Mas é tudo eletrônico, sabe? E além de tudo é controlado de outro lugar. Os malandros dos caça-níqueis das antigas vão estar bem ferrados."

"O senhor parece meio amargo, senhor Fazzo, se o senhor não se importa de eu dizer isso."

"Eu me importo, mas hoje em dia tudo me deixa puto. Tento descobrir o que está acontecendo, todo mundo fecha o bico. Me explique você. Eu só sei é, é que estava tudo acabado em 65, e nunca mais vai ser daquele jeito. A moeda de 50 centavos, está bem? a desgraçada era noventa por cento prata, em 65 eles reduziram para quarenta por cento, e agora esse ano chega de prata. Cobre, níquel, o que vai aparecer depois, folha de alumínio, está entendendo? *Parece* meio dólar, mas na verdade só está fingindo. Igualzinho aqueles caça-níqueis de vídeo. É o que eles estão planejando para esta cidade inteira, uma grande imitação dela mesma à moda da Disneylândia. Diversão sadia para toda a família, criancinhas nos cassinos, Pescaria com limite de apostas de dez centavos, Pat Boone de atração principal, atores não sindicalizados representando mafiosos engraçadinhos, dirigindo carros antiquados engraçadinhos, apagando uns aos outros de brincadeira, blam, blam, ha, ha, ha. A porra de uma LasVegaslândia."

"Então talvez o senhor consiga apreciar o charme velha guarda de uma aposta improvável no Mickey."

Fabian sorriu apertado e não por muito tempo. "Depois de um certo tempo aqui, você saca umas energias. Olha só. E se o Mickey não estiver desaparecido como a gente acha?"

"Nesse caso eu estou contribuindo com o fundo de reserva pra reforma de vocês. Vocês podem dar o meu nome a um sapato de crupiê, colocar uma plaquinha ali do lado."

Fabian parecia estar esperando que Doc dissesse outra coisa, mas finalmente, com um dar de ombros de palmas para cima ele se ergueu e acompanhou Doc por um corredor e dobrando algumas esquinas. "Direto por aqui e você deve chegar aonde está indo." Por um breve pulso cerebral isso lembrou Doc da viagem de ácido em que Vehi e Sortilège o colocaram tentando achar o seu caminho por um labirinto que lentamente afundava no oceano. Aqui tudo era deserto e compensado esfolado, mas Doc tinha a mesma sensação de uma enchente que subia, uma necessidade a todo custo de não entrar em pânico. Ele ouviu música em algum ponto mais à frente, não o som perfeitamente arranjado de uma banda de palco, mais como o esfiapado começa-e-para de músicos apenas entre si. Encontrou o que em outros tempos pode ter sido um salãozinho íntimo, espesso de fumaça de erva e de tabaco. Lá, sob um minúsculo holofote ambarino que dividia uns poucos watts desviados com uma *pedal steel* enquanto o resto da banda ia de acústico, estava Lark, porte vivaz apesar de todo aquele tempo de pé durante o turno de trabalho de que acabava de sair, cantando uma peça de country suingada que dizia,

Lua cheia em Peixes,
Sonhos negros vindo,
Se você está na rua,
Ou em casa, dormindo,
Deixe a cerveja gelada,
Arrume o chapéu direito,
Lua cheia em Peixes,
E é sábado, uma noitada...
Lá vai meu ex-namorado,
Com botas de Frankenstein,
Minha amiga Ella, ao lado,
Lágrimas de loba caem,

Quando canta um dó agudo,
Está prestes a morder,
                    (Cuidado!)
Lua cheia em Peixes
Outra noitada de sábado.

                    Aquele pessoal
Vampiro da minha cidade
Mostra os caninos, isso
Põe teu cérebro em perigo — então
O que eu acho,
Meio de cabeça-pra-baixo,
Nada de mais, você não está cho-
                    rando de louco —

São só uns caras viajando,
Nem dura tanto assim,
Tempo bom passa voando,
Logo a noite chega ao fim —
Esqueça as crises, deixe
Mais forte a luz neon
Lua cheia em Peixes,
Diabo,
        É sábado, que bom.

Ela não podia vê-lo de onde estava, mas Doc acenou mesmo
assim, bateu palmas e assoviou como todo mundo, e aí continuou na sua busca de uma saída pelas regiões dos fundos do cassino subiluminado. Mais ou menos quando lhe ocorreu que
Fabian Fazzo bem podia estar tentando levá-lo a outro lugar, ele
dobrou uma esquina um pouco rápido demais e deu de cara com
uma encrenca enorme usando sapatos marrons.

"Puta que pariu." É. Eram os agentes especiais Borderline e Flatweed de novo, junto com um pelotão de outros usuários de ternos, escoltando uma figura que Doc só foi reconhecer tarde demais — provavelmente porque não queria acreditar. E porque ninguém devia ter visto isso para começo de conversa. O relance borrado que Doc pegou foi de Mickey de terno branco, com mais ou menos a mesma aparência que tinha no retrato lá na sua casa nas colinas de Los Angeles — aquela bela tentativa de parecer visionário — cruzando da direita para a esquerda, levado adiante, solenemente, tranquilizado, como que sendo carregado por um barqueiro entre dois mundos, ou pelo menos com destino a um carro a prova de balas por cujas janelas você nunca conseguiria enxergar. Difícil dizer se estavam com ele sob custódia ou se o estavam conduzindo naquilo que o pessoal das imobiliárias gosta de chamar de uma olhada no imóvel.

Doc tinha dado um passo de volta às sombras, mas não tão rápido quanto deveria. O agente Flatweed tinha posto os olhos nele e se deteve. "Resolver um negocinho aqui, vocês podem ir indo, eu não demoro." Enquanto o resto do destacamento se afastava pelo corredor, o federal se aproximava de Doc.

"Um, naquele restaurante mexicano em West Boneville, essa podia ter sido coincidência", ele observou jocosamente, fingindo contar nos dedos. "Tudo quanto é tipo de gente vem a Las Vegas, não é. Dois, você aparece exatamente neste cassino, e neguinho começa a pensar. Mas três, aqui em uma parte do Kismet que nem o pessoal daqui conhece, bom, a gente tem que reconhecer que isso de certa forma te põe fora da curva das probabilidades, e é claro que merece uma olhadinha mais detida."

"Mais detida quanto? Você já está grudado na minha cara aqui."

"Eu diria que é você que está *perto demais*." Com a cabeça ele indicou Mickey, agora quase desaparecido atrás dele. "Você reconheceu aquele indivíduo, não reconheceu?"

"O Elvis, não era?"

"Você está deixando tudo meio constrangedor para nós, senhor Sportello. Essa curiosidade sobre a questão Mickey Wolfmann. Mais que inadequada."

"Mickey? nem está mais ativo como caso pra mim, bicho, numa boa, eu nunca levei nada com essa, porque ninguém estava me pagando."

"E mesmo assim você o persegue até a distante Las Vegas."

"Eu estou aqui cuidando de uma coisa completamente diferente. Por acaso passei aqui no Kismet, e só."

O federal olhou-o longamente. "Então você não se importaria de eu expor uma ideia. São os hippies. Vocês estão deixando todo mundo louco. A gente nunca pensou que a consciência do Michael fosse ser um problema. Depois de tantos anos em que ele nunca pareceu ter uma. De repente ele decide *mudar de vida* e doa milhões pra uma grande variedade de degenerados — negros, cabeludos, vagabundos. Você sabe o que ele disse? A gente gravou. 'Parece que acordei de um sonho criminoso do qual nunca vou conseguir me redimir, um ato que eu nunca vou poder voltar atrás e escolher não cometer. Não consigo acreditar que passei a vida inteira fazendo as pessoas pagarem por abrigo, quando isso devia ser de graça. É que é tão óbvio.'"

"Você decorou isso tudo?"

"Outra vantagem de uma vida livre de maconha. Você podia dar uma tentada."

"Ãh... tentar o quê, mesmo?"

O agente Borderline veio até ele, um olhar inquisitivo no amplo rosto vermelho. "Ah, Sportello, nos encontramos de novo e como sempre é um prazer."

"Estou vendo que vocês estão bem ocupados", disse Doc, "então em vez de segurar vocês aqui eu vou", caindo na voz desenho-animada do Salsicha de Casey Kasem, "*correr*, pra caralho, *meu filho?*", o que imediatamente fez, ainda que sem uma ideia clara de para onde estava indo. O que é que eles iam fazer, começar a atirar? é, isso mesmo...

Por fim, quase sem fôlego, ele localizou um par de banheiros marcados GEORGE e GEORGETTE e, apostando em tabus do FBI, se escondeu no das mulheres, onde encontrou Lark diante de um dos espelhos, retocando a maquiagem.

"Merda! mais um desses hippies sexualmente desorientados!"

"Esperando os federais irem sacanear outro, meu amor. Te vi cantar, aliás. É melhor aquela Dolly Parton começar a se preocupar."

"Bom, um pessoal do Roy Acuff esteve aqui na semana passada e deu uma ouvida, então fique de dedinhos cruzados por mim."

"Via de regra eu diria vamos tomar uma cervejinha, mas—"

Berros federais não longe dali.

Ela fez uma cara. "Malcriados é a minha teoria. Eu vou te mostrar a saída dos fundos, e é melhor você se servir dela agora."

Doc foi seguindo entre cheiros de madeira recém-serrada, tinta fresca e massa rápida até chegar a uma porta de incêndio e abri-la de um empurrão, momento no qual uma gravação disparou em um volume alto aconselhando-o a ficar imóvel e esperar pela chegada de profissionais devidamente autorizados treinados para cobrir completamente sua pessoa de porrada. Ele saltou para uma doca de carregamento esparsamente iluminada de concreto corroído pelo tempo, pela qual podia ver formas escuras que já corriam na direção dele.

Veio o som de um motor. Doc olhou por cima do ombro, e lá dobrando a esquina com grande dispêndio de banda de rodagem vinha a limusine de Tito, com o teto solar aberto e a metade superior de Adolfo sacudindo algum tipo de submetralhadora no ar. Os perseguidores de Doc estacaram e começaram a discutir o assunto.

A limusine freou perto de Doc. "Pula pra cá!", gritou Tito. Adolfo recolheu o corpo para o carro por tempo suficiente para que Doc subisse na capota e escorregasse para dentro, e aí retomou a sua posição enquanto Tito disparava o velocímetro e derrubava as marchas, deixando um aromático par de marcas de pneu com uma quadra de comprimento e um grito agudo que pôde ser ouvido quase na represa Boulder. "Vai pra onde, amigo?", inquiriu Tito.

"Você não vai acreditar quem foi que acabei de ver", Doc disse.

"O Adolfo acha que viu o Dean Martin."

Adolfo escorregou de volta para dentro do carro. "Não exatamente."

"Bom...", Tito disse, "mas então... era o Dean Martin ou não era o Dean Martin?"

"Está vendo? É exatamente essa a questão — era o Dean Martin e não era o Dean Martin."

"'E'? Você não quer dizer 'mas'?"

Doc deve ter se desligado. Quando eles o deixaram nos fundos do hotel, Trillium não estava lá, embora as suas coisas estivessem. Ele procurou por um bilhete e não encontrou.

Ele enrolou um baseado, acendeu, e se acomodou diante da *Maratona noturna de sucessos monstruosos*, onde *A ilha de Godzilligan*, um filme para TV em que o dinossauro japonês encontra os náufragos da sitcom, estava quase começando. Durante os créditos de abertura, Godzilla, em busca de uma relaxada depois do seu último surto de demolição urbana, tropeça — literalmente — na ilha, gerando instantânea ansiedade entre os sobreviventes do histórico cruzeiro do *Minnow*.

"Nós só temos de nos manter vivos", como explica Mary Ann a Ginger, "até que as forças de Legítima Defesa japonesas assumam o caso, o que normalmente é mais rápido do que você dizer 'camicase'."

"Ca-mi—", Ginger começa, mas a sua voz desaparece sob um céu cheio de caças a jato, que começam a disparar foguetes contra Godzilla, que como sempre sente só um ligeiro incômodo. "Está vendo?", reafirma Mary Ann, enquanto a claque também explode de alegria. Despercebido em meio ao clamor, o Professor chegou com um exemplar de armamento anti-Godzilla de aparência curiosa em que andou trabalhando, que incluía diversos painéis análogos de controle, antenas parabólicas e gigantes espirais de vidro helicoidais que pulsavam com um brilho roxo que não era deste mundo, mas antes de ele conseguir demonstrar a arma, Gilligan, confundindo o aparelho com o Imediato, cai de uma árvore em cima dele, escapando por pouco da contaminação radioativa e de um empalamento. "Eu tinha acabado de calibrar!", grita o professor desconsolado.

"Talvez ainda esteja na garantia?", pondera Gilligan.

Temos uma imagem captada com grua a partir do que deve ser o ponto de vista de Godzilla. Ele está olhando para o comportamento na ilha abaixo dele, como sempre encantadoramente perplexo, coçando a cabeça de uma maneira que deveria nos lembrar de Stan Laurel. *Fade* para os comerciais.

Em algum momento Doc deve ter perdido o fio da meada, acordando na manhã seguinte com Henry Kissinger no programa *Today* dizendo, "Feja, entom, a chente defia zimplesmente zoltar umas *pompas* neles, nom?".

A voz do Conselheiro de Segurança Nacional desaparece sob uma longa buzinada no estacionamento. Eram Puck e Trillium no Camaro, que tinha sido todo decorado com papel higiênico em diversos tons elegantes e estampas psicodélicas, e latas de cerveja e uma placa Recém-Casados toscamente escrita. Pelo que parecia, depois de uma noite de festança ininterrupta, o casal tinha ido até o Registro Civil do condado, conseguido a licença, ido direto para a Pitoresca Igrejinha das

Campinas, e de pronto tinham juntado os trapinhos, Einar constando como padrinho e decidindo ele próprio fugir com outro futuro-esposo que estava lá esperando uma noiva que afinal não estava assim tão decidida, como, na verdade, ele descobriu com sinais de alívio, nem ele estava. Como recessional, Puck e Einar convenceram o sujeito do órgão elétrico a acompanhá-los em um dueto do sucesso de Ethel Merman "You're not sick, you're just in love", de *Call me madam*, embora tenha havido o constrangimento de sempre para decidir quem cantaria a parte de Ethel Merman.

Puck e Doc acharam um minuto para conversar. "Parabéns, bicho, é demais essa menina."

O casamento, mesmo nesta cidade, faz coisas estranhas com o sujeito. "Ela pode me salvar." Balançando a cabeça com os olhos estanhados como qualquer fugitivo de estação rodoviária.

"Quem é que está atrás de você, Puck?"

"Ninguém", olhos quase implorando, ainda que não necessariamente a Doc.

"Salvação, sabe, eu tenho lá os meus problemas com isso, porque ando sentindo que de repente eu podia ter salvado o Mickey do que aconteceu, seja o que for que aconteceu. Quem sabe até o Glen, também?"

A suástica na cabeça de Puck começou a pulsar. "Não ando exatamente me sentindo um jardim de flores quanto a isso também", ele disse. "O Glen era um bosta, mas a gente era irmão de sangue, e isso devia querer dizer alguma coisa. Mas se eu tivesse ficado com aquele turno? teria simplesmente sido eu no lugar dele." O que não valia dizer, exatamente, que ele teria se sacrificado por Glen. Ele estava com uma expressão nos olhos agora com que Doc não estava muito confortável. "E você, você não podia ter salvado ninguém."

"Assim sem a menor sombra de dúvida, você acha?"

"Você não devia estar mexendo com isso, senhor Sportello."
A suástica agora latejava furiosamente. "Não é como se isso aqui fosse a máfia. Nem a máfia de brincadeirinha que vocês aí acham que é a máfia."

Doc remexeu nos bolsos procurando um baseado. "Não estou entendendo."

Puck pegou o maço de Kools do bolso da camisa de Doc, acendeu um, e ficou com o maço. "Esses mórmons idiotas do FBI. Eles ficam com essa ladainha de que todo mundo aqui é carcamano. Assim, acabou, sabe, *finito*, só tem carcamano, é acabar com os carcamanos e tudo fica cor-de-rosa, como sempre diz a minha amiga Ethel. Bom pode esquecer essa bosta de conversa de raça, bicho, isso é tudo disfarce. Howard Hughes, ele é o quê? Ariano até a medula, certo? mas ele está trabalhando pra quem? como é que fica a *máfia por trás da máfia?*"

Agora, se Puck fosse algum chapado padrão de balneário californiano, Doc poderia ter posto isso tudo na conta de uma paranoia normal e lhe desejado uma feliz lua de mel e voltado ao trabalho. Mas Puck ainda queria negar que sabia qualquer coisa sobre qualquer coisa, e fosse o que fosse que estava atrás dele, chegando mais perto, era assustador demais para que até o silêncio lhe fizesse algum bem.

"Então tá, toma uma fácil", Doc desceu as marchas. "Por acaso o Mickey chegou a falar de alguma cidade que ele queria construir em algum lugar no deserto?"

"Ultimamente, ele não falava de mais nada. Arrepentimiento. Quer dizer 'desculpa aí' em espanhol. A ideia dele era, qualquer um podia ir morar lá de graça, não importava quem você era, apareça e se tiver uma unidade aberta pode ficar, uma noite, pra sempre, et cetera et cetera e coisa e tal como sempre diz o meu amigo o Rei do Sião. Aqui, você tem um mapa rodoviário, eu vou te mostrar."

Trillium chegou e deslizou as mãos por sob um dos braços tatuados de Puck, o que tinha a caveira com a adaga no globo ocular. "É melhor a gente ir saindo, amor."

"Vocês podem ficar com o carro", Doc disse, "que está pago por mais uma semana, e também com tudo que ainda sobrou no quarto, podem considerar isso o meu presente de casamento. Você pode me devolver os cigarros?"

Trillium acompanhou Doc até onde Tito esperava com a limusine. "Ele é mesmo o amor da minha vida, Doc. Ele precisa de mim."

"Você ficou com o meu telefone do escritório e de casa, certo?"

"A gente te liga, eu juro."

"Tudo de bom, senhora Beaverton."

A noite caiu, pegando todo mundo de surpresa. Tito levou Adolfo e Inez para o aeroporto, e no que voltava para a rodovia, ele e Doc perceberam um carro indo para a entrada do aeroporto, cinza frota-de-empresa, com algo de não hesitante e não misericordioso nos seus movimentos que lhes disse em busca de quem estava ali. Tito ascendeu para a rodovia e seguiu para o deserto. "Bela cidade, mas vamos sumir daqui."

Como viajantes do espaço em uma nave espacial, eles foram violentamente comprimidos contra os encostos dos assentos quando Tito acionou algum recurso proibido de desempenho, e do lado de fora das janelas o neon da cidade começou a se alongar em compridos borrões espectrais, a desviar para o azul à frente enquanto nas negras distâncias emolduradas pelo espelho de Tito cada ponto de luz se avermelhava, recedia, convergia. Tito tinha colocado umas fitas de Rosa Eskenazi para tocar no som do carro. "Ouça só isso, eu adoro essa mulher, ela era a

Bessie Smith daquele tempo, pura alma." Ele cantou com ela por alguns compassos. "*Tiátimo meráki*, quem não teve isso, bicho? uma necessidade, tão desesperada, tão desavergonhada, que nada que ninguém pode dizer vale porra nenhuma." Para Doc parecia mais conversa de viciado, mas depois que se acostumou com as escalas e o estilo do vocal ele se viu pensando em Trillium, e imaginando o que ela acharia dessas *rembetissas* de Tito e daquele tipo particular de desejo de que elas falavam.

Eles dirigiram a noite inteira, e com os primeiros raios do sol chegaram à saída que Puck tinha mostrado a Doc no mapa, e seguiram uma estrada estadual até uma municipal, deixaram o asfalto então para uma trilha de fazenda de terra batida, passando por portões surrados e pendentes e atravessando rios cortados sobre mata-burros dedilhados, passando iúcas e cactozinhos atarracados, flores selvagens do deserto ao lado da estrada, formações rochosas a distância, manchas escuras móveis lá no brilho alcalino que podiam ter sido burros ou coiotes ou cervas, ou talvez alienígenas de aterrissagens muito antigas, pois Doc podia sentir por toda parte indícios de antigas aparições.

Eles chegaram ao alto de uma escarpa, e lá, descendo uma longa ladeira para um vale cujo rio podia ter desaparecido séculos atrás, estava o sonho de Mickey Wolfmann, a sua penitência por um dia ter cobrado dinheiro por abrigo humano — Arrependimiento. Doc e Tito acenderam um baseado de bom-dia e passaram de um para o outro. Para além do projeto se estendia um trecho de deserto apenas marginalmente tratado, aqui um punhado de estruturas de concreto espalhadas, ali uma chaminé distante ou duas entre os rabiscos de chaparral. Mais tarde Doc e Tito não seriam capazes de concordar sobre o que ficaram olhando. Havia diversos do que Riggs Warbling tinha chamado de zomos, ligados por passarelas cobertas. Não hemisférios perfeitos mas pontudos no alto. Doc contou seis, Tito sete, talvez oito. Semeadas no terreno entre o complexo e eles, havia também rochas rosas quase esféricas, embora pudessem também ter sido fabricadas pelo homem. "A gente pode descer até lá pra dar uma olhada?", Doc se perguntava.

"Como, com isso aqui? A gente ia quebrar um eixo, estourar o cárter, uma merda dessas. Tinha que ser um tração-nas-quatro. A não ser que você ache que dá pra ir a pé? Trouxe um chapéu?"

"Eu preciso estar de chapéu pra andar?"

"Raios, bicho, raios perigosos." No porta-malas Tito achou um par de sombreros gigantes que tinha comprado em Glitter Gulch como suvenires, e ele e Doc puseram os chapéus e partiram na brisa do deserto para Arrepentimiento.

Demorou mais do que imaginavam. Os zomos à frente, como panos de fundo de antigos filmes de ficção científica, pareciam jamais se aproximar. Era como tatear o caminho por um terreno perigoso à noite, embora Doc estivesse consciente do sol no alto, estrela de um planeta alienígena, menor e mais concentrado do que deveria ser, fustigando-os ininterruptamente com uma radiação pesada. Lagartos vinham de trás do mundo visível e paravam, atemporais e sem fôlego como pedras, para observar Doc e Tito.

Depois de um tempo começou a parecer mais uma construção abandonada. Restos de madeira quarando ao sol, rolos de cabo enferrujado, pedaços de canos plásticos, esgares de Romex, um compressor de ar destruído. O plástico que cobria as obras tinha sido rasgado aqui e ali pelo vento, revelando o esqueleto por baixo, vigas e conectores, às vezes parecendo uma bola de futebol vazada, às vezes padrões de um cacto, ou conchas que as pessoas trazem do Havaí.

"Não estou vendo nenhum cadeado", disse Doc.

"Não quer dizer que a gente pode ir entrando assim sem mais nem menos."

Doc encontrou uma porta que abriu com facilidade, e entrou em uma imensa abóbada sombria.

"Muito bem, pode ir parando aí."

"Epa", Doc disse.

"Ou pode vir vindo, direto para o outro mundo. Veja se eu dou a mínima." Era Riggs Warbling com umas duas semanas de começo de barba e segurando uma Magnum .44, uma Ruger Blackhawk, engatilhada e apontada para o meio da testa de Doc, o seu cano demonstrando pouco ou nenhum tremor, embora não se pudesse dizer a mesma coisa da voz de Doc.

Ele tirou o sombrero, respeitosamente. "Mas, oba, Riggs! Estava só passando por acaso, achei que ia aceitar aquele seu convite! Lembra de mim? Larry Sportello? Doc? E-e-e esse aqui é o meu amigo Tito!"

"O Mickey mandou você aqui?"

"Ahmm, não, pra falar a verdade eu estou tentando descobrir o que aconteceu com o Mickey."

"Meu Deus. O que foi que *não* aconteceu com ele." Riggs desativou de novo o cão, embora ainda parecesse bem agitadinho. "Entrem."

Lá dentro havia uma geladeira gigantesca cheia de cerveja e outros alimentos, diversos caça-níqueis e uma mesa de sinuca com cadeiras reclináveis, e, a bem da verdade, agora que Doc pensou no assunto, mais espaço, a se julgar por fora, do que parecia possível haver aqui. Riggs viu que ele olhava em volta e leu os seus pensamentos. "Bacana, né? Meio que uma mudança no Bucky Fuller, basicamente — só que em vez de menos dólares por metro cúbico coberto, são mais metros cúbicos por dólar."

A reação de Doc normalmente teria sido, "Não é a mesma coisa?", mas por alguma nuance no comportamento de Riggs, talvez o olhar ensandecido, ou o fato de ele ainda estar firmemente agarrado à sua arma negra reluzente, ou a sua incapaci-

312

dade de evitar que a voz invadisse os registros mais agudos, Doc sacou que ficar na moita podia ser uma tática mais esperta.

Repentinamente a cabeça de Riggs adotou um novo ângulo, e ele pareceu estar olhando através da parede do zomo, para algum ponto no céu distante. Depois de alguns segundos veio o som de motores de caças a jato sem silenciador, que se aproximavam vindos daquela direção. Riggs ergueu o cano da sua arma alguns centímetros e por um momento pareceu que ele ia começar a atirar. O troar no alto cresceu até chegar a um nível quase intolerável e então sumiu.

"Eles mandam esses caras lá de Nellis a cada meia hora", Riggs disse. "No começo eu pensei que era só alguma rota normal de voo, mas acabou que é tudo de caso pensado, enxerimento oficial. O dia inteiro, a noite inteira. Algum dia eles vão fazer o Mickey aprovar um bombardeio, e Arrependimiento vai virar história — só que nem isso vai ser, porque eles vão destruir todos os registros, também."

"Por que o Mickey ia bombardear isso aqui? É o sonho dele."

"Era. Você viu com que cara isso aqui estava lá fora. Ele cortou a grana, subornou todos os empreiteiros, todo mundo se mandou, menos eu."

"Quando foi isso?"

"Perto de quando ele sumiu. De repente chega do filantropo doidão de ácido. Fizeram alguma coisa com ele."

"Quem?"

"Sei lá eu. E agora ele voltou pra Sloane, sim o feliz casal novamente reunido, suíte de lua de mel no Caesar's, camona d'água em forma de coração, fica com a mão na bunda dela em público o tempo todo, assim, 'Isso é meu, pessoal, nem pensem', e a Sloane embarcando com ele na coisa toda de propriedade privada, sem nem olhar outros caras nos olhos, especialmente os que ela andava, como se diz, encontrando?"

"Eu achava que o Mickey estava numa boa com isso tudo", Doc quase disse, mas tinha quase certeza de que não disse. "Ele é um homem-família renascido das trevas agora, seja lá o que for que tenham feito com o cérebro dele, eles reprogramaram o pinto também, e agora é claro que ela nem me olha na cara. Eu só fico aqui sentado o dia inteiro com o rifle atravessado no colo, que nem o fantasma de um minerador maluco em alguma mina de prata velha, esperando que o marido certinho escolha a sua hora. Morto, já, mas ainda não sabe. Você ouviu falar que ele fez um acordo com o Departamento de Justiça?"

"Uns boatos, de repente?"

"Ouve só o que ele fez. Um exemplo pros mais jovens, é ou não é? O Mickey compra um terreninho minúsculo na Strip, pequeno demais pra ele fazer nem que seja um estacionamento, mas bem do lado de um dos grandes cassinos, e anuncia os seus planos de um 'mini cassino', que nem aquelas lojinhas de conveniência que a gente vê do lado dos postos de gasolina? entra-e-sai, rapidinho, só um caça-níqueis, uma roleta, uma mesa de vinte e um. Os Empresários Italianos da casa ao lado pensam em todo o movimento de classe baixa que isso vai atrair para bem debaixo do nariz da sua clientela refinada, e surtam, ameaçando, berrando, mandando buscar as mães em voos de primeira classe só pra elas ficarem paradas encarando o Mickey com um olhar de reprovação muda. Às vezes não tão mudas. Finalmente o cassino desiste, Mickey recebe o preço que pediu, algum múltiplo insano do que pagou, que agora vai pra financiar a reforma e a expansão do Cassino e Salão Kismet, onde ele virou um sócio ativo."

"Então agora ele é mais um figurão de Vegas, se cuida aí, Howard Hughes e coisa e tal, bom, valeu a informação, Riggs."

Outra revoada dos caças passou.

Quando conseguiram ouvir de novo, Tito falou pela primeira vez. "A gente pode te dar uma carona pra algum lugar?"

"O negócio com os zomos é", Riggs com um sorrisinho desesperado, "é que eles podem funcionar como portais pra outras dimensões. Os F-105, os coiotes, os escorpiões e as cobras, o calor do deserto, nada disso me incomoda. Eu posso ir embora quando quiser." Ele indicou com a cabeça. "Eu só tenho que passar por aquela porta ali, e estou seguro."

"Posso olhar?", disse Doc.

"Melhor não. Não é pra todo mundo, e se não for pra você, pode ser perigoso."

Eles o deixaram vendo *Let's make a deal* em uma televisãozinha preto e branco portátil, cuja imagem toda vez que os caças passavam se embaralhava em fragmentos angulosos que parecia que jamais se reorganizariam, mas nos silêncios entre as revoadas eles voltavam, como que graças a alguma forma de piedade peculiar dos zomos.

Tito e Doc dirigiram até que encontraram um hotel com uma placa que dizia, BEM-VINDOS, TELEMANÍACOS! O MELHOR CABO DA CIDADE! e decidiram verificar. Questões de fuso horário complicadas demais para que qualquer um dos dois conseguisse entender tinham alavancado a disponibilidade de programas aqui, das grandes redes e dos canais independentes, a um nível assombroso, e gerentes de empresas de cabo com mentes mais criativas não demoraram para explorar o estranho soluço do espaço-tempo... Todo mundo estava aqui para ver alguma coisa. Fãs de telenovelas, viciados em filmes antigos, amantes dos tempos dourados tinham encarado centenas, até milhares, de quilômetros de carro para mergulhar nesses raios catódicos, como *connoisseurs* de águas dos tempos da Vovó um dia visitaram certos spas. Horas a fio eles chafurdavam e assistiam, enquanto o sol girava no céu preguiçoso e respingos ecoavam das lajotas da piscina coberta e carrinhos de camareiras iam guinchando daqui para lá.

Os aparelhos de controle remoto estavam parafusados aos pés das camas, e rodar por todas as escolhas parecia demorar mais do que o que fosse que você quisesse assistir tinha chance de continuar passando, mas de alguma maneira, mais ou menos quando os músculos do polegar de Doc começaram a ter cãibras, ele deu com uma maratona de John Garfield que estava em curso, ele avaliou, havia semanas já. E lá, prestes a começar, estava outro filme de John Garfield em que James Wong Howe também tinha sido fotógrafo, *He ran all the way* (1951), não um dos favoritos de Doc, para falar a verdade — foi o último filme de John Garfield antes de os antissubversivos finalmente acabarem com ele, e estava impregnado do cheiro da lista negra — Dalton Trumbo escreveu o roteiro, mas havia outro nome nos créditos. John Garfield fazia o papel de um criminoso em fuga que pega Shelley Winters em uma escola pública e se dedica a deixar desagradável a vida da família dela, obrigando-os com uma arma apontada, por exemplo, a comer um peru cênico com uma cara nojenta ("Cêis vão comê esse piru!"), e graças à sua vida miseravelmente desperdiçada ele acaba, literalmente, morto na sarjeta, ainda que, claro, com uma iluminação linda. Doc estava esperando pegar no sono no meio do filme, mas a última cena o encontrou de pé e de olhos vidrados, suor congelando no ar-condicionado. Era de certa forma como ver John Garfield morrer de verdade, com toda a respeitável classe média ali parada na rua confortavelmente assistindo enquanto isso.

Tito roncava a valer na outra cama. Lá fora, por todo o lado em volta deles, até as últimas franjas da ocupação, estavam telemaníacos brincando no universo do vídeo, a ilha tropical, o saloon Long Branch, a espaçonave *Enterprise*, fantasias criminais havaianas, criancinhas bonitinhas em salas de estar falsas com públicos invisíveis para rir de tudo que elas faziam, destaques do beisebol, imagens do Vietnã, helicópteros armados e tiroteios, e piadas à meia-noite, e celebridades falantes, e uma escrava numa garrafa, e o porquinho Arnold, e aqui estava Doc, caretão, preso num bode de baixa intensidade de que não conseguia sair, sobre como os Psicodélicos Anos Sessenta, aqueles pequenos parênteses de luz, podiam acabar se fechando, e tudo se perder, reconduzido às trevas... como uma certa mão podia se estender terrivelmente das trevas e se apossar de novo do tempo, com a mesma facilidade de quem tira um baseado de um chapado e o apaga para sempre.

Doc só foi adormecer perto da aurora e não acordou de verdade até estarem cruzando o passo Cajon, e lhe parecia que apenas estivera sonhando sobre escalar uma escarpa mais-que-geográfica, elevada de algum território compreendido e analisado, e descer para um novo terreno por certa grandiosa ladeira final que podia dar mais trabalho do que ele estava disposto a encarar para se virar e escalar de volta.

Quinze

Perto do entardecer, Tito deixou Doc perto de Dunecrest, e foi como pousar em outro planeta. Ele entrou no Pipeline para encontrar algumas centenas de pessoas que não conhecia mas que estavam agindo como fregueses habituais desde sempre. Pior, ninguém que ele conhecia estava ali. Nada de Ensenada Slim ou Flaco o Mau, nada de São Flip ou Eddie Dotérreo. Doc olhou no Wavos e no Epic Lunch, e no Berro do Cérebro Ultravioleta, e no Homem de Larica, onde só olhar para o *menudo* fazia o nariz escorrer, e toda vez foi a mesma coisa. Ninguém que ele reconhecesse. Ele pensou brevemente em ir para o seu apartamento, mas começou a recear que não fosse reconhecê-lo também ou, pior, que o *apartamento não o reconhecesse* — não estivesse lá, a chave não coubesse ou alguma coisa assim. Então lhe ocorreu que de repente Tito na verdade o tivesse deixado em algum *outro* balneário, Manhattan ou Hermosa ou Redondo, e que os bares, lanchonetes e coisa e tal em que ele vinha entrando eram estabelecimentos que por acaso tinham *localização similar* nessa outra cidade — mesma vista do oceano ou esquina da rua, por exemplo

—, então ele agarrou com cuidado a cabeça com as duas mãos e, mentalmente se aconselhando a *se concentrar* e *prestar atenção*, esperou a passagem do próximo pedestre não ameaçador.

"Com licença, senhor, parece que eu estou um pouco desorientado? Será que o senhor podia me dizer se por um acaso nós estamos em Gordita Beach?", com toda a sanidade que conseguiu reunir, e em vez de entrar em pânico e sair correndo atrás das forças da lei mais próximas, esse indivíduo disse, "Nossa, Doc, sou eu, cê tá legal? Você está com cara de quem está surtando", e depois de um tempo Doc sacou que era o Denis, ou alguém imitando o Denis, o que, naquelas circunstâncias, já estava bom para ele.

"Cadê todo mundo, bicho?"

"Férias da universidade ou sei lá o quê. Um monte de encrenqueiros-mirins na cidade. Eu estou grudado na TV até isso acabar."

Denis estava com uma erva mexicana potencializada com gelo-seco, e eles foram até a praia fumar. Ficaram observando as luzes piscantes das asas de um monomotor, que parecia frágil e de alguma maneira já perdido, decolando para o brilho que se escurecia sobre as águas.

"Como é que foi em Vegas, bicho?"

"Ganhei uma porrada de moedinhas num caça-níqueis."

"Muito louco. Escuta. Advinha quem voltou?"

Com Denis olhando para ele daquele jeito, não podia ser outra pessoa. Doc flamejou um Kool mas acendeu o lado errado e não percebeu por um tempo. "O que ela está armando?"

"Você podia apagar essa merda, esse negócio tem um fedor do mal."

"Ou, reformulando — ela está com quem?"

"Ninguém, até onde eu saiba. Ela ficou na casa do Flip em cima daquela loja de surfe em El Porto? O Santo se mandou, foi pra Maui."

"Como que ela está de ânimo?"

"Por que perguntar pra mim?"

"Assim, será que ela está paranoica. A polícia sabe que ela voltou? Até onde eu soubesse, tinha um monte de mandados de alta prioridade em cima dela, o que aconteceu com isso tudo?"

"Ela não parece muito preocupada."

"Bom... esquisito." Será que ela também tinha feito algum acordo?

"A gente podia ir até lá se você quiser", disse Denis.

Por uma série de razões, Doc achava que não. Denis foi saindo para ver Lawrence Welk. "O quê?", Doc não pôde evitar comentar.

"Alguma coisa naquela Norma Zimmer", Denis gritou por sobre o ombro, "Ainda estou tentando entender o quê, exatamente."

A chave funcionou, o apartamento não tinha sido assaltado ou revirado, as plantas ainda estavam vivas. Doc regou tudo, pôs um café para passar e ligou para Fritz.

"A sua namorada deu as caras", Fritz anunciou e se calou.

Depois de um tempo, ficando irritado, Doc disse, "E você queria que ela desse outras partes. E daí?".

"Segundo a ARPAnet, Shasta Fay Hepworth apareceu anteontem no LAX. Além do quê, o FBI, que de algum jeito tem como me monitorar agora que eu estou plugado, fica aparecendo aqui e perguntando qual é o meu interesse nela. Você se importa de me dizer que merda está acontecendo?"

Doc recapitulou a viagem para Vegas, ou o que ele lembrava, interrompendo-se dez minutos depois para apontar, "Claro que se eles podem entrar nas suas linhas do computador, o telefone aqui deve ser bolinho pra eles".

"Ops", concordou Fritz. "Mas continue."

"Tá, então, parece que o Mickey está inteirinho, os federais estão com ele embaixo da asa. Glen Charlock continua morto, mas, meu, quem é que se importa com os elementos criminosos, né?"

Ele reclamou por mais um minuto e meio até que Fritz disse, "Bom, problema seu agora. Essa viagem de ARPAnet está comendo o meu tempo, que é mais bem empregado perseguindo aqueles tarados e endividados casca-grossa, então acho que vou dar uma interrompida aqui. Se tiver mais alguma coisa, de repente era melhor você perguntar já, porque daqui a pouco o velho F. D. aqui vai estar de volta ao mundo de carne e osso."

"Vejamos", Doc disse, "tem o Puck Beaverton..."

"Lembro de ter feito alguns negócios com um camarada com esse nome lá nos tempos antigos. O que é que tem ele?"

"Não sei", Doc disse. "Alguma coisa."

"Alguma energia ácida esquisita."

"Na mosca."

"Algum estranho desequilíbrio inefável das leis do carma."

"Sabia que você ia entender."

"Doc..."

"Nem diga. Aquele menino Sparky ainda trabalha com você?"

"Apareça aqui, eu te apresento. Também recebi essa erva nova, estão chamando de 'Vara Tailandesa'? Meio grudenta, mas quando você acende..."

Assim que Doc desligou o telefone tocou de novo, e era o Pé-Grande, que entrou de sola. "Então! A enigmática senhorita Hepworth parece ter voltado a se reunir à nossa pequena comunidade de deslocados destruídos por drogas."

"Nossa, sério mesmo? Novidade pra mim."

"Ah, está certo — você esteve temporariamente fora do planeta de novo. Telefonemas, visitas em pessoa, parece que nada funcionou. Você sabe como a gente fica angustiado."

"Umas feriazinhas. Queria eu ter a sua ética de trabalho."

"Não, não queria. Alguma coisa nova no assunto Coy Harlingen?"

"Perseguindo uma pista falsa atrás da outra, só isso."

"Alguma delas incluiria o jovem... como era mesmo nome dele, Beaverton, acredito eu?"

Vá se foder, Pé-Grande. "Segui a trilha do Puck até West Hollywood, mas ninguém viu o cara desde que o Mickey fez o seu *fade-out.*"

"Quanto ao doutor Blatnoyd e a sua lastimável contusão esportiva, nós de fato mencionamos a sua interessante teoria do ferimento perfurocortante para o pessoal do doutor Noguchi — interrogamos a respeito de testes para procurar ligas odontológicas de cobre e ouro e coisa e tal, e um deles deu um sorriso estranho e disse, 'Tudo bem se a gente chamar o lab pra cuidar disso?'. 'Claro que sim', eu disse. 'Maravilha. Ô, Dwayne!', e lá veio aos saltos um Labrador perverso com, sou obrigado a dizer, uma postura tão anti-cooperativa que nós todos ficamos bastante desanimados."

"Puxa, e dizem que eles são uns cachorros tão bons pra crianças—"

"Na verdade, nós temos um aqui em casa."

"Só achei que ia ser uma dica útil a um colega de profissão — só tentando te evitar problemas no futuro, apenas isso..."

"Como assim?"

"Quando chegar a hora do seu depoimento."

"Cruzes... Sportello, você está sugerindo—"

Doc se permitia um sorriso malévolo por semana, e esta noite era a noite. "Eu só estou dizendo é, é que se aconteceu com Thomas Noguchi, o médico-legal mais brilhante dos EUA, bom, quem de vocês do proteger-e-servir está seguro? Só precisa um supervisor regional meio desconfiado e pronto."

Silêncio total.

"Pé-Grande?"

"Eu estava gozando de uma tranquila noite em família com a senhora Bjornsen e as crianças, e o cachorro, assistindo Lawrence Welk, e agora olha só o que você fez."

Doc ouviu uma extensão sendo levantada do gancho. Uma voz de mulher com um ataque muito abrupto e um tempo de decaimento muito curto disse, "Está tudo bem, Gatinho?".

"O que é isso?", Doc disse.

"*Isso* é a senhora Chastity Bjornsen, e se *isso aí* é mais um 'empregado especial' sociopata do meu marido, eu agradeceria se você parasse de azucriná-lo no dia de folga, ele já tem muito o que fazer durante a semana toda tentando tirar uns viciados e uns marginais que nem você de circulação."

"Calma, calma, min-ha-morin-ha preta. O Sportello só estava se entregando ao que ele chama de humor."

"*Doc* Sportello? O Doc Sportello? Então! finalmente! O Senhor Baixeza Moral em pessoa! Você tem alguma ideia das contas de terapia por aqui que são responsabilidade direta sua?"

"Ora, Coisiquinha, o Departamento cobre quase tudo aqui—"

"Depois de uma dedução capaz de matar um cavalo afogado, e no meio-tempo Christian, eu confesso que não estou entendo a *sua* reação moloide a esse hippongo desgraçado com essas eternas provocações—"

Doc descobriu que estava sem cigarros. Largou o fone na mesa da cozinha e foi procurar o seu pacote de Kool, que depois de longa busca apareceu na geladeira, perto dos restos de uma pizza de que ele tinha se esquecido, cujos ingredientes, ainda que coloridos, ele não mais conseguia identificar. Sentindo apesar disso um pouco de fome, ele decidiu fazer um sanduíche de manteiga de amendoim com maionese, localizou uma lata gelada de Burgie, e ia se mandando para o outro quarto para ligar a TV quando percebeu ruídos estranhos que saíam do telefone, cujo fone, a bem da verdade, parecia estar fora do gancho...

"Ah." Ele foi colocar o instrumento no ouvido, embora os Bjornsen, agora em pleno confronto, aos berros, fossem na verdade audíveis do outro lado da cozinha, revisando certo histórico pessoal recente, com notas de rodapé, desconhecido para Doc mas ainda assim constrangedor, e depois de um minuto ou dois calculando quais seriam as suas chances de encaixar uma palavrinha que fosse, ele recolocou o fone no seu suporte com a delicadeza de quem estivesse prestes a lhe cantar uma canção de ninar e foi ver os últimos minutinhos de *Adam-12*.

O filme de horror dessa sessão de sábado era *A morta-viva* (1943), de Val Lewton, apresentado pelo superastro da subcultura Larry Vincent, vulgo "Seymour", que gostava de se referir à sua população de fiéis espectadores como "os das margens" e também era o apresentador do show anual de Halloween no Teatro Wiltern, que Doc tentava nunca perder. Ele tinha visto aquele filme de zumbis umas duzentas vezes e ainda ficava confuso com o fim, então passou a hora do jornal enrolando baseados para lhe dar uma força, especialmente com a cantoria de calipso, mas de alguma maneira, apesar dos seus maiores esforços, caiu no sono no meio, como tantas vezes antes.

Manhã seguinte — cheiro de mar, café fresco, tudo mais claro — Doc estava no Wavos, olhando o *Times* de domingo para ver se havia algo de novo sobre o caso Wolfmann, e não havia — embora, claro, com vinte ou trinta cadernos diferentes você nunca sabia o que podia estar escondido entre os anúncios imobiliários — e estava prestes a atacar uma especialidade da casa conhecida como Por Baixo do Píer, basicamente abacate, couve-de-bruxelas, jalapeños, corações de alcachofra em conserva, queijo Monterey Jack, e molho Deusa Verde em um pão *levain* que primeiro foi cortado no sentido do comprimento, coberto de manteiga de alho, e tostado, setenta e nove centavos e uma pechincha com cinquenta por cento de desconto, quando quem é que entra, quem mais, a própria Shasta Fay. Ela estava usando, pelo que Doc pôde ver, a não ser que agora tivesse uma gaveta cheia delas, a mesma velha camiseta do Country Joe & the Fish dos tempos dourados, as mesmas sandálias e a parte de baixo do biquíni. Estranhamente, o apetite dele não veio pedindo licença com uma autorização para deixar o recinto, mas por outro lado, o que era aquilo? será que ele estava tendo um flashback de ácido, será que estava prestes a topar com James "Moondoggie" Darren no *Túnel do tempo* ou coisa assim? Da última vez que Doc ouviu falar dela, a sua ex-namorada aqui era pelo menos alvo do interesse de inúmeros níveis das forças da lei, e no entanto aqui estava ela agora, o mesmo figurino, a mesma atitude desligada, como se ainda não tivesse conhecido Mickey Wolfmann, como se alguma agulha de vitrola tivesse sido erguida e recolocada em outro antigo sucesso sentimental no LP da antologia da História.

"Oi, Doc."

O que é claro que sempre foi o suficiente, e com certeza, olha só isso aí. Suavemente posicionando o Caderno de Livros sobre o colo, ele sorriu com toda a sinceridade possível. "Ouvi dizer que você tinha voltado. Recebi o seu postal, obrigado."

Uma daquelas franzidas enigmáticas de sobrancelha que ela pode ter aperfeiçoado na época do jardim de infância. "Postal?"

Bom, isso provavelmente é significativo também, ele pensou, e é melhor eu anotar ou vou esquecer. Pegadinhas dos caras do ouija de novo, certeza.

"Achei que era a sua letra, devia ser outra pessoa... então! por onde você andou?"

"Tive que ir até o Norte? Coisas de família?" Dando de ombros. "Alguma coisa rolando por aqui?"

Mencionar o Mickey? Não mencionar o Mickey? "O seu... amigo da construção civil..."

"Ah, acabou tudo." Ela não parecia especialmente triste por causa disso. Nem feliz.

"Talvez eu tenha perdido alguma coisa no noticiário — ele não teria... voltado, por acaso?"

Ela sorriu e balançou a cabeça. "Eu estive fora." No pescoço, numa tira de couro, ela estava usando uma concha, talvez até trazida de uma distante ilha do Pacífico, cujo formato e cujas marcas lembraram Doc de um dos zomos no ora-abandonado projeto de Mickey no deserto.

Ensenada Slim entrou. "Eba, Shasta. Ô, Doc, o Pé-Grande andou atrás de você."

"Ai cacilda. Faz tempo?"

"Acabei de passar por ele no Cérebro. Parecia bem tenso por causa de alguma coisa."

"Algum de vocês quer acabar com isso aqui?" Doc se esgueirou pelos fundos, apenas para encontrar o Pé-Grande à toa no beco com um sorriso peculiar.

"Não fique com essa cara tão nervosa. Eu não estou planejando infligir danos corporais, por mais que me agradasse. Efeito dessa era hippie abandonada por Deus e da sua erosão dos valores masculinos, imagino eu. Wyatt Earp estaria usando a sua cabeça como alvo para treino de marreta a essa altura."

"Ei, isso me lembrou uma coisa — a minha bolsa, só vou pôr a mão aqui na minha bolsa, beleza? dois dedos? devagar?" Doc tirou dali a xícara de café antiga que tinha encontrado em Vegas.

"Conquanto fiquemos endurecidos com o trabalho policial", disse o Pé-Grande, "ocasionalmente podem surgir grandes desafios à nossa sensibilidade. O que... diabos... é isso aí?"

"É a xícara de bigode pessoal de Wyatt Earp, bicho. Está vendo, tem o nome dele e tudo mais?"

"Eu poderia, sem desejar gerar ofensas, demandar a proveniência dessa..." Ele se deteve como se estivesse procurando no escuro o termo correto.

"Vendedor de antiguidades em Vegas chamado Delwyn Quight. Parecia bem respeitável."

O Pé-Grande balançou a cabeça amargamente e por algum tempo. "Você obviamente não assina o *Alerta dos Colecionadores de Suvenires de Tombstone*. O seu amigo Quight posa para a página central pelo menos mês sim mês não. O sujeito é sinônimo de fraudes earpianas."

"Nossa." E pior ainda, e se isso quisesse dizer que a *gravata Liberace* também era falsa?

"É a intenção, não é?", disse o Pé-Grande. "Escuta", e exatamente sincronizado com Doc dizendo a mesma coisa, "Desculpa por ontem à noite." Eles pausaram por exatamente o mesmo número de batidas, e de novo em uníssono disseram, "Você? Por que você teria que pedir desculpas?". Isso podia ter durado o dia todo, mas aí Doc disse, "Estranho", e o Pé-Grande disse, "Extraordinário", e o feitiço acabou. Eles seguiram passeando pela ruela em silêncio até que o Pé-Grande disse, "Eu não sei bem como te dizer isso".

"Ah, bosta. Quem foi dessa vez?"

"Leonard Jermaine Loosemeat, que você pode lembrar como um traficantezinho de heroína de segunda em Venice. Boiando. Encontramos em um daqueles canais."

"Ned Ralo. O traficante de Coy Harlingen."

"Isso."

"Coincidência engraçada."

"Defina 'engraçada'." Doc ouviu algo na voz dele e deu uma olhada, e achou por um segundo que o Pé-Grande tinha finalmente chegado ao seu mais que devido colapso nervoso por questões policiais. A sua boca tremia, os olhos estavam úmidos. Ele percebeu o olhar de Doc e o devolveu. Por fim, "Você não devia ficar mexendo nessa merda, Doc".

Puck Beaverton tinha liberado o mesmo conselho gratuito.

* * *

O que não impediu que Doc fosse até Venice naquela noite para ver o que havia para se ver. Leonard morava em um bangalô ao lado de um canal com um bote a remo atado a um pierzinho no quintal. Uma draga passava periodicamente, e todos os chapados que tinham escondido os seus estoques no canal podiam ser vistos na noite anterior correndo alucinados de um lado para outro tentando lembrar quem tinha posto o quê onde exatamente. Doc por acaso chegou bem no meio de um desses exercícios. Na noite calma e quente como água de banheira, meia dúzia de vitrolas tocavam ao mesmo tempo nas janelas abertas e portas de vidro deslizantes. Luzes de jardim de baixa voltagem brilhavam através da folhagem da noite, para cima e para baixo pelas entradas das casas e pelos quintais. Pessoas das vizinhanças vagueavam por ali com garrafas de cerveja ou baseados nas mãos ou matavam tempo sobre as pequenas pontes assistindo à bagunça.

"O quê? Você esqueceu de novo de pôr dentro de alguma coisa à prova d'água?"

"Ops."

Doc pegou o endereço de Ned Ralo do cartão de interrogatório de campo do Pé-Grande. Quase antes de ele ter tempo de bater, a porta foi aberta por um sujeito gordo com óculos grossos e um bigodinho minúsculo, que segurava e enchia de giz um taco de sinuca lindamente incrustado com madrepérola.

"Como assim, sem equipe de filmagem?"

"Na verdade eu estou aqui representando o HULK, ou seja, Heroinômanos Unidos Libertos Koletivamente? a nossa base fica em Sacramento e nós somos basicamente um lobby na assembleia estadual pelos direitos civis dos drogados? Será que eu posso oferecer as nossas condolências pela sua perda?"

328

"Oi, eu sou o Pepe, e os drogados, na verdade todos os chapados, são um lixo humano doente que não ia saber o que fazer com direitos civis se eles aparecessem e mordessem a bunda deles, não que os direitos civis façam mesmo esse tipo de coisa, sabe, ah entra aí, falando nisso, você por acaso joga bola-oito?" As paredes do lado de dentro eram de aglomerado e estavam pintadas de um rosa-prisão, um tom que naquela época se acreditava que gerasse calma entre os detentos. Cada cômodo tinha uma mesa de sinuca, inclusive pequenas unidades tamanho-bar para os banheiros e a cozinha. Havia quase o mesmo número de televisões. Pepe, que parecia não ter com quem, ou para quem, falar, desde o falecimento de Ned Ralo, mantinha um monólogo em que Doc de vez em quanto tentava encaixar uma pergunta.

"... não que eu guardasse rancor dele por causa do dinheiro que ele pedia emprestado ou até me devia porque eu era sempre regularmente melhor em termos de jogar sinuca, mas o que me enchia mesmo o saco eram os agiotas, e os capangas que eles mandavam aqui, se o dinheiro com altos juros fosse a história toda, vá lá, ia ter a sua integridade, eu acho, mas eles também negociam dor e perdão — o perdão desses caras! — e traficam com agências de comando e controle que mais cedo ou mais tarde traem todos os acordos que fazem porque entre os poderes invisíveis não existe confiança e não existe respeito."

Ele tinha se detido brevemente diante de um dos aparelhos de TV para passar pelos canais. Doc aproveitou a ocasião para perguntar, "Você acha que pode ter sido um desses agiotas que matou o Leonard?".

"Só que isso tudo estava acabado. Pela primeira vez desde que a gente se conhecia, o Lenny estava livre de dívidas. A minha impressão é que em algum nível alguém tinha decidido perdoar tudo que ele devia. Mas aí, além disso, todo mês também começou a chegar um cheque pra ele pelo correio. Uma ou duas vezes

eu dava uma espiada nas quantias. Grana preta, meu amigo —
como era mesmo o seu nome?"

"Larry. Oi. Esse dinheiro — você acha que era de um
cliente?"

"Eu perguntei, claro, e às vezes ele dizia despesas operacionais, e às vezes chamava de adiantamento de honorários, mas
uma noite — ele não devia estar usando, mas era feriado de Natal
— ele estava com um humor... sendo simpático com todo
mundo, colocando um pesinho a mais nos saquinhos — lá pelas
três da manhã ele começou a surtar, e foi aí que mencionou
'dinheiro sujo', e eu perguntei depois sobre isso e ele fingiu que
não lembrava, mas àquela altura eu já conhecia a cara dele, cada
poro, e ele lembrava, ah, lembrava. Alguma coisa estava corroendo ele por dentro. Você nunca diria assim de olhar pra ele,
mas ele tinha consciência. Um daqueles cheques apareceu na
semana passada e normalmente o Lenny teria ido direto pro
banco pra fazer o depósito, mas aquele ali ele simplesmente deixou de lado, estava muito chateado com alguma coisa... aqui,
olha, é esse, não me serve de nada, não que eu tenha tido algum
tipo de procuração."

O cheque era do Arbolada Savings & Loan em Ojai, um dos
bancos de Mickey Wolfmann, Doc lembrou, também usado
pelo Instituto Chryskylodon — e assinado por um gerente financeiro cujo nome nenhum deles conseguia ler.

"Pior que uma receita falsificada", Pepe disse.

"Uma graninha legal aqui, Pepe. Tem que ter algum jeito
de você descontar isso."

"De repente eu devia só doar o dinheiro pra sua organização, no nome do Leonard, claro."

"Eu não vou pressionar você nem pra uma coisa nem pra
outra, embora pudesse ajudar com o nosso novo programa Salve
um Roqueiro. Você sabe quantos músicos andaram tomando over-

doses nos últimos anos?, é uma epidemia. Eu tenho percebido especialmente na minha própria área, surf music. Eu por acaso sou um grande fã dos Boards — na verdade, foi assim que me envolvi pessoalmente com a prevenção de overdoses, desde que um dos saxofonistas deles faleceu... Lembra do Coy Harlingen?" Podia ser algum efeito colateral inesperado de toda a erva que ele andava fumando, mas Doc agora sentiu um choque elétrico gélido irrompendo pela sala — Pepe ficou rígido, o seu rosto, mesmo com todos os reflexos rosas daqui, repentinamente drenado a ponto de ficar alarmantemente branco, e Doc viu a dor que ele devia estar sentindo esse tempo todo, o quanto Leonard devia ter significado para ele, como ele deve ter pensado que todo aquele falatório desesperado o ajudasse a passar por isso tudo... mas aqui estava uma coisa de que ele tinha sido proibido de falar, talvez até as suas próprias suspeitas, que ele não se podia permitir investigar, com Coy Harlingen claramente no coração de tudo. O silêncio de Pepe prosseguiu, as múltiplas vozes dos televisores em todos os cômodos combinadas em ríspida desarmonia, até que tarde demais ele finalmente disse, "Não, esse nome não lembra nada. Mas eu entendo. Tantas perdas desnecessárias. Vocês estão em posição de fazer coisas maravilhosas, tenho certeza".

Se Ned Ralo, por ordem de alguém, tinha trocado a droga três por cento que estava vendendo para Coy por alguma coisa que seguramente o mataria, então parecia claro que ninguém tinha se dado o trabalho de lhe contar depois que era tudo armação e que Coy ainda estava vivo. Durante todo esse tempo eles o deixaram pensar que era um assassino. Será que acabou sendo demais para aquela consciência que o Pepe dizia que ele tinha? Será que ele estava a ponto de confessar para alguém? Quem não teria desejado que ele fizesse isso?

Em uma das mesas de sinuca jazia um arranjo impossível de bolas prontas para serem abordadas por algum super-herói daquele esporte. "Uma das tacadas de segurança do Lenny", Pepe disse. "Está aí desde que ele saiu pela porta e nunca mais voltou. Eu vivo querendo terminar o jogo, sei que podia limpar a mesa, mas de alguma maneira..."

Doc caminhou de volta até o seu carro atravessando uma vizinhança ligeiramente mais acalmada, os chapados estavam todos de volta para baixo dos tetos rumo às camas, o tumulto tinha morrido, a lua tinha saído, o que tinha sido novamente encontrado estava encontrado, o que estava perdido tinha sumido para sempre a não ser pelo que algum operador de draga sortudo amanhã pudesse achar. Perdido, e não perdido, e o que Sauncho chamava de lagan, deliberadamente perdido e achado de novo... e havia alguma coisa agora ciscando como uma galinha pilantra nas beiradas da capoeira descuidada que era o cérebro de Doc, mas ele não conseguia localizá-la exatamente, que dirá responder pelo bichinho quando a noite se desenrolou em torno dele.

Ele achou que era melhor ir discutir Adrian Prussia com Fritz, que tinha um histórico maior com o agiota do que Doc. Sparky, que trabalhava no turno da madrugada, ainda não tinha chegado.

"Eu não chegava nem perto do Adrian", Fritz aconselhou. "Ele não é mais o figurão decente da Câmara de Comércio que a gente conhecia nas antigas, Doc, ele agora é barra-pesada."

"Como é que ele pode ser pior do que era? Ele é a razão de eu ter deixado de ser pacifista e começado a andar armado."

"Alguma coisa aconteceu com ele, ele fez um acordo com alguém maior que ele, maior que tudo em que tinha se metido até ali."

"Eu ouvi alguma coisa sobre ele nesse mesmo estilo lá em Venice hoje de noite. 'Agências de Comando e Controle', foi o que disseram. Na hora pareceu estranho. Com quem você andou falando?"

"Escritório do procurador-geral do Estado, eles estão atrás dele há anos. Mas ninguém pode pôr a mão nele, até por causa de uma pasta de promissórias bem interessante que ele tem guardada. As quantias propriamente ditas nem são tão grandes, mas se você pegar uma de cada vez, sempre dá pra garantir obediência."

"Obediência a..."

"Comandos. Controladores. Prussia fica com a grana, com juros, e os outros conseguem fazer o que queriam."

"Mas tem agiotas por todo lado. Eles estão todos nessa, também?"

"Talvez não. Prussia tem alergia a competidores. Se alguém começasse a ameaçar a parte dele, corria o risco de se ver de repente em maus lençóis."

"Morto?"

"Se você quer colocar nesses termos."

"Mas quanto mais ele faz esse tipo de coisa—"

"Mais chance ele tem de acabar preso, é, era de imaginar. Mas não se ele está por cima dos que têm mais chance de fazer a prisão."

"Polícia de Los Angeles?"

"Ah, Deus o livre."

"E a imunidade que o Prussia tem com eles também se estende às pessoas que ele envia pra cobrar?"

"Normalmente funciona assim."

"Então alguma coisa aqui não está legal." Doc expôs a história de Puck Beaverton brevemente. "A última vez que ele foi preso? Eu fui ver. Uma semente que eles acharam no saco do aspirador de pó dele, o meu sobrinho de cinco anos de idade podia ter livrado a cara dele. Mas ninguém deu jeito, ele ainda assim acabou preso e com a ficha dele podia ter encarado pelo menos uns seis anos direto."

"De repente algum tira que ele ofendeu?"

"Pouco provável que seja qualquer um dos tiras que emprestava do Prussia — ali era só bons termos e relações amistosas. Mas meio que o único dos caras do Prussia que acabou preso foi o Puck."

"Então era pessoal pacas."

"Sacanagem. Quer dizer que eu tenho que falar com o Pé-Grande de novo."

"Você já devia saber como lidar com isso a essa altura."

"Não, eu estou falando de ser humano pra ser humano."

"Meu Deus. Nem me conte o resultado *disso*."

Doc imaginou que provavelmente ia encontrar o Pé-Grande no Estande de Tiro Pipoque-um-Meliante lá perto de South La Brea. Por alguma razão o Pé-Grande gostava de usar estandes de tiro civis. Será que a polícia de Los Angeles o havia banido das próprias instalações? Será que havia colegas demais a fim de lhe dar um tiro e fingir que tinha sido um acidente? Doc não estava disposto a perguntar por quê.

Ele foi até o estande depois da hora do jantar, assim que escureceu. Ele sabia que o Pé-Grande preferia a seção Urbana, Gangues e Hippies (UGH), onde imagens de plástico em tamanho real de ameaças à sociedade, negras, chicanas e cabeludas, vinham espreitando na sua direção em um arranjo 3D tipo galeria de tiro enquanto você detonava os desgraçados a bala. Doc, por sua vez, gostava de passar quase o seu tempo todo na parte de baixa iluminação do estande. Ultimamente ele estava começando a pensar nessas visitas não tanto como um exercício de visão noturna quanto como John Garfield morto na sarjeta, e morto pela perseguição e a traição da Hollywood do mundo real, e a ordem controladora sob a qual resultados como esse eram inevitáveis, porque eles decorriam de determinação fria e velocidade de mira e cargas disparadas no escuro.

Com certeza, lá estava o Pé-Grande no caixa, só acertando as contas.

"Preciso conversar", Doc disse.

"Eu estava indo para o Raincheck Room."

Esse estimado salão de West Hollywood era conhecido naqueles dias por uma abordagem algo ardilosa da questão das contas de luz. Doc e o Pé-Grande acharam uma mesa nos fundos.

"A senhora Bjornsen manda lembranças, aliás."

"Você está falando do quê, ela me odeia."

"Não, na verdade você deixou ela bem intrigada agora. Se eu não tivesse tanta fé no meu casamento, quase estaria com ciúmes."

Doc tentou remover toda a empatia do rosto enquanto pensava, ah seu suequinho coitado, e eu espero que você ande mantendo aquele .38 do serviço fora do alcance de todo mundo. Pelo que Doc podia ver, a mulher era perigosamente desequilibrada, e ele estimava uma semana e meia antes de o apocalipse aterrisar sobre os Bjornsen. "Mas claro, manda um oi pra ela."

"Posso lhe ser útil em mais alguma coisa hoje à noite?"

"Me corrija aqui se eu estiver errado, Pé-Grande, mas está claro pra mim faz algum tempo que você está desesperado para trocar umas palavrinhas com Puck Beaverton mas não pode dar bandeira, porque senão você está ferrado com poderes inomináveis, então em vez disso você fica me colocando por aí na medida pra tomar fogo de todas aquelas AKS — até aqui eu peguei mais ou menos, certo?"

"Nós estamos em território delicado aqui, Sportello."

"É, eu sei, bicho, mas alguém vai ter que ser menos sensível um minutinho e levantar e sacudir a poeira e *enfrentar* essa história, porque estou cansado desse negócio de ficar sendo jogado de um lado pro outro o tempo todo, se você precisa de alguma coisa abra o jogo e diga, será que é tão difícil assim?"

Com Doc isso valia por um ataque histérico, e o Pé-Grande olhava para ele com o que, com ele, valia por espanto. Ele acenou com a cabeça para o bolso da camisa de Doc. "Tudo bem se eu pegar um desses aí?"

"Você não ia querer começar a fumar, Pé-Grande, fumar faz mal pra caralho."

"Sim, mas veja, eu não estava planejando fumar o cigarro com o pinto, não é?"

"Como é que eu vou saber?"

O Pé-Grande acendeu, deu uma baforada sem inalar de um jeito que Doc achava irritante e disse, "Entre alguns dos meus colegas, Puck Beaverton — para um autor de vários delitos com nítidos problemas de autocontrole e uma suástica na cabeça — foi sempre considerado um sujeitinho bem encantador, na verdade". Ele demorou meio tempo. "Por inúmeras razões."

"E agora era a hora de eu dizer..."

"Só dando uma deixa. Desculpa. É um hábito."

"Que nem fumar."

"Muito bem." O Pé-Grande esmagou o cigarro irritavelmente e olhou fixo para Doc, que por reflexo já estava olhando cupidamente para a longa bituca. "O ex-patrão de Puck, a Financiadora AP, fazia muitos negócios com vários policiais do Departamento, todos eles amistosos e até onde eu saiba por-cima-dos-panos. Talvez com apenas uma infeliz exceção."

Um nome que não podia ser dito em voz alta. Doc deu de ombros. "Parte daquela encrenca com o pessoal da Corregedoria que você vive mencionando." Com leveza suficiente, ele esperava.

"Por favor entenda, sem uma necessidade preeminente de saber..."

"Numa boa por mim, Pé-Grande. E esse tira inominável — qual seria por acaso a opinião de Puck sobre ele?"

"Odiava o sujeito, e o ódio era recíproco. Por—" Caindo então em um pensar-melhor.

"Por bons motivos. Mas vocês têm um décimo primeiro mandamento sobre criticar um camarada de armas, saquei." Doc então teve uma ideia. "Tudo bem se eu perguntar se esse camarada ainda toma partido nas discussões sobre esse caso?"

"Ele está—", o silêncio era tão claro quanto a palavra sonegada. "O status dele é Inativo."

"A ficha não está disponível também, aposto."

"A Corregedoria trancafiou tudo até o ano 2000."

"Por alguma razão não parece que foi por causas naturais. Ãh, quem é que você agradece, como sempre diz o meu amigo Elvis, quando você tem uma sorte dessas?"

"Você quer dizer além do óbvio."

"Puck, claro, podia ter sido ele. Mas me diga agora, esse tira — como é que a gente chama ele? — Policial X?"

"Detetive."

"Beleza, digamos que esse policial misterioso foi de fato o cara que prendeu Puck com aquela acusaçãozinha vagabunda da semente de erva, esperando que com a ficha dele ele fosse ser metido em Folsom por algum tempo. Se não foi o Puck que acabou com ele, então vejamos quem mais... ah! que tal Adrian Prussia, que não pode se dar ao luxo de passar vergonha na frente da comunidade, nem que só um cara que foi do grupo dele seja preso, ou talvez condenado. É um atentado que neguinho comete não só contra o Puck, mas contra ele. Quase tão ruim quanto algum otário que se recusa a pagar um empréstimo. O que acontece nesses casos. Não consigo lembrar."

"Está começando a entender?" O Pé-Grande balançando sombriamente a cabeça. "Vocês acham que é tudo uma grande festança monolítica na polícia de Los Angeles, não acham, sem nada para fazer o dia inteiro além de pensar em novas maneiras de perseguir a ralé hippie que vocês são. Pelo contrário, podia até ser o pátio de San Quentin. Gangues, viciados, fodões e fodidos e dedos-duros, e todo mundo armado."

"Eu posso dizer uma coisa em voz alta? Será que tem alguém ouvindo?"

"Todo mundo. Ninguém. Faz diferença?"

"Digamos que Adrian Prussia tenha executado esse Detetive X, ou tenha mandado executar. E o que acontece? nada. Talvez todo mundo na polícia sabia que ele fez aquilo, mas nada de protestos cifrados nos jornais, nada de vingança pessoal de colegas policiais horrorizados... Não, pelo contrário, a Corregedoria tranca tudo bem direitinho pelos próximos trinta anos, todo mundo fingindo que é outro herói da polícia que sucumbiu no cumprimento do dever. Esqueça a decência, ou o respeito à memória dos falecidos policiais-heróis de verdade — puta que pariu, como é que vocês podem ser tão pouco profissionais?"

"Ainda fica pior", o Pé-Grande disse de uma forma lentamente abafada, como se tentasse em vão apelar a Doc do fundo de anos de uma história proibida para os civis. "Prussia foi o suspeito principal em... digamos diversos homicídios — e todas as vezes, graças a intervenções dos mais altos níveis, ele se safou."

"E você está dizendo o quê? 'Nossa que horror'?"

"Eu estou dizendo que tudo tem um motivo, Doc, e antes de você ficar indignado demais talvez fosse bom você ver por que a Corregedoria teve que ser chamada para essa história para começo de conversa, ainda mais para ser o escritório que pode sentar na coisa toda."

"Desisto. Por quê?"

"Deduza. Use o que sobrou do seu cérebro. O problema com vocês é que vocês nunca sabem quando alguém está fazendo um favor. Vocês acham que seja o que for, é direito de vocês por serem bonitinhos ou sei lá o quê." Ele se levantou, largou um punhado de estilhaços na mesa, mandou um cumprimento sem jeito para o bartender e se preparou para sair dali. "Vai olhar no espelho uma hora dessas. 'Saque' a sua cara, 'bicho', até você entender que ninguém te deve nada. Aí volte a falar comigo."

Doc tinha visto o Pé-Grande abatido de vez em quando, mas isso estava virando sentimental de vez.

Eles pararam na esquina de Santa Monica e Sweetzer.

"Onde era que você estava estacionado?", disse o Pé-Grande.

"Perto da Fairfax."

"Vou para lá também. Vem comigo, Sportello, vou te mostrar uma coisa." Eles começaram a andar pelo Santa Monica Boulevard. Hippies pedindo carona por toda a rua. Rock'n'roll em altos brados nos rádios dos carros. Músicos que acabavam de acordar saíam sem rumo do Tropicana à procura de um desjejum noturno. Fumaça de baseado pairava em bolsões por toda a rua, esperando em emboscada pelos pedestres incautos. Homens murmuravam entre si diante das portas. Depois de algumas quadras, o Pé-Grande virou para a direita e seguiu pela Melrose. "Já está parecendo familiar?"

Doc teve uma intuição. "É a antiga região do Puck." Ele começou a procurar pelo complexo de edifícios superdimensionado de que Trillium tinha lhe falado. O seu nariz começou a escorrer e as clavículas a estremecer, e ele ficou imaginando se de alguma maneira um deles ou todo o feliz *ménage* estava prestes a surgir, a se manifestar como gostava de dizer Sortilège, e

339

com o canto do olho percebeu que o Pé-Grande o observava atentamente. Sim, e quem foi que disse que não podem existir viagens no tempo, ou que lugares com endereços no mundo real não podem ser assombrados, não só pelos mortos mas também pelos vivos? Ajuda se você fumar um monte de maconha e tomar um ácido de vez em quando, mas às vezes até um virtuose da caretice literal como o Pé-Grande podia conseguir.

Eles se aproximaram de um prédio de apartamentos com um pátio quase dissolvido na noite. "Vai dar uma olhadinha por aí, Sportello. Dê uma sentada ao lado daquela piscina ali embaixo das samambaias da Nova Zelândia. Sinta a noite." Ele olhou ostensivamente para o relógio. "Lamentavelmente eu preciso ir andando, a patroa deve estar me esperando."

"Está aí uma senhora especial. Mande as minhas lembranças."

Luz nenhuma, fosse incandescente ou de raios catódicos, aparecia em qualquer das janelas dos apartamentos. Era como se o prédio todo estivesse deserto. Mal se ouvia o trânsito no Santa Monica. A lua subiu. Pequenas criaturas passavam correndo pelo mato baixo. O que veio rastejando dos arbustos depois de um tempo não foram de fato fantasmas, mas conclusões lógicas.

Se a Corregedoria estava abafando o assassinato de um detetive da polícia de Los Angeles, então provavelmente alguém no Departamento queria que ele morresse. Se eles não estavam dispostos a cuidar disso sozinhos, então estavam contratando especialistas, e a lista plausivelmente poderia ter incluído Adrian Prussia. Seria interessante dar uma olhada nos outros fichamentos por assassinato que o Pé-Grande dizia que Adrian tirou de letra. Mas mesmo com a remota chance de que o Pé-Grande tivesse acesso a eles, pode ser que não houvesse uma forma direta de ele conseguir fazer a informação chegar até Doc. O que podia explicar por que parecia tanto que ele andava empurrando Doc, desde o começo, para achar alguma outra entrada para a história do agiota.

Doc ficou imaginando qual seria essa entrada. A ARPAnet de Fritz seria muito como um lance de dados — segundo Fritz, você nunca sabia de um dia para o outro o que ia encontrar nela, ou não ia encontrar. Sobrava Penny. Que já tinha vendido Doc para *los federales* e podia ter poucos problemas, se tanto, em vendê-lo para a polícia. A Penny que podia nem querer mais vê-lo. Aquela Penny.

Dezesseis

Doc nunca contou direito, mas ele provavelmente tinha passado bem mais tempo na Sala da Justiça nos andares de cima, na cela masculina, que no térreo, do outro lado da lei. Quem tocava os elevadores era um esquadrão de mulheres uniformizadas comandadas e aterrorizadas por uma senhora gorda e com jeito de matrona-de-prisão que usava um cabelo afro e ficava no saguão com um par de castanholas liberando cada cabine com sinais diferentes. *Tkk-trrrrrkk-tk-tk* podia significar, por exemplo, "Elevador dois está na vez, quarenta e cinco segundos para embarque e desembarque, vamos andando", e coisa e tal. Ela deu uma séria vista d'olhos em Doc antes de permitir que ele embarcasse.

Penny dividia um cubículo com outra Assistente da Promotoria chamada Rhus Frothingham. Quando Doc pôs a cabeça na porta, Penny não exatamente engasgou, mas de fato começou a soluçar descontroladamente. "Tudo bem com você?", disse Rhus.

Entre soluços Penny explicou, embora Doc só tenha conseguido pegar um "... aquele que eu estava falando...".

"Chamo a segurança?"

Penny lançou um olhar inquisitivo a Doc, assim, e aí, ela chama? Parecia até que eram comissárias de bordo na praia aquelas duas. Rhus sentada rígida à sua mesa, fingindo ler uma ficha. Penny pediu licença e seguiu para o toalete, deixando Doc imerso no olhar fixo de Rhus, como um radiador velho em um banho de ácido. Depois de um tempo ele se levantou e foi se metendo corredor abaixo e encontrou Penny na volta do banheiro. "Só estava pensando quando você ia estar livre pra jantar. Não queria te deixar em pânico. Eu até pago a conta." Aquele olhar de canto. "Achei que você nunca mais ia querer falar comigo."

"Na verdade o FBI foi uma companhia fantasticamente estimulante, então acho que te devo umas costeletas ou uma coisa assim."

Acabou sendo um lugar gourmet de comida saudável recém-aberto perto da Melrose chamado O Valor da Sabedoria, que Doc conhecia através de Denis, que tinha ficado alucinado com o lugar. Era no andar de cima de um bar dilapidado onde Doc lembrava de ficar à toa durante uma das suas fases mais lamentáveis, não lembrava qual. Penny olhou para a placa piscante de neon vermelho e fechou a cara. "Ruby's Lounge, sei, lembro bem, dava pelo menos uma prisão por delito por semana."

"Uns cheeseburgers bem joias, pelo que eu lembro."

"Escolhidos por unanimidade entre os críticos gastronômicos como os Mais Tóxicos da Região Sul."

"Claro, mas isso dava uma segurada nas violações ao Código da Vigilância Sanitária, aqueles ratos e baratas toda manhã com os pezinhos pra cima, mortinhos da silva ao lado dos hambúrgueres culpados pelo assassinato?"

"Ficando cada vez mais faminta." Guiados por uma placa escrita à mão que dizia, O VALOR DA SABEDORIA É MELHOR QUE O DO RUBY'S, JÓ 28,18, Doc e Penny ascenderam para uma sala cheia de samambaias, tijolos expostos, vitrais, toalhas nas mesas e Vivaldi no sistema de som, nada disso muito promissor para Doc.

Esperando por uma mesa, ele deu uma geral na clientela, muitos dos quais pareciam ter problemas para manter a forma, olhando uns para os outros por sobre e por volta de saladas detalhadas como as montanhas em miniatura dos jardins zen, tentando identificar variados objetos derivados-de-soja com a ajuda de lanternas de bolso ou lentes de aumento, sentados com faca e garfo firmes cada um em uma mão observando bandejas de Berinjela à la Wellington ou romboides de couve de um verde vívido em pratos que excediam o tamanho necessário por uma ordem de magnitude.

Doc começou a pensar, tarde demais, o quanto Denis estaria chapado quando esteve aqui. Não ficou nem um pouco mais encorajador quando os cardápios finalmente chegaram. "Você consegue ler isso aqui?", Doc disse depois de um tempo. "Eu não consigo ler isso, é alguma coisa comigo, ou um lance de língua estrangeira?"

Ela lhe deu um sorriso em que ele tinha aprendido a não depositar tanta confiança. "É, então me esclareça uma coisa, Doc, porque me trazer num lugar como esse pode ser interpretado como uma hostilidade — você está puto comigo? não puto?"

"É essa a escolha? Bom, deixa eu pensar..."

"Aqueles caras da federal me deram uma mão uma vez com uma coisa. Pareceu um jeito fácil de pagar o favor."

"É a minha cara", disse Doc. "Sempre um cara fácil."

"Você *está* puto."

"Eu superei. Mas você não me perguntou antes."

"Você ia ter dito não. Vocês todos odeiam o FBI."

"Que história é essa de *nós*? Eu fui agente júnior do Dick Tracy, até mandei pedir o kit? Aprendi a espionar todos os vizinhos, peguei as digitais de todo mundo na primeira série, derra-

mei tinta por tudo, eles me mandaram pro escritório do diretor—
'Mas eu sou agente júnior! Eles sabem de mim em Washington,
D.C.!' Tive que ficar na escola depois da aula durante meses,
mas era com a senhorita Keeley e de vez em quando dava pra eu
olhar embaixo da saia dela, então beleza."

"Que menininho horrendo."

"Veja só, isso foi bem antes de inventarem a minissaia—"

"Escuta, Doc, os federais estão querendo mesmo saber o
que você estava fazendo em Vegas."

"Batendo papo com o Frank e a rapaziada, jogando um
pouco de bacará, mas mais importante, o que é que os seus dois
amigos idiotas com os terninhos baratos estavam fazendo lá me
enchendo o saco?"

"Por favor. Eles podem te intimar. Eles têm júris permanen-
tes que têm fama de condenar até burritos de feijão. Eles podem
ferrar a sua vida de um jeito..."

"Só pra descobrir por que eu fui a Vegas? Não parece muito
econômico."

"Ou você pode me contar, e eu conto pra eles."

"De agente júnior pra agente júnior, Penny, o que é que
você está levando nessa?"

Ela ficou solene. "Talvez você não queira saber."

"Deixa eu adivinhar. Não é uma coisa legal que eles vão fazer
por você, é uma coisa cagada que não vão fazer *com* você."

Ela tocou a mão dele, como se fizesse isso tão raramente
que não sabia ao certo como, "Se eu pudesse acreditar só por um
segundo...".

"Que eu podia te proteger."

"Neste momento até uma ideia prática seria uma ajuda."

Meia-noite, escuridão total, não consegue lembrar se eles
secaram a piscina ou não, ah, caralho, que diferença faz? Ele saltou uma, duas vezes e aí se largou da ponta da tábua e desceu em

uma bola de canhão às cegas. "Você provavelmente sabe que os seus amiguinhos pegaram Mickey Wolfmann."

"O FBI." Pode ser que tivesse um ponto de interrogação no fim, mas Doc não ouviu. Os olhos dela estreitaram, e ele percebeu pulso suficiente na têmpora dela para fazer um dos seus brincos pendentes começar a cintilar como uma luz de alarme. "A gente suspeitou, mas não deu pra provar nada. Você tem provas?"

"Eu vi ele sob custódia."

"Você viu ele." Ela pensou por alguns segundos, batucando uma batida de banda marcial de escola na toalha de mesa. "Você estaria disposto a depor pra mim?"

"Claro, gata, pode apostar!... Ãh espera um pouco, isso quer dizer o quê?"

"Eu, você, um gravador cassete, talvez outro assistente da Promotoria pra testemunhar?"

"Nossa, eu até mando uns compassos de 'That's amore'. O único problema é..."

"Tudo bem, o que é que *você* quer?"

"Eu preciso dar uma olhada no bolso de alguém. História antiga, mas ainda está lacrado. Assim... até 2000?"

"Só isso? Nada de mais, a gente faz isso o tempo todo."

"O quê, fuçar em documentos oficialmente lacrados? E eu aqui botando tanta fé no sistema."

"Nesse ritmo, daqui a pouco você vai estar pronto pro exame da Ordem. Escuta, você se incomoda se a gente voltar pra minha casa?", e imediatamente Doc — embora pudesse ter apostado dinheiro contra essa possibilidade — ficou de pau duro. Como se tivesse percebido, ela acrescentou, "E a gente pode pegar uma pizza no caminho".

Houve um tempo, lá no seu período de déficit de controle de impulsos, em que a resposta de Doc teria obrigatoriamente sido, "Case comigo". O que ele disse agora foi, "O seu cabelo está diferente".

346

"Alguém me convenceu a ir ver esse figurão em Rodeo Drive. Ele põe essas luzes, está vendo?"

"Joia. Parece que você ficou um tempo morando na praia."

"Eles estavam com uma promoção Especial Surfistinha."

"Só pra mim, então?"

"Quem mais, Doc."

Já na casa de Penny, levou talvez um minuto e meio para eles tratarem da pizza. Ambos tentaram ao mesmo tempo pegar a última fatia. "Acho que essa aqui é minha", disse Doc. Penny soltou a pizza e deslizou a mão mais para baixo, apanhou o pênis dele, e lhe deu um apertão. "E esse aqui, eu acho..." Ela passou para ele uma caixinha de erva com uns camarões asiáticos que ele estava cheirando desde que entrou na sala. "Enrola unzinho pra nós enquanto eu vou achar uns trajes adequados." Ele estava acabando de enrolar as pontas do baseado quando ela voltou sem roupa nenhuma.

"Assim é que se faz."

"Agora, tem certeza que não está puto?"

"Eu? puto, como assim?"

"Você sabe, se alguém de quem eu gosto, nem que fosse só de um jeito assim amizade colorida, tivesse *me* entregado ao FBI? Eu certamente ia pensar duas vezes..." Doc acendeu o baseado e passou para ela. "Quer dizer", ela acrescentou meditativa quando exalou novamente, "se fosse o *meu* pau? e alguma promotorazinha convencida achasse que estava livrando a cara de alguma coisa?"

"Ah", disse Doc. "Bom, você até que tem razão... Vem aqui, deixa eu..."

"Tente se for macho", ela gritou, "seu hippongo chapado, tira essa mão daí, quem foi que disse que você podia fazer isso, larga o meu, o que você acha que é—" E a essa altura eles já estavam trepando, diríamos, energicamente. Foi rápido, não rápido demais, foi duro e sujo o bastante, foi uma bela diversão tontinha, e na verdade por um momento incronometravelmente curto Doc achou que de alguma maneira aquilo nunca ia acabar, embora tenha conseguido não entrar em pânico por causa disso.

Normalmente Penny teria se posto imediatamente de pé e mergulhado de novo em alguma atividade do mundo careta, e Doc teria seguido o seu caminho rumo à televisão caso as finais, apesar de hoje ser a noite da divisão Leste, ainda estivessem passando. Mas em vez disso, como se apreciassem ambos a importância do silêncio e do abraço, eles só se deixaram ficar por ali e acenderam de novo e não tiveram pressa de acabar o baseado, que devido ao seu alto teor de resina tinha apagado consideravelmente no mesmo instante em que caiu no cinzeiro. Cedo demais, contudo, como a Realidade entrando em passo militar, acendendo todas as luzes, dando uma olhada em volta e fazendo "Hrrumff!" era hora do noticiário das onze, todo ocupado, como sempre e deixando Penny cada vez mais irritada, por novidades no caso Manson, prestes a ir a julgamento.

"Dá um tempo, Bugliosi", ela rosnou na direção da tela enquanto o promotor principal tinha os seus minutinhos diários com as câmeras.

"Eu pensava que toda essa história de prejulgamento era bem o seu estilo", Doc disse.

"Foi, por um tempo. Eles me deixaram entrar em uns depoimentos, mas é meninos-na-casinha-da-árvore demais pro meu gosto. A única coisa que eu ainda gosto é ver como aquelas hippongas fizeram tudo que o Manson mandou elas fazerem. Essa coisa de feitor-e-escravo, sabe, até que é bonitinha?"

"Ah é? você nunca me disse que curtia essas coisas, Penny, quer dizer que todo esse tempo a gente podia estar—"

"Com você? esquece, Doc."

"O quê."

348

"Bom..." Será que aquilo era o que as pessoas chamam de um *brilho maroto* nos olhos dela? "Você é quase baixinho o suficiente. Acho. Mas, sabe, não é só o olhar hipnótico, o grande encanto do Charlie é que ele está lá embaixo olho no olho com as meninas em que fica dando ordens. Podia ser uma coisa de trepar com o papai, mas o barato pervertido mesmo é que o papai tem só um metro e cinquenta e sete."

"Nossa, bicho, bom... Eu podia dar um jeito nisso?"

"Vai me mantendo informada, pelo menos."

Veio uma propaganda do filme da sessão coruja, que hoje parece que era *Ghidrah, o monstro de três cabeças* (1964).

"Ei, Penny, você ia trabalhar amanhã?"

"Talvez lá pelo meio-dia. A não ser que você tenha ideia melhor, acho que vou é dormir."

"Não, espera um minuto, olha uma coisa que você pode achar bem legal." Ele tentou explicar que aquele filme japonês de monstros era na verdade uma refilmagem do clássico filme de menininhas *A princesa e o plebeu* (1953), com os dois filmes exibindo uma princesa elegante que visitava outro país e encontrava um protagonista de classe operária que se enche de amores por ela, embora, apesar de passarem juntos por algumas aventuras, os dois no final tenham que se separar, mas em algum ponto do meio dessa resenha, tendo Penny graciosamente deslizado até se pôr de joelhos e começado a chupar o seu pau, quando os dois se deram conta, estavam trepando de novo. Mais tarde, quando estavam sentados no sofá, o filme começou. Doc deve ter caído no sono em algum ponto do meio do filme, mas perto do fim ele acordou e viu Penny fungando num lencinho de papel, afetadíssima pela parte humana ou romântica da trama afinal.

O dia seguinte foi, como se diz, outro dia, e quando Doc se viu na Sala da Justiça novamente sentado em uma cadeira provinda de um bazar de jardim de tempos distantes diante de um microfone de gravador de fita lá em um cubículo abandonado entre vassouras, esfregões, produtos de limpeza e uma enceradeira antiga que podia ter sido montada a partir de peças de tanques da Segunda Guerra, ele já tinha começado a imaginar se a afetuosa Penny de ontem à noite não tinha sido só mais uma alucinação em que ele queria acreditar. Ela ficava chamando-o de Larry, para começar, e evitando contato visual. A testemunha que veio com ela naturalmente acabou sendo sua colega de cubículo Rhus, cujo olhar fixo tinha se intensificado da noite para o dia, de suspeita passando a ódio.

Doc expôs para elas o que tinha visto em Vegas, tendo parado antes no seu escritório para apanhar um livro de registros, sinal não tanto de profissionalismo quanto de memória de maconheiro. Houve um interesse incomum na roupa branca de Mickey, por algum motivo. Localização do recorte da lapela e coisa e tal. Comprado pronto ou de alfaiate. E como estava a atitude dele? elas queriam saber. Quem estava presente além do FBI? Quem parecia estar no comando?

"Não tinha como dizer. Tinha a segurança do cassino, e tudo quanto era civil de terno andando por ali, mas em termos de gente da máfia, se é aí que vocês querem chegar, se eles estavam usando chapéus pretos, soltando comentários à la Eddie Robinson? não, não que eu saiba?"

Esse exercício de Promotoria regional realmente parecia para Doc algo como formiguinhas contra elefantes. Você podia apanhar o FBI em flagrante sodomizando o presidente no Lincoln Memorial em pleno meio-dia, e a polícia local ainda assim teria de ficar por ali só olhando, ficando algo mais ou menos enojada dependendo de qual fosse o presidente.

Por outro lado, ninguém perguntou de Puck Beaverton, e Doc não se voluntariou com dado algum. Vez por outra ele pegava as duas Assistentes da Promotoria trocando olhares significativos. Sobre o quê, ele não tinha ideia. Finalmente a fita chegou ao fim e Penny disse, "Acho que a gente acabou aqui. Em nome do escritório do promotor, senhor Sportello, muitíssimo obrigada pela sua cooperação".

"Eu é que agradeço, senhorita Kimball, por não me agradecer enquanto a fita estava rodando. E, senhorita Frothingham, se eu posso acrescentar, esse comprimento de saia que a senhorita está usando hoje ficou especialmente atraente."

Rhus gritou, pegando uma lata de lixo galvanizada, se preparou para arremessá-la contra a cabeça de Doc, mas Penny interveio e a levou delicadamente até a porta. Logo antes de também ela desaparecer, ela olhou para Doc e apontou para o telefone, fazendo gestos telefônicos. Quem deveria ligar para quem ficou menos claro.

O relógio na parede, que lembrava Doc da escola primária lá em San Joaquin, dizia um horário que não tinha como ser. Doc esperou que os ponteiros se movessem, mas eles não andaram, a partir do que ele deduziu que o relógio estava estragado e talvez estivesse havia anos. O que ele levou numa boa no entanto porque muito tempo atrás Sortilège tinha lhe ensinado a habilidade esotérica de ver as horas em um relógio estragado. A primeira coisa que você tinha que fazer era acender um baseado, o que na Sala da Justiça podia parecer um pouco estranho, mas certamente não aqui nos fundos — vai saber, quem sabe estivesse até fora da jurisdição da divisão de entorpecentes — embora, só para se garantir, ele também tenha acendido um charuto De Nobili e enchido o cômodo com uma preventiva nuvem da fumaça do clássico favorito da máfia. Depois de inalar fumo de maconha por algum tempo, ele deu uma espiada no relógio e, sem erro, ele estava mostrando uma hora diferente agora, embora isso também pudesse vir do fato de Doc ter esquecido onde ficavam os ponteiros para começar.

O telefone tocou, ele atendeu e ouviu Penny dizer, "Desça até o meu cubículo, vai ter um pacote pra você". Sem alô nem nada.

"Você vai estar lá?"

"Não."

"E aquela fulana?"

"Ninguém vai estar lá, só você. Demore o quanto quiser."

"Valeu, gata, e ah aliás falando nisso eu estava imaginando, se eu conseguisse arranjar uma peruca tipo menina-Manson pra você usar? Será que ia ser, assim, um problema" — a mudança no ambiente sonoro quando ela desligou ecoou por algum tempo — "Eu estava pensando em termos de Lynette 'Squeaky' Fromme, sabe, meio comprido e cacheado ao mesmo tempo, e — Ah. Ãhm... Penny?"

No andar de baixo, no cubículo de Penny, à espera de Doc em uma mesinha de madeira surrada e enfeitada com tudo quanto era tipo de adesivos top-secret, estava o arquivo do estranho histórico de Adrian Prussia com o Código Penal californiano, inclusive as múltiplas vezes em que escapou de ser punido por assassinato em primeiro grau. Doc acendeu um Kool, abriu a pasta e começou a ler, e imediatamente ficou claro por que o Departamento não queria que nada disso viesse a público. A primeira coisa em que ele pensou foi o quanto Penny podia ter se arriscado por ter rompido o lacre disso — talvez sem nem ter consciência do quanto. Para ela era só mais história antiga.

O nome do Detetive X afinal era Vincent Indelicato. Os advogados de Adrian tinham alegado homicídio justificável. O seu cliente, o senhor Prussia, um homem de negócios amplamente respeitado, acreditando que alguém tinha invadido o seu apartamento de praia em Gummo Marx Way, tinha confundido o falecido com o marido enfurecido de uma conhecida sua e, jurando além disso que tinha visto uma arma, disparou portanto a sua. Ninguém estava mais transtornado que o senhor Prussia por descobrir que tinha mandado uma azeitona num detetive da polícia de Los Angeles, detetive que na verdade ele mesmo já tinha encontrado uma ou outra vez no decorrer das suas atividades empresariais normais.

O corpo foi identificado pelo policial que fez a prisão do acusado, o parceiro de muitos anos do detetive Indelicato, tenente Christian F. Bjornsen.

"Mas", Doc pensava em voz alta, "cacete, o que é que está acontecendo aqui?"

O parceiro do Pé-Grande. Aquele com quem ele agora não andava mais, nem citava, nem mencionava pelo nome. O ar de melancolia contida do Pé-Grande agora começava a fazer sentido. Aquilo era luto mesmo, e do mais profundo.

E onde mais aquilo podia ter acontecido senão em Gummo Marx Way — GMW, como os habitantes locais a chamavam, o bulevar pé-sujo em que todo mundo que morava no trecho de praia de Doc mais cedo ou mais tarde acabava, embora ninguém que Doc conhecesse jamais tivesse morado lá, ou conhecesse alguém que tivesse. E no entanto de alguma maneira lá ficava ela, a meio caminho entre as populações dos balneários de South Bay e outros lugares em que elas acharam em algum momento das suas vidas que precisavam estar. A casa de uma namorada cujos pais psicóticos queriam que ela voltasse antes da hora de dormir. Um traficante mais liso que um rato numa bacia de óleo, cujos fregueses menos atentos se viam empregando orégano e mistura para bolos de formas jamais previstas para eles. Um telefone público em um bar de onde um amigo de um amigo, em perigo e sem recursos, tinha ligado para você, a esperança na sua voz já desaparecendo, tarde demais numa certa noite.

"Beleza, espera um pouco", Doc murmurou, talvez em voz alta, "será que isso aqui então, então..." O parceiro do Pé-Grande é assassinado por Adrian Prussia, com a aparente colaboração de elementos do Departamento. E como o Pé-Grande reage? Ele solicita um canhão de tamanho adequado e uns pentes a mais e sai em busca de Adrian? Ele planta uma bomba no carro do agiota? Ele mantém tudo dentro dos limites da polícia e embarca em uma cruzada não violenta e solitária em busca de justiça? Não, nenhuma das alternativas acima, na verdade o que o Pé-Grande faz é, é que ele encontra algum otário estúpido de um detetive particular civil que vai ficar fuçando no caso, talvez até com falta de jeito suficiente para chamar a atenção.

E aí? O que o Pé-Grande esperava que acontecesse? Alguém ia decidir sair atrás de Doc? Bacana. E onde estaria o inominado, imencionado parceiro para dar cobertura a Doc?

Como se estivesse procurando por algo novo que não quisesse encontrar, Doc folheou rapidamente as outras prisões registradas no arquivo. Ficou claro como vodca guardada no congelador que fosse qual fosse a ligação entre a polícia de Los Angeles e Adrian Prussia, era quase como se ele estivesse trabalhando para eles como assassino de aluguel. Repetidamente ele era detido, interrogado, indiciado, acusado, tanto faz — de alguma maneira os casos nunca chegavam a ser julgados propriamente, cada um deles negociado em nome dos interesses da justiça, sem nem falar dos de Adrian, que invariavelmente saía livre. Uma ideia chegou de fato a esvoejar com frágeis asas de mariposa entrando e saindo da consciência de Doc, de que o escritório do promotor podia estar sabendo de tudo isso, se não fosse cúmplice de fato. Algumas vezes não havia provas suficientes para se abrir um inquérito, ou as provas que havia eram inadmissíveis, ou circunstanciais demais, ou o corpo não era encontrado, ou às vezes um terceiro se apresentava e confessava algum delito imaginário como homicídio doloso. Um desses laranjas cheios de consideração em particular chamou a atenção de Doc; afinal era ninguém menos que o seu amigo de bate-papo no estacionamento, Boris Spivey, atualmente à solta em algum ponto dos Estados Unidos com a sua noiva Dawnette. De Pico Rivera. Curiosamente, depois de cumprir uma pena reduzida no bloco semiespecial de San Quentin, Boris tinha sido liberado para ir direto trabalhar para Mickey Wolfmann. O que fazia dele, com Puck, o segundo egresso da financeira AP que tinha sido contratado por Mickey. Será que Adrian Prussia também administrava uma agência de talentos?

Doc estava prestes a fechar a pasta e ir procurar uma máquina de cigarros quando algo mais recente lhe saltou aos olhos. Era uma fotografia muito iluminada que não parecia estar anexada a mais nada, como se tivesse sido jogada ali de alguma maneira aleatória. Ela mostrava um grupo de homens de pé em um píer perto de uma caixa aberta do tamanho de um caixão, cheia de dinheiro americano. Entre eles estava Adrian Prussia com algo que alguém achava ser um traje de iatista, erguendo uma das notas e mandando o sorrisinho safado que tinha conquistado o afeto de tantos. A nota era de vinte e parecia estranhamente familiar. Doc revirou a sua bolsa de franjas até encontrar uma lente Coddington e com ela apertou os olhos sobre a foto. "Arrá!" Bem como ele estava pensando. Era o dinheiro de brinquedo da CIA, com a cabeça de Nixon, de novo, como as notas que Sauncho e os amigos dele tinham pescado das ondas. E no fundo, calmamente ancorada em algum porto sem nome, levemente desfocada como que vista através dos véus do mundo do além, a escuna *Canino Dourado*. Havia uma data no verso da foto. Menos de um ano atrás.

No caminho de volta à praia, Doc olhou nos escritórios de Hardy, Gridley & Chatfield. Sauncho estava lá, mas não estava mentalmente disponível no momento, tendo por acaso assistido na noite anterior a *O mágico de Oz* (1939) pela primeira vez em uma televisão colorida.

"Você sabia que começa em preto e branco", ele informou a Doc com alguma ansiedade, "mas muda pra colorido! Você percebe o que isso significa?"

"Saunch..."

Não adiantava. "— o mundo em que a gente vê a Dorothy vivendo no começo do filme é preto, na verdade é marrom, e branco, só que *ela acha* que está vendo aquilo tudo colorido — a mesma cor normal de todo dia que a gente vê na nossa vida. Aí o ciclone arranca ela dali, larga na cidade dos Munchkins, e ela sai pela porta, e de repente *a gente* vê o marrom e branco mudar pra Technicolor. Mas se isso é o que *a gente* vê, o que está acontecendo com a Dorothy? A cor 'normal' do Kansas dela está mudando pra quê? Ãh? Que tipo esquisitíssimo de *hiper*cor? tão afastado da nossa cor cotidiana quanto o Technicolor está do preto e branco—" e coisa e tal.

"Eu sei que eu devia... estar preocupado com isso, Saunch, mas..."

"O canal de TV podia pelo menos ter posto um aviso", Sauncho já bastante indignado. "A cidade dos Munchkins já é estranha o bastante, não é, sem eles aumentarem a confusão do espectador, e na verdade eu acho que aí cabe um processo coletivo bem sólido contra a própria MGM, então vou mencionar isso na próxima reunião semanal da firma."

"Bom, posso te perguntar uma coisa que é meio que parecida com isso?"

"Assim sobre a Dorothy e os—"

"S— mais ou menos. Você lembra aquele monte de cédulas com o Nixon que vocês içaram do mar. Eu acabei de topar com uma foto de um agiota chamado Adrian Prussia posando ao lado de uma caixa cheia delas. Talvez do mesmo lote que vocês acharam, talvez não. Por acaso alguém ficou registrando o que aconteceu com aquelas depois que vocês pescaram?"

"Eu certamente gostaria de pensar que quase tudo está são e salvo em um arquivo de provas federais em algum lugar."

"Você gostaria, mas..."

"Bom, por um tempo lá no convés, aquilo tudo ficou meio numa atmosfera de oba-oba... Os federais são como todo mundo, você não pode esperar que eles vivam com os salários deles."

"O negócio com essa foto é, é que parece que os caras acabaram de desembarcar, ou talvez estivessem pra embarcar, na *Canino Dourado*."

"Supimpa. Então como era mesmo que isso se ligava a Dorothy Gale e a situação da visão colorida dela?"

"Como?"

"Você disse que essa foto era 'meio que' parecida."

"Ah. Ah, então era nisso de, de um processo esquisito de colorização? Isso. Parecia que as cores tinham tomado ácido?"

"Boa tentativa, Doc."

Pensando em dar uma olhada no seu escritório, Doc saiu da Marina pelo Lincoln Boulevard, deslizou pela ravina e por Culver até Vista del Mar. Até no estacionamento ele sentiu que alguma coisa estava estranha, não só na calma vespertina do prédio mas também no comportamento de Petunia. "Ah, Doc, você precisa mesmo subir imediatamente? Faz décadas que a gente não tem uma das nossas interessantes conversinhas." Ela estava atraentemente empoleirada em um tipo de banco de bar perto do seu posto na recepção, e Doc não teve como não perceber que o seu figurino lilás de hoje não parecia incluir uma lingerie da mesma cor, ou na verdade lingerie alguma. Foi bom ele estar de óculos de sol, que lhe permitiram olhar mais longamente que o normal. "Hmm, Petunia, você está tentando me dizer que eu tenho visitas esperando por mim?"

Ela baixou o olhar e a voz. "Não exatamente."

"Não exatamente visitas?"

"Não exatamente esperando?"

A porta lá em cima estava destrancada e ligeiramente entreaberta. Doc se curvou e pegou a pequena Magnum cano curto do seu coldre de tornozelo, embora não fosse necessária uma grande audição para identificar o que estava rolando lá dentro. Ele passou pela porta, e a primeira coisa que viu foram Clancy Charlock e Tariq Khalil no chão de seu escritório, trepando.

Depois de um tempo Tariq ergueu os olhos. "Oi. Doc Sportello, meu amigo. Tudo bem com isso aqui, né?"

Doc ergueu os óculos escuros e fingiu examinar a cena. "Pra mim parece tudo bem, mas vocês é que têm que saber..."

"O que ele quer dizer é", Clancy, de algum ponto mais abaixo, esclareceu, "é se tudo bem a gente estar usando o seu escritório." Parece que enquanto Doc estava em Vegas eles tinham aparecido aqui separadamente um dia procurando por ele, e Petunia decidiu que eles eram um casal bonitinho, então lhes deu uma chave reserva. Doc pediu licença e desceu para dar uma palavrinha com Petunia, sendo que a palavrinha em particular na sua mente era "bonitinho".

"Eu sei que você tem alma de cupido, Petunia, e normalmente eu levo numa boa tudo quanto é tipo de intimidade, mas não entre elementos de um caso que estou investigando. É muita informação que eu acabo sem ver..."

E coisa e tal. Fez uma superdiferença, tendo em vista o cintilar quiçá-insano dos olhos dela. "Mas é tarde demais, você não está vendo? eles estão apaixonados! Eu sou só a agente cármica, tenho mesmo o dom de saber quem tem que ficar junto e quem não tem, e nunca erro. Eu ando inclusive ficando acordada até tarde, estudando pro meu exame de conselheira de relacionamentos pra eu poder dar a minha contribuição, por mais que seja pequena, pra quantidade total de amor no mundo."

"A quantidade o quê?"

"Ah, Doc. O amor é a única coisa que vai poder salvar a gente."

"Todo mundo."

"Petun-ya?", gritou o doutor Tubeside de alguma região nos fundos do conjunto.

"Bom, talvez não ele."

"Eu acho que vou subir lá de novo pra ver se eles estão lá de verdade..."

Depois de algumas cuidadosas batidas na porta do seu escritório, Doc pôs pudicamente a cabeça na abertura e dessa vez observou Tariq e Clancy vestidos de novo, jogando uma tranquila partida de gin rummy e ouvindo um disco da Bonzo Dog Band que até onde ele soubesse Doc não tinha. Obviamente a possibilidade de uma alucinação existia aqui, mas também se aquilo estava mesmo acontecendo, tudo que o maconheiro-padrão precisava fazer era olhar para eles para ver que o seu elemento em comum, Glen Charlock, estava acumulando presença e energia, como um fantasma lentamente se tornando visível.

Clancy percebeu Doc e sussurrou alguma coisa para Tariq. Eles largaram as cartas e Tariq disse, "Imaginei que uma hora você ia aparecer, cara".

Doc se dirigiu à cafeteira elétrica e começou o preparo do café. "Tive que ir até Vegas", ele disse. "Eu achava que estava procurando Puck Beaverton."

"A Clancy disse alguma coisa assim. Deu sorte?"

"Só dei", Doc deu de ombros. "Era Vegas."

"Ele está puto", Clancy disse.

"Tou não."

"Eu queria falar com você sobre o Glen", Tariq disse.

"Eu também", acrescentou Clancy.

Doc fez que sim, procurou um cigarro na camisa, voltou de mãos vazias.

"Toma", disse Clancy.

"Virginia Slims? o que é isso?" Mas Clancy estava estendendo o seu isqueiro como a Estátua da Liberdade ou alguma coisa assim. "Tudo bem", Doc disse, "pelo menos é mentolado."

"Eu devia ter te contado tudo", Tariq disse. "Agora é tarde, mas mesmo assim eu podia ter confiado mais em você."

"Um detetive branco qualquer que você nunca tinha visto na vida, e você não confiou em mim? Nossa, agora eu fiquei puto *mesmo*."

"Você tem que contar pra ele", Clancy apontou para Tariq.

"Mas—" Doc foi supervisionar o café. "Espera um minuto, bicho, você não disse que teve que fazer um juramento de silêncio a respeito disso?"

"Isso não conta", Tariq disse. "Antes eu achava que contava, mas o Puck e aqueles outros nazistas também prestaram juramento, de dar cobertura um pro outro o tempo todo, e olha como isso ajudou o Glen. E eu tenho que ãh respeitar *essas* merdas? Larguei mão agora. Se não gostarem, eles que vejam até onde que eles vão com isso."

"Beleza. Então o que era exatamente que Glen te devia?"

"Primeiro você tem que prestar um juramento."

"Como? Você acabou de dizer que isso era bobagem."

"É, mas você é branquelo. Você tem que assinar com sangue, Sangue, que nunca vai contar pra *ninguém*."

"Sangue?"

"A Clancy jurou."

"Eu estou menstruada, querido", ela lembrou.

"Então... será que dava pra você me emprestar um pouco?", Doc supôs.

"Ah, vá à merda", Tariq indo para a porta.

"Sensível, ele, né?", Doc indo até o arquivo e recuperando a sua erva de emergência. Assim, se *isso* não era uma emergência... Perto do segundo ou possivelmente do terceiro baseado, todo mundo começou a relaxar. Tariq foi falando das coisas que ele e Glen fizeram juntos enquanto estavam presos.

Era complicado. A rixa inicial era entre duas facções chicanas, Nuestra Familia, que tinha a sua base no norte da Califórnia, e os Sureños, que eram aqui do sul. Naquele momento, entre a população de detentos estava ativo um alcagueta conhecido como El Huevoncito, que tinha causado sofrimento para muitos dos presos, pretos e brancos, assim como chicanos. Todo mundo detestava aquele rato, todo mundo sabia que iam ter que cuidar dele, mas por motivos de histórico das gangues, que ficavam bem complexos especialmente quando você estava fumando maconha, ninguém da população chicana do norte ou do sul podia dar cabo daquilo de maneira conveniente, então eles finalmente sublocaram a coisa para a Irmandade Ariana, que exatamente naquele momento também estava por acaso com uma vaga em aberto e estava tentando recrutar Glen Charlock para ocupá-la. Sendo que parte da iniciação era que você tinha que matar alguém. Às vezes dar um corte na cara da pessoa bastava, mas aí isso significava que ela ia acabar vindo atrás de você querendo vingança, então era melhor, Tariq explicou, simplesmente matar o desgraçado e acabar com aquilo de uma vez.

Glen queria entrar na Irmandade mas não queria matar ninguém. Ele sabia que ia fazer alguma merda e ia acabar sendo pego, porque de um jeito ou de outro ele sempre fazia, e se não fosse morto ali mesmo por comparsas de El Huevoncito, ele ou pegava uma viagem rumo norte para a salinha dos fundos de San Quentin ou ficava no xadrez para sempre, quando tudo que queria, mesmo, às vezes desesperadamente, era estar do lado de fora. Por outro lado, a Irmandade estava enchendo muito o saco com aquela história. Então Glen estava tentando achar um jeito de sub-sublocar o assassinato, ficar com o crédito por ele entre os Irmãos, mas escapar de qualquer retaliação de terceiros.

Tariq tinha fama de ser um mestre da estocada, que nunca era pego, mas abordá-lo exigiu quase mais cautela do que Glen sabia empregar. Pretos e brancos normalmente não se misturavam, nem eram encorajados a tanto. "Parece legal", Tariq admitiu, "mas vai custar bem caro. E a não ser que eu esteja enganado, mais do que você tem ou tem chance de ter."

Verdade naquelas circunstâncias, só que Glen tinha umas ligações bem estranhas no mundo exterior, embora viesse tomando cuidado para não compartilhar essa informação a não ser que fosse necessário. Agora parecia que era necessário.

"E você vai querer o pagamento como? grana? Droga? Xoxota?" Tariq ficou só olhando para ele. "Me dá uma mão aqui. Melancias?"

Tariq pensou em ficar ofendido, deu de ombros, e fez um gesto mínimo com o indicador, para representar armas de fogo.

"Quem diria. Os meus amigos por acaso são especializados exatamente nessa área. A gente está falando de que tipo de peso?"

"Ah, o que desse pra alguma coisa entre um pelotão de negões e uma companhia."

Glen olhou em volta para ver se alguém estava esticando o ouvido. "Você não quer dizer que é pra usar *aqui*, bicho."

"Nem a pau, eu sou malvado mas não sou burro. Mas todo mundo aqui tem amigos lá fora, e os meus, é disso que eles precisam no momento."

"Pra quando?"

"Pra quando você quer os rosinhas todos chupando o teu pau agradecidos?"

Um borrão, uma sombra, passou, e nem Tariq nem Glen tinham certeza do que tinham visto, mas eles sabiam o que era. "Algum rato correndo pro buraco", Glen disse.

"Então a gente andou passeando e falando demais. Daqui pra frente melhor a gente ser breve."

Logo, El Huevoncito, descanse em paz, foi encontrado misteriosamente morto depois de um furdúncio de manhã cedo no bloco de Tariq, o que deu um álibi perfeito para Tariq e nunca o ligou à morte. Glen, que também tinha paradeiro conhecido durante, estava igualmente livre, embora tenha feito questão de pedir a ajuda da irmandade para se livrar de um estoque tirado do refeitório em que primeiro ele tinha posto um pouco de sangue. Ele foi aceito na Irmandade Ariana e logo depois da libertação de Tariq se viu também do lado de fora, com uma oferta de trabalho de Mickey Wolfmann.

No final, por causa da logística, o pessoal de Tariq, a Milícia Negra Armada Guerreiros Antissociedade (MANGAS) tinha tido que esperar um pouco até que Glen ajeitasse a parte do acordo referente a armas pequenas e àquela altura estavam ficando desconfiados.

"Que é mais ou menos quando eu vim te ver", Tariq disse.

"Deu pra sacar por que você não queria ser muito específico", Doc disse. "De repente eu devia ter prestado aquele juramento."

"Eu soube que você andou tomando uma pressão do FBI local, os companheirinhos de cama do irmão Karenga."

"É, mas eu não pude contar muita coisa pra eles porque não sabia isso tudo. Agora acho que vou ter que começar a me preocupar com o Esquadrão Anticomuna e os P-DIDDIs também."

"Como assim?"

"Sabe, tecnicamente é uma rebelião negra armada, certo?", e a gente vira um material de fantasia mansoniana pesada, e tem um monte de idiotas na polícia que leva o velho Charlie a sério quando ele começa a gritar essa coisarada toda."

"É, lá no escritório da MANGAS também, eu ando vendo umas camisetas e tal? Assim umas fotos de polícia do Manson com uns cabelos black power montados, é bem popular."

"E aquela Lynette 'Squeaky' Fromme."

"Isso. Aquilo que é pedaço de mau caminho?"

"Não, eu estava falando, assim, camisetas com a Squeaky, com ela de black power?"

"Ah... não que eu saiba. Quer que eu procure uma?"

"Pra falar a verdade, quem sabe da Leslie van Houten também, o que você acha?"

"Amigos", resmungou Clancy.

"Certo", Doc disse, "então... acho que o que eu queria mesmo saber de você é quem são esses 'amigos' do Glen, que estavam cuidando desse acordo com as armas."

"Uns dentistas branquelos lá na parte baixa do Sunset. A sede deles ficava lá em um prédio esquisitão que parece um dente enorme?"

"Hã-hã", Doc tentando não trair o vazio que tomava agora a sua alma. "Bom. Talvez eu possa pensar em um ou dois lugares que eu possa olhar."

Surgiram perguntas. Como, por exemplo, que porra era essa que estava rolando aqui, basicamente. Se Glen desde o começo tinha "amigos" no Canino Dourado, o que ele teria ido fazer no xilindró? Ele estava caindo no lugar de outra pessoa, alguma figura de alto nível nas organizações Canino? Será que tinham posto ele ali de propósito, o homem do Canino na cadeia, como se tivessem um grande plano para posicionar os seus agentes em todas as áreas da vida pública? E quanto isso implicava o Canino na morte de

Glen? Será que Glen era outro Rudy Blatnoyd, será que ele tinha tocado algum ponto de acupressura eternamente ausente dos mapeamentos do misterioso corpo do Canino Dourado de forma tão desconfortável que os obrigava a dar um jeito nele?

E será que era múltipla escolha?

A essa altura estava escuro e eles todos estavam com fome, e de alguma maneira acabaram no Plastic Nickel na Sepulveda. Lá dentro, as paredes eram decoradas por reproduções em plástico prateado do lado "cara" de uma moeda americana de cinco centavos, cada uma delas do tamanho de uma pizza gigante. Uma sebe artificial, muito verde e também de plástico, separava as filas de mesas. Grupos de especialistas em montagem de sebes tinham encaixado cuidadosamente milhares de pequenas imitações modulares de raminhos folhosos em um sistema macho- -e-fêmea de complexidade quase infinita para produzir esse arbusto estranhamente absorvente. Com o tempo todo tipo de pequenos itens se perdeu lá dentro, incluindo maricas e baseados e cachimbos de haxixes, moedinhas pequenas, chaves de carros, brincos, lentes de contato, minúsculas trouxinhas de papel-manteiga com coca e heroína e coisa e tal. A vida abaixo de, digamos, um grama. Houve casos de fregueses que passaram horas enquanto os seus cafés esfriavam cuidadosamente revistando a sebe centímetro a centímetro, em especial quando loucos de anfetamina. Vez por outra, tarde da noite, eles eram interrompidos por uma das imagens plásticas na parede, quando Thomas Jefferson saía de seu perfil esquerdo e virava de frente, desatava a fita que lhe prendia o cabelo, sacudia tudo até formar uma auréola ruiva louca coloridíssima, e falava com drogados selecionados, normalmente citando a Declaração da Independência ou a Declaração de Direitos, o que tinha acabado por ajudar consideravelmente várias defesas jurídicas que se centravam especialmente em questões de busca-e-apreensão. Hoje à noite ele esperou até que tanto Clancy quanto Tariq voltassem ao banheiro, virou-se rapidamente para Doc e disse, "Então! o Canino Dourado não comercia apenas a Escravatura, eles são igualmente vendilhões dos implementos da Libertação".

"Ei... mas enquanto pai fundador da República, você não fica meio surtado com essa conversa toda de apocalipse negro?"

"A árvore da liberdade precisa vez por outra ser regada com o sangue de patriotas e tiranos", replicou Jefferson. "É seu adubo natural."

"Tá, mas e quando no fim os patriotas e os tiranos são as mesmas pessoas?", disse Doc, "assim, a gente está agora com um presidente..."

"Desde que continuem a sangrar", explicou Jefferson, "é o que vale. Entrementes, o que vais fazer com a informação que acabaste de receber do senhor Khalil?"

"Vejamos, quais são as alternativas? Ir para o FBI e dedurar o Tariq e a MANGAS. Atiçar os federais pra cima do Canino Dourado depois de alertar Tariq o suficiente pra ele poder livrar a própria cara. Contar tudo pro Pé-Grande Bjornsen e deixar que ele apresente à P-DIDDI ou sei lá mais quem, e deixar eles lidarem com isso. O que é que eu estou esquecendo?"

"Já começaste a perceber aí uma linha comum, Lawrence?"

"Eu não posso confiar em nenhuma dessas pessoas?"

"Lembra também que o acordo das armas de Glen nunca se concretizou. Então deveras não tens que *contar* coisa alguma a ninguém. Mas o que tens *mesmo* de fazer, por outro lado, é—", ele se calou abruptamente e voltou ao seu perfil com rabinho de cavalo.

"Falando sozinho de novo", disse Clancy. "Você precisa encontrar o verdadeiro amor, Doc."

A bem da verdade, ele pensou, eu me contento em só achar o meu caminho nessa história. Os seus dedos, dotados de opinião própria, começaram a rastejar na direção da sebe plástica. Talvez se ele a revistasse por tempo suficiente, noite suficientemente avançada, encontrasse alguma coisa que pudesse ajudar — algum minúsculo fiapo perdido da sua vida que ele nem sabia que tinha desaparecido, algo que agora faria toda a diferença. Ele disse, "Fico feliz por você, Clancy, mas o que aconteceu com aqueles dois daquela vez?".

Ela gesticulou com a cabeça para Tariq, que estava chegando para se juntar a eles. "Doc, esse cara é *pelo menos* dois ao mesmo tempo."

Dezessete

De volta à sua casa, Doc encontrou Scott e Denis na cozinha investigando a geladeira, tendo acabado de subir pela janela dos fundos depois que Denis, um pouco antes, lá na casa dele, tinha caído no sono como muitas vezes fazia com um baseado aceso na boca, só que dessa vez o baseado, em vez de cair no peito dele queimá-lo e acordá-lo ao menos parcialmente, tinha rolado para algum outro lugar entre os lençóis, onde logo começou a arder. Depois de um tempo Denis acordou, levantou, e foi indo para o banheiro, achou melhor tomar um banho, e meio que começou a fazer isso. Em um dado momento a cama pegou fogo, acabando por abrir um buraco no teto, no ponto exato em que ficava a cama d'água do seu vizinho Chico, sem o seu vizinho Chico, que, sendo de plástico, a cama, derreteu com o calor, liberando quase uma tonelada de água através do buraco, apagando o fogo do quarto de Denis enquanto transformava o chão em uma espécie de piscina rasa. Denis veio vindo do banheiro e, incapaz de imediato de dar conta do que encontrou, além de ter tomado os bombeiros, que àquela altura já tinham chegado, pela polícia, saiu correndo pela rua até a casa de praia de Scott Oof, onde tentou descrever o que achava que tinha acontecido, basicamente sabotagem proposital dos Boards, que jamais haviam parado de tramar contra ele.

Doc encontrou um charuto White Owl cujos conteúdos na sua maior parte ele tinha tirado a pinça e trocado por sinsemilla Humboldt, acendeu, tragou e passou para os outros.

"Eu não vejo como é que podia ser os Boards, bicho, não mesmo", exalava Scott.

"Meu, eu vi os caras", Denis insistia, "dia desses ainda, de tocaia no beco."

"Era só o baixista e o baterista", Scott disse, "a gente estava trocando uma ideia. Vai ter um show de graça no parque Will Rogers, eles estão chamando de Hippada Surfadélica? E os Boards querem que o Beer abra pra eles?"

"Beleza pura", disse Doc, "parabéns."

"É", acrescentou Denis, "só que é claro que eles são totalmente do mal."

"Bom, talvez o selo que assinou com eles", Scott admitiu, "mas..."

"Até o Doc acha que eles são zumbis."

"Isso provavelmente é verdade", Doc disse, "mas não dá pra culpar sempre os zumbis por serem zumbis, não é como se uns orientadores vocacionais andassem por aí dizendo, 'Ei, guri, você já pensou nas oportunidades de emprego com os mortos-vivos—'"

"O meu me disse que eu devia mexer com imóveis", disse Scott, "igual à minha mãe."

"A sua mãe não é zumbi", Denis lembrou.

"É, mas você devia ver uns caras que trabalham com ela..."

"É só você ficar examinando ela pra ver se acha alguma mordida", Doc aconselhou, "que é assim que transmite."

"Alguém aí entende por que eles chamam a profissão de 'corretor' imobiliário?", intrigou-se Denis, que agora estava enrolando um baseado.

"Ô, Doc", Scott lembrou, "eu vi aquele Coy de novo, que tocava com os Boards, que devia estar morto só que aí não estava?" Doc estava quase chapado demais para perguntar, "Onde?".

Mandando Doc ao Banheiro da Memória para quando ele e Shasta tinham começado a sair, noites batendo papo na frente do Lighthouse Café, sendo que nenhum deles podia pagar aqueles preços, ouvindo o jazz que vinha de dentro e comendo cachorros-quentes da famosa barraquinha Juicy James logo ali na esquina, cuja placa apresentava um cachorro-quente gigante com rosto, braços e pernas, chapéu e trajes de caubói, disparando um par de revólveres de seis tiros e por tudo que se pudesse ver, achando isso o máximo. Aos domingos tinha também uma jam session. Músicos de estúdio apareciam com os carros que tinham comprado com os seus primeiros grandes pagamentos, a ser recuperados em anos vindouros de estacionamentos da polícia, guinchados de barrancos enlameados, preservados da depredação de advogados de divórcio, todas as peças trocadas sendo mantidas autênticas para revendas que nunca aconteceriam, fantasias das eras em que começaram os desejos, Morgans do showroom na Westwood com capôs presos por tiras de couro, Cobras 289 e Bonevilles 62 e aquele DeSoto sobrenatural em que James Stewart, bem avançado na estrada do amor, persegue Kim Novak em *Um corpo que cai* (1958).

Lá em Ojai, Doc e Coy tinham se despedido em circunstâncias estranhas, com Coy executando uma abrupta fusão com a noite, meio irritado, meio desesperado, depois de Doc meio que prometer que ia procurar um jeito de Coy se livrar dos contrassubversivos que estavam lhe dando ordens. A não ser pela rápida vista-d'olhos que o Pé-Grande lhe deixou dar na ficha de Coy na polícia, Doc não tinha feito muito progresso com isso, e pode ser que ele estivesse se sentindo culpado, porque tecnicamente devia estar trabalhando para Hope, também.

Então ele achou melhor ir dar uma volta pela Pier Avenue.

As palmeiras ao longo da Strand projetavam sombras através da neblina com o seu cheiro químico de sempre, a placa do Juicy James brilhava animadamente borrada a uma distância incerta, e lá na frente do Lighthouse, com certeza, estava Coy, no meio de uma fila irregular de descolados curtindo o som, Bud Shank hoje com alguma cozinha.

Doc esperou uma pausa dos músicos e disse oba, esperando outro número do Homem Invisível, mas naquele exato momento Coy estava com uma cara de marujo de folga, querendo viver cada momento até ter de voltar a alguma condição de servidão.

"Eu tenho que tirar o dia de folga." Ele verificou a luz sobre o oceano. "Mas parece que de repente eu estou pra estourar o tempo do meu passe."

"Quer uma carona pra voltar pra Topanga? Desde que eu não tenha que entrar com você, quer dizer."

"Ah, aquilo tudo está resolvido. Agora está tudo numa boa."

"'O Drac está na banda', como diz o Bobby Pickett?"

"Sério. Eram as meninas. Nenhuma delas aguentava mais aquilo, aí elas se reuniram todas e entraram em ação e contrataram um exorcista. Um sacerdote budista lá do templo do centro. Ele apareceu um dia e fez lá o que tinha que fazer, e agora os Boards e a casa estão todos oficialmente dezumbificados. Eles contrataram o cara pra fazer umas rondas psíquicas regulares."

"E alguém da banda, por acaso, te reconheceu de repente?" Ele deu de ombros. "Pode ser. Não faz mais tanta diferença."

A neblina tinha ficado mais espessa quando eles chegaram ao carro. Doc e Coy entraram, e Doc ligou os limpadores de para-brisa por alguns ciclos, e eles subiram a Pier Avenue.

"Posso filar um cigarro seu?", Coy disse. Doc lhe alcançou o maço do painel e apertou o acendedor e dobrou à esquerda na Pacific Coast Highway. "Ei, que que é esse botão aqui?"

"Hã, acho que não, isso aí é o—" Eles foram submersos pelas reverberações sacode-esqueleto de "Interstellar overdrive" do Pink Floyd. Doc encontrou o botão de volume. "— o Vibrasonic. Ocupa metade do porta-malas, mas está lá quando você precisa."

Ao passar sob a pista do aeroporto eles perderam a música por um minuto e Doc disse, "Então os Boards não são mais tão malvados?".

"Talvez meio confusos de vez em quando. Você conhece alguma banda que não seja?"

"Você voltou a tocar com eles agora?"

"Estou resolvendo isso." Doc sabia que vinha mais. "Sabe, eu sempre precisei pensar que alguém estava dando a mínima. Quando veio a ligação da Califórnia Vigilante, foi assim como se alguém estivesse olhando o tempo todo, alguém que me quer, que vê alguma coisa em mim que nunca imaginei que estava lá..."

"Um dom", eles lhe disseram, "de projetar personalidades alternativas, de se infiltrar, de lembrar, de relatar."

"Espião", Coy traduziu. "Um alcagueta, um dedo-duro."

"Um ator muito bem pago", eles replicaram, "e que não precisa se preocupar com fãzocas ou paparazzi ou o público otário."

Aquilo significaria largar a heroína, ou ao menos o tipo de uso que ele fazia então. Eles lhe contaram histórias de junkies que tinham passado a controlar os seus vícios. Era a chamada "Disciplina Superior", mais rigorosa que as disciplinas religiosas ou atléticas ou militares por causa do abismo que você tinha que encarar com sucesso a cada momento do dia. Eles levaram Coy para falar com alguns desses junkies transcendidos, e ele ficou espantado com a energia, a cor, o passo animado, a rapidez mental improvisacional dessas pessoas. Se Coy tivesse o desempenho esperado ou mais que isso, haveria ainda o incentivo adicional de um suprimento anual de Percodan, considerado então o Rolls-Royce dos opiáceos.

É claro que aquilo significaria abandonar Hope e Amethyst para sempre. Mas ninguém naquela casa, ele se obrigava a lembrar, estava feliz fazia muito tempo, e os Viggies prometeram mandar um anônimo pagamento à vista para Hope, sugerindo vigorosamente que ele vinha de Coy. Tinha no entanto que parecer algo que ele lhes tivesse deixado em testamento, porque para realizar aquele trabalho em particular ele precisaria assumir uma ou mais identidades novas, e a velha identidade de Coy Harlingen tinha de deixar de existir.

"Fingir a minha morte? Ah, não sei, bicho, quer dizer, é superpesado pro carma. Não sei se quero, como dizem Little Anthony and the Imperials, 'tentar a mão do destino', sabe?"

"Por que pensar nisso como morte? e por que não reencarnação? Todo mundo queria ter uma vida diferente. Eis a sua oportunidade. Além disso você se diverte, arrisca a vida de formas inigualáveis até no mundo do vício da heroína, e o pagamento é bem, bem melhor que a média, presumindo que você já tenha trabalhado pela média."

"Eu posso ganhar um sorriso novo?"

"Dentes falsos? Dá-se um jeito."

Já estava tudo acertado, eles lhe asseguraram, com o traficante de Coy, Ned Ralo, para ele providenciar uma branquinha não malhada especialmente letal para ser encontrada na cena da overdose. Coy recebeu o conselho de usar só o suficiente para ser verossímil no pronto-socorro mas não o bastante para o matar.

"Não era a minha parte preferida do golpe", Coy confessou a Doc. "Era, assim, é melhor eu não fazer merda dessa vez, é melhor eu ter juízo, e claro que não tive. No final, quase acabei comendo grama pela raiz mesmo."

"Onde foi que o seu traficante arrumou essa heroína", Doc perguntou basicamente como uma formalidade.

"Umas figuras mais da pesada que trazem direto — não era a conexão que Ned Ralo em geral usava. Sejam quem forem, eles deixaram o cara se cagando de medo, mesmo ele sendo só a fachada, que só estava na história pra evitar que chegassem até essa outra fonte. Mas eles ficavam dizendo pra ele, 'Nunca abra a boca'. Silêncio, isso é que era o barato deles. Aí quando ele apareceu flutuando no canal dia desses, sabe, naturalmente eu não podia deixar de me perguntar?"

"Mas podia ter sido qualquer coisa", Doc disse, "ele tinha uma ficha longa."

"Talvez."

Finalmente, como outras almas desviadas antes dele, Coy acabou passando alguns dias desagradáveis no programa Chryskylodon largando a heroína, o que fazia que as visitas à Oficina de Manutenção de Sorrisos do Rudy Blatnoyd quase parecessem férias. Os dentes novos também significavam uma embocadura nova, e isso levou um tempo de ajuste, mas por fim, uma noite lá estava ele em um cubículo de banheiro no LAX, passando bilhetes comprometedores escritos em papel higiênico por baixo da divisória para um membro do Legislativo estadual com desejos sexuais ocultos que os Viggies queriam ter, nas palavras deles, "na equipe". Depois desse — ele imaginava — teste, as missões ficaram gradualmente mais difíceis — a preparação às vezes incluía ler Herbert Marcuse e o presidente Mao e os problemas de compreensão que vinham com isso, além de exercícios diários em um dojo em Whittier, treino de sotaques na periferia de Hollywood, aulas de direção defensiva lá em Chatsworth.

Não demorou muito para Coy se dar conta de que os patriotas que lhe davam ordens recebiam eles próprios ordens de outro nível de poder completamente diferente, que parecia se sentir no direito de foder com a vida de todo mundo que não era tão bom e tão esperto quanto eles, o que significava todo mundo. Coy ficou sabendo que eles o tinham rotulado de "personalidade aditiva", apostando que depois de comprometido a dedurar pelo seu país, ele ia achar tão difícil largar essa vida quanto a heroína, se não mais difícil. Logo eles o mandaram ficar de bobeira nos campi — de universidades, faculdades regionais e colegiais — e lentamente aprender a se infiltrar em grupos antiguerra, antialistamento e anticapitalistas de todos os tipos. Durante os primeiros meses, esteve tão ocupado que não teve tempo de pensar no que tinha realmente feito, ou se aquilo tinha algum futuro. Uma noite ele estava em Westwood seguindo uns elementos de um grupo da UCLA chamado Brigada dos Usuários Revolucionários de Bongs (BURBs), quando percebeu uma menininha que devia ter a idade de Amethyst, sem fôlego de tão empolgada diante da vitrine iluminada de uma livraria, chamando a mãe para vir ver. "Livo, Manhê! Livo!" Coy ficou pregado onde estava, enquanto a sua presa dava continuidade à sua noite. Foi a primeira vez desde que entrou para os Viggies em que ele sequer pensou na família que tinha abandonado por algo que deve ter acreditado que era mais importante.

Naquele momento tudo ficou claro — o erro cármico de fingir a sua própria morte, as chances de que as pessoas que ele estava ajudando a ferrar estivessem encarando possibilidades profundas que incluíam a morte real, e, mais claro do que todo o resto, o quanto ele tinha saudade de Hope e de Amethyst — mais, desesperadamente mais do que pensou que teria. Sem recursos, empatia ou apoio, Coy repentinamente, tarde demais, queria a sua vida antiga de volta.

"E foi mais ou menos aí que você pediu pra eu dar uma olhada nelas?"

"Isso, pra você ver como eu estava desesperado."

"É essa aqui, né?"

Doc estacionou no acostamento perto da guia rebaixada da entrada da casa dos Boards. "Só uma coisa."

"Aiaiai."

"O emprego original com a Califórnia Vigilante — quem foi que te chamou?"

Coy deu uma olhada em Doc, como se fosse a primeira vez. "Quando comecei a espionar, eu ficava imaginando por que as pessoas fazem as perguntas que fazem. Aí comecei a perceber quantas vezes elas já sabem a resposta mas querem escutar de outra voz, assim, fora da cabeça delas?"

"Beleza", Doc disse.

"Melhor ir falar com Shasta Fay, eu acho."

Voltando de carro para a beira-mar, Doc conseguiu se enfiar em uma viagem paranoica total a respeito de Shasta e de como ela devia estar se picando, o tempo todo em que ela e Doc estiveram juntos, talvez desde antes de se conhecerem, uma junkie devotada que aproveitava toda chance que tinha para sumir nas belas noites frescas e ir para algum lugar onde estavam tomando conta das coisas dela para que não tivesse que se esconder de Doc em casa... só para estar de volta por um tempo entre a irmandade junkie, para dar um tempo desse pateta inútil da classe credora de quem ela já estava planejando se separar e coisa e tal. Ele levou todo o caminho até Gordita pra lembrar que mais uma vez estava sendo idiota. Quando chegou à sua casa e reconfigurou o cabelo em algo parcialmente bacana, e disparou pela esplanada para El Porto, com a noite instalada e as ondas invisíveis, ele estava de volta ao seu antigo eu mais sábio, desprovido de otimismo, pronto para ser usado de laranja de novo. Normal.

A loja de surfe do térreo tinha fechado cedo, mas havia luzes nas janelas do Santo, e Doc teve que bater só duas ou três vezes antes de Shasta abrir a porta e até sorrir para ele antes de dizer oi, entra. Ela estava com as pernas de fora, com algum tipo de camisa mexicana, roxa-clara com um pouco de um bordado laranja, e estava com o cabelo enrolado em uma toalha, com o cheiro de quem acabava de sair do chuveiro. Ele sabia que havia um motivo para ter se apaixonado por ela naqueles tempos, vivia esquecendo, mas agora que tinha meio que lembrado ele teve de se agarrar mentalmente pela cabeça e executar uma rápida sacudida encefálica antes de poder confiar em si próprio para dizer qualquer coisa.

Shasta o apresentou à sua cachorra Mildred e demorou um pouco chacoalhando pela cozinha. Flip tinha coberto quase toda uma parede da sala com uma foto ampliada de uma onda monstro gigantesca em Makaha no inverno passado, com um minúsculo mas instantaneamente reconhecível Greg Noll acomodado nela como um fiel em oração no punho de Deus.

Shasta entrou com uma caixa de Coors da geladeira. "Você sabe que o Mickey voltou?", ela disse.

"É, ouvi um boato."

"Ah, ele voltou pra casa sim, voltou mesmo, pra casa com a Sloane e as crianças, e daí? *C'est la vie.*"

"*Que sera sera.*"

"É, isso aí."

"Você falou com ele?"

"Você acha que tem chance? Hoje em dia eu sou só um constrangimento."

"Lógico, mas de repente se você desse um jeito no cabelo..."

"Otário." Ela esticou a mão, soltou a toalha e jogou em cima dele, sacudiu o cabelo — ele não queria dizer violentamente, exatamente, mas havia nos olhos dela uma expressão que ele lembrava, ou achava que lembrava. "Melhor assim?"

Ele inclinou a cabeça como se ela tivesse feito uma pergunta séria. "Mais escuro que antes."

"De volta aos meus dias de louro-sujo. Mickey gostava quase platinado, ele bancava um colorista lá em Rodeo Drive?", e Doc soube sem sombra de dúvida que ela e Penny tinham se encontrado no mesmo salão de cabeleireiro, onde pelo menos um dos temas em discussão tinha sido ele e com certeza, "Andam dizendo que você tem um barato pelas meninas do Manson?".

"S— bom, 'barato' eu acho que depende do que você — você tem certeza que quer fazer isso?"

Ela tinha desabotoado a camisa e agora, olhando nos olhos dele, começou sem pressa a acariciar os mamilos. Mildred ergueu os olhos com um interesse passageiro, depois, balançando lentamente a cabeça de um lado para o outro, desceu do sofá e saiu da sala. "Adolescentinhas submissas, doutrinadas e tesudas", Shasta continuou, "que fazem exatamente o que você quer antes até de você saber o que quer. Você nem precisa abrir a boca em voz alta, elas sacam tudo por percepção extrassensorial. O seu tipo de menina, Doc, é a sua ficha corrida."

"Ei. Foi você que andou roubando as minhas revistas?"

Ela se livrou da camisa, caiu de joelhos e rastejou lentamente para onde Doc estava sentado com uma lata intocada de cerveja e uma ereção e, ajoelhada, cuidadosamente tirou os huaraches dele e deu um beijo suave em cada pé descalço. "Agora", ela sussurrou, "o que o Charlie faria?"

Provavelmente não o que Doc faria, que era achar metade de um baseado no bolso da camisa e acender. O que ele fez. "Quer uma barrufadinha?" Ela ergueu o rosto e ele segurou o baseado nos lábios dela enquanto ela tragava. Eles fumaram calados até que Doc teve que pôr o que restava em um prendedorzinho jacaré que carregava sempre. "Olha, lamento muito por causa do Mickey, mas—"

"Mickey." Ela dirigiu um longo olhar a Doc. "O Mickey podia ter ensinado uma ou duas coisas a todos esses vagabundos descolados aqui da praia. É que ele era tão poderoso. Às vezes conseguia quase fazer você se sentir invisível. Rápido, brutal, não o que você consideraria um amante cheio de consideração, um animal, na verdade, mas Sloane adorava isso nele, e Luz — dava para ver que nós todas adorávamos. É tão legal ser obrigada a se sentir invisível assim de vez em quando..."

"É, e os caras adoram ouvir essas merdas."

"... ele me levava pra almoçar em Beverly Hills, uma mãozona o tempo todo em volta do meu braço nu, me guiando, cega, pra longe daquelas ruas iluminadas até algum espaço que fosse escuro e fresco e onde não se pudesse sentir cheiro de comida nenhuma, só do álcool — eles estavam todos bebendo, mesas cheias deles em uma sala que podia ser de qualquer tamanho, e eles todos conheciam o Mickey lá, eles queriam alguns deles queriam, ser o Mickey... Daria na mesma se ele estivesse me puxando numa coleira. Ele me deixava o tempo todo com esses microminivestidos, nunca me deixava usar nada por baixo, só me oferecendo pra qualquer um que quisesse ficar olhando. Ou me agarrar. Ou às vezes ele me fazia sair com os amigos dele. E eu tinha fazer tudo que eles quisessem...."

"Por que você está me contando isso?"

"Ah, perdão, Doc, você está ficando incomodado, quer que eu pare?" A essa altura ela estava enrodilhada sobre o colo dele, mãos por baixo do corpo brincando com a xoxota, bunda apresentada irresistivelmente, intenções, até para Doc, mais do que claras. "Se a minha namorada tivesse fugido pra ser a putinha obediente de algum empreiteiro nojento? Eu ia ficar tão puto que não sei o que ia fazer. Bom, não, estou mentindo até sobre isso, eu sei o que ia fazer. Se eu estivesse com a vagabundinha infiel no meu colo desse jeito—" O que foi mais ou menos até onde ela chegou. Doc não conseguiu encaixar mais que meia dúzia de tapas sinceros antes que as atarefadas mãos dela os pusessem a ambos gozando por toda parte. "Seu merda!", ela gritava — não, Doc imaginava, para ele — "filho da puta..."

379

Ele só lembrou depois de procurar os sintomas clássicos dos zumbis, caso tivessem processado ela de algum jeito onde quer que ela tivesse estado, como fizeram com o Mickey, mas parecia a mesma Shasta de sempre. Lógico, ela ainda assim podia ter feito um acordo para escapar ao destino de Mickey, nesse caso, com quem era o acordo e qual era a compensação? Antes de ele poder fazer qualquer pergunta sobre isso, ela estava falando, baixo, e ele sabia que era melhor ouvir.

"Eu disse que estava no Norte com as minhas coisas de família, mas o que aconteceu de verdade foi, foi que uns gorilas me acharam e me levaram pra San Pedro e me puseram em um barco? e eu nunca fiquei sabendo quais eram os planos deles de verdade pra mim, porque quando chegamos ao Maui troquei uns favores pela minha liberdade."

"Algum primeiro imediato que sem dúvida admira belas bundas."

"Cozinheiro-chefe, na verdade. Aí em Pukalani eu topei com o Flip pedindo carona, e ele me deu a chave da casa dele e pediu pra eu vir cuidar do apartamento. Por que você está com essa cara tão esquisita assim de repente?"

"Mais ou menos quando isso estava acontecendo, Vehi Fairfield me deu um ácido e enquanto eu estava viajando te vi, nesse mesmo barco, o *Canino Dourado*. Eu estava em algum lugar a céu aberto, não sei, ficava tentando embarcar, fiquei por perto enquanto pude... agora é você que está com uma cara esquisita."

"Eu sabia! Senti alguma coisa naquela hora, e eu só conseguia pensar que de algum jeito podia ser você. Foi tão assustador."

"Deve ter sido eu, então."

"Não, o que estou dizendo é que eu me senti assim... assombrada? Foi por isso que na primeira ilha em que a gente parou eu te mandei aquele cartão."

"O espírito-guia de Vehi disse que você não estava no navio por escolha própria, mas que ia ficar bem."

"Fico imaginando se ele sabia as armas que todo mundo a bordo carregava. Oficiais, tripulação, passageiros."

Ela não perguntou exatamente, mas Porfirio, o cozinheiro-chefe, tinha tido prazer em explicar. "Piratas."

"Perdão?", ela disse.

"As cargas que levamos, señorita, são altamente desejáveis, particularmente no Terceiro Mundo."

"Será que dava pra eu emprestar alguma coisa da sala de armas do navio pra levar comigo, só pra garantir?"

"Você é passageira. Nós protegemos você."

"Você tem certeza que é isso que eu sou, e não outro tipo de carga desejável."

"Mas isso é um flerte, sim?"

"Sei, sei?", Doc disse depois de um tempo. "Aí você disse..."

"Eu disse, 'Uuh, Porfirio, espero que eles não estejam planejando me vender pra alguma gangue horrorosa de comunistas chineses pervertidos que vão fazer tudo quanto é chinesice horrorosa comigo...'"

Doc achou um pouco da erva tailandesa de Fritz e acendeu. "Sei", depois de lhe oferecer uma barrufada, "e Porfirio disse?"

"Permita-me fazer isso tudo primeiro, señorita, com sua permissão, claro, para pelo menos a señorita saber o que esperar."

"Hã-hã?"

"Bom, você sabe esses veleiros, né, aquelas cordas e correntes e roldanas todas e ganchos e coisas..."

"Certo, passou do limite — pode ir mostrando essa bundinha vermelha bonitinha aí."

"Mas... Doc... o que foi que eu disse?" Ela se ajoelhou no sofá, pôs o rosto em uma almofada e se ofereceu.

"Você precisa de uma tatuagem bem aqui. Que tal 'Menina Muito Malvada'?"

Ela olhou para trás, olhos estreitos e róseos. "Achei que você ia gostar mais de uma folha de marijuana..."

"Hum. Talvez fosse melhor eu—"

"Não..."

"Que tipo de escrava sexual sinocomuna você é afinal? Será que dá pra... curve as costas — isso, lindo, assim mesmo..."

Eles começaram a trepar, e dessa vez também não demorou muito. Um pouco mais tarde ela disse, "Isso não quer dizer que a gente tenha voltado".

"Não. Não, claro que não. Posso te dizer uma coisa mesmo assim?"

"Lógico."

"Eu não estava puto de verdade com você, sabe, nunca, Shasta, não por causa da gente, nunca achei que eu era algum tipo de parte ofendida nem nada. Na verdade, por um tempo, quando o Mickey parecia mesmo mais um desses convertidos de careta a hippie, eu estava até disposto a dar um crédito a ele por causa disso. Confiei em você sobre a sinceridade dele."

"O problema", um pouco triste, "é que eu também."

"E se alguém tinha que se vingar de alguém por aqui..."

"Ah", disse Shasta. "Ah. Sei. Deixa eu pensar um pouco nisso."

Ela foi para a cozinha e achou uma caixa de Froot Loops, e eles ligaram a TV e ficaram amistosamente comendo cereal seco e assistindo aos Knicks contra os Lakers, Doc teria dito bem como antigamente, só que isso era agora e ele tinha passado a saber muito menos do que achava que sabia naquela época.

"Você não precisa ligar o som?"

"Nah, aqueles tênis, quando ficam guinchando daquele jeito?"

No intervalo ela olhou para ele e disse, "Alguma coisa está te incomodando".

"Coy Harlingen. Eu topei com ele em Hermosa."

"Então ele não tomou a overdose que todo mundo disse."

"Até melhor que isso, ele está limpo agora."

"Bom saber. Altas ondas pra ele."

"Mas ele está preso numa coisa em que não queria ter se metido. Ele está trabalhando de informante pra polícia de Los Angeles, e eu também vi ele na televisão em um comício qualquer de Fascismo pela Liberdade, fingindo gritar com o Nixon, trabalhando infiltrado para esse tal grupo chamado Califórnia Vigilante?"

"Então", Shasta murmurou, "acho que essa fica na minha conta, porque fui eu que apresentei o Coy a Burke Stodger, e foi o Burke que colocou ele nos Viggies." Não tem desculpa, ela disse, foi durante aquele período bem maluco pra todo mundo em Hollywood logo depois da Sharon Tate. Tinha ocorrido a muito pouca gente na comunidade de aspirantes a estrelas que traços simétricos e baixo peso corporal afinal podiam não bastar pra te comprar uma coisa que fazia diferença. O choque dos assassinatos em Cielo Drive foi bem duro na vida civil, mas o impacto em Shasta e seus amigos foi paralisante. Você podia ser a menina mais boazinha do ramo, esperta e com grana, cuidadosa com as drogas, ciente do quanto se podia confiar nas pessoas nesta cidade, ou seja, nada, você podia ser gentil com todo mundo — assistentes de câmera, contrarregras, até com os escritores, gente pra quem você nem precisava dizer oi — e ainda assim ser horrendamente assassinada em troca. Olhares que antes você dava um jeito de ignorar agora te faziam ficar procurando os brilhos específicos nos olhos de algum maluco que te mandaria para um quarto com trancas duplas e triplas iluminado só pela tela da TV, e com o que estivesse na geladeira para te levar até quando você se sentisse bem o bastante para dar as caras de novo.

"Que foi mais ou menos quando eu conheci Burke Stodger.

Nós éramos vizinhos e costumávamos levar os cachorros pra passear mais ou menos na mesma hora toda manhã, e eu meio que sabia quem ele era mas não tinha visto os filmes dele até que uma noite eu não estava conseguindo dormir, fiquei passeando pelos canais e topei com *Despedida calibre 45*. Normalmente eu não vejo esse tipo de filme, mas alguma coisa naquele..."

"Me identifiquei aqui!", gritou Doc. "Aquele filme me fez ser o que eu sou hoje. Aquele detetive que o Burke Stodger fazia, bicho, eu sempre quis ser aquele cara."

"Eu achava que você queria ser John Garfield."

"Bom, e tudo isso virou realidade, mas saca só, por acaso o John Garfield também aparece sem receber crédito nesse mesmo filme — lembra que tem uma cena de enterro, quando Burke fica meio que discretamente apalpando a viúva ao lado do túmulo, usando um guarda-chuva pra dar cobertura, bom, se você olhar de perto, bem do lado do peito esquerdo dela, esquerdo da tela, um pouco fora de foco, perto de uma árvore, lá está John Garfield com um terno de risca de giz de mafioso e um chapéu homburg. Ele estava basicamente na lista negra nessa época e deve ter pensado que dinheiro era dinheiro."

"Burke teve o mesmo tipo de problema, mas disse que achou outra solução."

"Uma que não fez com que ele fosse apertado até ter um ataque cardíaco fatal... Opa, mas lá vou eu, sendo amargo de novo."

Para a consternação de muitos do ramo do cinema, Burke tinha se deixado acolher no abraço dos mesmos puritanos caçadores de comunistas que um dia o forçaram a fugir do país. Ele testemunhou diante de subcomitês e doou o seu barco para a causa contrassubversiva, e logo estava trabalhando de novo em dramas do FBI de orçamento modesto como *Eu era um drogado comunista* e *Confessa, vermelhinho, confessa!*, um período de sorte que durou enquanto temas anticomunistas continuaram levando bundas para as cadeiras de cinema. Quando Shasta conheceu Burke, ele estava basicamente semiaposentado, contente de jogar dezoito buracos sem apostar muito no Wilshire Country Club (ou até nove, se não conseguisse achar um membro que fosse meio judeu), ou ficar à toa no Musso & Frank's contando velhas histórias do showbiz com outros sujeitos das antigas, pelo menos com a percentagem da indústria que não atravessava a rua e às vezes a via expressa com uma expressão enojada para evitá-lo.

Burke conhecia um caminho que dava nos fundos do campo de golfe, e ele e Shasta tinham criado o hábito de integrá-lo ao seu passeio matinal. Para Shasta, essa muitas vezes era a melhor parte do dia, cheia de entregadores madrugueiros, gente trabalhando em quintais e piscinas, calçadas lavadas a mangueira — calma, fresca, com o cheiro do deserto depois da chuva, exotismos de jardinagem, sombras por toda parte para a gente se abrigar um pouco antes que o céu vazio do dia se afirmasse.

"Eu vi você naquele episódio de *A família sol, lá, si, dó*", ela disse numa manhã.

"Acabei de fazer um teste pra mais um, esperando notícias agora, alguma coisa sobre a Jan arranjar uma peruca." Burke achou uma bola quase não jogada na grama, pegou e meteu no bolso.

"Que tipo de peruca?"

"Morena, acho. Ela fica cansada de ser loura?"

"Nem me *fale*. Ainda não é a mesma coisa que mudar suas visões políticas, eu acho."

Ela teve medo de ter sido muito direta, mas ele coçou a cabeça elaboradamente e fingiu pensar. "Bom, claro que eu penso duas vezes, três, quatro, até noite alta, essas coisas de velho.

Mas eles me trataram bem. Eu ainda saio com o barco, às vezes até tem trabalho." Apesar de toda a tranquilidade e toda a promessa da manhã, o chapéu de palha janota, a camisa pastel listrada e a bermuda de linho claro, alguma nota lamentosa de ator veterano tinha se enfiado na voz dele. "Obrigado por não mencionar o Vietnã, aliás. Se a gente começa a falar disso, você tem boas chances de começar a pensar mal de mim."

"É que neste exato momento está tudo, assim, meio distante...?"

"Nada de namorados na rua gritando 'Morte aos porcos', soltando bombas, ou sei lá o que eles fazem?"

Ela sacudiu a cabeça, sorrindo. "Esqueça os caras políticos, nesse ramo quantos caras namoráveis eu já encontrei?"

"Salve-se quem puder, e sempre foi, menina. A única grande diferença que vejo hoje são as drogas. Basicamente onde quer que eu olhe, tantos desses rapazes maravilhosos, promissores, ou acabando no xadrez ou mortos."

A essa altura é claro que ela estava pensando em Coy. Ele não era, jamais podia ser, o amor da sua vida, mas ela entendia o bastante de música para respeitar o seu ganha-pão, se é que se podia chamar aquilo de pão. Ele era um bom amigo, até aqui livre de babaquice, e mesmo doido quase o tempo todo de heroína ele nunca tinha olhado para ela daquele jeito aloprado mansonoide. Ele certamente precisava de um tempo na vida.

"Tem um saxofonista que anda me deixando preocupada?" Na sequência contou a Burke mais do que pretendia sobre o histórico de Coy com a heroína. "Ele não tem grana para bancar um programa, mas é disso que ele precisa. É a única coisa que pode salvar ele."

Burke andou um pouco em silêncio sob o sol. Os cachorros vieram, e Addison, o cachorro de Burke, olhou para ele e ergueu uma sobrancelha. "Está vendo isso? Tempo demais sentado na frente da TV, vendo filmes do George Sanders. Não, não — 'Você é baixinho demais para esse gesto'... Mas agora que eu pensei no assunto, existe um programa de recuperação, que dizem que funciona mesmo. Claro que eu não tenho ideia se combina ou não com o seu amigo."

Na próxima vez que falou com Coy, ela passou o telefone de Burke. "E aí o Coy simplesmente sumiu. Nada incomum, ele estava sempre sumindo, um minuto estava ali, talvez até no meio de um solo, no minuto seguinte, assim, opa, cadê o cara? Mas dessa vez o silêncio parecia uma coisa que quase dava pra ouvir?"

"Isso deve ter sido a primeira vez que ele entrou naquela espelunca lá em Ojai", Doc disse.

"A primeira? Quantas vezes ele esteve lá?"

"Não sei, mas fiquei com a impressão que ele é freguês lá."

"Então vai ver que ele ainda está usando." Com uma cara infeliz.

"Talvez não, Shasta. Talvez seja outra coisa."

"O que mais podia ser?"

"Seja lá o que for que aqueles caras fazem de verdade, não é ajudar junkies a voltar ao caminho reto e estreito."

"Eu devia estar dizendo, 'Bom, o Coy é adulto, sabe se cuidar...'. Só que ele não sabe, Doc, e é isso que me preocupa. Não só por causa dele, mas pela mulher e o nenê, também."

Na primeira vez em que ela viu Coy, ele estava pedindo carona no Sunset com Hope e Amethyst. Shasta estava dirigindo o Eldorado, não conseguia lembrar quantas vezes em um ponto ou outro daquela rua ela também tinha precisado de uma carona, então pegou os três. Eles estavam com algum problema no carro, Coy disse, e estavam procurando uma oficina. Hope e Amethyst foram na frente, e Coy sentou atrás. A nenê, coitadinha, estava muito corada e inerte. Shasta reconheceu a mão conspurcada da heroína. Ocorreu a ela que os pais da nenê podiam só estar em Hollywood atrás de drogas, mas ela conteve o sermão. Mesmo naquele ponto ela já tinha mais do que aprendido, sendo namorada de Mickey Wolfmann, que não estava à altura de qualquer papel de senhora altiva — foi a sorte, mera sorte, que os pôs onde estavam, e a melhor maneira de pagar a sorte, por mais que seja temporária, era dar uma mão quando possível.

"E você e o Mickey já estavam, assim, amarrados a essa altura?" Doc não pôde evitar perguntar.

"Enxerido você, né?"

"Digamos assim, então — como você se deu com a mulher do Coy?"

"Foi a única vez que a gente se viu. Eles estavam em algum lugar lá em Torrance, o Coy quase nunca estava em casa. Se eu dei o meu telefone pra ele, não, não dei, uns dias depois eu estava em La Brea, o Coy estava na fila no Pink's, viu o Eldorado, veio correndo no meio dos carros, o resto é história. A gente era um casal? Eu estava dando a volta no Mickey? Isso é coisa que se pergunte?"

"Quando foi que eu—"

"Escuta, caso você não tenha entendido, *nunca* fui a menina mais boazinha do ramo, eu não tinha nem um motivo pra perder meio minuto com um junkie doente como o Coy, que estava claramente no rumo de um final infeliz. Ele não era o meu projeto de caridade, e a gente não se picava junto, e enfim, se você parar pra pensar em algumas das meninas com que *você* andou se metendo—"

"Beleza. Seja lá o que você tenha tentado fazer, acabou salvando a vida do cara. E aí ele foi ser informante da polícia e agente infiltrado pros Viggies e talvez o Canino Dourado — o grupo, não o barco — e tem três presuntos até agora que podem ou não estar na conta cármica dele."

388

"Espera. Você acha que o Coy—" Ela se apoiou em um cotovelo e olhou para ele de olhos vermelhos. "Você acha que *eu* estou metida nessa, Doc?"

Doc passou a mão no queixo e fitou o espaço por um tempo. "Sabe como algumas pessoas dizem que tem um 'palpite' de alguma coisa? Bom, Shasta Fay, o que eu tenho são 'pau-pites', e o meu paupite me diz que—"

"Que bom que eu perguntei. Vou fazer café, você quer?"

"Pode apostar... mas agora, eu estava imaginando *mesmo*..."

"Ai cacilda."

"Quando eu disse que vi o Coy em Hermosa? Você não pareceu muito surpresa."

Veio um longo silêncio na cozinha, a não ser pelos sons do café sendo feito. Ela voltou e se deteve à porta, um quadril projetado, um joelho dobrado, linda Shasta nua. "Eu vi ele uma vez em Laurel Canyon, e ele me fez jurar que nunca ia mencionar com ninguém. Ele disse que ia ser o fim dele se alguém descobrisse. Mas não entrou em detalhes."

"Parece que até naquela época alguém estava desesperado tentando evitar que essa história de fachada desmoronasse. O que acabou acontecendo de qualquer jeito, desde a primeiríssima vez em que o Coy tentou usar a história. Cacete, o que ele achava que ia acontecer?"

"Não sei. O que você achava, quando entrou nessa viagem de detetive?"

"Outra situação."

"Ah é? até onde eu posso ver, você e o Coy, farinha do mesmo saco."

"Brigado. Como assim."

"Vocês dois, tiras que nunca quiseram ser tiras. Preferiam estar surfando ou trepando ou qualquer outra coisa diferente do que estão fazendo. Vocês devem ter pensado que iam ficar perseguindo criminosos e, pelo contrário, olha vocês aí trabalhando pra eles."

"Essa doeu, bicho." Será que era verdade? Esse tempo todo Doc presumiu que estava dando duro lá fora por um pessoal que se chegasse a pagar alguma coisa ia ser quinze gramas de erva ou um favorzinho no futuro ou talvez só um sorriso rápido, desde que fosse sincero. Ele começou a rever os fregueses pagantes em dinheiro que podia lembrar, começando com Croker Fenway e passando por executivos de estúdios, heróis do mercado de ações dos anos loucos, filhinhos de mamãe de terras distantes que precisavam de novas conexões para arranjarem xoxotas ou drogas, velhos cheios de grana com belas esposas jovens e vice-versa... Era mesmo um elenco desgraçado, não muito diferente afinal, ele imaginava, dos interesses para os quais Coy estava trabalhando.

"Sacanagem!" Será que Shasta estava certa? Doc deve ter ficado com uma cara bem deprimida. Shasta veio até ele e o abraçou. "Desculpa, estava dando uma de atriz. Adoro essas agulhadas, não resisto."

"Você acha que é por isso que eu estou ficando maluco tentando achar um jeito de ajudar o Coy a se livrar desse pessoal? se eu nem consigo fazer isso por mim? *Porque* eu não consigo—"

"*Courage*, Camille — você ainda está bem longe de ter alguma serventia pra polícia de Los Angeles." Valeu pela tentativa. Mas agora ele tinha ficado cismado.

Mais tarde eles foram lá para fora, onde a brisa do mar soprava uma chuva leve, misturada com a nuvem salgada que emplumava as ondas. Shasta foi descendo lentamente para a praia e pela areia molhada, a nuca numa curva cujo charme, em momentos em que chegara a hora de um olhar para trás, ela aprendera. Doc seguiu as marcas dos seus pés descalços lá se desmanchando em chuva e sombras, como que em uma tentativa tola de encontrar o seu caminho de volta para um passado que contra a vontade de ambos tinha seguido para o futuro que virou. As ondas, apenas visíveis de vez em quando, martelavam o seu espírito, afrouxando tudo por ali, derrubando algumas coisas no escuro onde se perdiam para sempre, insinuando algumas à luz entrecortada da sua atenção, quisesse ele vê-las ou não. Shasta tinha matado a charada. Nem pense em quem — para o *quê* ele estava trabalhando agora?

Dezoito

Na medida em que Doc se aproximava do centro de Los Angeles, o smog ficava mais espesso até ele não conseguir mais ver a uma quadra de distância. Todo mundo estava de faróis acesos, e ele lembrou que em algum lugar atrás dele, lá na praia, ainda era outro clássico dia ensolarado da Califórnia. Como estava a caminho de visitar Adrian Prussia, ele tinha decidido não fumar muito, então não tinha como explicar o súbito aparecimento, erguendo-se à sua frente, de um promontório cinza-escuro mais ou menos do tamanho do rochedo de Gibraltar. O trânsito seguia lento, ninguém mais parecia estar vendo aquilo. Ele pensou no continente submerso de Sortilège, retornando, emergindo daquela maneira no coração perdido de Los Angeles, e ficou imaginando quem iria perceber se ele voltasse mesmo. As pessoas nesta cidade viam só o que tinham todas concordado em ver, elas acreditavam no que estava na televisão ou nos jornais matutinos que metade delas lia enquanto estava indo de carro para o trabalho na via expressa, e era só um sonho a iluminação, a verdade que as libertaria. Lemúria lhes serviria de quê? Espe-

392

cialmente quando afinal era um lugar de que tinham sido exiladas havia tempo demais para ainda lembrarem.

A Financeira AP ficava enfiada em algum lugar entre South Central e os resquícios de um rio, terra natal de índios e mendigos e consumidores variados do Especial da Meia-Noite, em um conjunto detonado do que pareciam ruas vazias, em meio a pedaços de trilhos de trem cobertos por muros de tijolos, invisíveis, que se curvavam pelo mato. Na frente, do outro lado da rua, Doc percebeu coisa de meia dúzia de rapazes, não matando tempo nem usando coisas, mas a postos e tonificados, como que à espera de que uma ordem pendente entrasse em vigor. Como se houvesse uma só coisa que estivessem ali para fazer, um ato especializado, e nada mais fizesse diferença, porque o resto seria de responsabilidade de Deus, do destino, do carma, de outros.

Lá dentro, a mulher no balcão da entrada deixou em Doc a impressão de alguém que tinha sido maltratada em algum acordo de divórcio. Maquiagem demais, cabelo penteado por alguém que estava tentando parar de fumar, um minivestido que ela tinha tanta ideia de como se usava quanto uma estrela de cinema tinha de um traje vitoriano. Ele queria dizer "Tudo bem com você?", mas em vez disso perguntou por Adrian.

Na parede do escritório de Adrian havia uma foto emoldurada de um casal de noivos, tirada havia muito tempo em algum lugar da Europa. Sobre a mesa estava um donut meio comido e um copo de papel com café, e atrás dela Adrian, calado e olhando fixo. A janela atrás dele coava luz aquecida do smog da cidade, luz que não podia provir de qualquer esquema estável ou firme de romper do dia, mais adequada para fins ou condições acordadas, tantas vezes depois de apenas um fiapo de negociação. Seria difícil examinar qualquer um, quem dirá Adrian Prussia, numa luz como essa. Doc tentou mesmo assim.

Adrian tinha cabelos brancos e curtos divididos do lado para revelar uma tira de escalpo rosado. Ignorando o cabelo e se concentrando no rosto, Doc viu que ele era na verdade mais o rosto de um rapaz, não tão afastado das diversões da juventude, ainda não, talvez nunca, condenado a se adequar à austera competência que o cabelo parecia estar anunciando. Estava usando um terno azul-celeste de alguma fibra sintética com um caimento descuidado e um Rolex Cellini que não parecia estar funcionando, embora isso não o impedisse de consultá-lo de vez em quando para fazer os visitantes saberem quanto do seu precioso tempo estavam desperdiçando.

"Então você veio falar do Puck? Espera um minuto, isso é enrolação — eu lembro de você, o menino da firma do Fritz lá em Santa Monica, né? Uma vez eu te emprestei o meu taco Carl Yastrzemski edição especial, pra cobrar aquele inútil da pensão alimentícia que você perseguiu dentro de um ônibus interestadual e arrancou dali, e aí você não quis usar."

"Eu tentei explicar na época, tinha a ver com o quanto eu sempre admirei o Yaz?"

"Nesse ramo não cabem essas merdas. Então o que você anda aprontando hoje em dia, ainda atrás de gente sumida ou entrou pro sacerdócio?"

"Detetive particular", Doc não viu por que negar.

"Eles deram uma licença pra *você*?" Doc fez que sim, Adrian riu. "Então quem te mandou aqui? Está trabalhando pra quem hoje?"

"Conta própria", Doc disse. "No meu tempo livre."

"Resposta errada. Quanto desse seu tempo você acha que ainda te resta, guri?" Ele checou o falecido relógio mais uma vez.

"Eu ia justamente perguntar isso."

"Deixa eu tocar aqui pra chamar o meu sócio rapidinho." E pela porta, de uma maneira que sugeria indiferença quanto a estar ela aberta, fechada ou trancada, veio Puck Beaverton.

Isso não ia acabar bem. "Oba, Puck."

"Eu te conheço? Acho que não."

"Você parece alguém que eu vi uma vez. Bobagem minha."

"Bobagem sua", disse Puck. Para Adrian Prussia, "O que é que eu faço com o... ãh", inclinando a cabeça na direção de Doc.

"Agenda cheia hoje", disse Adrian, saindo pela porta, "eu não sei nada de nada disso."

"Enfim sós", Doc disse.

"Às vezes ajuda ter memória ruim", Puck aconselhou, sentando na cadeira executiva de Adrian e fazendo aparecer um baseado um tanto maior que o normal, para os olhos de Doc, enrolado com papel E-Z Wider. Puck acendeu, deu um tapa longo, e passou o baseado para Doc, que sem pensar o apanhou e tragou. Sem imaginar até ser tarde demais que Puck depois de anos de fiel comparecimento à escola ninja em Boyle Heights tinha se tornado um mestre da técnica conhecida como Tragada Falsa, que lhe permitia parecer estar fumando o mesmo baseado que a sua futura vítima, enganando assim Doc, que pensou que aquilo estava normal quando na verdade estava entupido com PCP suficiente para derrubar um elefante, o que sem dúvida tinha sido a ideia original da Parke-Davis quando inventou aquele negócio.

"O ácido te convida a atravessar a porta", como Denis gostava de dizer — "O PCP abre a porta, te empurra pra dentro, bate a porta nas tuas costas e tranca."

Depois de um tempo Doc se vê caminhando acompanhado de si próprio por uma rua, ou talvez um corredor comprido. "Oi!", diz Doc.

"Nossa", replica Doc, "você é igualzinho a você no espelho!"

"Massa, porque você não é igualzinho *a nada*, bicho, pra falar a verdade você é *invisível*", dando assim início a um clássico e, a não ser pelo fator memória de maconheiro, memorável bode.

395

Parecia que existiam esses dois Docs, Doc Visível, que era aproximadamente o seu corpo, e Doc Invisível, que era a sua mente, e pelo que ele conseguia discernir, os dois estavam envolvidos em algum tipo de briga feia que vinha se arrastando havia algum tempo. Para piorar as coisas, isso tudo ao som da música de Mike Curb para *O golpe* (1969), possivelmente a pior trilha sonora jamais imposta a um filme. Felizmente para os dois Docs, com os anos eles tinham sido enviados a um número suficiente dessas jornadas indesejadas para terem adquirido um útil conjunto de habilidades paranoicas. Mesmo hoje em dia, ainda ocasionalmente surpreendido por alguma pegadinha com um inalador nasal de aspecto careta cheio de nitrato de amila ou um subadolescente de bochechas róseas oferecendo uma lambida de uma bola de sorvete de flor de peiote, Doc sabia que no mínimo podia contar com a humilhação como seu guia, seu e do Doc inimigo, para a sua segurança durante qualquer viagem, por mais desagradável que fosse.

Pelo menos até agora. Mas aqui, do meio do, bom, não exatamente nada, mas alguma terrinha ferrada pelo menos tão desprovida de piedade quanto, veio uma presença, alta e encapada, com caninos imensos e perfidamente pontiagudos, e olhos luminosos que perscrutavam Doc de uma maneira repulsivamente familiar. "Como você já deve ter percebido", ela sussurrou, "eu sou o Canino Dourado."

"Você quer dizer como J. Edgar Hoover 'é' o FBI?"

"Não exatamente... eles escolheram o nome da coisa que mais temem. Eu sou a inconcebível vingança a que recorrem quando um deles fica insuportavelmente incômodo, quando todas as outras sanções falharam."

"Tudo bem se eu te perguntar uma coisa?"

"Sobre o doutor Blatnoyd. O doutor Blatnoyd tinha uma inclinação para atividades lucrativas ilegais, que compreensivelmente desgradavam bastante os seus colaboradores."

"E você chegou mesmo a... como é que chama..."

"Morder. Enfiei isso aqui", sorrindo horrivelmente, "no pescoço dele. Sim."

"Hã. Sei. Valeu por esclarecer essa, seu Dourado."

"Ah, pode me chamar de 'O Canino'."

"Ele está pirando", alguém disse.

"Tou não", protestou Doc.

"Toma, isso aqui deve acalmar ele", e quando ele se deu conta, uma agulha estava entrando no seu braço, e ele teve tempo de começar a razoável interrogação "Mas que—", porém não de completá-la até acordar, misericordiosamente não muitas horas depois, em um quarto, algemado a uma cama de hospital de ferro.

"— porra? Ou, em outras palavras, o que é que tinha naquele baseado?"

"Está se sentindo melhor?" Lá estava o Puck, sorrindo amarelo para ele de uma forma singularmente cruel. "Não tinha ideia que você era só um guerreiro de fim de semana, podia ter ido pelo mais barato e usado só cerveja."

Doc achou difícil seguir esse raciocínio, mas compreendeu que Puck tinha deliberadamente arranjado uma *bad trip* para ele, fazendo com que alguém tivesse um pretexto para sedá-lo e trazê-lo para cá. Que era onde mesmo? Ele achava que estava ouvindo ondas por perto... talvez estivesse sentindo as ondas através de vigas e traves.

"É você de novo, Puck? como é que vai a patroa?"

"Quem te contou isso?"

"Ai cacilda. O que foi que aconteceu?"

"Os paramédicos disseram que ela tem boas chances, melhores que as suas no momento."

"O que você fez com ela, Puck?"

"Nada que ela não quisesse. Mas que porra você tem a ver com isso mesmo?"

"Como eles esquecem rápido. Fui eu que juntei os dois pombinhos."

"Não se preocupe com ela. Eu sei o que fazer com ela. Sei até o que fazer com você. Mas ainda tem uma coisa que acho que você devia saber. Sobre o Glen."

"Glen."

"Escuta, Sportello, eu avisei ele, de verdade, logo antes de pegarem ele."

"Antes de ele o quê?"

"Glen era o alvo desde o começo, espertinho. Aquele grupo pra quem ele estava arranjando armas não confiava nele mais que os Irmãos que botaram ele na lista de fodidos por ser um traidor da raça."

"E você está me contando isso por quê mesmo?"

"Você é o único cara que eu conheço que deu alguma importância ao Glen. Eu e ele, a gente pegou a estrada juntos uma vez, eu tomei estocadas por ele, ele cumpriu umas penas por mim, aí eu dei as costas e ajudei a armar pra ele mesmo assim. Safado eu, né. Mas eu pelo menos devia um telefonema pra ele, não é verdade?"

"Você alertou o cara? E por que ele não se mandou então?"

"Primeiro trabalho sério que ele teve na vida, 'É meu dever proteger o Mickey'. O imbecil. Pra falar a verdade, você e o Glen são basicamente o mesmo tipo de imbecil."

"Sem querer interromper, mas a gente está onde mesmo? e quando é que eu posso me mandar daqui?"

"Quando você tiver sido neutralizado enquanto ameaça."

Doc brevemente assimilou a situação. Ele estava algemado, e alguém tinha levado a sua Smith. "Eu não tenho certeza, mas eu diria potencial zero como ameaça?"

"O Adrian tinha umas coisas pra fazer na cidade, mas ele volta logo, e aí a gente pode continuar os nossos negócios aqui. A fim de um cigarrinho?" Ele esperou que Doc acenasse que sim. "Que pena — parei de fumar, e você devia parar também, idiota." Puck trouxe uma cadeira dobrável e montou nela com o encosto para a frente. "Deixa eu te dizer uma coisa sobre o Adrian. Acusado de homicídio qualificado mais vezes do que neguinho consegue lembrar, livre todas as vezes. A agiotagem na verdade é só o emprego diurno dele. Quando caem as persianas, os últimos bagulhos são postados, o pessoal das oficinas de produção em massa e os vagabundos sem grana vão pra onde estão indo e a rua fica vazia e quieta de novo — é aí que o Adrian entra em ação."

"Ele é assassino de aluguel."

"Sempre foi. Só que não sabia até uns anos atrás."

Adrian entendeu de cara, Puck explicou, que o que as pessoas estavam comprando, quando pagavam juros, era tempo. Então qualquer um que não conseguisse fazer os pagamentos, o único jeito de lidar com isso era tirar de novo o tempo pessoal deles, uma moeda muito mais preciosa, até e inclusive o tempo que ainda tinham de vida. Ferimentos graves eram mais que dor justificada, era tirar o tempo das pessoas. Tempo que elas achavam que tinham para consumo próprio agora teria que ser gasto em temporadas em hospitais, visitas a médicos, fisioterapia, tudo demorando mais porque elas não podiam se mexer direito. Então não era como se Adrian não estivesse trabalhando com homicídio de contrato durante toda a sua carreira.

Um dia, fazendo a sua ronda, Adrian foi fazer uma visitinha a um cliente do Esquadrão de Narcóticos da polícia de Los Angeles que, só de sacanagem, por acaso mencionou um certo pornógrafo e cafetão das margens da indústria do cinema, com ligações com bares de strip, agências de modelos, e "publicações especiais", que o Departamento parecia singularmente ansioso para ver apagado. Conforme se descobriu, ele também mantinha arquivos longos e detalhados a respeito de um cartel de sexo com sede em Sacramento, e estava ameaçando jogar no ventilador a não ser que recebesse uma soma que ele era muito pé-rapado para entender que estava fora de cogitação, ainda que mesmo as menores alegações da sua história, provadas ou não, bastassem para derrubar a administração do governador Reagan.

"O governador está muito embalado agora, o futuro da América está nas mãos dele, alguém pode estar fazendo um grande favor à América aqui, Adrian."

Embora agora já houvesse uma grande quantidade de almas na conta de Adrian, muitas delas ligadas à Louisville Slugger, na verdade, algo nele deu uma calada e fatal titubeada. Pode ter sido útil o fato de ele sempre ter votado nos republicanos.

"Bom, simplesmente como um bom americano", disse Adrian, "eu gostaria de oferecer os meus serviços, e a minha única condição é que eu não cumpra nenhuma sentença de prisão."

"O que você acharia de ser acusado, mas aí ser liberado por um acordo antes de ir a julgamento?"

"Maravilha, mas por que se dar ao trabalho de me pôr na história, por que não deixar simplesmente como um crime sem solução?"

"Dinheiro federal. A verba que a gente recebe depende da nossa taxa de sucesso. Tem uma fórmula. Quanto mais casos a gente resolve, melhor a gente se dá." Adrian deve ter parecido incomodado, porque o policial acrescentou, "A gente pode garantir — consequência zero pra você, jurídica ou não".

Apesar de ele não gostar tanto assim do processo de detenção e indiciação, e especialmente não gostar dos honorários legais, Adrian supôs que era o preço que tinha de pagar pelo gélido frisson agudo que tomava conta dele quanto mais perto ficava o momento propriamente dito. Havia algo de sexy naquilo. Assim, uma sedução.

Ele fez o seu alvo ser raptado e levado a um depósito vazio na Cidade do Comércio e contratou uns profissionais que se especializavam em sadomasoquismo gay. "Nada muito pesado", Adrian disse, "só colocar o cara no clima. Aí vocês podem se mandar."

Eles olharam para Adrian, depois para o cliente, depois um para o outro, deram de ombros e, com base no princípio Não Tem Como Saber Do Que As Pessoas Gostam, puseram mãos à obra. Quando tinham sido pagos e dispensados, chegou a vez de Adrian.

"Você corrompe os inocentes", ele se dirigiu à vítima, que àquela altura, coberto de feridas e inchaços, tinha ficado inapelavelmente ereto, "e além disso você mantém milhões de tarados e de otários viciados nos seus apetites idiotas por xoxotas louro-praia e paus enormes, você acaba com a vida familiar deles, faz eles jogarem tanto dinheiro fora que acabam vindo a mim — a mim, olha que bosta — só pra cobrir o aluguel. E aí, caralho, você tem a audácia de ir atrás de um cara como Ronald Reagan? De nem sequer se pôr à altura dele? Puta erro, amigo. Na verdade, não está te sobrando vida pra fazer uma vida maior. Então começa a rezar, babaca, pois em verdade te digo, é chegada a sua hora."

Adrian tinha passado o fim de semana anterior visitando centros de compras diferentes nos subúrbios, indo a lojas de reformas caseiras e reunindo o kit de ferramentas com que agora se punha a trabalhar. O pênis da vítima, não precisa nem dizer, recebeu atenção especial.

Quando o trabalho estava acabado, Adrian pegou o corpo mutilado e o levou no carro para uma via expressa em construção a quilômetros dali e o largou dentro dos moldes para uma coluna de suporte de concreto que estavam para ser preenchidos. Um operador de betoneira liberalmente recompensado, conhecido então dos amigos de Adrian, ajudou a acomodar os restos mortais no que se tornaria um túmulo vertical, uma estátua invisível de alguém que as autoridades queriam não celebrar, mas apagar da face da terra. Até hoje, Adrian não podia passar por aquele sistema de rápidas sem imaginar quantas das colunas que via podiam ter presuntos dentro. "Traz um novo sentido", ele comentou jovialmente, "à expressão 'pilar da comunidade'."

Além de fazer questão de ser visto com a vítima em um bar de West Hollywood no começo da noite, Adrian se cercou de uma porrada de provas circunstanciais. Os seus dois assistentes do depósito foram encorajados a se apresentar como testemunhas, e Adrian deixou sangue e digitais pelo depósito para os tiras encontrarem e, sendo eles quem eram, contaminarem o quanto pudessem. Embora o operador de betoneira tenha desaparecido de forma inexplicável, diversos balconistas de lojas de ferramentas foram capazes de identificar Adrian como o sujeito que comprou itens depois encontrados no depósito, coberto de sangue que se presumia ser da vítima. Contudo, a ausência de um corpo é a ausência de um caso. Adrian assinou uma declaração aceitável pelos federais que detinham as moedinhas, e saiu.

Simples assim. Parecia que a sua vida tinha dobrado uma esquina. Como estava prestes a descobrir, a lista de malfeitores que o Departamento ficaria feliz em ver desaparecidos parecia não acabar, e Rolodex secretos se enchiam de nomes de operadores particulares ansiosos por dar conta daquele negócio, para quem o preço, dadas as políticas federais de amplos recursos às forças policiais locais, era, quase sempre, o certo.

Nos meses e finalmente nos anos que se seguiram, Adrian foi se especializando na área política — ativistas negros e chicanos, contra a guerra, bombardeadores de universidades, e porrinhas vermelhos diversos, no fim das contas dava na mesma para Adrian. A arma escolhida normalmente vinha da sua coleção de

402

tacos de beisebol, embora ele vez por outra pudesse ser convencido a usar uma arma de fogo que tinha desaparecido misteriosamente de alguma outra cena de crime afastada no tempo e no espaço. Ele se tornou um habitué no Parker Center, onde nem sempre sabiam o seu nome mas nunca questionavam a sua presença. Foi como encontrar uma vida no exército. Depois de anos de becos sem saída e falsas promessas, Adrian tinha descoberto a sua vocação e recobrado a sua identidade.

Imagine a surpresa dele, contudo, quando um dia os seus benfeitores mudos da polícia vêm até ele com um pedido de que ele apagasse um deles. O que estava acontecendo? Eles sabiam que ele era o cara da política.

"Pegar um tira, não sei. Não tem exatamente a mesma, como é que se fala, mágica. A não ser que tenha alguma coisa que eu não estou entendendo..."

"No nosso ramo", o seu contato explicou, "existe um código. Tem que ter confiança. Tudo depende disso, é inegociável."

"E esse detetive..."

"Digamos que ele violou."

"Informante federal, alguma coisa assim?"

"Melhor a gente não entrar em detalhes."

A bem da verdade, Adrian reconheceu o nome daquele detetive, Vincent Indelicato, que de vez em quando tinha feito empréstimos na FAP — não era um cliente-problema, sempre aparecia com os pagamentos mais os juros na hora certa. Adrian por acaso também sabia que Puck Beaverton odiava Indelicato desde tempos antigos e na verdade naquele momento estava esperando em liberdade uma sentença de alguma infraçãozinha furreca pela qual Indelicato acabava de enquadrá-lo. Alguma coisa com uma semente de maconha.

Adrian tinha tentado criar em si próprio a mesma indignação letal que sentia para com comunas e pornógrafos, mas de

403

alguma maneira ele simplesmente não estava nisso de coração. Por fim ele convocou Puck.

"Olha, eu estou tentando ajeitar essa acusaçãozinha de merda pra você, Puck, mas é que eles estão sendo tão duros com isso."

"Não se preocupe, senhor P.", replicou Puck. "Um daqueles casos de policial errado na hora errada. Vincent Indelicato é o único membro do Departamento que eu odeio com toda a porra da minha força, e ele sente a mesma coisa por mim, aí não vai deixar passar nada."

"Isso tem alguma coisa a ver com Einar?"

"Esse merda desse tira, sempre que ele pode... parando o carro dele, levando ele preso por nada... Puro ódio dos homos. E o Einar, assim, ele é tão inocente, bicho, ele parece um menininho, ele não consegue ver a maldade disso tudo, o quanto é sistemático. Esse filho de uma puta do Indelicato precisava mesmo era ficar contra um muro e tomar um tiro. Pena não terem me condenado por... sei lá, alguma coisa de verdade? de repente me garantia algum respeito lá dentro?"

"Já que você falou nisso..." Adrian explicou o seu histórico como contratado por empreitada, o seu passe livre pra fora das grades, "E o que eu não tenho dessa vez é um desejo de verdade. Quer dizer, esse Indelicato, ele é cliente meu, é um bosta, mas não é nada pra mim. Eu podia apagar o cara, mas e daí? Cadê a paixão, está me entendendo? Por outro lado, alguém que odeia mesmo a fuça dele—"

"Então o senhor quer dizer... que eu tenho que fazer isso—"

"Mas eles me prendem. E se você acabar caindo mesmo por causa dessa acusação fuleira, acaba correndo o boato pela 'radioprisão' que na verdade foi você que pipocou o mesmo tira que te pôs ali, e a sua credibilidade lá dentro toma uma injeçãozinha de anfetamina."

E foi assim — Adrian pegou o trabalho, Puck o executou, em um sistema de justiça perfeito os dois teriam sido condenados por homicídio qualificado, mas não há como exagerar o tipo de coisa que um grupo com inseguranças tão profundas quanto a polícia de Los Angeles vai fazer para manifestá-las. "Cereja do bolo", Puck concluiu, "aquela porra com a semente foi resolvida sem nem ir a julgamento, aí eu nem precisei ficar preso. Que coisa, né?"

"O que deixa uma questão em aberto", Doc disse. "Já que a gente só está aqui batendo um papo e tal. Quem foi que contratou o Adrian?"

"Estou pouco me fodendo? Tira contra tira, perguntar é só perda de tempo."

"Não, não, é fascinante como diria o senhor Spock, me conte mais."

Mas ambos ouviram o som de um carro encostando na garagem, e portas batendo. Logo Adrian, abafado mas reconhecível, estava chamando, "Puckie... cheguei...".

Puck estava de pé, e Doc viu a expressão no rosto dele, tarde demais como sempre, o quanto o Fofinho aqui sempre foi total e perigosamente insano. "Uma coisinha especial pra você hoje, Doc, a gente acabou de receber uma carga de número quatro purinho, nenhum dedo branco se meteu nela no caminho entre o Triângulo Dourado e a sua veia saltada aí, e tem muito jeito pior de ser eliminado pra sempre de uma lista de pés-no-saco-de-primeira-grandeza. Deixa só eu ir ali pegar um pouco pra você."

Ele percebeu a espiada de Doc na direção do tornozelo e do coldre vazio e deu um sorriso amarelo, e Doc achou ter visto a suástica na cabeça de Puck cintilar também. "É, bem aqui comigo", dando tapinhas no seu bolso interno. "Eu já te devolvo, embora eu não saiba dizer se você vai estar em condição de usar. Não saia daí agora." A porta se fechou às suas costas, e uma tranca seca entrou no seu encaixe.

Há uma maneira bem direta de se livrar de algemas, que Doc tinha aprendido assim que começou a passar por encontros regulares com a polícia. Uma presilha de metal tirada de uma caneta esferográfica teria resolvido, mas eles tinham tirado a sua caneta quando tiraram a Smith. Doc, contudo, sempre fazia questão de levar em diferentes bolsos das calças, soltas, e ele esperava imperceptíveis, duas ou três aparas plásticas que ele tinha cortado muito tempo atrás de um cartão da Bullocks que Shasta tinha deixado para trás. A ideia era enfiar a tira de plástico em uma das algemas para liberar o pino da trava e ao mesmo tempo cobrir os dentes da serrilha para que o pino não travasse de novo.

Foram necessárias muitas contorsões e força muscular e semibananeiras para fazer com que ao menos uma das aparas caísse do seu bolso, mas finalmente Doc se livrou das algemas, saiu rangente da cama e deu uma olhada por ali. Não havia muito para se ver. A porta era projetada para não abrir por dentro, e ele não tinha com o que forçá-la. Ele empurrou a cadeira dobrável para baixo da luz do teto, subiu nela e soltou a lâmpada. Tudo ficou muito escuro. Quando conseguiu descer de novo da cadeira, ele estava no meio de algum flashback possivelmente por causa daquela droga de elefante que lhe deram. Viu velhas imagens familiares, como espíritos-guias enviados para ajudá-lo, Dagwood e Mr. Dithers, Pernalonga e Eufrazino, Popeye e Brutus, girando violentamente dentro de nuvens de poeira verde e magenta intensamente saturadas, e compreendeu por um segundo e meio que pertencia a uma singular e antiga tradição marcial em que resistir à autoridade, subjugar pistoleiros de aluguel, defender a honra da sua namorada eram tudo a mesma coisa.

Ele ouviu movimentos do outro lado da porta, mas nada de conversa. Boa chance de que Puck estivesse sozinho. Doc segurou uma das algemas e deixou a outra livre para balançar e esperou. Quando Puck chegou a abrir a porta o suficiente para perceber a escuridão ali dentro, antes de poder dizer "Ai cacilda", Doc estava em cima dele, golpeando-lhe a cabeça para lá e para cá com a algema pendente, enfiando o pé no joelho de Puck para derrubá-lo, e aí caindo sobre ele, cedendo a uma fúria que Doc compreendia que lhe propiciaria o equilíbrio necessário para singrar por tudo isso, agarrando a cabeça de Puck e continuando a batê-la quase silenciosamente contra a soleira de mármore da porta até que tudo estivesse escorregadio demais com o sangue. Puck tinha derrubado uma bandeja com uma colher, uma agulha e uma seringa, mas nada tinha quebrado. "Muito bem. Então toma." Ele revistou os bolsos de Puck e recuperou a sua própria arma, um chaveiro e um maço de cigarros com um isqueiro — o bostinha filho da puta estava mentindo até sobre isso — e, ouvidos atentos para Adrian, cuidadosamente cozinhou a heroína, pegou um pouco com a seringa e sem se dar ao trabalho de tirar o ar, enfiou a agulha no pescoço de Puck mais ou menos onde achava que pudesse ficar uma jugular, empurrou o êmbolo tudo que faltava, algemou Puck caso ele acordasse, pegou os seus huaraches e saiu de fininho para o corredor. Parecia vazio. Ele acendeu um dos mentolados de prisão de Puck, tragou cautelosamente caso houvesse mais algum PCP na história e, usando o som das ondas como guia, afastou-se dele na direção do que esperava que fosse a rua.

"Puck?" Era Adrian lá no fim do corredor, segurando uma pistola, e Doc mergulhou para longe bem quando ele a ergueu e disparou. A bala ricocheteou em um gigantesco gongo vietnamita pendurado ali por perto. Uma nota, pura como o som de um sino, preencheu a casa. Doc se viu em um grande pátio interno que levava a um cômodo com sofás em um nível mais baixo do piso e uma janela com vista, coberta de panejamentos. Ele conseguia ver, mas quase não. Deslizou para dentro do cômodo e rolou para trás de um sofá, tirou um huarache e o arremessou na direção de Adrian. Isso gerou um tiro no pátio. O fogo do cano preencheu o cômodo. O gongo ainda soava. Doc sentiu mais que ouviu Adrian se esgueirando na sua direção. Ele esperou até ver uma densa nódoa de sombra móvel, fez mira, e disparou, rolando imediatamente para longe, e a figura caiu como uma cartela de ácido na boca do Tempo. Então não houve mais tiros. Doc esperou cinco minutos, ou talvez dez, até ouvir alguém chorar em algum ponto do longo cômodo invisível.

"Você, Adrian?"

"Eu estou no bico do corvo, caralho", soluçou Adrian. "Puta que pariu..."

"Eu te acertei?", disse Doc.

"Acertou."

"Fatal, espero?"

"Parece."

"Como é que eu posso ter certeza?"

"Talvez apareça no noticiário das onze, babaca."

"Fique aí, tente não dar um pio, eu vou dar o alerta."

Ele foi procurar um telefone. Ninguém parecia estar atirando nele. Estava chamando a ambulância quando ouviu sons de alguma atividade imediatamente embaixo do piso, no que achou que fosse a garagem. Encontrou uma escada e cautelosamente desceu para dar uma olhada.

Ocupado descarregando um pacote de vinte quilos do porta-malas de um Lincoln Continental estava o Pé-Grande Bjornsen, que o olhou sem surpresa. "Você cuidou direitinho deles? Alguma coisa que eu possa—"

"Cacete, você armou pra mim, Pé-Grande, qual é o seu problema, não tem colhão pra fazer sozinho?"

"Desculpa aí. Eu já estou bem ferrado com o capitão, e eu já te vi no estande de tiro."

"E isso aí, é o que eu acho que é?"

408

Uma pausa breve, como se uma massa de neve acumulada bem no alto de uma encosta estivesse esperando permissão para avalanchar. O Pé-Grande deu de ombros. "Bom... é só um. Tem mais. Fica bastante pra dar prova."

"Sei, e esse que você está levando aí tem um valor de revenda mais alto do que você acha que só os tiras sabem contar. Pé-Grande, Pé-Grande, eu vi o filme, bicho, e pelo que me lembro, o personagem não acaba bem."

"Eu tenho as minhas obrigações."

A porta da garagem estava aberta. O Pé-Grande levou o pacote para um Impala 65 estacionado na frente da casa, abriu o porta-malas e o pôs lá dentro.

"É o Canino Dourado que você está querendo passar pra trás aí, bicho. O pessoalzinho esquisito total, caso você não lembre, que apagou um dos próprios membros lá em Bel Air dia desses?"

"Isso segundo o seu próprio sistema delirante, claro. O nosso raciocínio atual na Divisão está mais centrado em uma lista de Maridos Enfurecidos de, temos que admitir, extensão bem considerável. Posso te oferecer uma carona?"

"Naah, quer saber, foda-se isso tudo... a bem da verdade, foda-se você, eu vou a pé." Ele deu as costas e começou a andar.

"Uuh", fez o Pé-Grande. "Sensível."

Doc não parou. O sol acabava de se pôr, um brilho sinistro desbotando na borda do mundo. Enquanto caminhava, ele começou a perceber algo cada vez mais familiar naquele conjunto de bangalôs de estuque e cabanas de praia, e depois de um tempo lembrou que era a Gummo Marx Way, onde segundo os arquivos que Penny o deixara ver, Adrian tinha uma casa, e o parceiro do Pé-Grande tinha sido morto. Artéria principal para os impulsivos e os já abandonados, e morro acima, apesar do que qualquer professor de geometria pudesse ter ensinado a alguém, nas duas direções. Quem podia saber quantas vezes o Pé-Grande tinha estado por aqui desde a morte do seu parceiro? Em que estado passional desesperado? Doc resistiu ao impulso de olhar para trás. O Pé-Grande que cuidasse das coisas dele. Não podia ser mais que alguns quilômetros até um ponto de ônibus, e Doc precisava de exercício. Ele conseguia ouvir o vento lá em cima, nas palmeiras, e a batida regular das ondas. Vez por outra um carro vinha zunindo em ainda outra tarefa cotidiana ingrata, às vezes com o rádio ligado, às vezes buzinando para Doc por ele ser pedestre. Logo logo ele detectou uma cabana embonecada de surfista do outro lado da rua com um rabecão Cadillac 59 estacionado na frente com as janelas escurecidas e a cromagem, pelo que Doc podia ver, rigorosamente autêntica, e um par de pranchões onde os defuntos iam antes. Ele foi dar uma olhada.

Subitamente alguma coisa piscou no canto do seu campo de visão, como as coisas que a gente vê em casas que deveriam estar desertas. Ele se abaixou atrás do rabecão, já com a mão na Smith, bem quando Adrian Prussia emergia de um cone da luz de um poste adiante.

Como?

Ou Doc tinha tido uma alucinação em que matava Adrian, o que era sempre possível, ou o tinha só ferido e Adrian tinha dado um jeito de sair pelos fundos para a praia, e caminhar até a próxima trilha que saía da areia pela erva prata e para a rua de novo.

"Hippies do caralho, é fácil demais enganar vocês." Adrian na verdade não parecia tão bem assim, mas Doc naquele momento não podia bancar muitos pensamentos esperançosos.

"Anda, Adrian, você ainda tem como fugir, vai em paz, bicho, não se prenda por minha causa nem nada."

"Não depois do que você fez com o Puck. Eu estou chegando, babaca." Doc se agachou sob o que restava do brilho do céu, considerando possibilidades como rolar para baixo do rabecão e tentar dar um tiro no pé de Adrian. "Talvez você tenha tempo de dar um tiro. Mas você vai ter que mostrar a cara pra isso, e vai ter que ser perfeito. Enquanto isso eu vou explodir a sua cabeça assim que ela aparecer." Vindas lá de Gummo Marx Way, Doc agora ouvia sirenes. Parecia que era mais de uma, e ficando mais altas. "Está vendo? Eu te chamei uma ambulância e tudo."

"Valeu", disse Adrian, "superconsideração sua", e caiu de cara na rua, e quando Doc finalmente saiu de canto para dar uma olhada, parecia não estar se movendo. Bem morto.

Doc olhou para trás e viu luzes piscando na frente da casa de Adrian — uma ambulância e duas ou três viaturas. Trocando uma palavrinha com o Pé-Grande, sem dúvida. Melhor continuar com esse passeio vespertino aqui, pela Gummo Marx Way. Não era que ele estivesse fugindo de uma cena de crime nem nada, era? Eles iam ver o corpo de Adrian e ou iam vir pegar Doc ou não iam, prendê-lo agora, prendê-lo mais tarde, que diferença fazia? Em teoria ele sabia que acabava de matar duas pessoas, e que meses, talvez anos, de encheção de saco estavam à sua espera, mas ao mesmo tempo não era ele ali na rua.

Ele estava tentando lembrar a letra de "The bright elusive butterfly of love" quando atrás dele veio um rugido quase igualmente melodioso, que ele reconheceu como o escapamento de um V-8 através de um silenciador Cherry Bomb. Era o Pé-Grande, que diminuiu, se deteve perto de Doc e baixou a janela. "Você vem?"

Com certeza. Doc entrou. "Cadê o El Camino?"

"Na oficina, precisa de uns anéis. Esse é da Chastity."

"E... a gente vai simplesmente se mandar agora."

"Pare de se preocupar, Sportello, está tudo resolvido."

"¿*Palabra?*"

O Pé-Grande ergueu três dedos como no juramento dos escoteiros, só que eles estavam assim, meio, dobrados. "Semi *palabra.*"

O Pé-Grande não voltou a falar até estarem na San Diego Freeway, rumo norte. "Você tem razão, eu devia ter feito eu mesmo." "Isso é entre você e sei lá mais quem, bicho. O fantasma do seu parceiro, de repente." O Pé-Grande ligou o rádio do carro, que estava sintonizado — provavelmente soldado — em uma estação de música de elevador. Algum tipo de medley de Glen Campbell estava rolando. O Pé-Grande, na sua cabeça, continuava lá em GMW. "Vinnie veio para cá de Nova York, sabe, eu levei uma semana para entender alguma coisa do que ele dizia, não tanto o sotaque quanto o ritmo. Aí eu estava começando a falar daquele jeito também, e ninguém *me* entendia. Ainda fico me perguntando agora se eu não podia ter ganhado algum tempo para ele naquele dia, mas como sempre ele foi rápido demais. A gente foi até GMW por causa de uma dica que ele disse que recebeu, e antes mesmo de eu parar a viatura ele já tinha saído pela porta e entrado na casa. Eu sabia o que ia acontecer. Eu estava pedindo reforços quando ouvi os tiros. Por um tempo só fiquei gritando que nem um idiota, Vinnie, você está aí? E estava, e ao mesmo tempo não estava. Coitado. Condenado a acabar mal cedo ou tarde. Louco como poucos, mas nunca me senti tão coberto nem antes nem depois. Difícil explicar para um civil, mas de verdade eu... eu devia muito a ele."

O Pé-Grande dirigiu por um tempo. Doc disse, "Quer saber? Honestidade total? Eu achei que tinha sido você".

"Achou que tinha sido eu? Que fui eu que apaguei o Vinnie? o meu próprio parceiro? Meu Deus, Sportello. Essa sua coisa de maconheiro paranoico não acaba nunca?" "Chame do que você quiser, Pé-Grande, é uma reação normal, não é? Como é que eu posso saber o que está acontecendo com um de vocês, só ficam lá rastejando por trás daquela cortina de aço azul jogando esses joguinhos de poder pervertidos?"

O Pé-Grande não respondeu, mas havia momentos em que Doc podia ouvir os seus silêncios, e esse aqui estava dizendo Coisas Demais Que Você Não Pode Saber Então Larga Mão. Não custava continuar apertando. "Vai ver que de repente o Departamento estava com vocês dois na mesma lista negra, quer dizer, já que você era parceiro dele e tal, acabar com a raça dele ia ser um bom jeito de ganhar confiança de novo, não ia?"

"Você não sabe do que está falando. Muitíssimo obrigado pela preocupação, mas eu estou no controle, beleza? Eu sou um tira da renascença, lembra, posso ser todas as coisas para todos os interessados aqui."

"Não, Pé-Grande... não, sabe o que que eu acho que você é de verdade? É que você é o Charlie Manson lá da polícia. Você é o pirado malévolo aos berros bem no coração daquele reinozinho de policiais, que nada e ninguém pode atingir, e Deus os acuda se você acordar um dia e te der na veneta que você vai acabar com tudo, porque aí vai ser corre-meu-filho pra todos os policiais, e quando baixar a fumaça dos tiros, vai ter passarinho fazendo ninho em todos os cantos vazios da Casa de Vidro. Além de vidro quebrado e tal."

Parecendo satisfeito com essa atualização no seu retrato, o Pé-Grande acelerou a 140 ou 150 quilômetros por hora e seguiu animada-, quase se poderia dizer psicoticamente, podando trânsito para cá e para lá no tradicional estilo das vias expressas. No rádio do carro de Chastity Bjornsen veio o irreverente baixo arrastado e as síncopes subdescoladas de um arranjo de Herb Alpert, que Doc percebeu com horror crescente que era um cover de "Yummy Yummy Yummy" do Ohio Express. Ele estendeu a mão para o botão de volume, mas o Pé-Grande chegou antes dele.

"Caso você esteja interessado", Doc disse, "o Puck me disse que foi ele quem deu os tiros propriamente ditos. Adrian foi pago para fazer, e levou o processo, e aí soltaram ele. O de sempre. Mas de repente você já sabia tudo isso. De repente você também sabe quem era dentro da polícia que estava pagando Adrian para fazer isso."

O Pé-Grande olhou para Doc e depois de novo para a pista.

"Ou eu sei, o que quer dizer que não vou te contar, ou não sei, e nesse caso você nunca vai descobrir sozinho."

"Certo, esqueci. Eu sou só o civil imbecil lá na rua tomando fogo inimigo."

"A minha oferta de trabalho ainda está na mesa. Junte-se a nós, quem sabe você aprende uma ou outra coisa. Você pode até merecer um lugar na Academia." Eles estavam se aproximando da saída do Canoga Park, e o Pé-Grande ligou a seta.

"Não me conte", Doc disse.

"Sim, nós precisamos guinchar o seu compacto de novo, estava estacionado ilegalmente lá no bairro de Adrian."

"Espera aí. Você está me deixando sair de lá, nem vai me fichar nem nada? Como é que a gente vai ter que resolver isso?"

"Resolver o quê?"

"Aquilo tudo — você sabe", inclinando a cabeça para trás na direção de Gummo Marx Way e fazendo vagos gestos de bam-bam com o polegar e o indicador.

"Não tenho ideia do que você está tentando dizer, Sportello, alguma alucinação que você andou tendo, com certeza."

"Não entendi. Adrian devia ser um dos maiores bens do

Departamento. Como é que eles vão levar numa boa isso de ele ter sido eliminado?"

"Tudo que eu posso lhe dizer com segurança é que Adrian estava ficando saidinho. Saidinho demais, mas não me aperte que não vou dar detalhes, só fique tranquilo e saiba que os rapazes estão mais que felizes de estarem livres dele. E Puck também, porque agora eles podem dizer que o assassino de Vinnie foi finalmente identificado, teve um fim violento mas a justiça foi feita, a taxa de sucesso salta mais um grau e nós arrancamos mais x milhões dos federais. Todo mundo na central está achando essa história toda o que você chamaria de 'joia'."

"De repente eu devia ganhar uma comissãozinha."

"Mas isso ia colocar você na nossa folha de pagamento, não ia?"

"Certo... então de repente você devia só me dar uma gorjetinha? É que tem esses casos em que eu estou trabalhando? Puck teve a bondade de mencionar que aquela balbúrdia toda no Salão de Massagem Planeta das Gatas naquele dia era na verdade pra dar cobertura pra uma tentativa de matar Glen Charlock. Ele disse que o Mickey nunca foi o alvo. Você sabia alguma coisa disso? Claro que sabia. Por que você não me contou?"

O Pé-Grande sorriu. "Será que isso me escapou? Caramba, estou ficando pior que um maconheiro. É, bom, Mickey só topou com uma coisa que não devia ter visto, e os rapazes dos grupos John Wayne entraram em pânico e levaram ele embora por um tempo. Aí os federais descobriram — eis um bilionário cheio de ácido na cuca que está prestes a doar todo o seu dinheiro, e é claro que eles tinham lá as suas ideias sobre como gastar aquele dinheiro. Sendo bem chegados dessa sua organização Canino Dourado graças a atividades ligadas à heroína no Extremo Oriente, eles meteram Mickey em Ojai para uma certa retífica cerebral."

"Parece que conseguiram o que queriam, também. Má sorte minha e essa minha noção de tempo horrorosa. O sujeito vê a luz, tenta mudar de vida, a minha única grande chance de resgatar alguém assim das garras do Sistema, e eu chego tarde demais. E agora Mickey está de volta ao velho estilo quero tudo."

"Bom, talvez não, Sportello. Tudo que sobe desce, mas nunca acaba exatamente no mesmo lugar, você já percebeu? Como um LP numa bandeja de toca-discos, basta um sulco de diferença e o universo pode estar em uma música completamente diferente."

"Andou encarando um acidinho aí, Pé-Grande?"

"Só se você estiver se referindo ao tipo gástrico."

No estacionamento, o Pé-Grande se deteve diante do escritório, entrou e saiu com um formulário de liberação. "Você pode ir começando, eu só vou dar uma olhada numa coisa, já volto para assinar tudo direitinho." Com o silenciador pulsando como a linha de baixo de um blues animado, ele rodou para dentro de um clarão de luz de vapor de mercúrio que saturava um lote pleno de incômodos cívicos externos e visíveis. Ele não demorou tanto assim, mas Doc começou a ficar nervoso de qualquer maneira. Sem dúvida percepção extrassensorial de maconheiro de novo, que só ficou mais intensa quando ele viu o seu carro, em algum gesto totalmente irreal de civilidade, sendo trazido bem até a porta do escritório. "O que é isso?", disse Doc.

"Dirija com cuidado", aconselhou o Pé-Grande, tocando a aba de um chapéu invisível. Ele voltou para o Impala, acelerou latejantemente o motor diversas vezes, e se preparou para partir.

"Ah, quase ia esquecendo."

"Diz, Pé-Grande."

"Chastity e eu chamamos um avaliador no fim de semana passado para dar uma olhada em algumas peças. E aquela xícara do Wyatt Earp? Acaba que era de verdade. É. Você podia ter ficado com aquela merda e ela ia ter virado *dinheiro grosso*." Com uma risadinha sádica, ele saiu num rosnado.

Saindo do estacionamento, Doc por acaso fez uma curva à esquerda mais fechada do que queria sobre uma parte do meio-fio que dava para a rua e ouviu um baque ominoso no porta-malas. A sua primeira ideia foi que alguma coisa tinha se soltado no Vibrasonic. Ele encostou e desceu para ver. "Ahhh! Pé-Grande, seu filho de uma puta." Como é que ele podia ter esperado que aquele cachorro se contentasse só com Adrian e Puck? Eles todos tinham sido ferramentas no plano de outros, inclusive Doc. Agora ele tinha vinte quilos da branquinha chinesa nº 4 quicando no seu porta-malas, o Pé-Grande, sem dúvida nesse exato momento, estava cantando a bola pra todo mundo, e mais uma vez Doc era a isca, tendo apenas o grande poder intelectual da polícia de Los Angeles entre ele e a sua incorporação a alguma passagem de nível numa via expressa. Ele tinha que largar essa merda asiática em algum lugar seguro, e bem rapidinho.

Sem entrar nas expressas, Doc seguiu rumo leste, encostou brevemente em um shopping center, deu a volta para os fundos perto dos contêineres de lixo e encontrou duas caixas de papelão mais ou menos do mesmo tamanho, pôs a droga do Pé-Grande em uma delas e encheu a outra com sacos de lixo e caliça de reformas, e aí seguiu para o aeroporto Burbank, estacionou perto de uma cabine telefônica e usou quase toda uma pilha de moedinhas de 25 tentando uma ligação via operadora móvel com o rádio de dois canais na limusine de Tito, para o caso improvável de Tito estar trabalhando até tarde.

"Inez, quantas vezes eu tenho que jurar pra você, aquilo não é o nome de um cavalo, não é o telefone de um corretor de apostas, é só uma garçonete de bar—"

"Não, não, Tito, sou eu!", Doc berrando por causa da ligação.

"Inez? Você está com uma voz esquisita."

"É o Doc! e eu preciso de um carro inidentificável!"

"Ah, é você, Doc!"

"Eu sei que está em cima da hora, mas se você puder me descolar algum Ford—"

"Ei, eu não trabalho de cafetão, bicho?"

Isso durou um tempo, decolagens e aterrissagens de jatos ficavam interrompendo, a recepção ia e vinha. Doc foi obrigado a pescar mais moedas e logo se viu gritando entredentes como Kirk Douglas em O invencível (1949). Mas eles finalmente acertaram que Adolfo estaria ali em meia hora com outro carro, e Doc estava pronto para a fase dois do seu plano, que incluía fumar velozmente uma erva havaiana enrolada em um baseado de determinado diâmetro e levar a caixa cheia de lixo do shopping até o balcão da Kahuna Airlines, onde comprou uma passagem para Honolulu com um cartão de crédito duvidoso que uma vez aceitou em lugar dos seus honorários, embarcou a caixa-isca como bagagem, e a olhou rodar para dentro do que comissárias de bordo que ele conhecia descreveram como um pesadelo burocrático, esperando que aquilo tomasse um pouco do tempo do Canino.

"Você tem certeza que ela vai ficar segura, agora."

"O senhor já perguntou isso inúmeras vezes."

"Pode me chamar de Larry... é só que vocês aqui têm a pior reputação do ramo nisso de perder coisas, então eu estou meio angustiado, só isso."

"Senhor, nós podemos garantir—"

"Ah, esquece. O que eu preciso mesmo saber *agora* é sobre a Terra dos Pigmeus."

"Perdão?"

"Você tem fácil aí um atlas de voos? Verifica pra mim, 'Pigmeus, Terra dos'."

Como aquilo ali era uma empresa aérea californiana, com instruções vigentes de ser o mais flexível possível, alguém uniformizado e com um cabelo curtinho logo apareceu com um atlas de voos e ficou folheando o livro, ficando perplexo e lamentoso. "Seja qual dessas for, senhor, ela não tem instalações aéreas." "Mas eu, quero ir, para a Terra, dos *Pigmeus!*" Doc ficava meio que choramingando. "Mas, senhor, a Terra dos, dos Pigmeus, aparentemente não tem, ãhm, aeroporto?" "Bom, então eles vão ter que construir um, não é?— me dá isso aqui—" Ele pegou o microfone do sistema de som atrás do balcão, como se ele estivesse em alguma frequência de ondas curtas atentamente monitorada pelos pigmeus à espera exatamente de uma mensagem como essa. "Tudo bem, agora escutem!" Ele começou a urrar ordens para uma imaginária equipe de pedreiros pigmeus. "Se isso é o quê? claro que é um Boeing, nanico — algum problema com isso?"

O pessoal da segurança começou a entrar nas bordas do perímetro visual de Doc. Equipes de supervisão pairavam por ali como que doentiamente fascinadas. Fregueses que faziam fila atrás de Doc encontravam razões para sair da linha e ir se afastando. Ele desconectou o microfone, ajeitou o chapéu em um ângulo janota e sinatroide, e em uma voz de salão de baile não-totalmente-vergonhosa começou a aquecer o público, cantando,

O céu é um coração
Que se rompeu
Há voos completos,
Outro foi e se perdeu,
Atores menores

Você, ele e eu,
Nessa encenação
Em um céu coração...

Lá na primeira classe,
Vinho sem par
Jogando canastra
Só pra relaxar
De repente, aiaiai,
Olha a placa "Não Fumar"
Assim as coisas são
Em um céu coração...

[*Ponte*]
Você foi aonde ia...
Com o estrondo do jato...
Fica a saudade, todavia...
Não há o que dizer de fato...

Agora eu voo só,
A bebida é vagabunda,
Na classe econômica,
Bebo e caio de bunda,
Vendo minha música triste
Sumir da parada imunda,
Mas é assim que acontece
Num céu coração...

Essa música na verdade tocou brevemente no rádio algumas semanas atrás, então lá pelos oitos compassos finais já tinha até gente cantando junto, alguns a primeira voz, outros os vocais de apoio, e entrando no ritmo. Testemunhas suficientes para manter o Canino ocupado por um tempo. Doc enquanto isso estava lentamente se dirigindo para a saída e agora, passando o microfone para o cliente mais próximo, deslizou porta afora e voltou correndo para Adolfo ao volante de um Olds 443 com o motor em ponto morto na vaga ao lado do seu próprio carro, e no rádio Rocío Dúrcal com o coração prestes a explodir.

Doc entrou no seu carro, e eles saíram do estacionamento, dirigiram até achar uma rua razoavelmente escura em North Hollywood, e rapidamente trocaram a inconveniência de vinte quilos do porta-malas de Doc para o do Olds. Doc entregou as suas chaves a Adolfo. "Eles vão estar com esse número de placa e a descrição do carro, eu só preciso de uma ou duas horas, tente manter esse pessoal ocupado na medida do possível—"

"Eu ia trocar depois de um tempo com o meu primo Antonio 'Pernalonga' Ruiz, que a palavra *peligro* não está no dicionário de viagem dele, além do mais ele não dá a mínima", replicou Adolfo.

"Mais do que eu posso agradecer, *vato*."

"O Tito acha que é ele que está em dívida com você. Vocês que resolvam isso, não me incluam nessa."

Esse Oldsmobile não tinha direção hidráulica, e bem antes de chegar à San Diego Freeway, Doc estava se sentindo como se estivesse de volta à aula de educação física fazendo flexões de braço para o senhor Schiffer. Vendo pelo lado bom, parecia que ninguém o estava seguindo. Ainda. Ele ainda tinha que resolver a interessante questão de como é que alguém deixa vinte quilos de heroína escondidos e seguros por um breve período de tempo, quando vastos recursos estão sendo mobilizados para encontrá-los, retomar posse deles e se vingar pelo roubo?

De volta a Gordita, procurando onde estacionar, ele por acaso passou pela casa de Denis, que ainda estava decorada por montes de gesso empapado e vigotes lascados e cabos e canos de plástico, como se alguém tivesse derramado uma tigela de cereais engraçadinhos do demônio. E com Denis, Doc sabia, de alguma maneira vivendo em meio àquilo, roubando dos vizinhos ao lado a eletricidade necessária para a geladeira e a TV e a Lava Lamp. Até que o senhorio, que de qualquer maneira estava de férias em Baja, conseguisse dar um jeito de recolher dinheiro suficiente do seguro para pagar os consertos, nada provavelmente ia mudar por aqui. "Psicodélico!", exclamou Doc. Um esconderijo de drogas perfeito. Foi mais ou menos nesse ponto que ele percebeu que só estava agora usando um huarache.

Os bares ainda não tinham fechado, e parecia que Denis não estava em casa. De ouvido atento para captar algum festeiro das redondezas, Doc levou a caixa com a heroína para lá dentro dos restos da sala de estar de Denis e a escondeu atrás de um pedaço de teto caído, cobrindo-a com o trapo plástico gigante que um dia foi a cama d'água de Chico. Só então é que ele foi perceber que a caixa que tinha tirado da caçamba de lixo no escuro um dia havia embalado uma televisão de 25 polegadas, um detalhe em que ele não teve motivos para pensar até o dia seguinte, quando passou para visitar Denis perto da hora do almoço e o viu sentado, aparentemente sério e atento, diante da heroína profissionalmente embalada, agora fora da caixa, e olhando fixamente para ela, como afinal estava fazendo havia algum tempo.

"Na caixa dizia que era uma televisão", Denis explicou.

"E você não conseguiu resistir. Você não deu uma olhada antes pra ver se tinha alguma coisa pra ligar na tomada?"

"Bom, eu não achei um fio de luz, bicho, mas eu pensei que *podia ser* algum tipo novo de TV que você não precisa de cabo?"

"Hã-hã e o que..." por que ele estava dando corda? "você estava assistindo quando eu cheguei?"

"Sabe, a minha teoria é, é que é assim um desses canais educacionais? Um pouco devagar de repente, mas não é pior que o colegial..."

"Isso, Denis, obrigado, eu só vou dar um tapa nisso aí, se você não se incomoda..."

"E saca só, Doc, se você fica assistindo bastante tempo... está vendo como começa meio que a... mudar?"

Alarmantemente, Doc depois de um minuto ou dois achou mesmo minúsculas modulações de cor e intensidade de luz começando a aparecer entre as camadas de plástico bem presas com fita adesiva. Ele se sentou ao lado de Denis, e eles passaram a bagana de um para o outro, olhos grudados no pacote. Jade/Ashley apareceu com uma térmica gigante cheia de suco de laranja do Julius e copinhos de papel e um saco de Cheetos.

"Almoço", saudou ela, "e as cores ainda combinam, e — opa, mas que porra é essa, parece heroína."

"Nah", disse Denis, "acho que é assim um... documentário?"

Eles todos ficaram sentados lado a lado, bebendo, mastigando e olhando. Finalmente Doc se arrancou dali. "Eu odeio ser o cara malvado da história, mas preciso devolver isso aí?"

"Só até acabar essa parte?"

"Até a gente ver o que acontece", acrescentou Jade.

Doc tinha falado ao telefone com Crocker Fenway, pai de Japonica, que tinha ligado perto do meio-dia, interrompendo um sonho que Doc estava tendo com a escuna *Canino Dourado*, que tinha retomado a sua antiga identidade, assim como o seu nome verdadeiro, *Preservado*. De alguma maneira o exorcista zen de que Coy tinha falado com Doc, aquele que tinha dezumbificado a mansão dos Boards lá em Topanga, também tinha andado trabalhando na escuna, limpando os resíduos negros de sangue e traição... conduzindo os espíritos inquietos dos que tinham sido torturados e assassinados a bordo dela em segurança ao seu descanso. Fosse qual fosse o mal que um dia a possuiu, ele agora tinha ido embora para sempre.

Era perto do pôr do sol, depois de um pouco de chuva, o lábio negro das nuvens se enroscou afastando-se de alguns dedos do horizonte, revelando uma faixa tão clara e luminosa que até o trânsito que voltava para casa lá na expressa estava diminuindo a velocidade para ver. Sauncho e Doc estavam na praia. A última luz damasco transbordava para a terra e carregava as suas sombras morro acima, para além das torres dos salva-vidas, para terraços de buganvílias, rododendros e erva-prata.

Sauncho estava dando uma espécie de sumário de tribunal, como se tivesse acabado de lidar com um caso. "... e contudo não há como se evitar o tempo, o mar do tempo, o mar da memória e do esquecimento, os anos de promessa, passados e irrecuperáveis, da terra a que quase foi permitido pedir o seu melhor destino, apenas para que o seu pedido fosse impedido por malfeitores mais que bem conhecidos, e que em vez disso acabou levada e mantida como refém de um futuro em que agora devemos morar para sempre. Confiemos que este navio abençoado está no rumo de algum porto melhor, alguma Lemúria não afundada, reerguida e relembrada, onde o destino americano, piedosamente, deixou de se manifestar..."

Da praia Doc e Sauncho a viram, ou acharam que a viram, seguindo para o mar, velas todas enfunadas e reluzentes. Doc queria acreditar que Coy, Hope e Amethyst de alguma maneira estavam a bordo, rumo à segurança. Na amurada, acenando. Ele quase os viu. Sauncho não tinha tanta certeza. Eles começaram a bater boca por causa disso.

E nesse ponto Crocker com o sino de incêndio tinha convocado Doc de volta a outro dia com cheiro de petróleo na praia. "Eu não", Doc coaxou no fone.

424

"Faz tempo mesmo!", o Príncipe de Palos Verdes com pios bem alegrinhos, demais, para aquela hora da manhã.

"Só um segundo enquanto eu arranjo um pulso aqui", Doc rolando para fora do sofá e cambaleando para a cozinha. Ele andou à toa em curvas apertadas, tentando lembrar o que deveria fazer, de alguma maneira pôs água para ferver e café instantâneo numa xícara, e depois de um tempo lembrou também que o fone estava fora do gancho. "Oba. E o seu nome era..."

Crocker se reapresentou. "Umas pessoas que eu conheço perderam uma coisa, e há uma teoria surgindo de que você pode saber onde ela está."

Doc bebeu meia xícara de café, queimou a boca, e finalmente disse, "Você por acaso não seria também um dos principais envolvidos nisso, bicho".

"Não que isso seja problema seu, senhor Sportello, mas ao longo dos anos eu fiquei conhecido nesta cidade como uma espécie de homem de soluções. O meu problema hoje é que o senhor pode estar, em custódia gratuita, com um item cuja posse os proprietários desejam reclamar, e se isso puder ser arranjado com a presteza necessária, não haverá penalidades decorrentes."

"Assim, não vão me apagar nem nada."

"Para a sua sorte, trata-se de uma sanção que eles preferem aplicar apenas aos seus próprios membros. Dados os tipos de empreendimentos em que se envolvem, sem absoluta confiança nos seus colaboradores tudo pode velocissimamente decair em anarquia. Gente de fora como o senhor tende a ter o benefício da dúvida, e o senhor por sua vez pode confiar na palavra deles sem qualquer hesitação."

"Joia. Quer um encontro no mesmo lugar de sempre?"

"Um estacionamento em Lomita? Acho que não. É muito o seu terreno. A essa altura ele provavelmente foi substituído por alguma outra coisa de qualquer maneira. Por que não nos encontramos esta noite na minha boate, a Portola." Ele deu um endereço perto do Elysian Park.

"Aposto que tem regras de vestuário", Doc disse.

"Paletó e gravata, se possível."

Dezenove

No caminho, Doc ficou de olho no retrovisor em busca de El Caminos ou Impalas inquisitivos. Uma de muitas coisas básicas que ele não conseguira aprender sobre o Pé-Grande era o tipo de frota de veículos a que ele tinha acesso. Na hora em que chegou à saída Alvarado, lhe ocorreu começar a se preocupar com helicópteros também.

A boate de Crocker Fenway estava instalada em uma mansão de estilo mourisco que datava da era Doheny-McAdoo. Em uma sala anexa ao saguão para onde mandaram Doc para esticar as canelas havia um mural que representava a chegada da expedição Portolá em 1769 em uma curva do rio próximo do que se tornaria o centro de Los Angeles. Bem pertinho daqui, na verdade. O estilo pictórico lembrava Doc das etiquetas de caixas de frutas e vegetais quando ele era criança. Muita cor, atmosfera, atenção a detalhes. O olhar seguia para o norte, na direção das montanhas, que hoje as pessoas na praia conseguiam ver só um ou dois dias por ano da rápida quando o vento soprava o smog, mas que aqui, através do ar daqueles dias antigos, eram ainda intensamente visíveis, cobertas de neve e com gumes de cristal. Uma longa carreira de mulas de carga se enroscava na distância verde ao longo das margens do rio, que era sombreado por choupos, salgueiros e amieiros. Todos na cena pareciam astros de cinema. Alguns estavam a cavalo, armados de mosquetes e lanças e usando armaduras de couro. No rosto de um deles — talvez o próprio Portolá? havia uma expressão de alumbramento, assim, o que é isso, que paraíso insuspeitado? Será que Deus com seu dedo traçou e abençoou este valezinho perfeito, com a intenção de que fosse nosso? Doc deve ter se perdido por um tempo no panorama, porque uma voz atrás dele o assustou.

"Um amante das artes."

Ele piscou umas duas-três vezes, virou e viu que era Crocker, com uma aparência que as pessoas chamam de bronzeada e em forma, e como se alguém tivesse acabado de passar uma enceradeira na cara.

"É um belo quadro", Doc balançando a cabeça.

"Nunca nem percebi. Por que a gente não sobe até o bar dos visitantes. Belo terno, aliás."

Mais belo do que Crocker sabia. Doc tinha encontrado aquele terno na liquidação da MGM não havia muito tempo, tendo ido direto para ele entre as milhares de araras com outros trajes de filmes que enchiam um dos estúdios. Ele o estava chamando. Um papel preso nele com um alfinete dizia que John Garfield tinha usado o terno em *O destino bate à sua porta* (1946), e no fim ele serviu perfeitamente em Doc, mas sem querer comprometer qualquer mojo que pudesse ainda estar ativo entre seus fios, Doc não viu sentido em contar nada disso a Crocker. Ele estava usando a gravata Liberace também, que Crocker ficava olhando mas parecia incapaz de comentar.

Não era bem o tipo de bar de Doc. Cheio de mobília imitação do estilo das missões e tanta madeira escura que você não conseguia ver onde estava sentando nem onde estavam servindo os seus drinques. Uns estofamentos com estampas de floresta, sem nem falar de umas luzes mais coloridas, teriam dado uma animada nas coisas.

"Um brinde a uma resolução pacífica", Crocker erguendo um copo atarracado de um malte de West Highland feito exclusivamente para o Portola e o inclinando na direção da cuba-libre de Doc.

Uma sutil referência, sem dúvida, a acontecimentos recentes em Gummo Marx Way. Doc deu um insincero sorriso largo.

"Então... como vai a família?"

"Se o senhor se refere à senhora Fenway, eu continuo tão devotado a ela quanto no dia em que ela desceu pela nave da Igreja Episcopal de São João tão linda quanto o Produto Interno Bruto. Se o senhor se refere à minha linda filha Japonica, em quem eu espero que o senhor não seja imbecil a ponto de sequer ter considerado por um mero dedo, bom, ela está bem. Bem. Na verdade é só por causa dela, e da nossa pequena transação de alguns anos atrás, que eu estou até disposto a lhe dar tanta margem de manobra quanto estou dando agora."

"Gratíssimo, cavalheiro." Ele esperou até Crocker estar a ponto de engolir um pouco de scotch e disse, "Falando nisso — você por acaso chegou a topar com um dentista chamado Rudy Blatnoyd?".

Com um mínimo possível de engasgo e cuspe, Crocker replicou, "O filho de uma puta que até recentemente estava corrompendo a minha filha, sim acho que me lembro do nome, faleceu em um acidente de cama elástica ou algo do gênero, não é?".

"A polícia não tem tanta certeza assim de que foi um acidente."

"E o senhor está se perguntando se fui eu. Que motivos eu poderia ter? Só porque o homem atacou como um predador uma criança emocionalmente vulnerável, arrancou-a do seio de uma família amorosa, forçou-a a se entregar a práticas sexuais que deixariam chocados até os camaradas mais modernos como o senhor — isso por acaso quer dizer que eu teria qualquer razão para fazer com que a carreira desse pedófilo miserável chegasse ao fim? O senhor deve imaginar que eu sou uma pessoa tão vingativa..."

"Sabe como é... eu cheguei a suspeitar mesmo que ele estava comendo a recepcionista", Doc com a sua voz mais inocente, "mas afinal qual dentista não come, é algum juramento que eles têm que fazer na escola de dentistas, e afinal isso está bem longe de ser sexo estranho e esquisito. Não está?"

"O que o senhor acha de ele ter forçado a minha menininha a ouvir *gravações originais* de musicais da Broadway enquanto abusava dela? Os quartos de resorts decorados com extremo mau gosto a que ele a levava durante convenções de endodontia? o papel de parede! os abajures! E eu nem vou começar a falar da sua coleção de redes antigas para cabelo—"

"Está certo, mas... a Japonica agora é maior, não é?"

"Aos olhos de um pai, elas são sempre jovens demais." Doc deu uma rápida espiada nos olhos de Crocker, mas não viu muita emoção paterna. Porém o que ele viu fez com que agradecesse por ter decidido não fumar demais no caminho.

"Voltando ao assunto em aberto — os meus clientes estão dispostos a lhe oferecer uma generoso pacote de compensação em troca da devolução segura do que lhes pertence."

"Joia. Imagino que ela não necessariamente fosse em forma de, assim, dinheiro?"

Crocker pela primeira vez pareceu pego de surpresa. "Bem... dinheiro seria bem mais fácil."

"Eu ando mais preocupado com a segurança de umas pessoas."

"Ah... gente... Bem, isso iria depender, imagino, do tipo de ameaça que elas representem para os meus superiores."

"Eu estou pensando naqueles que são próximos de mim na minha vida, mas também tem esse saxofonista chamado Coy Harlingen, que anda trabalhando infiltrado pra diferentes grupos antissubversivos, inclusive a polícia de Los Angeles? Ele ultimamente está sentindo que escolheu a carreira errada. Isso lhe custou a família e a liberdade. Como você, ele só tem uma filha—"

"Por favor..."

"Beleza, mas enfim, agora ele quer sair dessa. Acho que eu consigo dar um jeito com a polícia, mas tem esse outro grupo chamado Califórnia Vigilante. E quem quer que esteja dando as cartas por lá, claro."

"Ah, os Viggies, é, um pessoalzinho bem desprezível, úteis na rua mas sem qualquer noção política além do simples vandalismo. O meu palpite é que eles iriam preferir que ele não divulgasse informações confidenciais."

"Última coisa que ele faria."

"Sua garantia pessoal."

"Ele tenta alguma coisa, eu vou pessoalmente atrás dele."

"Não havendo surpresas, então, não vejo por que não se possa acertar com ela uma separação amigável. Era só isso que o senhor queria? Nada de dinheiro, então, tem certeza?"

"Quanto dinheiro eu ia ter que pegar de vocês pra não perder o respeito?"

Crocker Fenway deu uma risadinha alegre. "Meio tarde para isso, senhor Sportello. Gente como o senhor perde qualquer direito a ter respeito na primeira vez em que paga aluguel a alguém."

"E quando o primeiro proprietário decidiu passar a mão no cheque caução do primeiro locatário, todo o seu grupinho de merda perdeu o respeito de todo mundo."

"Ah. Então o senhor está procurando o quê, um ressarcimento? Mais os juros de quantos anos? Isso seria uma questão de contabilidade, é claro, mas acredito que nós pudéssemos resolver isso."

"Claro. Nada pra vocês, umas centenas de dólares, coisinha que vocês enrolam pra cheirar cocaína. Mas sabe, cada vez que um de vocês fica aí com essa cobiça, o nível de carma pesado ganha um impulso de mais cem dólares. Depois de um tempo começa a se acumular. Faz anos agora que bem embaixo do nariz de todo mundo tem esse monte de ódio entre classes, se acumulando lentamente. Aonde você acha que isso vai dar?"

"Parece que o senhor andou conversando com Sua Santidade Mickey Wolfmann. O senhor foi dar uma olhada no Condomínio Vista do Canal? Alguns de nós moveram céus e terras, especialmente terras, para evitar que aquela praga urbana acontecesse — mais um episódio em uma luta que se desenrola já há anos — proprietários de imóveis como eu contra construtores como o Irmão Wolfmann. Gente com um respeito decente pela preservação do ambiente contra a ralé dos cortiços de alta densidade populacional sem a menor ideia de como limpar a sujeira que fazem."

"Asneira, Crocker, é uma questão de valor das propriedades."

"É uma questão de *estar no seu lugar*. Nós—", gesticulando em torno do bar dos visitantes e do seu recolhimento em uma sombra aparentemente ilimitada, "nós estamos no nosso lugar. Estivemos desde sempre no nosso lugar. Olhe em volta. Imóveis, direitos de uso de água, petróleo, mão de obra barata — isso tudo é nosso, foi sempre nosso. E você, no apagar da vela você é quem? mais uma unidade neste enxame de vagabundos que vêm e vão sem se deter aqui na ensolarada Southland, ansiosos por serem comprados com um carro de uma certa marca, modelo, ano, uma loura de biquíni, trinta segundos em algo que passe por uma onda — um cachorro-quente com chili, pelo amor de Deus." Ele deu de ombros. "Nunca vai nos faltar gente como vocês. O fornecimento é inesgotável."

"E vocês nunca ficam com medo", Doc devolveu cordialmente um sorriso amarelo, "de que um dia eles se transformem em uma multidão selvagem gritando do outro lado dos portões de Palos Verdes, talvez até querendo entrar?"

Ombros. "Aí nós fazemos o que tem de ser feito para mantê-los do lado de fora. Nós já enfrentamos sítios bem piores e ainda estamos aqui. Ou não estamos."

"E graças a Deus por isso, cavalheiro."

"Ah. Vocês são capazes de ironia, eu não sabia disso."

"É mais pragmatismo. Se você e os seus amigos e camaradas da hora do almoço não ficarem todos 'nos seus lugares', como é que os detetives normais como eu vão ganhar a vida? A gente não pode viver de matrimoniais e roubos de carro, a gente precisa daquelas atividades criminosas de alto nível pra que vocês têm tanto talento."

"Sim. Bem", Crocker lançou um olhar para o seu Patek Philippe fases da lua. "Na verdade..."

"Claro. Não quero gastar o seu tempo. Onde e quando a gente faz a entrega dessa vez?"

Bem fácil. Estacionamento do shopping da Companhia May lá na Hawthorne com a Artesia, amanhã à noite. A transferência da posse dos bens acontecerá apenas depois de se verificar que certos indivíduos puderam seguir seus caminhos sem serem perturbados. Garantias futuras de segurança pessoal não serão negadas no limite do razoável.

"A sua reputação como homem de soluções está em jogo aqui, Crocker. Eu posso não ter relações tão boas, e certamente não tenho tanto interesse por vingança quanto vocês, mas se você estava só me sacaneando aqui, meu bom rapaz, em verdade te digo, melhor se cuidar."

"Vingança", protestou o magnata delicado, "eu?"

Doc levou Denis como, bom, não exatamente proteção, mas alguma coisa assim, algum tipo de apoio de que ele só foi perceber recentemente que precisava, uma melhorada na sua imunidade contra os shoppings da Califórnia Meridional, em um desejo de não desejar, pelo menos não o que você encontrava nos shoppings.

"Ãh?", disse Denis enquanto estavam esperando o encontro e passando um baseado de um para o outro e Doc estava tentando explicar essa história. "Então por que você está devolvendo aquela televisão?"

Doc olhou Denis de perto. "Aquilo — Denis, não é uma..."

Denis começou a rir. "Numa boa, Doc, eu sabia que era heroína. Eu sei que você não está traficando heroína e provavelmente também não está ganhando dinheiro com essa viagem hoje à noite. Mas você devia ganhar alguma coisa por esse trabalho todo."

"Estou ficando com a palavra deles de que não vão machucar ninguém. Os meus amigos, a minha família — eu, você, mais alguns."

"Você acredita nisso? Vindo de alguém que lida com esse tipo de barra-pesada? A palavra deles?"

"Como assim, eu devia acreditar só na palavra de gente boa? bicho, gente boa se vende todo dia. Não custa confiar em alguém do mal de vez em quando, não faz mais nem menos sentido. Eu quero dizer que não botava o meu dinheiro em nenhum dos dois casos."

"Nossa, Doc. Pesado isso." Denis ficou ali sentado monopolizando o baseado como sempre. "Isso quer dizer o quê?", ele disse depois de um tempo.

"Olha eles ali."

Os representantes do Canino Dourado hoje à noite estavam inteligentemente disfarçados de saudável família loura californiana com uma perua Buick 53, a última com laterais de madeira a sair de Detroit, um comercial nostálgico do tipo de consenso classe alta que Crocker e os seus colaboradores rezavam dia e noite para que se instalasse sobre a Southland, com todos os infiéis não-proprietários-de-imóveis banidos para algum exílio populoso bem distante, onde pudessem ficar esquecidos em segurança. O menino tinha seis anos e já parecia um fuzileiro naval. A sua irmã, uns dois anos mais velha, tinha um futuro possível como drogada, mas não abria muito a boca, contente em ficar sentada encarando Doc enquanto interiormente se concentrava em pensamentos todos seus de que ele estava feliz por não saber nada. Mamãe e papai eram pura eficiência.

Doc desceu e abriu o porta-malas. "Precisa de uma mãozinha aí?"

"Tudo bem." O papai estava com uma camisa de mangas curtas que revelava, talvez propositadamente, uma total ausência de picos. A mamãe era uma loura californiana bem bem cuidada com uma espécie de vestido de tenista, fumando algum cigarro de filtro para mulheres brancas. A fumaça ficava entrando em um dos seus olhos, mas ela não se dava ao trabalho de tirar o cigarro da boca. Quando o maridão tinha guardado a droga em segurança no fundo do carro, ela deu um meio sorriso de olhos apertados para Doc e estendeu um retângulo plano de plástico.

"O que é isso?"

"Um cartão de crédito", a filha piou do banco de trás. "Hippie não tem cartão de crédito?"

"O que eu devo ter tentado dizer é, por que a sua mamãe está me entregando isso?"

"Não é pra você", disse a mamãe.

Doc pegou o objeto sem convicção. Parecia normal, ainda que de um banco que ele não reconheceu de imediato. Aí viu o nome de Coy Harlingen nele. O marido observando-o com olhos estreitos. "É pra você dizer para ele, 'Bom trabalho, bem-vindo de volta ao rebanho principal, siga em pazes'. É 'pazes', plural."

"Acho que dá pra lembrar isso." Ele percebeu que Denis estava anotando de qualquer maneira.

Um minuto ou dois depois que o Buick saiu na direção do Hawthorne Boulevard, Doc viu um El Camino surrado que só podia ser do Pé-Grande lentamente indo atrás deles. O som estava diferente. O Pé-Grande deve ter posto ponteiras novas ou alguma coisa assim.

Mas aonde é que essa perseguição em que estava levaria o Pé-Grande afinal? Até onde nesse estranho carma pervertido de policiais ele teria que seguir os vinte quilos antes que eles o levassem ao que ele achava que precisava saber? E que era o quê mesmo, exatamente? Quem pagou Adrian para matar o seu parceiro? Quais poderiam ser as conexões de Adrian com os superiores de Crocker Fenway? Se o Canino Dourado, em que o Pé-Grande nem acreditava para começo de conversa, existia mesmo? Será que isso tudo era inteligente, agora por exemplo, sem reforços, e será que o Pé-Grande estaria seguro, e por quanto tempo?

"Toma", Denis disse depois de um tempo, passando um baseado em brasa.

"O Pé-Grande não é meu irmão", Doc considerou quando exalou, "mas que precisa de um guardador precisa."

"Não é você, Doc."

"Eu sei. Pena, de certa forma."

Vinte

Enfiado embaixo da porta da cozinha estava um envelope que Farley tinha deixado, com algumas ampliações do filme da balbúrdia no Condomínio Vista do Canal. Havia alguns closes do pistoleiro que acertou Glen, mas nenhum deles era legível. Podia ser Art Tweedle embaixo daquela máscara natalina de esqui, podia ser qualquer um. Doc pegou a sua lente e examinou cada imagem até que uma a uma elas começaram a sair flutuando em manchinhas coloridas. Era como se o que quer que tivesse acontecido tivesse chegado a algum tipo de limite. Era como achar o portal do passado sem vigilância, desproibido porque não precisava ser. Embutido no ato do retorno havia por fim um cintilante mosaico de dúvida. Algo como o que os colegas de Sauncho que trabalham com seguros marítimos gostam de chamar de vício inerente.

"Isso é igual o pecado original?", Doc especulou.

"É o que você não pode evitar", Sauncho disse, "coisas que as apólices marítimas não gostam de cobrir. Normalmente se aplica a cargas — tipo ovo quebra, sabe —, mas às vezes também é a embarcação que leva a carga. Que nem, por que a gente precisa drenar os porões?"

"Que nem a falha de San Andreas", ocorreu a Doc. "Ratos que moram em cima das palmeiras."

"Bom", Sauncho piscou, "talvez se você fizesse uma apólice marítima pra Los Angeles, por alguma razão detalhadamente definida considerando que ela fosse um barco..."

"Ei, e que tal uma arca? É um barco, certo?"

"Seguro de arca?"

"Aquele grande desastre de que a Sortilège fica falando o tempo todo, lá no tempo em que Lemúria afundou no Pacífico. Algumas das pessoas que escaparam naqueles dias diz que fugiram pra cá por segurança. O que faria da Califórnia, assim, uma arca."

"Ah, um belo refúgio. Bacana, estável, um terreno bem confiável."

Doc fez café e mandou ver na televisão. *Havaí cinco-0* ainda estava passando. Ele esperou até o fim dos créditos, com as imagens da canoa gigante, que ele sabia que Leo gostava de ver, e aí ligou para os seus pais em San Joaquin.

Elmina lhe deu as notícias mais recentes. "Gilroy foi promovido de novo. Agora ele é gerente regional, vão mandar ele pra Boise."

"Eles vão todos arrumar as coisinhas e se mudar pra Boise?"

"Não, ela vai ficar aqui com as crianças. E a casa."

"Hã-hã", Doc disse.

"Agora o Gil ficou com umazinha que eu nem te conto. Não consegue ficar longe do boliche, lá dançando com uns mexicanos e tem uns que você nem sabe dizer que coisa são o tempo todo e é claro que a gente fica sempre feliz de cuidar dos netinhos, mas eles precisam da mamãe também, você não acha?"

"Sorte deles que vocês existem, mãe."

"Eu só espero que quando casar você esteja com a cabeça mais em ordem que o Gil estava."

"Não sei, eu sempre tive a tendência de dar uma folga pra Vernix por causa daquele primeiro marido e tudo."

"Ah, o presidiário. Era bem o tipinho dela. Como é que ela conseguiu ficar longe de Tehachapi é que eu nunca vou saber."

"Engraçado, a senhora sempre pareceu superfã dela."

"Você andou vendo aquela linda Shasta Fay Hepworth?"

"Uma vez ou outra." E não fazia mal acrescentar, "Ela voltou a morar na praia agora".

"Talvez seja o destino, Larry."

"Talvez ela precise de uma folga do ramo do cinema, mãe."

"Bom, tem coisa pior que ela." Doc sempre sabia dizer quando a sua mãe estava fazendo uma pausa por um motivo. "E espero que você esteja *se mantendo longe de problemas*."

Leo estava na extensão havia algum tempo. "Vai começar."

"Eu só estava dizendo—"

"Ela acha que você está vendendo erva e quer comprar, mas tem vergonha de pedir."

"Leo, por favor, eu te juro—" Ouviram-se sons de empurrões e pancadas.

"Será que eu devia chamar a tropa de choque?"

"Ele nunca vai parar com essa história", Elmina disse. "Você se lembra da nossa amiga Oriole, que dá aula no ginásio. Ela confiscou um pouco de marijuana um dia desses, e a gente decidiu que ia dar uma provadinha."

"E como é que foi?"

"Bom, tem essa novela que a gente assiste, *Outro mundo?*, mas por algum motivo a gente não conseguia reconhecer nenhum dos personagens, mesmo acompanhando todo dia, quer dizer ainda era a Alice e a Rachel e aquela Ada que eu nunca confiei desde *Amores clandestinos* (1959) e todo mundo, as caras eram as mesmas, mas as coisas que eles estavam falando todas queriam dizer outras coisas de alguma maneira, e enquanto isso eu ainda estava tendo uns problemas com a cor da televisão, e aí a Oriole trouxe uns biscoitinhos com chocolate e a gente começou a comer e não conseguia parar e quando a gente viu, *Outro mundo* tinha virado um programa de competição e aí o seu pai chegou."

"Eu estava esperando que ainda sobrasse alguma bagana, mas aquelas duas tinham fumado tudinho."

"Sacanagem", disse Doc empaticamente. "Parece que é o senhor que quer comprar, pai."

"A bem da verdade", Leo disse, "nós dois estávamos meio que pensando..."

"O seu primo Scott vem aqui no próximo fim de semana", Elmina disse. "Se você conseguisse achar um pouquinho, ele diz que fica feliz em trazer."

"Claro. Só me façam um favor?"

Elmina esticou o braço por quilômetros de cabos telefônicos para pegar a sua bochecha em um beliscão e sacudi-la para a frente e para trás uma ou duas vezes. "Coisa mais linda! Pode pedir, Larry."

"Não quando vocês estiverem de babás, beleza?"

"Claro que não", rugiu Leo. "Até parece que a gente é drogado."

Na manhã seguinte a campainha de incêndio disparou, e era Sauncho. "Achei que você podia querer estar nessa. Me sopraram que a *Canino Dourado* atracou ontem à noite em San Pedro, e houve atividade durante a noite inteira, e dessa vez parece um bate-volta rápido. *Los federales* estão dando uns sinais do tipo seguir-e-interceptar. A lancha da firma está na Marina e se você vier correndo consegue chegar a tempo."

"A tempo de impedir que você faça alguma coisa idiota, você quer dizer?"

"Ah, e podia ser melhor você usar uns mocassinzinhos em vez de só um huarache?"

O trânsito deu uma mão e Doc encontrou Sauncho na Taverna do Linus bebendo um Zumbi Tequila, mas ele nem teve tempo de pedir o seu antes que o telefone atrás do bar tocasse. "Pra você, querido", Mercy, a garçonete, passando o fone para Sauncho, que concordou com a cabeça uma, depois duas vezes, e então, se mexendo com mais velocidade do que Doc jamais havia visto, arremessou uma nota de vinte no bar e correu porta afora.

Quando Doc conseguiu alcançá-lo, Sauncho estava no píer soltando as amarras de uma lanchinha de fibra de vidro que pertencia a Hardy, Gridley & Chatfield. Sauncho estava com o motor ligado e tinha começado a se afastar do cais em uma névoa azulada de fumaça de escapamento quando Doc mal conseguiu entrar aos tropeções.

"O que é mesmo que eu estou fazendo nessa caixa de Clorox?"

"Você pode ser o grumete."

"Igual o Gilligan? Isso faz de você... espera um minuto... o Imediato?"

Eles rumaram para o sul. Gordita Beach emergiu da neblina, delicadamente se descascando com as brisas salgadas, a cidade em ruínas sob um jorro de cores fustigadas pelo clima, como lascas de tinta em alguma loja de ferramentas afastada, e a encosta até Dunecrest, que Doc sempre tinha considerado, especialmente depois de noites de excesso, algo íngreme, uma rampa em que todo mundo cedo ou tarde detonava a embreagem tentando subir e sair da cidade, parecendo vista daqui estranhamente plana, quase nem estava lá.

As ondas estavam bem boas hoje para esse pedaço do litoral. Os ventos terrais já tinham diminuído o bastante para trazer alguns surfistas para a praia, e eles esperavam alinhados, subindo e descendo com o mar, como a Ilha da Páscoa ao contrário, Doc sempre achava.

Com o velho binóculo de Sauncho ele observou um motoqueiro da Polícia Rodoviária perseguindo um menino cabeludo pela areia, costurando entre as pessoas que tentavam pegar uns raios do meio do dia. O tira estava todo paramentado de motociclista — botas, capacete, uniforme — e carregava armamentos variados, e o menino estava descalço e parcamente vestido, e no seu elemento. Fugia como uma gazela, enquanto o tira ia ficando para trás, lutando para andar na areia.

Doc teve uma iluminação de que isso era a máquina do tempo e ele estava vendo o Pé-Grande Bjornsen no começo da sua carreira de jovem policial em Gordita. O Pé-Grande sempre detestou isso aqui e mal podia esperar para sair. "Este lugar foi amaldiçoado desde que nasceu", ele dizia a quem quisesse ouvir. "Muito tempo atrás os índios moravam aqui, eles tinham uma seita de drogas, fumavam *toloache* que é o estramônio, ficavam com alucinações, acreditavam que estavam visitando outras realidades — puxa vida, pensando assim, nem é tão diferente dos hippongos dos nossos dias de hoje. Os cemitérios deles eram portais sagrados de acesso ao mundo dos espíritos, que não deviam ser mal utilizados. E Gordita Beach foi construída bem em cima de um deles."

Por ter visto filmes de horror na sessão nobre, Doc entendia que construir alguma coisa em cima de um cemitério indígena era o pior tipo de carma pesado, embora os empreiteiros, sendo de personalidade malévola, não dessem a mínima para onde construíam desde que os terrenos fossem planos e de fácil acesso. Doc não teria ficado surpreso se descobrisse que o próprio Mickey Wolfmann tinha cometido essa heresia mais de uma vez, invocando uma maldição depois da outra sobre a sua alma já desgraçada.

Eles eram difíceis de ver e difíceis de agarrar, esses espíritos indígenas. Você andava sem parar em busca deles, talvez só a fim de pedir desculpas, e eles fugiam como o vento, e esperavam o seu momento...

"Está olhando o quê?", Sauncho disse.

"O lugar onde eu moro."

Eles contornaram Palos Verdes Point, e lá ao longe, vinda de San Pedro com todas as velas de estai e as bujarronas enfunadas, florindo como uma rosa cubista, vinha a escuna. A expressão no rosto de Sauncho era de puro amor não correspondido.

Doc tinha visto a *Conservado* navegando a todo pano só uma vez antes disso, durante a viagem de ácido em que Vehi e Sortilège o tinham posto. Agora, mais ou menos careta, ele percebeu uma interessante semelhança com a escuna em *O lobo do mar* (1941), a bordo da qual John Garfield é atacado e na verdade derrubado por Edward G. Robinson que fica dizendo, "Isso! Isso mesmo, eu sou o Lobo do Mar, está vendo? Eu sou quem manda neste navio, e o que eu digo é lei, isso mesmo... porque ninguém mexe com o Lobo do mar, está vendo—"

"Tudo bem, Doc?"

"Ah. Eu estava... fazendo isso em voz alta?"

Eles entraram na trajetória da escuna e seguiram a sua popa. Logo um par de manchas esverdeadas apareceu no radar, chegando mais perto a cada varredura, e Sauncho ligou o rádio. Partes da transmissão parecia um bar de Gordita Beach em uma noite qualquer da semana.

"Os seus amiguinhos do Departamento de Justiça", Doc imaginou.

"Mais a Guarda Costeira", Sauncho olhou por um tempo para a escuna com o binóculo. "Eles viram a gente agora. Logo logo... isso. Um pouco de fumaça. Eles estão mudando para o motor a diesel. Bom, isso deixa a gente de fora."

Logo eles estavam olhando a bunda ou, como Sauncho gostava de dizer, a ré, de um bote da Guarda Costeira que perseguia o *Canino Dourado* a toda velocidade, e não demorou muito para que a embarcação do DJ também alcançasse Sauncho e Doc. Jovens advogados com bonés divertidos acenavam com latas de cerveja e berravam seus comentários. Doc viu pelo menos meia dúzia de gatinhas de biquíni saltitando de vante a ré. A KHJ está ligada no volume máximo, tocando o empolgante hino revolucionário de Thunderclap Newman "Something in the air", que diversos dos passageiros e convidados do DJ estavam de fato cantando junto, com toda a aparência da sinceridade — embora Doc ficasse imaginando quantos deles teriam sido capazes de reconhecer a revolução se ela desse as caras para dizer um oi.

"Tudo bem se eu der uma relaxada aqui?", Doc disse. "Não imagino que a sua empresa de advocacia por acaso deixe algum material de pesca a bordo."

"A bem da verdade, se você for dar uma olhada naquele armário... eles até bancaram um profundímetro pra achar os cardumes", Sauncho acendeu o instrumento e começou a contemplar o seu mostrador. Depois de um tempo ele começou a resmungar e pegar mapas. "Alguma coisa estranha aqui, Doc... Segundo isso aqui, olha— não tem muito que se pudesse chamar de fundo aqui, é tudo centenas de metros assim de profundidade. Mas esse profundímetro — a não ser que a parte eletrônica esteja pifada—"

"Saunch, você está ouvindo alguma coisa?"

De algum lugar adiante deles vinha agora um murmúrio ritmado que, se estivessem em terra, podia facilmente ser tomado por ondas. Mas assim em alto-mar não tinha como ser.

"Alguma coisa", Sauncho disse.

"Bom."

O som ficou mais alto, e Doc começou a marcar os intervalos de cabeça. A não ser que ele estivesse nervoso e contando rápido demais, eles pareciam ser de cerca de trinta segundos, o que normalmente — o que não era o caso — sugeria ondas com mais ou menos esse mesmo número de pés de altura. Agora a lancha já estava começando a jogar com o marulho, que tinha se tornado, era possível dizer, pronunciado. Alguma coisa também estava acontecendo com a luz, como se o ar à frente deles estivesse ficando espesso com um clima desconhecido. Mesmo com o binóculo estava difícil manter a escuna à vista.

"O barquinho dos seus sonhos ali está tentando atrair a gente pra alguma coisa?", Doc berrou, não exatamente em pânico.

A onda — se era isso que aquilo era — tinha atingido um troar que fendia o dia. Cáusticos borrifos salgados fustigavam os dois, entrando nos seus olhos. Sauncho reduziu a marcha do motor, gritando, "Mas que porra é essa?".

Doc estava rumo à proa para vomitar, mas decidiu esperar. Sauncho estava apontando para a frente, a bombordo, um pouco agitado. Não havia rochas visíveis, nem costas, oceano aberto a toda volta, mas o que eles agora contemplavam fazia a praia norte de Oahu nos seus momentos mais majestáticos parecer Santa Monica em agosto. Doc estimou que as paredes que rolavam para cima deles de noroeste tinham nove e talvez onze metros da crista à base — dobrando-se maciçamente, rebrilhando ao sol, quebrando em repetida explosão.

"Não pode ser o recife de Cortes", Sauncho apertando os olhos sobre as cartas, "a gente não foi tão longe assim. Mas não tem mais nada por aqui, então que merda é essa?"

Ambos sabiam. Era o mítico tubo de São Flip de Lawndale, também conhecido pelo pessoal das antigas como Portais da Morte. E a escuna estava indo direto para ele.

Sauncho estava marcando a trajetória dela com um lápis gorduroso amarelo na tela do radar. "Ou eles estão cometendo suicídio ou ribaldia ali, difícil saber qual — por que eles não desviam?"

"Cadê os federais agora?"

"O Departamento de Justiça parece estar parado, mas a Guarda Costeira ainda está tentando interceptar."

"Tem que ter coragem."

"É o que eles te dizem quando você entra para o serviço — você tem que sair, mas pode não voltar."

Eles agora estavam perto o bastante para ver duas, digamos três, estreitas formas escuras se desligarem da escuna, parecerem pairar por um momento acima da superfície, e depois saírem lançando jatos de espuma, motores por um breve momento fazendo mais barulho até que as ondas que quebravam. "Lanchas cigarettes", berrou Sauncho. "Quinhentos cavalos, talvez mil, não faz diferença, ninguém vai correr atrás deles a essa altura."

Doc observava a escuna através da luz oceânica borrada. Ela ficava se fundindo e se destacando da neblina. Pode ter sido a visibilidade, mas ela pareceu subitamente mais velha, mais castigada pelos mares, mais semelhante ao barco do seu sonho que naquela outra manhã. O sonho da fuga de Coy com a sua família rumo à segurança. *Conservado.*

"Eles abandonaram o barco", Sauncho gritou para a obscuridade e o troar.

"Merda, bicho, eu sinto muito."

"Não sinta. Pelo menos eles desligaram os motores. A gente só tem que rezar pra ela não encalhar no que quer que esteja lá embaixo." Nos momentos calmos entre as quebras das ondas, ele explicou que se conseguissem trazê-la de volta, em algum tipo de curadoria, e os proprietários não viessem reclamá-la dentro de um ano e um dia, então ela estaria oficialmente abandonada, e para quem passaria então a posse se tornava uma questão de tudo quanto era tipo de leis marítimas que Doc tinha dificuldade para acompanhar.

Enquanto isso a Guarda Costeira estava colocando uma equipe de abordagem na escuna, baixando as velas, tirando correntes e âncoras de tempestade para mantê-la de proa para o vento, preparando cabos e luzes de reboque. Segundo os canais de rádio, um rebocador oceânico estava a caminho.

"Foi bom a gente ter vindo", Sauncho disse.

"A gente não fez muita coisa."

"É, mas imagine se a gente não tivesse aparecido. Aí só ia ter a história do governo, e aquele barco velho ia tomar nas travessas."

Na base da Guarda Costeira da ilha Terminal, Sauncho teve que entrar no escritório e cuidar de uma papelada, e arranjar o atracamento para o bote passar a noite, então ele e Doc pegaram uma carona com uma trupe de marujos que iam de folga para Hollywood e que os deixaram na marina. Na Taverna do Linus eles encontram Mercy acabando de terminar o seu turno. "Nem consegui terminar aquele zumbi", Sauncho percebeu.

"Você provavelmente está a fim de comemorar", Doc disse, "mas eu devia dar uma passada no escritório, faz tempo já."

"Eu sei — tenho que me acalmar, a gente não pode azarar essa história, pode acontecer muita coisa em um ano e um dia. Todo mundo começa a sair das frestas da madeira, gente com várias apólices de seguro, solicitações normais de particulares, ex-namoradas, sabe-se lá mais o quê. Mas digamos que houvesse uma apólice marítima em vigor, que permitisse que a posse voltasse ao subscritor..."

Cacete, digamos que foi intuição de maconheiro. "Você por acaso não fez uma apolicezinha, Sauncho?".

Será que foi a luz aqui? Será que alguém devia ir correndo ligar para o papa para relatar um caso miraculoso de um advogado efetivamente enrubescendo? "Se houver litígio, eu vou estar nele", Sauncho admitiu. "Embora seja mais provável que um dos seus amiguinhos milionários vagabundos acabe roubando o barco em um leilão."

Por algum impulso sentimental, Doc foi abraçá-lo, e como sempre Sauncho se encolheu. "Desculpa, tomara que role, bicho. Você e aquele barco são um belo casal."

"É, como a Shirley Temple e o George Murphy." Antes que alguém pudesse detê-lo, Sauncho começou a cantar "We should be together", de *Pequena Miss Broadway* (1938), fazendo na verdade uma razoável imitação vocal da coisinha encaracolada. Ele se levantou, como se estivesse a ponto de sair sapateando, mas a essa altura Doc já estava nervosamente puxando a sua manga.

"Acho que é o seu chefe ali?"

Era de fato o intimidador C. C. Chatfield, in propria persona. Além de tudo, ele estava mirando olhares significativos para Sauncho. Sauncho parou de cantar e acenou.

"Não sabia que você também era fã de Shirley Temple, Smilax", ribombou C. C. através do que, para sorte deles, não era ainda uma multidão da hora-da-saída. "Quando você tiver acabado com o seu cliente aí, apareça aqui. Preciso dar uma palavra com você sobre aquela ideia da MGM."

"Você não teve coragem...", disse Doc.

"Era um processo coletivo prontinho", Sauncho protestou. "Se não formos nós, vai ser outro pessoal. E pense no potencial. Todos os estúdios da cidade estão vulneráveis. A Warner! E se desse pra achar um número relevante de espectadores emputecidos que *não* querem que Laszlo e Ilsa entrem juntos naquele avião? Ou se eles querem que Mildred estrangule Veda no fim, como ela faz no livro? E-e—"

"Eu te ligo depois", Doc com o máximo possível de cuidado batendo no ombro de Sauncho e seguindo para fora do Linus.

448

As coisas estavam diminuindo no fim do dia da loja de energia do doutor Tubeside. Petunia, superatraente hoje de fúcsia claro, estava murmurando intimamente com um cavalheiro de idade cabeludo com óculos de sol envolventes muito escuros. "Ah, Doc, acho que você nunca foi apresentado ao meu marido? Este é o Dizzi. Querido, este é Doc, que eu te falei?"

"Meu irmão", Dizzy avançando lentamente uma mão com calos de baixista nos dedos, e quando Doc se deu conta eles estavam afundados em um complexo aperto de mão, que incluía elementos vietnamitas, de diversas penitenciárias estaduais e fraternidades que divulgam os horários das suas reuniões semanais em cartazes nos limites das cidades.

O doutor Tubeside veio do fundo do escritório para se juntar a eles e entregou um grande frasco de remédio a Petunia. "Se você vai mesmo levar *adiante* essa coisa de *dieta vegetariana*", pontuando a frase ao sacudir os comprimidos no frasco, "você vai *precisar* de um *suplemento*, P*etun-ya*."

"Nós temos novidades, Doc", disse Petunia. "Pregno", disse Dizzy.

Doc fez uma rápida verificação de radiância nela e sentiu um sorriso estúpido assumindo o controle do seu rosto. "Bom, quem diria. Achei que esse brilho aqui fosse só algum *flashback* que eu estava tendo. Parabéns, moçada, maravilha."

"A não ser por esse maluco aqui", disse Petunia, "que acha que agora tem que me levar e me buscar de carro no trabalho. Era só o que me faltava, um chofer alucinado. Tire os óculos, amor, deixa todo mundo ver essas pupilas lindas rodopiando por aí."

Doc seguiu para o primeiro andar. "Apague as luzes e tranque tudo!", berrou o doutor Tubeside.

"Eu nunca esqueço", replicou Doc. Uma cena antiga.

Havia uma pilha de correspondências em forma de leque do outro lado do limiar, quase tudo cardápios de pizza em casa, mas um envelope suntuoso, gravado a ouro, chamou a atenção de Doc. Ele reconheceu a fonte imitação-de-árabe do Salão e Cassino Kismet, North Las Vegas. A primeira coisa que viu dentro do envelope foi um cheque de dez mil dólares. Parecia bem de verdade. "Depois de exaustivas verificações", dizia a carta que acompanhava o cheque, "em que foram consultados os melhores — e, diga-se de passagem, os mais caros — especialistas legais, psicológicos e religiosos, ficou determinado que Michael Zachary Wolfmann foi de fato raptado contra a sua vontade, e, como os alienígenas espaciais da vizinha Área 51, seus abdutores permanecem inacessíveis para compensações legais comuns. A quantia incluída aqui reflete o nosso rateio declarado de 100 para 1, embora os padrões de apostas em certos outros cassinos mais ao sul tivessem gerado uma recompensa imensamente mais lucrativa. 'Puta azar, jogador!'

"Aguarde novas correspondências, inclusive o nosso convite exclusivo para a Grande Inauguração do novo e totalmente reconceitualizado Salão e Cassino Kismet, em algum momento da primavera de 1972. Estamos ansiosos por voltar a vê-lo. Obrigado pelo seu renovado interesse no Kismet.

"Cordialmente, Fabian P. Fazzo, CEO, Kiscorp."

O telefone de princesa tocou, e era Hope Harlingen. "Deus o abençoe, Doc."

"Eu espirrei por acaso?"

"Sério."

"Mesmo. Assim, às vezes eu esqueço se espirrei ou não? e aí tenho que perguntar. É constrangedor."

Houve um curto silêncio. "Rebobinando", ela disse. "Foi você que enfiou aqueles passes embaixo da minha porta dos fundos?"

"Não. Que passes?"

Parece que alguém tinha dado passes de camarins para a gigantesca Hippada Surfadélica no Will Rogers Park ontem à noite.

"Puxa, nossa, e eu perdi essa? A banda do meu primo, Beer? ia abrir pros Boards."

"Beer? Mesmo? Doc, eles foram demais? Assim, eles são os novos Boards."

"O Scott vai gostar de saber disso. Não sei se eu gostei. O Coy tocou?"

"Ele voltou, Doc, ele está vivo mesmo e de volta e eu estou numa viagem enorme faz vinte e quatro horas já, e não sei em que acreditar."

"E como é que vai a nossa amiga como-é-que-ela-chama?"

"Ainda está dormindo. Eu diria que ela está meio desligada. Não acho que ela tenha feito qualquer ligação ainda com o Coy. Mas o que ela ficava lembrando o tempo todo no show foi quando Coy pegou um sax-barítono, tirou o microfone do pedestal e largou dentro da campânula do sax e começou a mandar ver. Ela adorou aquilo. Ele marcou tudo quanto era ponto com aquilo."

"Então... vocês estão..."

"Ah, veremos."

"Joia."

"A gente também vai pro Havaí no fim de semana."

Doc lembrou o seu sonho. "De barco?"

"De avião com a Kahuna Airlines. O Coy ganhou umas passagens em algum lugar."

"Tente não embarcar muita bagagem."

"Ele acabou de chegar. Toma, fala com ele. A gente te adora."

Houve sons, irritantes depois de um tempo, de beijos prolongados, e Coy por fim disse, "Eu estou oficialmente fora da folha de pagamento de todo mundo, bicho. Burke Stodger em pessoa ligou pra me dizer. Você pegou o show de ontem?"

"Não, e o meu primo vai ficar puto. Eu simplesmente esqueci. Ouvi dizer que vocês mandaram superbem."

"Eu fiz uns solos longos em 'Steamer lane' e 'Hair ball' e o adeus à la Dick Dale."

"E imagino que a sua filha tenha se divertido."

"Bicho, ela é..." E ele simplesmente ficou calado. Doc ouviu a sua respiração por um tempo. "Você sabe aquilo que os índios dizem. Você salvou a minha vida, agora tem que—"

"Sei, sei, algum hippie inventou essa história." Esse pessoal, bicho... Sabem de nada. "Você salvou a sua vida, Coy. Agora você pode viver." Ele desligou.

Vinte e um

Quando ficou tragicamente óbvio, tarde demais no quarto quarto, que os Lakers perderiam o sétimo jogo das finais para os Knicks, Doc começou a pensar nas pessoas com quem tinha apostado, e quanto, e aí nos dez mil dólares, e aí em todo mundo a quem devia dinheiro, que ele agora lembrou que incluía Fritz, então ele desligou a TV e, decidindo levar a sua decepção para passear, entrou no Dart e seguiu para Santa Monica. Quando chegou à Tepeguei!, ainda havia uma ou duas luzes acesas lá dentro. Ele deu a volta pelos fundos e bateu na porta. Depois de um pouco ela se abriu uns dois centímetros, e um menino com cabelo muito curto espiou por ali. Tinha que ser Sparky.

E era. "Fritz disse que você ia aparecer uma hora dessas. Entra."

A sala dos computadores estava saltitante. Todos os rolos de fita giravam de um lado para o outro, e agora havia o dobro de monitores do que Doc lembrava, todos acesos, além de pelo menos uma dúzia de televisores ligados, cada um em um canal diferente. Um sistema de som que deve ter sido saqueado de um cinema estava tocando "Help me, Rhonda", e a velha cafeteira surrada no canto tinha sido substituída por uma gigantesca máquina italiana de café coberta de canos e alavancas de válvulas e mostradores e cromo suficiente para ser possível andar com ela em primeira marcha por qualquer bulevar de Los Angeles sem destoar em nada. Sparky foi até um teclado e digitou alguma série de comandos em um código singular que Doc tentou ler mas não conseguiu, e a máquina de café começou a— bom, não a respirar, exatamente, mas começou a passar vapor e água quente de lá para cá de uma maneira determinada.

"Onde foi parar o Fritz?"

"Em algum lugar lá no deserto, perseguindo uns otários. Como sempre."

Doc tirou um baseado do bolso da camisa. "Tudo bem se eu, ãh...".

"Claro", quase na fronteira da sociabilidade.

"Você não fuma?"

Sparky deu de ombros. "Fica mais difícil trabalhar. Ou de repente é só que eu sou um daqueles que não deviam se meter com drogas."

"O Fritz disse que depois que ele ficava um tempo na rede era como se estivesse usando psicodélicos."

"Ele também acha que a ARPAnet roubou a alma dele."

Doc pensou nisso. "E roubou?"

Sparky fez uma careta para a parede. "O sistema não tem o que fazer com almas. Não é assim que as coisas funcionam mesmo. Até esse negócio de ficar entrando na vida dos outros? não tem nada a ver com alguma viagem oriental de se integrar a uma consciência coletiva. É só encontrar coisas que alguém não achava que você podia. E está andando tão rápido, assim, quanto mais a gente sabe, mais a gente fica sabendo, quase dá pra ver mudar de um dia pro outro. Por isso que eu tento trabalhar até tarde. Não assusta tanto de manhã."

"Nossa. Acho que é melhor eu aprender alguma coisa disso ou vou ficar obsoleto."

"É tudo muito mambembe", gesticulando para a sala. "Aqui na vida real, comparado com o que a gente vê nos filmes de espionagem e na TV, a gente ainda não está nem perto daquela velocidade ou daquela capacidade, até o infravermelho e a visão noturna que eles estão usando no Vietnã ainda estão bem longe dos óculos de raios X, mas tudo anda em velocidade exponencial, e algum dia alguém vai acordar e descobrir que está sob uma vigilância de que não pode fugir. Os desaparecidos não vão mais conseguir desaparecer, talvez a essa altura não haja mais pra onde fugir."

A máquina de café irrompeu em um volumoso vocal sintetizado de "Volare".

"O Fritz fez esse programa. Eu teria escolhido 'Java Jive', talvez."

"Meio antigo pra você."

"É tudo informação. Uns e zeros. Tudo recuperável. Eternamente presente."

"Joia."

O café não era ruim, considerando-se as suas origens robóticas. Sparky tentou mostrar um pouco de código a Doc. "Ah, olha só", Doc lembrou então, "essa rede de vocês, será que ela inclui hospitais? Assim, se alguém foi pra um pronto-socorro, será que vocês podiam descobrir como ele estava?"

"Depende de onde."

"Vegas?"

"Talvez através da Universidade de Utah, deixa eu dar uma olhada." Veio uma rajada de percussão plástica e cifras verdes de alienígenas do espaço na tela, e depois de um tempo Sparky disse, "Peguei o Sunrise aqui, e Desert Springs".

"Ela estaria registrada ou como Beaverton ou como Fortnight. Bem recente, eu acho."

Sparky digitou mais um tempo e fez que sim. "Certo, o Hospital Sunrise tem uma Trillium Fortnight, domiciliada em Los Angeles, deu entrada com uma concussão, cortes e hematomas... Internada pra observação e tratamento por duas... três noites, recebeu alta sob custódia dos pais... parece que terça passada."

"É ela." Ele olhou por cima do ombro de Sparky para a tela.

"Quem diria, é ela mesmo. Bom. Valeu, bicho."

"Tudo bem com você?" Parecendo impaciente agora para voltar ao trabalho.

"E por que não estaria?"

"Sei lá. Você tem uma cara meio esquisita, e quase todo mundo da sua idade me chama de 'guri'."

"Eu estou indo até o Zucky, posso trazer alguma coisa pra você?"

"Eu não fico com muita fome antes da meia-noite, aí normalmente só chamo o cara da pizza."

"Beleza. Diga pro Fritz que estou devendo uma grana pra ele. E te incomoda se eu der uma passada por aqui de vez em quando se eu tentar não te encher muito o saco?"

"Claro. Te ajudo a montar um sistema pra você, se você estiver a fim. É a onda do futuro, né?"

"Tubular, cara."

No Zucky, Doc sentou no canto e pediu café e uma torta cremosa de chocolate inteira, e por um tempo se deu ao trabalho de efetivamente cortar fatias de 45 graus e colocá-las em um prato e comer uma por uma com um garfo, mas por fim ele simplesmente pegou o que sobrava com as mãos e foi em frente e acabou com ela daquele jeito.

Magda veio dar uma olhada. "Uma tortinha pra acompanhar?"

"Você está trabalhando à noite agora", Doc observou.

"Sempre fui mais da noite. Cadê aquele Fritz, faz um tempo que eu não vejo ele."

456

"Em algum lugar lá no deserto, foi o que me disseram."

"Parece que você também andou pegando um bronze."

"Eu conheço um cara que tem um barco, a gente foi dar uma volta dia desses?"

"Pegaram alguma coisa?"

"A gente mais tomou cerveja."

"Parece o meu marido. Eles uma vez tiveram a ideia de ir até o Tahiti, acabaram na ilha Terminal."

Doc acendeu um cigarro pós-jantar. "Desde que eles tenham voltado todos em segurança."

"Não lembro. Tem um pouco de chantili aí na sua orelha."

Doc entrou na Santa Monica Freeway, e mais ou menos quando estava fazendo a transição para a saída de San Diego, a neblina começou a executar a sua caminhada noturna rumo à terra. Ele tirou o cabelo do rosto, aumentou o volume do rádio, acendeu um Kool, se afundou em uma postura reclinada de passeio, e assistiu ao lento desaparecimento de tudo, as árvores e os arbustos no canteiro entre as pistas, a frota amarela de ônibus escolares em Palms, as luzes nas encostas, as placas sobre a pista que te dizem onde você está, os aviões descendo para o aeroporto. A terceira dimensão ficava cada vez menos confiável — uma fileira de quatro luzes vermelhas à frente podia pertencer a dois carros separados em pistas vizinhas a uma distância segura, ou ser um par de luzes duplas no mesmo veículo, bem na sua cara, não havia como dizer. Primeiro a neblina soprava em camadas separadas, mas logo tudo ficou espesso e uniforme até que Doc só conseguia ver os raios dos seus faróis, como antenas oculares de um extraterrestre, mirando a silente brancura adiante, e as luzes no seu painel, onde o velocímetro era o único jeito de saber se estava rápido ou não.

Ele seguiu se arrastando até que finalmente achou outro carro atrás do qual podia se acomodar. Depois de um tempo, no retrovisor ele viu mais alguém se alinhar atrás dele. Estava em um comboio de tamanho desconhecido, cada carro mantendo o da frente a uma distância em que as luzes fossem visíveis, como uma caravana em um deserto de percepção, reunida temporariamente em nome da segurança para atravessar um trecho cego. Era uma das poucas coisas que ele já tinha visto alguém dessa cidade, fora os hippies, fazer de graça.

Doc ficou imaginando quantos dos seus conhecidos tinham sido pegos na rua hoje por essa neblina, e quantos estavam dentro de casa presos por causa da neblina na frente da TV ou na cama acabando de cair no sono. Algum dia — ele imaginava que Sparky confirmaria essa ideia — telefones seriam equipamento padrão em todo carro, talvez até computadores no painel. As pessoas poderiam trocar nomes e endereços e histórias de vida e formar associações de ex-colegas para se reunirem uma vez por ano em algum bar numa saída de uma via expressa diferente a cada vez, para lembrar a noite em que estabeleceram uma comuna temporária para se ajudarem a cruzar a neblina.

Ele acionou o Vibrasonic. A KQAS estava tocando o clássico estradeiro de Fapardokly movido a triplos golpes de língua, "Super market", normalmente ideal para dirigir por Los Angeles — apesar de, com as condições de trânsito dessa noite, Doc poder ter de escolher outro ritmo qualquer — e aí vieram umas fitas piratas do Elephant's Memory, e o cover dos Spaniels de "Stranger in love" e "God only knows", dos Beach Boys, que Doc percebeu depois de um tempo que estava cantando junto. Ele olhou para o indicador de combustível e viu que tinha ainda mais de meio tanque, mais uns vapores. Tinha um copo de café do Zucky e quase uma carteira cheia de cigarros.

Vez por outra alguém dava seta para a direita e cuidadosamente saía da fila para tatear um caminho até uma saída. As placas maiores que indicavam as saídas no alto estavam completamente invisíveis, mas às vezes era possível enxergar uma das menores no nível da pista, bem onde a pista da saída começava a se descolar. Então tinha sempre de ser uma dessas decisões de último-minuto-possível.

Doc pensou que se perdesse a saída de Gordita Beach ia pegar a primeira cuja placa conseguisse ler e achar um caminho de volta pelas ruas normais. Ele sabia que em Rosecrans a expressa começava a quebrar para leste, e em algum momento, Hawthorne Boulevard ou Artesia, ia deixar a neblina para trás, a não ser que hoje ela estivesse se espalhando, e se estabelecesse regionalmente. Talvez então começasse assim por dias a fio, talvez ele simplesmente tivesse de ficar dirigindo, passando de Long Beach, passando por Orange County, e San Diego, e cruzando uma fronteira onde ninguém mais pudesse dizer na neblina quem era mexicano, quem era anglo, quem era alguém. Mas também, ele podia ficar sem gasolina antes de isso acontecer, e ter de abandonar a caravana, e parar no acostamento, e esperar. Por o que quer que fosse acontecer. Que um baseado esquecido se materializasse no seu bolso. Que a Polícia Rodoviária aparecesse e decidisse não incomodar. Que uma loura inquieta em um Stingray parasse e lhe oferecesse uma carona. Que a neblina se consumisse, e que alguma outra coisa dessa vez, de alguma maneira, estivesse no lugar dela.

1ª EDIÇÃO [2010] 2 reimpressões

ESTA OBRA FOI COMPOSTA POR OSMANE GARCIA FILHO EM ELECTRA E
IMPRESSA PELA GRÁFICA PAYM EM OFSETE SOBRE PAPEL PÓLEN SOFT
DA SUZANO S.A. PARA A EDITORA SCHWARCZ EM JANEIRO DE 2022

A marca FSC® é a garantia de que a madeira utilizada na fabricação do papel deste livro provém de florestas que foram gerenciadas de maneira ambientalmente correta, socialmente justa e economicamente viável, além de outras fontes de origem controlada.